DANIELLE STEEL

DERÜLT ÉGBŐL

D1731403

MÆCENAS

A fordítás az alábbi kiadás alapján készült:
Danielle Steel: Lightning
Published by Delacorte Press, Bantam Doubleday Dell
Publishing Group, Inc., New York, 1995
© 1995 by Danielle Steel

Fordította *Roby Tiallac*

A fedél magyar változata *Szakálos Mihály* munkája

Harmadik kiadás

Hungarian edition
© by Maecenas Könyvkiadó, 1995, 1998, 2005

ISBN 963 203 104 0

Maecenas Könyvkiadó, Budapest,
az 1795-ben alapított Magyar Könyvkiadók
és Könyvterjesztők Egyesülésének tagja
Felelős kiadó: *a Maecenas Könyvkiadó igazgatója*
Tipográfia és műszaki szerkesztés: *Szakálos Mihály*
Szedte és tördelte az *Alinea Kft.*
Nyomta és kötötte a *Kinizsi Nyomda Kft.,* Debrecen
Felelős vezető: *Bördős János* ügyvezető igazgató
Terjedelem: 19,5 (A/5) ív

Popeye-nek,

az én első és második
és különben is egyetlen nagy szerelmemnek,
Egész életem csak rád nevet és téged áld.

Szívem minden szeretetével, mindörökké

Olive

1. fejezet

Halk moraj futott végig a tárgyalótermen, ahogy Alexandra Parker kinyújtotta hosszú lábát az óriási mahagóniasztal alatt. Alex belefirkantott valamit a sárga jegyzettömbjébe, majd fölnézett, s odavetett egy pillantást egyik partnerére az asztal túloldalán. Matthew Billings jó egy tucat évvel idősebb volt Alexnél, ötvenes évei közepén járt, s a cég egyik legmegbízhatóbb partnerének számított. Nemigen tartott igényt mások segítségére, de ha úgy hozta a sors, Alexet szívesen kérte fel, hogy tanúskodjék mellette. Élvezettel hagyatkozott a nő éles eszére, imádta a stílusát s azt, ahogy rögtön kiszúrta az ellenfél gyönge pontját. És Alexandra, ha egyszer kiszúrta, könyörtelen volt és briliáns. Valahogy ösztönösen megérezte, melyek a legfájóbb pontok, hová kell döfni a kést.

Alex most rámosolygott a férfira, aki hálás volt ezért a tekintetért. Alexandra meghallotta, mire van most szükségük. A korábbitól eltérő és egyszerűen kitérő válaszra. Sárga jegyzettömbjéből odacsúsztatott egy cédulát a férfinak, s az komoly képpel bólintott egyet.

Roppant bonyolult kérdésről volt szó, évek óta folyt a pereskedés. Az ország egyik legnagyobb cégét veszélyes vegyi anyagokkal, gondatlanságból elkövetett súlyos környezetszennyezéssel vádolták. Az ügy különféle előterjesztésben kétszer is megjárta már a New York-i Legfelsőbb Bíróságot.

Alex korábban is tanúskodott Matt mellett. S mindig örült, hogy ez az egész nem az ő baja. A pert közösen indította meg vagy kétszáz, poughkeepsie-i család, s több millió dollár volt a tét. Az eljárást már évekkel ezelőtt Bartlett és Paskin ügynek nevezték el, nem sokkal azután, hogy Alexandra üzlettárs lett.

Alex a keményebb, rövidebb és áttekinthetőbb ügyeket kedvelte. Nem érdekelte a kétszáz felperes, pedig Matthew

7

irányításával több mint egy tucat ügyvéd dolgozott a periratokon. Alex maga is ügyvéd volt, s nehéz esetek egész sorozatával foglalkozott. A cég mindig őt vette elő, ha kemény és piszkos csatákat kellett megvívni, s ha olyan, a törvényeket jól ismerő ügyvédre volt szükség, aki éjt nappallá téve utánament a legapróbb részleteknek is. Alexnek természetesen voltak munkatársai és beosztottjai is, de a munka oroszlánrészét maga szerette elvégezni, és legtöbb ügyfele nagyon elégedett volt vele.

Munkajogi és rágalmazási ügyekben szinte verhetetlen volt. Szívósan küzdött, a szakma a kisujjában volt, és nem félt a munkától. Sőt imádta.

Rövid szünet következett, s amikor a vegyészeti cég képviselője ügyvédeivel együtt elhagyta a termet, Matthew odament beszélgetni Alexhez.

– Nos, mit gondol? – nézegette kíváncsian a nőt. Valahogy mindig ellágyult tőle. Mert Alex nemcsak pengeéles eszű, nagy tudású és tévedhetetlen intuíciójú ügyvéd volt, hanem az egyik legcsinosabb nő is, akit Matthew ismert. Szeretett hát körülötte legyeskedni.

– Azt hiszem, Matthew, maga elérte azt, amit akart. Amikor az a pasas azt állította, hogy azelőtt senki sem tudott az anyagok mérgező voltáról, akkor egyszerűen hazudott. Ez az első alkalom, hogy ilyesmivel állnak elő. Itt vannak a hat hónappal azelőtti kormányzati jelentések.

– Tudom – mosolygott Matthew. – Ebbe jól belemászott, nem?

– De bizony. Itt már nincs szüksége énrám. Az ellenfél a markában van. – Mappáját beleejtette az aktatáskájába, s rápillantott az órájára. Fél tizenkettő volt. Még nem ebédidő, de ha most elmegy, akkor kicsit többet dolgozhat.

– Köszönöm, hogy eljött. Mindig jó, ha maga itt van a közelben. Azzal az ártatlan külsejével jól elaltatja az éberségüket. Amíg az a pasas a maga lábát bámulja, én szépen kelepcébe csalhatom. – Szeretett évődni a nővel, aki persze jól tudta ezt. Matthew Billings magas, jóképű, dús ősz hajú férfi volt – gyönyörű francia felesége pedig divatmodell Párizsban. Matthew Billings bolondult a csinos nőkért, de azért méltányolta a tehetségeseket és eszeseket is.

8

– Igazán kedves magától – nézett Alex kissé elkedvetlenedve a férfira. Élénkvörös haja és zöld szeme szikrázó kontrasztot alkotott fekete ruhájával. Káprázatos jelenség volt. – Tudja, épp azért jelentkeztem a jogi egyetemre is, hogy én legyek aztán a palimadarak csalimadara.

– Ugyan! Ha működik a dolog, miért ne használná ki? – tett rá Matthew még egy lapáttal, de aztán halkabbra fogták, mert az egyik alperes visszabotorkált a terembe.

– Nem baj, ha most lelépek? – kérdezte Alex udvariasan. Matt végül is rangidős kollégája volt. – Van egy új kliensem, egyre jön, és pár tucat ügyet még át kéne lapoznom.

– Látja, ez a baj magával – mondta Matt színlelt haraggal. – Hogy alig dolgozik valamit. Én mindig mondtam. Csak lazsál. Hát menjen, lásson végre munkához. Itt már megtette, amit megtehetett. – De aztán kacsintott egyet. – Kösz, Alex!

– Legépeltetem a feljegyzéseimet, és majd elküldöm az irodájába – mondta Alex komoly képpel, és fölállt. Matt pedig tudta, hogy a nő gondos, intelligens feljegyzései most is ott fogják már várni az irodájában, mire ő odaér. Alex Parker remek ügyvéd volt. Eredményes, okos és agyafúrt is, amennyire kellett. A vitákban pedig valósággal megszépült, holott olyankor egyáltalán nem érdekelte sem a saját kinézete, sem a reá tapadó, bámuló tekintetek. S a legtöbben épp ezt a nemtörődömséget szerették benne.

Nyugodt léptekkel hagyta el a termet, s még egy pillanatra vissza is intett Mattnek, ahogy az alperesek szállingóztak befelé. Egyikük csodálattal fordult utána, de Alex erről sem vett tudomást. Csak suhant, suhant végig a folyosókon az irodája felé.

Irodája nagy volt, s a szürke szín kellemes árnyalatai uralták. A falakon két szép festmény, néhány fotó, a sarokban egy pálma, körben néhány kényelmes bőrfotel – az ablakon túl pedig az a pompás kilátás a Park Avenue-ra, innen, a 29. emeletről, ahol a Bartlett és Paskin irodái is találhatók. A cég nyolc emeletet foglalt el, s valami kétszáz ügyvédet foglalkoztatott. Alex az egyetem elvégzése után egy sokkal nagyobb cégnél dolgozott a Wall Streeten, egy trösztellenes csoportba került, és sohasem tudta igazán

9

megszeretni. Túl száraz volt neki az egész témakör – igaz, ott tanulta meg, hogy érdemes odafigyelni a részletekre, s hogy mindennek alaposan utána kell nézni.

Alex leült a helyére, és átnézte az időközben befutott üzeneteket. Kettőt az ügyfelek, négyet más ügyvédek küldtek. Három ügyét már tárgyalásra kész állapotba hozta, haton pedig még dolgozott. Két nagy pere épp nemrég zárult le. Iszonyatos teher volt rajta, de már megszokta. Élvezte a szédítő tempót és a feszültséget. Többek közt ezért sem mert sokáig gyereket szülni. Egyszerűen nem tudta elképzelni, hogyan egyeztethetné össze a gyereket a munkájával, vagy hogyan szerethetné őt annyira, mint a munkáját. Imádta az ügyvédkedést, és élvezte a kemény bírósági csatákat. Főként alperesekkel foglalkozott, szerette a nehéz eseteket, és sokat jelentett számára, ha megvédhetett valakit valami kis piszkos váddal szemben. Szóval élvezett mindent, amit csinált, és ez teljesen kitöltötte az életét. Soha nem volt ideje senki és semmi másra – talán csak Sam volt kivétel, az ő csodálatos férje, aki azonban ugyanolyan keményen dolgozott, mint ő, bár nem jogi, hanem tőkebefektetési területen. Saját tőkerészes vállalkozó volt New York egyik legmenőbb, fiatal cégénél. Nagy lehetőségek kínálkoztak, így rögtön az indulásnál beszállt. Néhány üzlet beütött neki, de olyan is előfordult, hogy elúszott a pénze. Ketten együtt azért mégiscsak szép pénzt kerestek. Ráadásul Sam Parker igen jó hírnévnek örvendett. Tisztában volt a képességeivel, elképesztő kockázatokat vállalt, és immár húsz éve szinte mindenből pénzt tudott csinálni. Nagy pénzt. És ritkán vitte jégre az ügyfelei tőkéjét. Az utóbbi másfél évtizedben jól beleásta magát a számítógépes világba, nagy befektetései voltak Japánban, szépen tollasodott Németországban, és nagy vagyonrészeket szerzett klienseinek a Szilikon-völgyben. A Wall Streeten mindenki egyetértett abban, hogy Sam Parker tudja, mit csinál.

És Alex is tudta, hogy mit csinál, amikor férjhez ment Samhez. Épp a jogi egyetem elvégzése után futott össze vele. Azon a partin, melyet Alex első cége rendezett. Karácsony volt, Sam három haverjával érkezett, s nagyon magasnak és jóképűnek látszott a sötétkék öltönyében, ébenfekete haján a hópelyhekkel és a fagyos széltől pirosra csípett orcájával. Maga volt az eleven élet, s amikor megállt és végignézte Alexandrát, a lány valami furcsa elgyöngülést érzett a térdében. Huszonöt esztendejével ott remegett a harminckét esztendős és az ő ismeretségi körében ritka madárnak számító, *nőtlen* férfi előtt.

Sam próbált beszélgetni vele akkor este, de ő egy ügyvédkollégájával merült nagy vitákba, Samet pedig folyton félrerángatták a barátai, így útjaik csak fél év múlva keresztezték egymást. Sam cége egy kaliforniai beruházás ügyében Alex irodájához fordult jogi tanácsokért, Alexet pedig harmadmagával azzal bízták meg, hogy segítsék az ügyet kezelő irodafőnököt. Sam eszessége, eleganciája és magabiztossága megint elbűvölte a lányt. Hisz ez a férfi nem fél senkitől és semmitől... Milyen könnyed a nevetése... És nem ijed meg akkor sem, ha életveszélyes döntéseket kell hoznia, pedig láthatólag jól tudja, hogy mivel játszik... Sam nem az ügyfelei pénzével hazardírozott – őt az egész ügy érdekelte. És vagy meg tudta csinálni a maga elképzelései szerint, vagy otthagyta az egészet. Alex eleinte csak egy felvágós őrültnek nézte, de ahogy teltek a hetek, elkezdte érteni és megkedvelni mindazt, amit a férfi csinált. Volt benne valami rendíthetetlenség, elegancia és okosság, és ami ma már igazán ritka dolog, bátorság is. Alex első benyomásai igazak voltak: ez az ember tényleg nem fél semmitől.

Viszont őt is izgatta a lány. Az okossága, a helyzetfelismerése és ahogy kivesézte-kielemezte a dolgokat. Ahogy mérlegelni tudott minden előnyt és minden kockázatot. Ketten együtt aztán briliáns akcióterveket állítottak össze a klienseik számára. A cég remekül működött, és csillagászati áron kelt el öt évvel később. Amikor ők összefutottak, Samnek már neve volt, ifjú zseniként emlegették. És Alexet is jegyezte a szakma, bár ő aprólékosabban és lassabban „építkezett", mint Sam.

Sam vállalkozása több fényűzést engedett meg, és ő ezt is szerette benne. A céget a nagymenők elképesztő gazdagsága és hatalma virágoztatta fel. Az első „randevújukra" például kölcsönkérte egyik ügyfele magánrepülőgépét, és azon vitte el a lányt Los Angelesbe. A legdrágább szállodában laktak – két külön szobában! –, és a legdrágább éttermekben vacsoráztak.

– Mindenkivel így csinálja? – kérdezte Alex, nehezen leplezve megilletődöttségét. Neki magának egy komoly kapcsolata volt, még a Yale Egyetemen egy évfolyamtársával – aztán csak futó kalandok sorozata a kőkeményen végigdolgozott egyetemi évek alatt. Az a kapcsolat már rég megszakadt, s a fiú is rég megnősült már. De Alexnek egyszerűen nem volt ideje fiúzni. Őt csak a munka érdekelte, és valaki akart lenni. A legjobb ügyvéd akart lenni a cégnél. És az a nagy felhajtás, amit Sam művelt, nemigen illett ebbe a képbe. Alex csak a magafajtájúak között tudta elképzelni az életét, a Yale-en vagy a Harvardon végzett, szolid és visszafogott pasasok között, akiknek abból áll az életük, hogy üzlettársaik egy Wall Street-i ügyvédi irodának. Sam Parker ehhez képest szinte vadember volt, egy cowboy. Viszont jóképű is volt, kedves, és jó volt vele lenni. Alex minduntalan elfeledkezett arról, hogy neki tulajdonképpen nem ilyen fazon kellene. De hát kinek ne kellett volna Sam, ez az elegáns, szívdöglesztő megjelenésű és ellenállhatatlan humorú fickó?

Hazaindulás előtt még elruccantak Malibuba. Sétálgattak a tengerparton, a családjukról, az életükről és a jövőjükről beszélgetve. Kiderült, hogy a múltjuk egészen eltérően alakult. Sam szinte mellékesen, de azért egy pillanatra megkeményedő arccal említette meg, hogy tizennégy éves korában meghalt az anyja, s őt akkor kollégiumba küldték, mert az apja nem tudott mit kezdeni vele. A kollégiumot utálta, a gyerekeket gyűlölte, és nagyon hiányoztak neki a szülei. S míg ő a kollégiumban élt, az apja elverte a család minden pénzét, és halálra itta magát. Sam éppen érettségizett, amikor eltemették – de azt most nem árulta el a lánynak, hogy mibe is halt bele... Sam ezután egyetemre kezdett járni abból a kis pénzből, amit a nagyszülei hagytak rá. A Harvardon tanult, és nagyon jól tanult – de azt megint csak nem árulta el, hogy diákként milyen magányos volt. Bár Alex enélkül is sejtette, hogy nem lehetett valami vidám dolog család nélkül élni.

A Harvardon néhány szemeszter után a gazdaságtannál kötött ki, és szabályosan beleszeretett a tőkebefektetés elméleti és gyakorlati tudományába. A diploma megszerzésének napján már állása is volt, s az azóta eltelt nyolc év alatt sok ügyfelének segített nagy vagyonokat szerezni.

– De hát mi van magával? – kérdezte Alex csöndesen, a férfi szemébe nézve, ahogy ott lépkedtek a napfényes tengerparton. – Hiszen az élet nemcsak vállalkozói tőkéből és Wall Streetből áll. – Szerette volna jobban megismerni ezt az embert, ha már vele töltötte élete legizgalmasabb víkendjét, pedig még csak ágyba sem bújt vele...

– Az élet nemcsak Wall Streetből áll? – nevetett Sam, és átkarolta a lányt. – Ezt még senki sem mondta nekem. Hát még miből áll, kedves Alex? – Borzasztóan tetszett neki a lány, de ezt nem merte volna kimutatni. Alex hosszú vörös haját meg-meglobogtatta a szellő, zöld szemével mélyen a férfi szemébe nézett, akinek egész testén valami eddig teljesen ismeretlen borzongás futott végig. Meg is ijedt tőle egy kicsit.

– Mi van az emberi kapcsolataival? A nőkkel? – kérdezte ismét Alex; aki csak annyit tudott, hogy Samnek nincsen felesége. Azt viszont kinézte belőle, hogy több száz barátnője volt.

– Ilyesmire nincs időm – próbálta elütni a témát Sam kópés hanghordozással, és egy kicsit szorosabban ölelte magához a lányt. – Mert én nagyon elfoglalt ember vagyok ám!

– És nagyon fontos ember is? – kérdezte Alex kissé gúnyosan, mert nem szerette, ha valaki beképzelt.

– Hát ezt meg ki mondta? Én csak...

– Mindenki tudja, hogy maga kicsoda – közölte Alex szárazon. – Még itt is, Los Angelesben. Aztán New Yorkban, a Szilikon-völgyben biztosan, Tokióban... hol még? Párizsban? Londonban? Rómában? Mekkora térképen fér el mindez?

– Nem ez a lényeg. Keményen dolgozom, akárcsak maga. Ennyi az egész. – Szelíden rámosolygott a lányra, de mindketten érezték, hogy azért mégsem csupán ennyi az egész.

– Én nem szoktam a klienseim gépén Kaliforniába röp-

13

ködni, Sam. Hozzám taxin jönnek az ügyfelek. Ha jól áll a szénájuk. Ha pedig nem áll jól, akkor metrón. – Alex félszájjal mosolygott, de Sam nem állta meg nevetés nélkül.

– Na jó, legyen. Az én ügyfeleim szerencsésebbek és boldogabbak. Talán én is. De nem biztos, hogy mindig így lesz. Ott van az apám is...

– Attól fél, hogy mindent elveszíthet? – kérdezte Alex, s mintha rátapintott volna valamire.

– Előfordulhat. De az apám bolond volt. Kedves bolond, de hát mégiscsak az. Nyilván az anyám halála vitte sírba. Nem bírta tovább. Kicsúszott alóla a talaj. Annyira szerette az anyámat, hogy nélküle nem tudott mihez kezdeni. – És Sam elhatározta, hogy ilyesmi vele nem történhet meg. Ennyire ő nem fog beleszeretni soha senkibe.

– Szörnyű lehetett ez a maga számára – mondta Alex együttérzően. – Hiszen olyan fiatal volt még.

– Az ember gyorsan felnőtté válik, ha nincs senkije – válaszolt Sam kissé rekedtes hangon, aztán szomorúan elmosolyodott. – Vagy örökre gyerek marad. A barátaim mind azt mondják, hogy még mindig egy taknyos kölyök vagyok. És ez tetszik is nekem. Megvéd attól, hogy túlságosan megkomolyodjam. Mert akkor meg nem tudnék többé nevetni.

Alex azonban nagyon is komolyan vett mindent, a munkában és az egész életben is. Ő is elveszítette már a szüleit, bár nem olyan tragikus módon, mint Sam. De örök kötelességének érezte, hogy megfeleljen szülei elvárásának, és halálosan komoly ügynek tekintse a szakmai karriert. Apja szintén ügyvéd volt, és ő boldoggá tette, amikor beiratkozott a jogi karra. És most bizonyítani akart, a halott apjának is...

Szóval, bizonyos értelemben gyerekek voltak ők mindketten. Szép karriert csináltak, és rengeteg barátjuk volt, akik a családot helyettesítették számukra. Alex sok időt töltött a szülei barátaival és a barátai szüleivel is, Sam baráti köre viszont főként kollégákból, ügyfelekből és szeretőkből állt.

És jött az első csók, igen. Sam ott a malibui tengerparton megcsókolta a lányt, aztán hazafelé, New Yorkig az út nagy részén aludt, az ő vállára hajtva a fejét. Alex eltűnődve nézte ezt az alvó, langaléta vén kamaszt, akit talán túlságosan is megszeretett. Nem tudta, hogy látja-e még egyszer az életben, s hogy a férfi számára mindez még csak a kezdet vagy egy lefutott intermezzo volt csupán. Sam nem volt túl beszédes, de azt bevallotta, hogy vár reá egy fiatal kis színésznő a Broadwayről...

– Hogyhogy nem hozta el őt Los Angelesbe? – szegezte neki Alex a kérdést, mert ő aztán sohasem félt kényes kérdéseket föltenni.

– Nem ért rá – válaszolt Sam őszintén. – Meg azt is gondoltam, érdekesebb lesz magával egy kicsit összeismerkedni. – Itt elbizonytalanodott egy pillanatra, aztán olyan mosollyal nézett a lányra, amelytől az teljesen ellágyult, pedig épp az imént fogadta meg magában, hogy most aztán bekeményít. – De ha tudni akarja az igazságot – folytatta Sam –, nem is szóltam neki. Minden hétvégén próbája van, és utálja a baseballt. És tényleg magával akartam lenni.

– Miért? – kérdezte Alex, és sejtelme sem volt arról, milyen szépség sugárzott belőle, amikor kiejtette ezt a kérdőszócskát.

– Maga a legjobb fej az összes nő közül, akikkel valaha is találkoztam. Jó magával beszélgetni. Maga okos és izgalmas nő, és hát, izé, látványnak sem utolsó.

Megint megcsókolta a lányt, amikor kitette a lakása előtt, de nem volt ebben a csókban sem ígéret, sem elköteleződés. Inkább csak futó puszizkodás volt az egész, és Alexet valami fura becsapottságérzés fogta el, ahogy a bőröndjével a bejárat felé ballagott. A hétvége csodálatos volt – de nem tudott szabadulni a gondolattól, hogy Sam most rohan vissza a kis broadwayi csajhoz. Minden csodálatos volt – de tudta, hogy ez a minden semmit sem jelent. Sam Parker húz egy strigulát, hogy volt egy jó hétvégéje. Hogy ő, Alex Andrews is beleférhetne Sam Parker életébe, azt valahogy nem tudta elképzelni.

Egészen addig, míg meg nem kapta másnap az irodájában a tizenkét szál tűzpiros rózsát s mellé telefonon vacsorameghívást is. Szerelmi kapcsolatuk ettől kezdve „bekomolyodott", annak ellenére, hogy Alex tele volt sürgős és

15

nehéz ügyekkel, amelyekre bizony csak nehezen tudott odafigyelni az alatt a négy hónap alatt, amíg Sam udvarolt neki – ha egyáltalán ez itt a helyes kifejezés.

Sam épp Valentin-napon kérte meg a kezét. Alex ekkor huszonhat éves volt, Sam pedig harminchárom. Egy southamptoni kis templomban esküdtek, s alig két tucat közeli barátot hívtak meg a szertartásra. Európai nászútra mentek, s olyan szállodákban laktak, amelyekről Alex azelőtt csak olvasott. Megjárták Párizst és Monacót, s volt egy romantikus hétvégéjük Saint-Tropez-ben is: Sam egyik ügyfele meghívta őket ottani színész barátjának a jachtjára, melyen éjszaka átvitorláztak Olaszországba...

Aztán jött San Remo, Velence, Firenze és Róma, majd egy másik ügyfélhez átrepültek Athénba, onnan pedig az utolsó pár napra Londonba, ahol végigjárták Sam kedvenc éttermeit és pubjait. Megnézték a Garrardnál a régiségeket és az ékszereket, Chelsea-ben pedig mindenféle mókás ruhákat vásárolt Sam – és Alex egyre csak azon tűnődött, mikor lesz neki alkalma fölvenni őket. Mert az irodában, ugyebár, mégsem jelenhet meg ilyen cuccokban...

Szóval, tökéletesre sikeredett nászút volt ez, s hazaérkezésük után Alex végleg átköltözött Sam lakásába.

Megtanult főzni férjeurának, aki viszont drága, szép ruhákat vásárolt neki, meg egy szemkápráztató, sima gyémánt nyakláncot a harmincadik születésnapjára. Sam megengedhette magának, hogy bármit megvegyen, Alex viszont igazán nem volt nagyigényű. Egyszerűen jól érezte magát Sam mellett, élvezte benne a szerelmest, a barátot – és a hasonló munkaerkölcsű, keményen hajtó embert. Sam egyszer megpendítette, hogy otthagyhatná az állását, legalábbis egy időre, és otthon maradhatna, gyereket nevelni – de akkor Alex úgy nézett rá, mintha megbolondult volna.

– És ha a munka mellett szülnél? – próbálkozott Sam egy kis módosítással. Akkor már hat éve voltak házasok, Sam a harminckilencedik évében járt, és hát néha csakcsak eszébe jutott a dolog. Bár nem nagyon tudta elképzelni, viszont azt is nagy bajnak tartotta volna, ha sohasem születik gyermekük. Alex azonban közölte, hogy ő erre még nincs felkészülve.

– Nem tudnék nyugodt lelkiismerettel úgy hajtani, mint most, ha itt élne még valaki, aki teljesen rám van utalva, de akit alig láthatnék.

– És nem tudnál végre lazítani? – kérdezte Sam.

– Őszinte legyek? Nem. Olyan nincs, hogy valaki csak „négyórás" ügyvéd legyen. Láttam épp elég nőt, aki ebbe már belebukott.

Elvitatkoztak még egy darabig, aztán abban maradtak, hogy természetesen lesz gyerekük, de nem most, hanem majd később.

A téma akkor jött elő ismét, amikor Alex már harmincöt éves volt, s amikor az összes létező ismerősüknek rég volt már egy vagy több gyerekük. Ők kilencéves házasok voltak, és igen jól éltek. Alex már a Bartlett and Paskin cég társtulajdonosa volt, Sam pedig egyenesen fogalom a szakmájában. Kaliforniába és Franciaországba jártak nyaralni, Samnek Japántól az arab államokig mindenütt voltak érdekeltségei – csak éppen a gyerek nem fért bele az életükbe sehogy sem.

– Hülye érzés... és néha nem tudom másoknak sem megmagyarázni... Ez így nem normális... – mondogatta hol Sam, hol Alex, de megint csak abban maradtak, hogy nem most, hanem majd később. És a témát újabb három évre elaltatták. Alex akkor harmincnyolc, Sam pedig negyvenöt éves volt már. Egyik, szintén nagymenő kolléganője gyereket szült, és Alexet ekkor komolyan elfogta a pánik. Hiszen a biológiai óra ketyeg...

Csakhogy most Sam volt az, aki elképzelni sem tudta, hogy gyerekük legyen. Még az hiányozna. És különben is, tizenkét évi gyermektelen házasság után már úgyis túl késő. Alex maga is meglepődött, hogy milyen könnyen elfogadta ezt az érvelést.

Indiai nyaralásból tértek vissza éppen, amikor Alexet rosszullétek fogták el. Megrémült, hogy fölszedett valami förtelmes trópusi ragályt, és rohant az orvoshoz, aki azonban még egy maláriánál is elképesztőbb diagnózissal szolgált: Alex terhes volt.

– Biztos? – kérdezte Sam sokadszor este, a gyászos hangulatú beszélgetés során.

– Abszolút biztos – ismételgette Alex, aki már maga is örökre lemondott a gyerekről.

– Tényleg nem kolera? Vagy malária? Vagy valami hasonló? – Néha már úgy látszott, hogy egy szörnyű trópusi betegségnek is jobban örültek volna...

– Hathetes terhes vagyok, Sam! – bámult a férjére Alex olyan szerencsétlen képpel, ahogy még sohasem. – Túl öreg vagyok én már ehhez, Sam, nem akarom, nem bírnám!

Samet megdöbbentették, de meg is nyugtatták ezek a szavak. Tényleg, minek ide egy gyerek... Kényszeredetten elvigyorodott.

– Tiszta röhej, nem? Amikor végre elhatározzuk, hogy nem kell gyerek, pont akkor esel teherbe. Most mi lesz?

– Nem tudom – és Alex tényleg csak sírni tudott, ha belegondolt. Mert nem akart ő abortuszt. De gyereket se.

Két hétig gyötrődtek így, aztán belefáradtak. És arra jutottak, hogy ha már így alakult, akkor ott egye a... Ha gyerek, hát legyen gyerek! Rászánták magukat, de egyáltalán nem lelkesedtek érte. Letargikus hangulatban, némán keringtek a lakásban, s ha nagy néha mégiscsak szóba került a dolog, úgy beszéltek róla, mint valami gyógyíthatatlan betegségről.

Pontosan négy héttel később, egy kora délután Alexet olyan heves alhasi fájdalom fogta el, hogy belegörnyedt. A házfelügyelőjük segítette ki a taxiból és támogatta a liftig. Alex betámolygott a lakásba, és nagy szerencséjére még ott találta a bejárónőt. Félórával később ugyanis már vérben úszott az egész fürdőszoba, és Alex kezdte elveszíteni az eszméletét. A bejárónő vitte be a kórházba, aztán telefonált Samnek.

Mire Sam odaért, Alex már a műtőasztalon feküdt. Elvesztette a gyereket.

Mindketten valami nagy megkönnyebbülésre számítottak. Hogy megoldódott a dilemma. De abban a pillanatban, ahogy a különszobában Alex fölébredt az altatás kábulatából, már érezték, hogy nem ússzák meg ilyen könnyen. Mindkettejüket mélységes bűntudat és gyász töltötte el, és egyre csak siratták meg nem született gyermeküket. Alex élete legborzasztóbb napjait élte át, a szégyen, a lelkifurdalás, a félelem, a szeretet, a vágyódás és az önmarcangolás egymást hajszoló lelkiállapotai gyötörték. Mert eddig nem vágyott az anyaságra – de most meghalt a gyereke! Akit nem kívántak, de aki már mégiscsak itt volt! S mindketten tudták, hogy az így támadt rettenetes ürességet csak egyvalaki töltheti ki. Egy másik gyerek.

És ebben szépen meg is állapodtak egy csöndes, hosszú víkenden. S attól kezdve semmit sem kívántak úgy, mint azt, hogy legyen végre gyerekük. Szabályosan rájuk tört ez a vágy.

Nagy okosan azt is kikalkulálták, hogy várnak még azért pár hónapot, hátha nem lesz olyan tartós ez az új érzés. Ám ez a szép terv is megbukott. Alig két hónappal a szerencsétlenség után Alex bátortalanul, de az örömtől reszketve jelentette be férjecskéjének a nagy hírt. Terhes lett megint.

És ez most ünnep volt. De azért féltek is, hogy megint elmegy a gyerek, vagy hogy koraszülött lesz. Alex végül is a harmincnyolcadik évében járt már, és még nem szült. Viszont makkegészséges volt, s az orvos azt mondta, hogy most nem lesz baj.

– Hát, tudod, mi sem vagyunk normálisak – mondta Alex egy este, az ágyban heverészve és édes kekszet ropogtatva. A széles ágy már tiszta maszat volt, de Alex szerint csak ez a keksz tett jót az ő gyomrának. – Komplett hülyék vagyunk. Négy hónapja még majd belepusztultunk, hogy gyerekünk lesz, most meg itt keresgéljük a jó neveket, a dokinál meg a babi-mami magazinokat bújom, hogy milyen baldachint is vegyek a gyerekágy fölé. Így meg lehet bolondulni?

– Ezek szerint... – nézett rá szelíden Sam. – Az ágyban például egyre megközelíthetetlenebb vagy. Sose hittem volna, hogy egyszer még közénk férkőznek a morzsák. Szerinted ezek végig itt lesznek, vagy az első három hónap után elmúlik a kekszőrület?

Alex elnevette magát, aztán összebújtak. Mostanában sokkal gyakrabban szeretkeztek, mint azelőtt hosszú éveken át. A gyerekről meg úgy beszélgettek, mintha már ott lett volna közöttük. S amikor az ultrahangos vizsgálat kiderítette, hogy lány lesz, elhatározták, hogy Annabellának fogják keresztelni. Így hívták kedvenc londoni klubjukat is, és ez a név kellemes emlékeket ébresztett bennük. Egyébként pedig úgy érezték, hogy az a korábbi tragédia a megleckéztetésüket szolgálta, büntetés volt a gyerek iránti közönyükért. És most mérhetetlen boldogsággal várták a kicsit.

A cégtársak szilveszter után fényes búcsúpartit rendeztek Alex számára, elhalmozták ajándékokkal, s ő kissé vonakodva hagyta ott az irodát, alig két nappal a szülés kitűzött napja előtt. Hazament és várta a kicsi csodát, ahogy maguk közt emlegették. Eleinte félt, hogy megöli majd az unalom, de maga is meglepődött, hogy milyen buzgalommal rendezgette a gyerekszobát, hajtogatta a csöpp rékliket és az egyéb babaholmit a pelenkázóasztalon. Ő volna az a félelmetes nő, akinek már a puszta megjelenésétől is izzadni kezdett a perbéli ellenfelek tenyere? Mosolygott magában ezen is, de aztán nem is tudott másra gondolni, csak a babára. Elképzelte, hogy ringatja, szoptatja, babusgatja majd. Tűnődött, vajon kitől örökli a haja meg a szeme színét...

És elhatározta, hogy hagyományos, „ősi" módon, érzéstelenítés nélkül fog szülni, és maradéktalanul átéli a reá váró események minden kínját és gyönyörűségét. Harminckilenc évesen ugyanis nem tudta elképzelni, hogy mindezt még egyszer végigcsinálhatja. Sam idegenkedett ugyan a kórháztól, de azért hajlandó volt vele együtt részt venni egy „apás szülésre" felkészítő tanfolyamon.

Épp egy étteremben vacsoráztak, amikor elment a magzatvíz. Rohantak a kórházba, de hazaküldték őket, mondván, van még idő, míg rendesen megindulnak a szülési fájdalmak. Otthon mindent úgy csináltak, ahogy a tanfolyamon hallották. Alex megpróbált aludni egy kicsit, aztán sétált föl-alá, Sam a hátát dörzsölgette, és minden oly egyszerűnek és kellemesnek látszott. Mi baj is lehetne... Heverésztek az ágyon, és Sam az órát nézegette, azt próbálta kiszámolni, hány perc múlva lesz ő már apa. És arról beszélgettek, hogy tizenhárom évi házasság után, lám, ezt is megérték. Aztán mindketten elaludtak, de Alexet nemsokára fölébresztették a fájások. A kapott eligazításnak engedelmeskedve beállt a meleg zuhany alá, hogy kiderüljön, leállnak vagy erősödnek a görcsök. Ott állt félórát, mérte az időközöket, amikor hirtelen, minden figyelmeztető jel nélkül komolyra fordult a dolog. Alex majd összeesett, ahogy kibotorkált a fürdőszobából, hogy fölkeltse a férjét, s mire az ágyhoz ért, már kitört rajta a pánik is. Elsírta magát.

– Most?! – pattant ki Sam az ágyból, és megzavarodva kezdte keresni a nadrágját. A székre tette, de most a félhomályban nem találta, Alex pedig a fájdalomtól meggörnyedve, sírva kapaszkodott a karjába.

– Már késő... Itt fogok megszülni... – zokogott, és elfelejtett minden okos tanácsot. Megint úgy érezte, hogy ő már túl öreg ehhez, hogy ezt a fájdalmat nem bírja, inkább mégiscsak érzéstelenítsék, sőt altassák el...

– Itt?! Még hogy *itt*?! – rémüldözött Sam.

– Nem tudom... Jaj, istenem! Jaj, Sam, ez szörnyű... Nem bírom ki...

– De kibírod. Majd kapsz gyógyszert a kórházban. Csak kapj magadra valamit! Segítek...

Sam még sosem látta ilyen kiszolgáltatottnak vagy ilyen szenvedőnek a feleségét. Elindultak. A kapus rögtön hívott nekik egy taxit. Hajnali négy óra volt. Alexet alig tudták betámogatni a kórházba. Az orvos már várta, a nővérek pedig nagyon elégedettek voltak az állapotával és a dolgok alakulásával. Alex viszont egyáltalán nem volt elégedett semmivel, és minden újabb görcsnél hisztérikusan, Sam fülének vadidegen hangon üvöltözött fájdalomcsillapítóért. Végül kapott egy epidurális injekciót a gerincébe, és nyugodtan mosolygott vissza a körülötte állókra, míg Sam a vállát tartotta. Örökkévalóságnak tűnt az egész, de alig félóra múlva Annabella arcocskája már elő is bukkant. Élénkvörös haja volt, s ahogy fölemelték, mintha meglepetten bámult volna Samre, majd a következő pillanatban éktelen visításban tört ki. Apja, anyja arcán csorogtak a könnyek.

Aztán anyja mellére fektették, s Alexet sosem érzett, hihetetlenül kellemes borzongások járták át. Most érezte meg azt a beteljesedést, amelyről eddig csak másoktól hallott, s amelyet, legyünk őszinték, nem sokra tartott. Egy pillanatra belévágott a döbbenet is, hogy mit ért volna az élete, ha kihagyja ezt az élményt. Nem telt bele egy óra, már rutinos anyaként kezelte a babát. Sam ezeregy fényképet készített róluk, a két bőgő nőről, anyáról s gyermekéről, s maga sem tudott betelni a csodával, amely majdnem kimaradt az életükből. Úgy érezte, hogy egy bölcsebb hatalom megszabadította őket saját, feneketlen ostobaságuktól, s nagy-nagy szerencsével ajándékozta meg őket.

Sam az első éjszakát a kórházban töltötte. Egyébként pedig mindketten azzal töltötték az időt, hogy a babát nézegették. Hol az egyik vette föl, hol a másik, bepólyázták, kipólyázták, pelenkát meg kisinget cseréltek rajta, és Sam csak bámult, hogy Alex hogy „babázik". Hitetlenkedve néztek egymásra is, hogy ettől akarták megfosztani magukat, és gyorsan egyetértésre jutottak, hogy… még egy gyerek kell. Sam csodálkozott, hogy Alex a szülés gyötrelmeit feledve rögtön erre gondolt, aztán a köztük szuszogó Annabellán áthajolva gyöngéden megcsókolta a feleségét.

– Ezt még egyszer szeretném megcsinálni.

– Nem gondolod komolyan – rázta a fejét Sam, pedig ő is pont erre gondolt. Szeretett volna egy fiút, bár ha lány lesz, hát az is nagyszerű. Ez a leányka is milyen gyönyörű és tökéletes. Végigtapogatta a parányi lábujjakat…

Már rég otthon éltek, de a szenvedély megmaradt. Annabella fürdött a szülői szeretetben, Sam pedig, ahogy el tudott szabadulni az irodájából, máris rohant haza. Alex kedvetlenül ment vissza dolgozni, amikor Annabella három hónapos lett. Megpróbálta még ezután is szoptatni a gyereket, de ahhoz túl sűrű volt a napja. Inkább ebédre hazaugrott, ha tehette, és megfogadta, hogy ha nincs tárgyalás, akkor legkésőbb ötkor hazaindul, s hogy majd este dolgozik, otthon, amikor Annabella alszik. Pénteken pedig már egykor lelépett, ha a fene fenét evett is. A rendszer működött. Annabella a szeretet és törődés fejében valósággal rajongott a mamáért és a papáért. Napközben Carmen, a gondozónő volt vele, de visított a gyönyörűségtől, amikor az apja vagy az anyja betoppant.

Carmen szeretett náluk dolgozni. Bolondult Annabelláért. A háziakról meg büszkélkedve mesélt az ismerőseinek. Hogy milyen fontos emberek, mennyit dolgoznak, és milyen sikeresek. S valóban, Sam rendszeresen szerepelt a pénzügyi lapokban, és Alex is föltűnt egy-egy érdekesebb per kapcsán a tévében. Carmennek ez imponált.

Ahhoz pedig, Sam és Alex szerint, kétség sem férhetett, hogy Annabella nem egyszerűen gyönyörű, hanem maga az abszolút szépség. Pontosan tíz és fél hónapos korában járni kezdett, nem sokkal ezután értelmes szavakat is mondott, egész mondatokat pedig sokkal előbb kezdett használni, mint ahogy várták tőle.

– Ebből a gyerekből ügyvéd lesz – évődött Alex Sammel. Letagadni sem lehetett, hogy Annabella kiköpött anyja. Még a modorában és a gesztusaiban is egy miniatűr Alex köszönt vissza.

Valami mégis megkeserítette az életüket. Alex sehogy sem tudott ismét teherbe esni. Pedig Annabella hat hónapos korától kezdve egy álló esztendeig máson sem igyekeztek. Alex ekkor már negyvenéves volt, és úgy döntöttek, specialistához fordulnak, derítse ki, mi a baj. Mindketten átestek mindenféle vizsgálaton, de rendellenességet egyiküknél sem találtak. A doki elmagyarázta, hogy ebben az életkorban bizony már nem olyan könnyű teherbe esni. Negyvenegy éves korában Alex hormonkezelést kapott a peteérés „feljavítására", s az utóbbi másfél évben ez a szer csak még több stresszt okozott. Szabályos havi ütemterv szerint kellett szeretkezniük, egy kis készülék segítségével pontosan kiderítve, hogy mikor van a maximumon Alex luteinizálóhormon-szintje. E célból mindenféle vegyszereket kellett szórnia a vizeletmintájába, s ha az bekékült, Sam máris rohanhatott haza. „Kék napnak" nevezték az ilyen alkalmakat, és megpróbáltak nevetni a dolgon, pedig ez is csak újabb feszültségforrás volt az életükben.

Nehéz időszak volt, de abban szilárdan egyetértettek, hogy kell még egy gyerek. Néha szomorúan nevettek azon, hogy volt idő, amikor ugyanilyen elszántan *nem akartak* gyereket. Szóba került a Pergonal injekció, amely a hormontablettáknál is drasztikusabb beavatkozás volt, még kellemetlenebb mellékhatásokkal. És eszükbe jutott a mesterséges megtermékenyítés is. Nem akartak kizárni semmilyen megoldást. De negyvenkét évesen Alex még mindig úgy érezte, hogy elég neki a hormon, s talán menni fog a dolog ilyen extrém beavatkozások nélkül is.

Annabella már három és fél éves gyönyörű leányka volt ekkor. Rézvörös fürtök borították a fejét, szeplős arcocskája volt és nagy, zöld szeme, akárcsak az anyjának.

Alex íróasztalán ott állt a fényképe, tavaly nyáron készült, a gyerek a tengerparton homokozik. Alex egy pillanatra rámosolygott, ahogy leült a helyére. Aztán az órájára pillantott. Az imént végighallgatott tanúvallomások a délelőtt java részét elrabolták, s már alig egy órája maradt néhány irat átnézésére egy új ügyfél fogadása előtt.

Fölnézett, ahogy Brock Stevens benyitott a szobába. Brock a cég egyik ifjú munkatársa volt, s főként Alex munkáját segítette, kutatgatott, utánajárt a dolgoknak, és tárgyalásra előkészítette az ügyeket. Még csak két éve volt a Bartlett és Paskin cégnél, de Alexnek nagyon tetszett, amit csinált.

– Helló, Alex! Van egy perce?

– Nincs, de azért jöjjön csak – mosolygott Alex. Az ő szemében nagy kamasz volt ez a harminckét éves, szőke fiatalember, aki szegény családból származott, ám roppant szorgalmas és tehetséges volt. Alex nem győzte csodálni.

A fiú komoly képpel ült le vele szemben. Feltűrt ingujjával, félrecsúszott nyakkendőjével még fiatalosabbnak látszott.

– Milyen volt a tanúk meghallgatása?

– Nagyszerű. Azt hiszem, Mattnek nagy mázlija van. Az alperesek elárulták a gyenge pontjaikat. Most már kikészítheti őket, de ennek sose lesz vége. Ebbe az ügybe én beleőrülök.

– Én is, de azért mégiscsak érdekes történelmet csinálni vele. Több síkon is precedenst teremtenek. Nekem ez tetszik. – Olyan hévvel adta ezt is elő, hogy Alex megint nem tudta, hogy a naiv magánembert vagy a dörzsölt ügyvédet lássa a fiatalemberben.

– Miért, mit hozott? Talált valamit a Schultz-ügyben?

– Mi az hogy! – vigyorgott Brock. – Beletrafáltunk egy kis pénzügyi disznóságba. A felperes csalt az adóval az utóbbi két évben. Ezt nem fogja díjazni az esküdtszék. Ezért nem akarták ideadni nekünk a papírjaikat.

– Szép – mosolygott Alex a fiúra. – Hogy jött rá?

– Gyerekjáték volt. Majd később megmutatom. Azt hiszem, most már egyezségre vihetjük a dolgot, ha ugyan rá tudja venni Mr. Schultzot az egyezkedésre.

– Hát azt nem hiszem – mondta elgondolkodva Alex. Jack Schultznak volt egy kis vállalata, melyet igazságtalanul bepereltek korábbi alkalmazottai. Legutóbb is nagy pénzeket csikartak ki végkielégítés címén a tulajdonosoktól, akik nem akartak bírósági pert. Csakhogy ez a végkielégítés precedenst teremtett, és Schultzot most beperelte egy másik volt alkalmazottja, aki szép pénzeket húzott a cégtől és illegális jutalékokat is felmarkolt, de azért még egy perrel is megpróbálkozott, diszkrimináció címén. Schultz úr azonban most nem akart fizetni. Azt akarta, hogy megjegyezzék róla: ő nem hagyja magát, és küzd a győzelemig.

– Nem baj. Most már a kezünkben van minden, ami kell, a tanúvallomás az illegális jutalékokról, s ezzel el is áshatjuk a felperest.

– Számítok is rá – mosolygott Alex. A tárgyalást a következő szerdára tűzték ki.

– Van egy olyan érzésem, hogy a felperes ügyvédje még ezen a héten küld önnek egy felhívást a megegyezésre. Mit fog mondani neki?

– Hogy menjen a jó büdös francba. Szegény Jack ezúttal igazán megérdemli, hogy győzzön. Ráadásul igaza is van. Szeretném, ha minél több munkaadó követné Jack példáját és a sarkára állna.

– Csakhogy olcsóbb peren kívül megegyezni, a többség nem akar felhajtást.

Mindketten nagyon jól tudták azonban, hogy a vállalkozók az utóbbi időben egyre kevésbé hajlandók fizetni és peren kívül megegyezni mindenféle zűrös vádak kapcsán. Alex az előző évben is sok ilyen pert megnyert, és már nagy hírnévnek örvendett a bevádolt cégtulajdonosok körében. És Brock mindenben a segítségére volt. Szívesen dolgozott neki. Ha száz órája ment rá, azt sem bánta, mert mindig tanult valamit Alex stratégiájából.

Brock szeretett volna egyszer olyan üzlettársi rangot elérni, mint Alex. S tudta, hogy ez az idő nincs is olyan messze. Hiszen a sikeres együttműködés miatt Alex mindenképpen támogatni fogja őt ebben. Sőt, a másik kollégától, akinek még dolgozott, azt is megtudta, hogy Alex nagyon jó jellemzést adott róla Matthew Billingsnck.

– Milyen új ügyfelet fogad ma? – érdeklődött Brock, mert szeretett érdeklődni. Vagyis tulajdonképpen szerette Alexet.

– Nem tudom. Egy másik cég küldte hozzánk. Egy másik ügyvédi iroda egyik ügyvédjét akarja beperelni. – Alex mindig ferde szemmel nézett az ilyenekre, hacsak nem volt száz százalékig igazuk. Mert már többször próbálták őt belerángatni igazságtalan bosszúhadjáratokba nemcsak a zavarosban halászó paragrafuskalózok, hanem azok a megalázottak és megszomorítottak is, akik azt képzelték, hogy egy megnyert pertől talán majd szebb lesz az életük. Alex az ilyenek képviseletét sohasem vállalta el.

– De bármi legyen is, holnap délelőtt átnézzük ezt a Schultz-ügyet. Holnap péntek, tehát egykor lelépek, s ha még marad valami, akkor azt a hétvégén otthon átlapozom. Nem szeretném, ha valami terhelő vallomást kifelejtenék. Találkozzunk holnap fél kilenckor.

– Egész héten ezekre a tanúkihallgatásokra jártam. Holnap majd megmutatom a jegyzeteimet meg a felvételeket. – Videózni szoktak ugyanis egyes tanúvallomásoknál, aminek néha nagy hasznát vették, de arra mindig jó volt, hogy idegesítse az ellenfelet.

– Kösz, Brock. – Isten áldása volt ez a fiú, nélküle Alex egyszerűen belefulladt volna az akták tengerébe. Volt még egy asszisztense is, egy ügyvédjelölt, aki ugyanannyit dolgozott Brockkal, mint az Alexszel. Igencsak ütőképes kis csapat voltak így hárman, s ezt mindenki tudta róluk. Mellesleg az is sokat segített, hogy Brock nőtlen volt. Semmi sem akadályozta, hogy éjjel-nappal, hétvégén, sőt a szabadsága alatt is dolgozzon, ha kell. És Brock Stevens hajtott is. Alex azt is tudta róla, hogy volt ugyan valami kis flörtje az egyik csinos kolléganővel, de mert a belső rendszabályok az előmenetel szempontjából kizáró oknak tartják a cégen belüli intim kapcsolatokat, Brock végül is a karrierjét választotta...

Aztán jött az új kliens, és Alex elég unalmasnak találta az ügyet, s abban sem volt biztos, hogy a felperes nem hazudik. Azt mondta neki, nagyon udvariasan és diplomatikusan, hogy elgondolkozik az ügyön, nem biztos, hogy elvállalja, még konzultálnia kell a kollégáival is. Majd telefonon jelentkezik. S közben azt gondolta magában, dehogyis konzultál ő bárkivel, és nem fogja elvállalni ezt az ügyet.

Pontban ötkor kiszólt a titkárnőjének, Liz Hascombnak az előszobába, hogy távozik. A titkárnő ilyenkor még behozta az aláírnivalókat, meghallgatta és följegyezte a másnapi tennivalókat. A nyugdíjkorhatár felé közeledő özvegyasszony volt, négy gyerekkel, hat unokával, és nem győzte csodálni Alexet, hogy egyszerre tud jó ügyvéd és jó anya is lenni. Boldogan hallgatta a gyerekről szóló történeteket és nézegette a róla készült fényképeket.

– Puszilom Annabellát! Hogy érzi magát az oviban?

– Imádja! – mosolygott Alex, és az utolsó iratokat is behajigálta az aktatáskájába. – Ne felejtse el a mai feljegyzéseimet átadni Matthew Billingsnek. S holnap reggelre legyen itt az asztalomon az összes Schultz-dosszié. – Még ezer dolgot át kellett gondolnia. A Schultz-tárgyalás szerdán kezdődik, így hát valószínű, hogy jó egy hétig távol lesz az irodájától, vagyis hétfőn és kedden még meg kell csinálnia mindent, amit csak tud. – Viszlát holnap! – mosolygott barátságosan Lizre, aki tudta, hogy ha valami váratlan történik, akkor telefonon vagy a küldönc segítségével bármikor elérheti őt. Mert Annabella ide vagy oda, Alex sohasem szakadt el teljesen az irodától. Még a tárgyalóterembe is magával vitte a mobil telefonját.

Alex öt perccel később elmerült a Park Avenue délutáni csúcsforgalmában. Nagy nehezen fogott egy taxit, s már csak a kocsiban ülve konstatálta, némi meglepetéssel, hogy milyen szikrázóan süt még a nap. Meleg októberi délután volt, de a langyos szellőben azért érezni lehetett az őszt is.

Alex ebben a gyönyörű időben a legszívesebben gyalog indult volna hazafelé, de nem akart egyetlen percet sem elvesztegetni. Megint Annabella huncut, szeplős arcocská-

27

ra gondolt. És arra, hogy nem létezik, hogy ő ne essen ismét teherbe. Nagyon lehangolta a már három éve tartó hiábavaló próbálkozás. Viszont még mindig nem tudta rászánni magát valami drasztikusabb beavatkozásra. Nem tudta elképzelni, hogy zsúfolt napirendjébe hogyan illeszthetne be egy lombikbébi-procedúrát vagy egy Pergonal injekciókúrát. Rengeteg cirkusszal jár az ilyesmi, jobb volna, ha végre csak úgy magától sikerülne... Összes hormonális mutatója optimális volt, s mégis, gyerek sehol. Hirtelen eszébe jutott, hogy amint hazaér, meg kell csinálnia gyorsan a „kék tesztet" is, nehogy lekéssék az ideális időpontot. Számításai szerint valamikor ezen a hétvégén következik be az esedékes peteérése. Végre egy olyan alkalom, hála istennek, amikor nem kell közben egy tárgyaláson vagy az irodájában lennie, gondolta magában, amíg a taxi hazafelé száguldott vagy araszolgatott vele az autócsordák lüktető forgatagában.

A Madison és a Hetvennegyedik utca sarkán reménytelenül dugóba kerültek, ezért úgy döntött, kiszáll, és gyalog teszi meg a háromsaroknyi távolságot. Az egész napi bezártság után nagyon élvezte a friss levegőt. Ruganyos léptekkel, aktatáskáját lóbálva haladt, és arra gondolt, mindjárt otthon lesz Annabellánál. Csöndesen el is mosolyodott magában. Lehet, hogy már Sam is otthon lesz. Több mint tizenhét évi házasság után még mindig szerelmes volt belé. És megvolt mindene. Fényes karrier, tündéri gyermek, szerető férj. Nála boldogabb nőt nemigen lehetett volna találni, s ezzel tisztában is volt. És ha nem sikerül ismét teherbe esnie, akkor sem dől össze a világ. Legföljebb örökbe fogadnak valakit. Vagy marad ez az egy gyerekük. Ő is és Sam is egyetlen gyerek volt. Vannak például, akik szerint az egykék értelmesebbek.

Bármi történjék is, úgy lesz jó, ahogy lesz. Még ezek a gondolatok jártak a fejében, amikor odaért a házukhoz. Mosolyogva köszöntötte a portást, és magabiztosan lépett be az előtérbe.

28

2. fejezet

Ahogy benyitott a lakásba, valami furcsa csönd fogadta. Csodálkozott, hogy Carmen ilyen sokáig maradt a parkban a gyerekkel. Máskor már ötkor itthon vannak, aztán jön a fürdetés és a vacsora. De amikor Alex belépett a saját fürdőszobájába, ott találta óriási habhegyek között a kádban Annabellát. Carmen a kád szélén ült, a gyerek meg vízitündért játszott. Nem is üdvözölte az anyját, csak „úszkált" föl s alá a temérdek habban. A mama nagy márványkádjában fürdeni ritka élvezet, s ezért nem hallott Alex a lakásba való belépéskor egy hangot se. A szülők lakosztálya egy hosszú előszoba végén volt.

– Hát ti mit csináltok itt? – nevetett Alex mindkettőjükre. A csöppség élénkvörös haja úgy ragyogott a hófehér habtengerben, mint valami jelzőfény.

– Csitt! – szólt rá Annabella komolyan, csöpp ujját az ajkára szorítva. – A vízitündérek nem beszélnek!

– Vízitündér vagy?

– Hát persze. Carmen azt mondta, hogy fürödhetek a kádadban a habfürdőddel, ha megengedem neki, hogy megmossa a hajam.

Carmen is, Alex is elnevette magát. Annabella szeretett mindenféle alkut kötni, és becsületesen be is tartotta a megállapodásokat, bár azért azt is tudta, hogy ő itt a mindenki kedvence.

– Mi volna, ha én is beülnék melléd a kádba és mindketten hajat mosnánk? – vetette föl Alex. Mindenképpen meg akart fürdeni, mielőtt Sam hazaér.

– Oké! – mondta Annabella pár másodpercnyi bizonytalankodás után. A hajmosást ugyanis utálta, de sejtette, hogy most nem úszhatja meg.

Alex kibújt fekete ruhájából és magas sarkú cipőjéből, Carmen pedig elment megnézni, hogy áll a vacsora. Anna-

29

bella még mindig vízitündért játszott, de azért már hajlandó volt szóba állni anyjával. Megbeszélték, kivel mi történt aznap. Annabellának imponált, hogy a mama „ügyvéd", a papa pedig „feltaláló kapitalista", legalábbis szerinte. Azaz, a papa majdnem olyan, mint egy bankár, aki mások pénzével dolgozik, a mama pedig a bíróságokra jár, és a bírókkal vitatkozik, de nem küld senkit a börtönbe.

– Szóval, hogy telt a nap? – kérdezte Alex, aki maga is vízitündérnek kezdte érezni magát a fárasztó nap után a kellemes meleg, fürdőhabos vízben.

– Nagyon jól! – nézett rá Annabella vidáman.

– Történt valami különös az oviban?

– Á, dehogy! Csak békát ettünk.

– Békát?! – kerekedett el Alex szeme, bár jól ismerte a gyerek fantáziáját, és tudta, hogy nem ez a történet vége. – Miféle békát?

– Zöldet. Fekete szeme és kókuszos haja volt.

– És azt mondták rá, hogy minitorta? – kezdett Alex tisztábban látni.

– Igen, Bobby Bronstein vette, mert ma neki volt a szülinapja.

– Hát ez csodálatos!

– A mamája vett még gumikukacokat és pókokat is. Ilyen nagyokat! – A gyerek élvezte, hogy érdekeset mesélhet az anyjának.

– És finomak voltak?

– Igen, de amit te csinálsz, az jobb. Főleg a csokis.

– Na, akkor lehet, hogy csinálunk is valami finomat most a hétvégén… – miután a papával megpróbáltunk neked kistestvért csinálni, gondolta magában, s erről eszébe jutott a „kék teszt" is.

– Mit csinálunk a hétvégén? – szólt be egy ismerős hang az ajtón. Fölnéztek, hát a papa állt ott, és kedvtelve nézegette a fürdőzést. Aztán odament hozzájuk, lehajolt és megcsókolta őket. S amikor fölegyenesedett volna, Alex a nyakkendőjénél fogva visszahúzta még egy csókért, s ő nem tiltakozott.

– A sütikészítésről beszélgettünk, egyebek közt – mondta Alex incselkedve, ahogy Sam hátralépett a kádtól, levette a nyakkendőjét, és kigombolta a gallérját.

– Egyéb tervek a hétvégére? – kérdezte Sam lazán, és neki is eszébe jutott a „kék teszt".

– Szerintem vannak – mosolygott Alex, és látta, hogy Samnek felcsillan a szeme. Sam, közel az ötvenhez, még mindig feltűnően jóképű férfi volt, s egyébként is tíz évvel fiatalabbnak látszott. Akárcsak Alex. Szép pár voltak, és Annabella igazán nem „ártott meg" az egymás iránt érzett szenvedélyüknek.

– Mit csináltok itt ketten a kádban ebben a habtengerben? – kérdezte Sam Annabellát, s a kislány halálosan komolyan válaszolta:

– Vízitündérek vagyunk, papa.

– És mi volna, ha mellétek mászna még egy bálna is?

– Bejössz, papa? – nevetett a gyerek. Sam pedig ledobta a ruháját, bezárta az ajtót, hogy Carmen rájuk ne nyisson, és a következő pillanatban már ott lubickolt a két vízitündér között. Fröcskölték egymást, játszottak, s a végén Alex tényleg megmosta Annabella haját, majd egy rózsaszín fürdőlepedőbe bugyolálta a gyereket. Sam közben lezuhanyozta magáról a maradék habot, majd ő is kilépett a kádból, és egy fehér törülközőt csavart a dereka köré, úgy gyönyörködött a két nőben.

– Mintha ikrek volnátok – mutatott a két vörös fejre. Alex az utóbbi időben ősz hajszálakra kezdett panaszkodni, de ezek még nem látszottak, s hajkoronája éppúgy ragyogott, mint Annabelláé.

– Mit csinálunk mindenszentek előestéjén? – kérdezte Annabella, míg a haját szárították. Sam átment a hálószobába, és farmert, pulóvert és papucsot húzott. Szeretett így otthon lenni a feleségével és a kislányával. Még azt sem bánta, ha Alex késő éjszakáig dolgozott, az volt a fő, hogy mellette lehet. Ez így ment már tizenhét esztendeje. Sok változás nem történt, legföljebb annyi, hogy Sam évről évre jobban szerette a feleségét, s Annabella csak tovább erősítette a köztük lévő kötelékeket. Sam csak azt sajnálta, hogy korábban nem gondoltak a kölykökre.

– Mit szeretnél csinálni mindenszentekkor? – kérdezte

Alex, miközben a gyerek vörös fürtjeit borzolgatta csöpp ujjacskáival.

– Én kanári szeretnék lenni – válaszolta Annabella eltökélten.

– Kanári? Miért pont kanári?

– Mert az olyan aranyos. Hilarynek is van egy. Vagy Csengettyűcske... Vagy Kis Vízitündér.

– A jövő héten ebédidőben benézek Schwarzhoz, hátha találok valamit. Jó? – Aztán eszébe jutott a szerdai tárgyalás. A Schwarzot tehát még előtte el kell intéznie. Esetleg Liz Hascomb is odatelefonálhat, hogy mit tudnak ajánlani a gyerek méretére.

– Mit csinálunk mindenszentekkor? – csoszogott vissza Sam farmerban és pulóverben.

– Amit tavaly, körbejárjuk a házat, benézünk az ismerősökhöz – mondta Alex. Ráadta a hálóruhát Annabellára, aztán az apjára bízta, és kiment a konyhába.

A sütőben csirke sült, a mikróban krumpli, egy serpenyőben pedig zöldbab párolódott. Carmen már majdnem kész volt mindennel. Ha ők otthon voltak, akkor Carmen még „beindította" a főzést, aztán hazament. De sokszor maguk készítették az egész vacsorát.

– Carmen, a jövő héten nagyon sok segítségre lesz szükségem – mondta Alex. – Szerdától tárgyalás...

– Nem baj, tudok maradni késő estig. – Carmen tudta, mennyire szeretnének Alexék még egy gyereket, és őt is elszomorította a sikertelenség. Imádta ugyanis a gyerekeket. Ötvenhét évesen hat gyermek, két férj és tizenhét unoka volt mögötte. Egész életét Queensben élte le, de szeretett Parkeréknál dolgozni Manhattanben.

– Viszlát holnap! – búcsúzott Carmen. Alex farmert és trikót vett fel, és pár perc múlva már ott ültek a vén rusztikus asztal körül, a vacsora illatozott, a gyertyák égtek... Szerettek így, a gyerekkel együtt vacsorázni.

Annabella egész este csacsogott, míg ágyba nem dugták, s az anyja el nem kezdett mesét olvasni neki. Sam elmosogatott, aztán megnézte a híreket. Annabellát nyolckor elnyomta az álom, így az övék volt az egész este. Alex már éppen be akart ülni Sam mellé, amikor eszébe jutott, hogy meg kell csinálnia a „kék tesztet". Abból meg az derült ki, hogy ovulációja még nem indult meg, s nem is lehet tudni, mikor fog. Csak azt vehette biztosra, hogy valamikor szombaton vagy vasárnap. Az orvostól azt a tanácsot kapták, hogy az ovuláció előtti napon már ne szeretkezzenek, mert akkor Samnek alacsonyabb lesz a spermaszáma. Ez aztán véget vetett nemi életük spontaneitásának, bár még így is élvezték a dolgot, sőt Sam valóságos sportot űzött a céltudatos „gyerekcsinálásból". Azt is mondták neki, hogy ovuláció előtt ne igyon sokat, és min denképpen kerülje a forró fürdőzést vagy a szaunázást. A hő ugyanis elpusztítja a spermiumok nagy részét, és Sam néha azzal bolondította Alexet, hogy hűtőzacskókat pakolt a nadrágjába – mert ismert olyan, hasonló cipőben járó házaspárokat, akiknél ez bizony előfordult. De hát ők itt még nem tartottak, Alex negyvenkét éves volt, ráértek még pánikba esni.

– Nos, igényt tart asszonyságod ma este a szolgálataimra? – kérdezte Sam tréfálkozva, ahogy Alex letelepedett mellé a kanapéra.

– Még nem – sóhajtott Alex, és kicsit hülyén érezte magát. Elég nyűg volt már ez az egész tesztelés, számolgatás, taglalás, reménykedés, de még úgy érezték, hogy érdemes csinálni. – Majd valamikor később, holnap vagy holnapután...

Aztán a hivatali ügyeikről kezdtek beszélni. Alex elmondta, hogy a jövő héten kezdődik a tárgyalás, a tanúk kihallgatásával. Bizalmas részleteket azonban még a férjének sem árult el. Sam pedig beszámolt egy furcsa, új bahreini ügyfélről meg egy leendő új üzlettársról, akit két régi kollégája mutatott be neki, de akiről Samnek nem voltak túl jó benyomásai. Nem igazán érezte úgy, hogy ezt a hivalkodó alakot be kell venni az üzletbe.

– Mi az, ami vonzó benne? – kérdezte Alex, mert valóban érdekelték Sam dolgai, Sam pedig mindig mindent jó részletesen előadott, mert érdekelte, hogy kiről-miről miként vélekedik a felesége, és az asszony különben is jó érzékkel sejtette meg a veszélyeket vagy a túl nagy kockázatokat.

- Őrületes pénzekkel dolgozik, és van egy-két szilárd nemzetközi kapcsolata. Nem tudom… Lehet, hogy közönséges seggfej. Nagyon el van telve magától. Feleségül vett egy Lady Valakicsodát, egy híres brit lord leányát, de túl sok itt a duma. Nem tudom. Larry és Tom viszont azt mondja, hogy ez a pasas két lábon járó aranybánya.

- Ellenőriztétek már? Utánanéztetek a dolgainak?

- Igen. Minden a lehető legnagyobb rendben van nála. Először Iránban szerzett nagy vagyont, és közeli kapcsolatban állt a sahhal egészen annak bukásáig. S azt hiszem, azóta is csak gyártja a pénzt. Nagyon sokat. Volt néhány nagyon egzotikus üzlete Bahreinben, szoros szálak fűzik a Közel-Kelethez, és célozgatott rá, hogy Brunei szultánjának is a közelébe tud férkőzni. Őszintén szólva én nem hiszek neki. Tom és Larry viszont igen.

- Akkor tekintsd „próbaidősnek" a pasast. Dolgozz vele fél évig, s majd meglátod, ki a fene is ő valójában.

- Ugyanezt mondtam Toméknak is, de szerintük ez sértő egy ilyen kaliberű figura esetében. És Simon tényleg nem az az ember, akit próbaidősnek lehetne tekinteni. De én nem mernék felelősséget vállalni érte.

- Akkor hallgass a megérzéseidre. Eddig még sosem csaptak be.

- Én inkább rád hallgatok – ölelte át Sam a feleségét. Alex éles esze és kívánatos teste – micsoda ritka kombináció – még mindig elbűvölte. – Mit szólnál, ha most gyorsan bebújnánk az ágyba, és gyakorolnánk egy kicsit a hétvégére?

- Csábító ajánlat – csókolta meg Sam nyakát Alex. Tudták, hogy van még két-három napjuk az ovulációig, tehát megengedhetik maguknak még a szerelmeskedést. Holnap viszont már nem. Végül is nem kísérletezgethetnek örökké a teherbe eséssel, így bármilyen bonyolult is ez az „órarend", jobb, ha betartják. Vagy föl kell hagyni a kistestvér-programmal, és akkor bármikor szeretkezhetnek.

Sam eloltotta a lámpákat a dolgozószobában és a nappaliban, majd követte a hálószobába Alexet, aki kényelmes mozdulatokkal húzta le a nadrágját, és igyekezett nem gondolni a sarokba lerakott aktatáskára. Sam odalépett

34

hozzá, és megkérte, hogy húzza le a cipzárját és a pulóverét, és Alexet ettől valami furcsa borzongás járta át. Sam most mégiscsak fontosabb volt számára, mint az az aktatáska.

S amikor bebújtak az ágyba, és átölelve egymást Alex megérezte Sam bőrének hűvös simaságát, végképp elfeledkezett mindenről. Még arról is, hogy ők tulajdonképpen gyereket szeretnének. És érezni is csak annyit érzett a világból, hogy Sam szorosan átöleli, és lassan beléhatol. Így lebegtek aztán félig önkívületi állapotban téren és időn kívül, a gyönyörök tengerében, ki tudja, meddig, majd lassan, nagyon lassan visszaszálltak a földre, ebbe a világba, a realitásba. Sam nagyon elégedetten szuszogott Alex karjában, és gyorsan át is szédült egy másik világba. Elaludt.

– Szeretlek – suttogta Alex a fülébe, vagyis inkább csak az összekócolódott hajába. Még sokáig tartotta átölelve a férfit, aztán óvatosan és gyöngéden kihúzta a karját-lábát alóla, és elment megkeresni az aktatáskáját. Maradt még egy kis munkája, és ilyenkor képtelen volt csak úgy heverészni az ágyban. Kipakolta hát a táskáját, belemerült az iratokba, és két óra hosszat még jegyzetelt. Sam nem ébredt föl, s Annabella is csak egyszer, mert szomjas volt. Le is feküdt egy kis időre a gyerek mellé, s amikor az megint mélyen aludt, csöndesen visszaosont a papírjaihoz.

Éjjel egyig dolgozott. Akkor rátört az álmosság, elpakolta hát a dossziékat. Sokszor éjszakázott így, mert a csendben jobban ment a munka.

Sam csak egy pillanatra riadt föl, ahogy Alex bebújt mellé. Alex eloltotta a villanyt. A férjére gondolt közben, meg Annabellára, aztán a jövő heti tárgyalásra, az aznap látott és elutasítandónak ítélt új ügyfélre, majd arra az angol vállalkozóra, akiről Sam mesélt. Olyan sok mindenre kellett gondolnia, hogy már-már szégyellni kezdte magát, hogy ő most egyszerűen lefekszik aludni. Minden kihasználható órára szüksége volt ugyanis, hogy el tudja végezni az elvégzendőket. Egyetlen percet sem lazíthatott. Aztán mégiscsak álomba zuhant, és félájultan aludt még akkor is, amikor másnap reggel megszólalt a vekker.

3. fejezet

Alexnek ez a napja is úgy kezdődött, mint a többi. Sam ébresztette csókokkal és simogatással, a rádió most is szólt már, és ő megint holtfáradtan ébredt. Minden napja belelógott a rákövetkezőbe, és Alex sohasem tudta kipihenni az előző nap feszültségeit és fáradalmait.

Kikászálódott az ágyból, és elment fölkelteni Annabellát, aki néha előbb ébredt, mint ők. Álmosan nyújtózkodott, ahogy Alex puszilgatta, majd bebújt mellé az ágyba, és ott beszélgettek, míg a gyerek hajlandónak mutatkozott a fölkelésre. Aztán kivitte a fürdőszobába, megmosta arcát, kezét és a fogát is, majd a gyerekszobában összeszedegette a gyerek aznapi óvodai ruháit. Most egy kis farmergarnitúrát választott, melyet Sam hozott legutóbbi párizsi útjáról. Csöpp nadrág, rózsaszín pamutrátétekkel díszített mellényke és hozzáillő dzseki. Nagyon aranyos volt benne a gyermek a magas szárú, rózsaszín sportcipőcskéjében.

– Borzasztó csinos vagy ebben a szerelésben, kölyköcske – kiáltott föl Sam, ahogy Annabella az anyja kíséretében megjelent a konyhában reggelizni. Sam már rég ott ült, lezuhanyozva, megborotválkozva, sötétszürke öltönyben, fehér ingben, nyakkendőben, és a bibliáját, vagyis a *Wall Street Journal*t olvasta.

– Kösz, papa – mondta a gyerek, ahogy letette elé a müzlit és a pirítóst. Alex közben elment zuhanyozni és öltözni. A napi teendőket már rutinosan és rugalmasan végezték. Ha Alexnek korán kellett indulnia, akkor Sam csinált meg egyedül mindent. Vagy fordítva. Ma reggel mindketten ráértek, és Alex vállalkozott, hogy elviszi az óvodába a gyereket. Csak néhány sarkot kellett menni, és különben is be akart ugrani a kozmetikushoz, mert erre a következő héten már nem lesz ideje.

Alex negyvenöt perc múlva jelent meg ismét a konyhában, de már csak arra volt ideje, hogy bekapjon egy kávét és egy darabka maradék pirítóst. Addigra Sam már elmagyarázta Annabellának az elektromosság lényegét meg azt, hogy milyen veszélyes villával belepiszkálni a kenyérpirítóba.

– Ugye, mama? – kért egy kis erősítést Sam Alextől, aki buzgón helyeselt, majd belepillantott a *New York Times*ba. A Kongresszus az elnök orrára koppintott, s az egyik, Alex által nagyon nem kedvelt fellebbviteli bíró nyugdíjba vonult.

– Na, legalább nem kell idegeskednem miatta a jövő héten – mormolta Alex titokzatosan, tele szájjal, Sam pedig nevetett rajta.

– Mit csinálsz ma? – kérdezte Sam. Neki magának fontos találkozói voltak különböző ügyfelekkel meg egy ebéd a „21-esben" az angollal.

– Nem sokat. A péntek, mint tudjuk, nekem rövid nap. Megbeszélem valakivel a jövő heti tárgyalást, aztán egy szokásos ellenőrzés Andersonnál, majd elmegyek Annabelláért, és irány Miss Tilly. – Annabella kedvenc napja volt a péntek, mert akkor mehetett a balett-tanfolyamra Miss Tillyhez.

– Mi lesz Andersonnál? Nekem tudnom kellene róla? – nézett aggódva Sam, de Alex megnyugtatta. Anderson ugyanis a nőgyógyásza volt.

– Nem nagy ügy. Csak egy kenetvizsgálat. És szeretném megbeszélni vele a Serophene-kúrát is. Elég nehéz megőrizni a tiszta gondolkodásomat meg a karrieremet az általa javasolt dózisok mellett. Nem tudom, hogy kevesebbet vagy többet kell-e kapnom, vagy tartsak-e egy kis szünetet. Majd elmesélem, mit mondott.

– El ne felejtsd – mondta Sam mosolyogva, de kissé meg is hatódva attól, hogy a felesége mit nem vállal azért, hogy még egy gyerekük lehessen.

– Neked meg sok szerencsét Simonhoz. Remélem, leleplezi magát, vagy kiderül, hogy mégiscsak megbízható.

– Én is remélem – sóhajtott Sam. – Megkönnyítené az életemet. Mert most nem tudom, mire hagyatkozzam: a fickó pedigréjére, a magam ügyességére vagy az üzlettársaim ösztöneire. Lehet, hogy az én ösztöneim eltompultak, s paranoiás leszek vénségemre. – Sam abban az évben töltötte be ötvenedik életévét, s ez komoly lelki teher volt számára, de Alex semmi aggasztót nem látott rajta, és az ösztöneiről is csak jót mondhatott.

– Már mondtam neked. Hallgass a megérzéseidre. Azok még sohasem csaptak be.

– Kösz a biztatást – nyúlt Sam a kabátokért. Fél perc múlva már lent voltak az utcán. Sam megcsókolta mindkettőjüket, aztán leintett egy taxit, a két nő meg gyalog indult az óvoda felé a Lexington utcán. Egész úton beszélgettek és mókáztak, majd Annabella beszaladt az oviba, és Alex is fogott magának egy taxit.

Brock már várta az irodában, és kipakolta az összes fontos dossziét is. Az asztalán öt üzenet hevert, de egyik sem volt összefüggésben a Schultz-üggyel. Kettő viszont az előző nap bejelentkezett ügyféltől jött, s Alex föl is írta magának, hogy el ne felejtse fölhívni az illetőt.

Brock, mint mindig, most is roppant felkészült volt, és jegyzetei rendkívül hasznosnak bizonyultak. Alex nem győzött hálálkodni neki, amikor fél tizenkettőkor végeztek. Maradt még vagy fél tucat elintéznivalója, de délben már ott kellett lennie az orvosnál, így alig egy-két telefonra futotta csak az idejéből.

– Tudok még valamit segíteni? – kérdezte Brock a maga fesztelen stílusában, míg Alex kétségbeesetten bámult az asztalán heverő cédulákra. Délután persze még vissza tudna jönni dolgozni, és Carmen vinné a gyereket a balettra, de attól az kissé nyűgös szokott lenni. Egyébként meg Alex egész élete egy nagy rohanás volt, egy váltófutás, amelyben nem tudta senkinek átadni a váltóbotot. Samnek nem adhatta át, hiszen neki is épp elég hajszás volt az élete. Még jó, hogy itt volt neki segítőtársul Brock. Most is megkérte, hogy két telefont intézzen el helyette.

– Ez tényleg nagy segítség lesz – mosolygott a fiatalemberre.

– Örömmel csinálom. Még valamit? – Brock kedvesen nézett rá. Munkastílusuk hasonló volt. Úgy működtek, mint egy összeszokott táncospár.

38

– Elmehetne helyettem az orvoshoz – nevetett szomorúan Alex.

– Ezer örömmel azt is – vigyorgott Brock.

Ez a látogatás most időpocsékolásnak tűnt. Nagyon jól érezte magát, és ezt a Serophene-dolgot telefonon is meg lehetne beszélni. Rápillantott az órájára, és gyorsan döntött. Tárcsázta az orvost, hogy későbbi időpontot beszéljenek meg. De a szám foglalt volt, és Alex nem akart olyan faragatlan lenni, hogy egyszerűen nem jelenik meg a megbeszélt időpontban. Nagyon ügyes és figyelmes doki volt, ő segítette világra Annabellát, és azóta, három éve, együtt küzdött velük az újabb terhességért. Alex még egyszer tárcsázott, de a telefon megint foglaltat jelzett. Bosszúsan nyúlt a kabátjáért.

– Azt hiszem, jobb, ha odamegyek, biztosan mellétette a kagylót – tréfálkozott tehetetlenségében. – Nem akarom, hogy elessen egy ilyen pénzes kuncsafttól. Brock, maga meg hívjon föl, ha úgy látja, hogy valamit kifelejtettünk ebből a Schultz-ügyből. Egész hétvégén otthon leszek.

– Ne idegeskedjen. Ha lesz valami, majd odaszólok. De már minden kész van, ráérünk hétfőn átnézni. Pihenje ki magát.

– Maga pont úgy beszél, mint a férjem. És maga mit fog csinálni?

– Természetesen egész hétvégén itt dolgozom. Vagy mire számított? – nevetett Brock.

– Nagyszerű. Semmire. De megparancsolom, hogy maga is pihenjen – fenyegette meg Alex a fiatalembert, de azért örült, hogy ilyen lelkiismeretes munkatársa van. – És hálás köszönet mindenért.

Aztán elviharzott. Még odaintett Liznek, és pár perc múlva már vitte is a taxi a doki rendelője felé. Alex kissé kellemetlenül érezte magát. Újat mondani nem tud, azt meg a doki magától is kitalálhatja, hogy milyen mellékhatásai vannak a Serophene-nek. De a vizsgálatra mindenképpen szükség volt, és mindig megnyugtatta az idegeit, ha megbeszélhette a problémáit a dokival. John Anderson régi barát volt, aki együttérzéssel hallgatta a panaszokat, és együtt aggódott velük, hogy mi lesz, ha nem sikerül ismét teherbe esni. Aminek nem volt semmiféle különösebb oka sem nála, sem a férjénél, de azért az eredménytelenül eltelt három évet sem lehetett már letagadni. Legfeljebb a túlhajszolt élettempó kínálkozott magyarázatul, no meg Alex életkora. Végigtárgyalták megint a Pergonal injekciót, annak minden előnyét és hátrányát, a mesterséges megtermékenyítést és az összes új technológiát, beleértve az idegen petesejt beültetését, bár ez az utóbbi megoldás Alexnek egyáltalán nem tetszett. Végül a Serophene folytatásánál maradtak, s a doki azt mondta, hogy ha Sam is beleegyezik, akkor a következő hónapban megpróbálhatnák a Sam spermájával való mesterséges megtermékenyítést, hogy így nagyobb esély legyen a pete és a hím ivarsejt találkozására. Az orvos elmondása alapján a dolog sokkal egyszerűbbnek látszott, mint amilyennek Alex korábban gondolta.

Aztán jött egy rutinvizsgálat meg a kenet, s amikor a doki átnézte Alex kartonját, megkérdezte, mikor volt utoljára emlőszűrésen, mert nem találja a tavalyi eredményt. Alex ekkor bevallotta, hogy bizony két éve már nem volt szűrésen.

– De hát semmi bajom, és a családban sem volt senkinek daganata – erősködött Alex. Nem izgatta a dolog, bár a kenetvizsgálatot minden évben pontosan megcsináltatta.

– Tessék minden évben legalább egyszer elmenni emlőszűrésre is – dorgálta meg az orvos, aztán végigtapogatta a mellét, de semmit sem talált. Alexnak nem volt nagy melle, és Annabellát is rendesen szoptatta, márpedig e két dolog csökkenti az emlőrák kockázatát. Azt is rég elmagyarázták neki, hogy a mostani hormonkezelés sem növeli ezt a kockázatot. – Mikorra várja az újabb ovulációt? – kérdezte még a doki, csak úgy mellékesen.

– Holnapra vagy holnaputánra – válaszolt Alex.

– Márpedig akkor még ma el kell mennie szűrésre. Ha ugyanis maga holnap teherbe esik, akkor vagy két évig nem állhat röntgengép elé. Terhesen, gondolom, nem is akar, a szoptatási időszakban pedig nem lehet olyan pontos felvételeket készíteni. Én nagyon szeretném, ha elmenne még ma, és akkor túl leszünk ezen is.

Alex kissé bosszúsan nézett az órájára. Hogy jön most ez össze azzal, hogy el akart menni a gyerekért az óvodába, aztán haza ebédelni, majd Miss Tillyhez balettozni...

– Ez ma nem jön össze. Sok dolgom van.

– Alex, ez most fontos – csendült ki valami szokatlan erélyesség az orvos hangjából. – Muszáj időt szakítania rá.

Alex megijedt ettől a hangtól. Úristen, csak nem...

– Csak nem tapintott ki valamit, ami miatt ennyire sürgős lett az ügy? – kérdezte kétségbeesetten.

– Nem, nem – rázta a fejét az orvos. – Csak nem szeretném, ha később problémája lenne. Ne hanyagolja el ezt a dolgot, Alex. Ahhoz túl fontos. Kérem. El kell mennie.

– Hát jó. Hová kell mennem? – adta meg magát Alex. Végül is a dokinak tökéletesen igaza volt, terhesen nem lehet röntgen elé állni. Más kérdés, hogy nem sok esély volt erre a teherbe esésre. A doki fölírt egy címet, alig öt sarokkal arrébb, gyalog pár perc. És maga a procedúra sem több öt percnél.

– Megkapom rögtön az eredményt is?

– Nem valószínű. A felvételeket még átnézi egy orvos is, és majd a jövő héten fölhívnak engem. S ha van valami probléma, akkor én azonnal fölhívom magát. De ne aggódjon. Ez csak a megelőzés...

Alex megértően bólogatott. Vitának itt tényleg nem volt értelme. Még a dokitól fölhívta Carment, hogy menjen el Annabelláért az oviba. Ebédre már hazaér, és a balettra is ő megy a gyerekkel, de még akadt egy sürgős elintéznivalója.

Aztán sietős léptekkel távozott dr. Andersontól, s végigment a Park Avenue-n a Hatvannyolcadik utcáig. Kellemetlen meglepetésként érte, hogy a röntgen várójában már vagy egy tucat nő üldögélt. Néha megjelent egy-egy asszisztens, és behívott valakit közülük. Alex reménykedett, hogy mégsem tart sokáig, és diszkréten körbepillantott. Egyetlen fiatal leányzó kivételével mind vele egykorú vagy idősebb nő várakozott.

Lapozgatta az újságokat, nézegette az óráját, de megérkezése után tíz perccel már őt szólította, elég nagy hangon, egy fehér köpenyes nő. Alex megadóan kullogott utána. Eleve tolakodónak érezte ezt az egész szituációt, ahogy most belenéznek, bele, őbelé, mintha valami titkos fegyvert keresnének nála. Nem is tudta, hogy bosszankodjon vagy inkább féljen, mert mi van, ha mégis találnak valamit. De míg a blúzát gombolta, gyorsan le is hűtötte magát. Hisz ez csak egy rutinvizsgálat.

A fehér köpenyes nő nem társalgott vele, csupán eligazításokkal szolgált. Ráadott egy köntöst, melyet elöl kigombolva kellett hagynia, majd mutatott egy mosdókagylót és egy csomó törülközőt, megkérte Alexet, hogy mosson le magáról minden parfümöt és dezodort – ezt a mosakodást végig is nézte –, aztán rámutatott a sarokban álló készülékre. Olyan volt, mint egy nagy röntgengép, valahol középtájon egy műanyag tálcával és néhány sugárvédő pajzzsal. Alex odalépett a készülékhez, a nő pedig ráhelyezte Alex egyik mellét a tálcára, lassan leeresztette fölé a masina felső részét, és bekapcsolta a gépet. Beszorította Alexet, amennyire csak kellett, majd azt kérte, hogy tartsa vissza a lélegzetét, és csinált két felvételt. Ugyanezt végigcsinálták a másik oldalon, és Alex már mehetett is. Tényleg inkább csak egy kis kellemetlenség volt az egész, és Alex már abban is biztos volt, hogy nem lesz semmi baj hétfőn, amikor fölhívja az orvost.

Ugyanolyan gyorsan távozott, ahogy jött, fogott egy taxit, és még idejében hazaért, Annabella épp az ebéd végénél tartott. Alex jókedvűen öltöztette aztán a baletthoz a gyereket, egészen föl volt dobva, hogy mégiscsak átesett a szűrésen, hogy nem halogatta tovább, mert hát tényleg elég gyászosak a statisztikák, jobb, ha az ember nem kockáztat. Minden nyolcadik-kilencedik nőt megtámadja a mellrák. Ebbe a gondolatba egy kicsit beleborzongott, aztán megcsókolta Annabella selymes vörös kobakját, és elindultak Miss Tillyhez.

– Miért nem jöttél értem az oviba? – nyafogott a gyerek, hiszen már hozzászokott, hogy pénteken az anyja megy érte.

– El kellett mennem az orvoshoz, és elhúzódott a vizsgálat, drágaságom. Ne haragudj.

– Beteg vagy, mama? – nézett föl ijedten a kislány.
– Á, dehogy! – mosolygott Alex. – De néha mindenkit meg kell vizsgálni, még az apukákat és az anyukákat is.
– Szurit kaptál? – érdeklődött tovább a gyerek.
– Neeem! – nevetett Alex. – Csak olyan alaposan összenyomták a cicimet, mint a palacsinta. De szurit nem kellett adni.
– Akkor jó – nyugodott meg Annabella, és elkezdett ugrálni a járda kövein.

A balettóra után a szokásos fagyizás következett, majd a lassú séta hazafelé. Arról beszélgettek, mit csinálnak majd a hétvégén. Annabella most nem nagyon lelkesedett az állatkertért, inkább a tengerpartra akart menni fürdeni, de Alex elmagyarázta neki, hogy ahhoz most túl hideg van.

Amikor hazaértek, Alex berakott egy kazettát, s a gyerek ágyán heverészve együtt nézték a filmet. Alex örült, hogy végre lazíthat e zsúfolt nap, tárgyalás-előkészítés, orvos, rákszűrés meg minden után.

Péntek délután volt. Carmen már rég elment, Sam viszont a szokásosnál később, hétkor ért haza. Annabella akkor már megvacsorázott, és Sam azt javasolta, hogy ők várják meg a vacsorával, míg a gyerek elalszik. Negyed kilenckor már ehették is a sült krumplis halat a finom salátával, miközben Sam beszámolt az angolról, aki ezúttal kedvezőbb benyomást tett rá.

– Tudod, most már tényleg tetszik nekem ez a pasas. Fölöslegesen aggódtam miatta. Toméknak volt igazuk. Nagyszerű fickó, és fantasztikus üzletet hozhat nekünk a Közel-Keletről. S hogy közben szereti adni a nagyot? Hát, istenem.

– És ha nem hozza azt a nagy üzletet a Közel-Keletről? – kérdezte Alex óvatosan.

– Hozza. Látnád csak, milyen ügyfelei vannak egyedül Szaúd-Arábiában!

– És elkísérik ide is? – játszotta tovább Alex az ördög ügyvédjének szerepét, de Samet ez nem zavarta. Most már megbízott az angolban, és eldöntötte, hogy negyedikként beveszi üzlettársnak a vállalkozásába. – Hiszen tegnap még egész mást mondtál róla…

43

– Tegnap még túl ideges voltam. Ma viszont három óra hosszat tárgyaltam vele, Alex. Frankó a pasas. Milliárdokat fogunk kaszálni – hadarta Sam mély meggyőződéssel.

– Ne légy mohó! – figyelmeztette Alex nevetve. – Ez azt jelenti, hogy kastélyt veszünk Dél-Franciaországban?

– Nem, de egy New York-i nagy házról és egy Long Island-i ingatlanról szó lehet.

– Nincs szükségünk rá – mondta Alex, és kedvesen mosolygott. Samnek sem volt szüksége ilyenekre, csak éppen szeretett nagymenő lenni az üzleti világban. Ez sokat jelentett neki. Szerette, ha bámulják, hogy mire képes. A haszon mellett a siker és a hírnév is fontos volt számára, és Alex épp ezért intette óvatosságra az új üzlettárssal kapcsolatban. De ha egyszer Sam elfogadta ezt az angolt, akkor ő is hajlandó elfogadni Sam döntését.

– És ti mindent előkészítettetek a jövő heti tárgyalásra? – érdeklődött Sam, mert mindig is érdekelték a felesége dolgai. Annabella érkezése előtt ez a kölcsönös érdeklődés tartotta lendületben közös életüket.

– Többé-kevésbé. Remélem, minden rendben lesz. Az ügyfelem most már igazán megérdemli, hogy megnyerjen egy pert.

– Ha te véded, meg is fogja – mondta Sam, Alex pedig odahajolt hozzá, és megcsókolta. – Egyébként dr. Anderson mit mondott?

– Nem sokat. Megint végigvettük az összes lehetőséget. A Pergonaltól még mindig félek, a Serophene még mindig az agyamra megy, és egy negyvenkét éves nőnek nem szoktak lombikbébit csinálni. Bár, a doki szerint, van, aki vállalkozik rá. Szó volt még az idegen petesejtről, de ez egyáltalán nem tetszik nekem, és azt is mondta, hogy a következő hónapban megpróbálkozhatnánk a te spermáddal való mesterséges megtermékenyítéssel. Szerinte ez lehet a megoldás. Nem tudom, te hogy vagy ezzel... – halkult le, majdnem szégyenlősen, Alex hangja. De Sam jókedvűen mosolygott.

– Túlélem, ha muszáj. Persze nagyobb élvezeteket is el tudok képzelni, mint hogy disznó képeslapok nézegetése közben önmagammal játszadozzam, de ha ez kell, hát rajtam nem fog múlni.

– Csodálatos vagy. Tényleg szeretlek. – Alex ismét megcsókolta a férjét, és még szenvedélyesebb csókokat kapott tőle. Ám a „kék teszt" aznap este sem kékült be, úgyhogy a dolog ennyiben is maradt.

– Mi lesz ezen a hétvégén?

– A doki azt tanácsolta, hogy ha bekékül, akkor abban a pillanatban... Biztosra veszem, hogy holnap már bekékül. Már ma kellett volna. És a doki elküldött mellszűrésre is, pont azért, mert hátha most terhes maradok. Terhesen meg szoptatás közben ugyanis nem lehet röntgenezni. Így hát Carmen ment az oviba a gyerekért, én meg halálra rémültem, hogy hátha találnak valamit nálam.

– De ugye, nem találtak? – nézett hirtelen megzavarodva Sam, de Alex biztatóan mosolygott rá.

– Biztos, hogy nem. De majd csak a jövő héten lesz eredmény. Nem volt ugyanis bent a röntgenorvos. Anderson doki viszont végigtapogatott, és semmiféle csomót vagy daganatot nem talált.

– Fájt az a szűrés? – kérdezte Sam, és elég rémült képet vágott.

– Dehogy. Egy nagy gépben kell állni, aztán összelapítják az ember mellét, ahogy csak tudják, és készítenek néhány felvételt. Elég hülye szituáció. Alig vártam, hogy vége legyen. De legalább eszembe juttatta, hogy a dolgok rosszra is fordulhatnak, s hogy ilyen tragédia naponta ér másokat. Borzasztó belegondolni is, és óriási megkönnyebbülés, ha az ember lelete negatív.

– Felejtsd el az egészet. Veled ez nem fordulhat elő – mondta Sam határozottan, és segített lerámolni az asztalt. Aztán ittak egy-egy pohárka bort, megnéztek egy filmet a tévében, és a szokásosnál korábban feküdtek le. Nehéz hetük volt, és Alex is kipihenten akarta várni a fogamzásképesség beköszöntét.

S ahogy sejtette, másnap a tesztlapocska tényleg megkékült. Már délelőtt. Alex a kissé elcsúszott reggeli közben súgta meg Samnek az eredményt. Carmen lement Annabellával a parkba, ők meg elvonultak a hálószobába szeretkezni. S Alex aztán még egy teljes órán át ott is maradt, hanyatt fekve, párnákkal a feneke alatt. Valahol olvasta, hogy ez segíthet, s ő már szinte mindent hajlandó volt kipróbálni. Álmosan és kielégülten hevert ott még akkor is, amikor közvetlenül az ebéd előtt Sam ismét benézett hozzá egy kis ölelkezés erejéig.

– Egész nap itt fogsz heverészni? – csókolgatta Alex nyakát, amitől az ismét megborzongott.

– Ha így csábítanak, akkor igen!

– Mikor kezdjük újra? – kérdezte Sam, akit ugyanúgy izgatott a dolog, mint Alexet.

– Holnap bármikor.

– Nem lehetne még ma délután? – kérdezte Sam kissé elfúló hangon. – Többet kéne ezt gyakorolnunk. – De azért mindketten tudták, hogy ismétlés csak holnap. – Koncentrálj a gyerekcsinálásra – súgta még oda Sam, majd elment zuhanyozni és öltözni, Alex pedig még néhány percet szundikált.

Tíz perccel később halkan belépett Sam mögé a zuhany alá, és a férfit az első pillanatban meglepte, majd szörnyen felizgatta a hátulról szorosan hozzásimuló női test. Kínszenvedés volt számukra, hogy visszafogják magukat, és ne kezdjék újra a szerelmeskedést. Nagy volt a csábítás, mert még mindig tudták élvezni egymás testét. Nehezen is szoktak hozzá, hogy Sam „spermakoncentrációjához" kell igazítaniuk azelőtt oly spontán szenvedélykitöréseiket.

– El kéne felejteni ezt az egészet és visszaváltozni szexmániássá megint – suttogta Sam Alex fülébe. Szorosan átölelve tartották egymást a meleg zuhatag alatt, és a víz belefolyt a szájukba, ahogy elkezdtek csókolózni. – Annyira szeretlek...

– Én is – lihegte Alex mohón. – Sam, úgy kívánlak...

– Nem lehet, nem lehet... – mondta Sam incselkedve, és hirtelen teljesen kinyitotta a hideg csapot. Alex felsikoltott, ahogy a dermesztő víz rájuk zúdult, aztán mindketten kiugrottak a zuhany alól.

Lehiggadva, farmerban kávézgattak a konyhában, és az újságot olvasták, amikor Carmen megérkezett Annabellával. Carmen megcsinálta az ebédet, Alex és Sam délután még levitte a gyereket a parkba, majd este mindhárman elmentek J. G. Melonhoz vacsorázni. Vasárnap pedig körbebiciklizték a parkban a tavat – Annabella az apja mögött ült a gyereklésen. Csodaszép idő volt, és vasárnap este mindannyian egyetértettek, hogy jól telt ez a hétvége.

Annabellát gyorsan ágyba dugták, s amint biztosra vették, hogy alszik, máris bezárkóztak a hálószobába. Sam lassan kihámozta a ruhából Alexet, s végül ott állt előtte egy karcsú, elegáns virágszál, egy gyönyörűséges liliom. Szenvedélyesen, de szeretettel esett neki most is, mint mindig, minden kirobbanó vágyával, a testiség fékezhetetlen energiájával. Ez a nő sok mindent kihozott belőle, s ettől csak még jobban szerette és kívánta. Néha az volt az érzése, hogy ennél jobban már nem is lehet szeretni, de aztán valahol ismét megnyílt egy zsilip, átszakadt egy gát, és az érzelmek újabb, még erősebb áradata sodorta magával mindkettőjüket.

– Jaj... ha még ettől sem leszek terhes – nyögte Alex –, akkor föladom. – Sam mellére hajtotta a fejét, miközben a férfi gyöngéden cirógatta ujjaival a mellét.

– Szeretlek, Alex – fordult felé Sam, és megemelte a fejét, hogy jobban lássa az asszonyt, aki gyönyörű volt és tökéletes. Mint mindig.

– Én is szeretlek, Sam... Én jobban szeretlek – incselkedett Alex, Sam pedig csak rázta a fejét, és mosolygott.

– Az nem lehetséges...

Megint megcsókolták egymást, aztán csak hevertek ott szorosan összeölelkezve, és ebben a pillanatban talán az sem érdekelte őket, hogy összehoztak-e egy újabb bébit vagy sem.

4. fejezet

Hétfő reggel Alex kelt föl elsőnek, már felöltözve ébresztette Annabellát és Samet, és már a reggeli is az asztalon volt. A gyereket ma Sam viszi az oviba, mert Alex korán be akart érni. Ezer elintéznivaló várt rá, meg az utolsó simítások a peranyagon, aztán egy megbeszélés Matthew Billingsszel. Brock Stevens ma egész nap vele fog dolgozni, meg a két gyakornok is.

– Valószínűleg későn érek haza – mondta Alex. Sam megértően, Annabella azonban elszomorodva nézett rá.

– Miért? – kerekedett el szép zöld szeme, ahogy az anyjára nézett.

– Elő kell készítenem a tárgyalást, szívem. Tudod, ez az, amikor a bíróságon a bírónak magyarázok.

– Nem tudnál neki telefonon magyarázni? – próbálkozott a gyerek, mert utálta, ha az anyja nem volt otthon. Az nem tehetett mást, mint hogy megint megpuszilgatta és megölelte, és megígérte, hogy azért majd nagyon siet haza.

– Majd fölhívlak, ha hazaérsz az oviból, jó? Érezd jól magad, és fogadj szót! Megígéred?

Annabella bólintott, majd fölnézett az anyjára, aki közben az arcocskáját simogatta.

– És mi lesz a mindenszenteki új ruhámmal?

– Még ma megnézem, ezt megígérem – vágta rá Alex, és megint azt érezte, hogy kicsit sok ez a kettős teher, a munka meg a családi élet. Néha eltűnődött, hogy mi lesz itt, ha két gyerek lesz, nem csak egy...

Elbúcsúzott, fogta a kabátját, és lassú léptekkel távozott. Még csak fél nyolc volt. Háromnegyedkor már az irodája előtt állt meg vele a taxi. Kicsit szomorúan gondolt arra, hogy a családja most nélküle reggelizik, de nyolckor már keményen dolgozott, és Brock Stevens hozta a kávéját. Fél tizenegykor elégedetten nyugtázta, hogy mindent előkészítettek Jack Schultz szerdai tökéletes megvédésére.

– Mi maradt még? – kérdezte Brockot, teljesen összezavarodva. Brock már dolgozott a tőle kapott feladatokon, csakhogy neki odahaza a hét végén újabb ötletei támadtak. Éppen belekezdett volna ezek ismertetésébe, amikor félénken benyitott Elizabeth Hascomb. Alex azonnal intett neki, hogy ne zavarjon. Már reggel megmondta a titkárnőnek, hogy sem telefont, sem élő embert nem fogad, és ő se nyisson rá.

Liz ott szerencsétlenkedett a félig nyitott ajtóban Alex minden kiutasítása ellenére is, úgyhogy Brock kezdett érdeklődni, hogy mi baj van.

– Liz, megkértem magát, hogy ne zavarjon – mondta elég élesen Alex, bár érezte, hogy valami nincs rendben.

– Tudom, és... borzasztóan sajnálom... és elnézést kérek, de... – dadogott a titkárnő még mindig az ajtórésben.

– Történt valami Annabellával vagy Sammel? – rémült meg most Alex, de Liz gyorsan megrázta a fejét.

– Akkor meg nem érdekel! – vágta oda Alex, és hátat fordított neki.

– Anderson doktor telefonált – szedte össze minden bátorságát a titkárnő. – Már másodszor. És azt mondta, mindenképpen szóljak magának.

– Anderson?! Úristen... – Alex valósággal magába roskadt. A doki tényleg azt mondta, hogy megtelefonálja a mellröntgen eredményét, s most nyilván meg akarja nyugtatni. De a kérését, hogy munka közben is zavarják, mégiscsak túlzásnak tartotta. – A doktor igazán várhatna egy kicsit! – sziszegte. – Majd ebédidőben fölhívom. Ha egyáltalán lesz idő enni. Ha nem, akkor majd később telefonálok neki.

– De azt mondta, hogy még ma délelőtt szeretne beszélni magával. Délelőtt – nyomatékosította Liz. Ő már tudta, hogy a doktor valami nagyon fontosat akar közölni, s ezért makacskodott főnöknője minden tiltakozása ellenére is. Alexen azonban nem látszott, hogy örül e titkárnői fontoskodásnak. Biztosra vette, hogy csupán egy érdektelen rutinközleményről van szó, de akkor meg minek kell ilyen felhajtást csinálni. Alex annyira nem számított semmiféle rossz hírre, hogy még mindig nem ijedt meg, és még mindig csak bosszankodott.

49

– Majd visszahívom, ha tudom. Köszönöm, Liz – vetette oda félvállról, és visszafordult a papírjaihoz meg Brockhoz, de most a fiatalember bámult rá értetlenkedve.

– Miért nem telefonál a doktornak, Alex? Jó oka lehet rá, ha megkérte Lizt, hogy mindenképpen szóljon magának.

– Ne beszéljen hülyeségeket! Dolgoznunk kell!

– De most jót tenne nekem egy kávé. És hozok magának is egyet, míg telefonál. Pár perc az egész...

Alex még ellenkezett volna, de rájött, hogy itt senki nem nyugszik meg addig, míg ő föl nem hívja a doktort.

– Jaj, az ég szerelmére... Hát ez nevetséges. De legyen... Kérek tehát még egy kávét. Öt perc múlva itt szeretnék látni megint mindenkit. –Tizenegy harmincöt volt. Alex bosszankodott, hogy mennyi értékes idő megy veszendőbe...

Anderson titkárnője vette föl a kagylót, és azt csicseregte, hogy azonnal kapcsolja a doktor urat. Ezután végtelennek tűnő várakozás következett. Alexet a bosszankodás mellett most már hirtelen elfogta a rémület is. Hátha tényleg *rossz* hírek várják... De hülyeségnek tartotta ezt az aggodalmaskodást. Mert hát kizárni semmit sem lehet, de *ez a villám* nyilván másokba csap bele.

– Alex? – szólt bele Anderson doktor a telefonba.

– Üdvözlöm, doki. Mi az, ami ilyen fontos?

– Jó volna, ha szánna rám egy kis időt dél körül – mondta az orvos teljesen közömbös hangon.

– Képtelenség. Tele vagyok munkával. Két nap múlva tárgyalás. Ma nyolcra jöttem, és este tízig el sem szabadulok innen. Telefonon nem tudnánk megbeszélni?

– Nem. Inkább jöjjön be hozzám. – A mindenségit. Mit jelentsen ez? Alex azt vette észre, hogy elkezd remegni a keze.

– Valami baj van? – Nem akarta kimondani ezt a szót, de rájött, hogy kénytelen. – A mellröntgen? – De ha nincsenek csomók a mellében, akkor mi ez az egész? Az orvos sokáig habozott, hogy mit válaszoljon.

– Személyesen kell megbeszélnünk – bökte ki végül dr. Anderson, és Alex hirtelen belátta, hogy jobb, ha nem erőszakoskodik tovább.

– Mennyi időre van szüksége? – nézett az órájára, s megpróbálta megsaccolni, hány percet áldozhat erre a dologra. De ebédidőben még csúcsforgalom is lesz...

– Talán félórára. Szeretnék magával egy kicsit elbeszélgetni. Nem tudna most rögtön beugrani? Egy műtét és egy szülés között vagyok, épp ráérek.

– Öt-tíz perc múlva ott vagyok – közölte tömören Alex, de a szíve egyre sebesebben vert. Ebből már semmi jó nem jön ki, de mindegy, meg kell tudnia. És az is lehet, hogy elcserélték valaki máséval a leleteit...

– Mondja meg a többieknek, hogy negyvenöt perc múlva itt vagyok – szólt oda Liznek, ahogy kiviharzott az ajtón. – Addig egyenek valamit. Nekem pedig rendeljen egy pulykás szendvicset. – Liz elgondolkodva nézett utána, s azon tűnődött, hogy talán terhes. Mert tudta, ki az a doktor Anderson...

Alex viszont tudta, hogy itt nem a terhességről lesz szó, és egyre jobban gyötrődött, ahogy a taxi közeledett Anderson rendelőjéhez. Talán a mellröntgenről... Ám ekkor bevillant az agyába valami: nem a mellröntgen lesz ez, hanem a hüvelykenet-vizsgálat! És akkor méhnyakrákja van! Hogyan essen így teherbe? Igaz, voltak olyan ismerősei, akiket a rák korai stádiumában fagyasztásos vagy lézeres technikával meggyógyítottak, és akiknek aztán sikerült teherbe esniük. Talán nem olyan borzasztó ügy ez, nem is kell annyira félni tőle. Fő, hogy ő életben maradjon és sikerüljön még egy gyereket szülnie.

A taxi rekordidőt futott, Alex beesett az üres váróba. Az orvos a nyitott rendelőajtóban várt rá, de nem a megszokott fehér köpenyben, hanem öltönyben. És igencsak komor képpel.

– Üdvözlöm, John. Hogy van? – Alex nehezen kapkodta a levegőt a nagy sietségtől, aztán kabátostul lerogyott egy székre.

– Köszönöm, hogy eljött. Személyesen kell megbeszélnünk valamit.

– A kenet? – kérdezte Alex, és a szíve megint gyorsabban vert, és izzadt a tenyere. A doki a fejét rázta.

– Nem. A mellröntgen.

Ez képtelenség. Hiszen neki nincs semmi baja, se csomója, se daganata. Az orvos elővett két filmkockát, és fölrakta a világítótáblára. Először a szemből, aztán az oldalról készült felvételre mutatott rá, de Alexnek olyan volt mindegyik, mint a felhős Atlanta műholdfényképe. Az orvos komoly hangon folytatta.

– Itt egy nagy csomó – s ahogy körbemutatta, már Alex is ki tudott venni egy foltot a felvételen. – Nagyon nagy és elég mély. Sok minden lehet, de a röntgenorvos meg én nagyon aggasztónak találjuk.

– Mi az, hogy sok minden lehet? – kérdezte Alex, teljesen megzavarodva ettől az egésztől.

– Hát, van egypár lehetőség, de ilyen nagy és ilyen mély csomó sosem jelent jót, Alex. Szerintünk ez egy tumor. Daganat.

– Jézus... – Hát ezért nem akart az orvos telefonon beszélni, és ezért küldte be Lizt. – És most mi lesz? – kérdezte alig hallhatóan és holtsápadtan. Tartania kellett magát, hogy el ne ájuljon.

– Biopszia. Szövetmetszet. Minél hamarabb. Még a héten.

– Két nap múlva tárgyalásom kezdődik. S amíg az véget nem ér, nem tudok elmenni.

– Ezt nem teheti meg.

– De az ügyfelemet sem hagyhatom cserben. Vagy az a pár nap olyan sokat számít? – Alexet elfogta a rémület. Akkor ő most meg fog halni? Egész testében elkezdett remegni.

– Pár nap nem feltétlenül számít – ismerte el óvatosan az orvos. – De az időhúzást nem engedheti meg magának. Keresnie kell egy sebészt, megcsináltatni a szövetmintát, amilyen gyorsan csak lehetséges, aztán meglátjuk, mit talál és mit javasol a patológus.

– Ön nem tudja megcsinálni ezt a szövetmetszést? – próbálkozott Alex, akit újabb rémülettel töltöttek el ezek a bonyodalmak. Ugyanaz a pánik kezdett elhatalmasodni rajta, amely pár napja a röntgennél fogta el. És most valóban bekövetkezett a legrosszabb... Ez egy rémálom, egy horrorfilm...

– Ide sebész kell – mondta az orvos, és átnyújtott egy cédulát. – Fölírtam magának egy nőt és két férfit, beszéljen velük, és válassza majd ki a legszimpatikusabbat. Mind kiváló sebészek.

Sebészek! Alex tudatáig csak most jutott el, hogy mi van e szó mögött. Meglepődve konstatálta azt is, hogy már félórája ott ül, de valahogy nem volt ereje fölállni és elmenni.

– Nekem nincs időm erre – sírta el magát. Ilyen gyámoltalannak és kiszolgáltatottnak még sohasem érezte magát. Harag és rémület között gyötrődött. – Nincs időm orvost keresgélni. Ott a per, nem ugorhatok ki belőle csak úgy. Kötelességeim vannak – zokogta. És már-már hisztérikusnak hallotta a saját hangját, de nem tudott másként megszólalni. – Mit gondol, rosszindulatú? – nézett teljes kétségbeeséssel az orvosra.

– Nincs kizárva. – Anderson nem akarta őt hitegetni, hiszen a röntgenkép semmi jót nem ígért. – Sőt, elég valószínű. Nagyon is olyannak mutatja magát. De a szövettani vizsgálatig nem lehet biztosat mondani. Az a fő, hogy ez gyorsan kész legyen, hogy aztán ön dönteni tudjon a továbbiakról.

– Ez mit jelent?

– Azt, hogy ha az eredmény pozitív, akkor önnek kell döntenie a további kezelés egyes kérdéseiben. A sebész persze ad majd tanácsokat, de a végső döntés az öné.

– Úgy érti, én döntsek például abban, hogy levegyék-e a mellemet?! – kérdezte Alex elszörnyedve, szinte rikácsoló fejhangon.

– Ne szaladjunk ennyire előre. Még nem tudhatunk semmi biztosat. – Az orvos megpróbálta megnyugtatni, de ez csak még rosszabb volt. Alex most akart szembenézni a tényekkel. Igenis, esküdjön meg a doktor, hogy ez nem rák. De képtelen volt ezt kérni.

– Szóval tudjuk, hogy mélyen bent a mellemben van egy daganat, mely ön szerint aggodalomra ad okot. S azt is jelentheti, hogy elveszítem az egyik mellemet, igaz? – Alex úgy szögezte neki a kérdést, ahogy a tanúknak szokta.

– Igaz – válaszolta az orvos csöndesen. Mélységesen sajnálta Alexet.

– S aztán? Ennyi az egész? Leveszik a mellemet, és kész?

– Lehet, de nem biztos. Én is szeretném, he nem lenne bonyodalom. Minden a daganat típusától, az esetleges rosszindulatúság mértékétől és a folyamat jellegétől függ. Meg attól, hogy a dolog érinti-e a nyirokmirigyeket, s hogy más szervekre átterjedt-e. Alex, egyszerű válaszok itt nincsenek. Lehet, hogy nagy műtétre lesz szüksége, vagy daganateltávolításra, vagy kemoterápiára, esetleg sugárkezelésre. A szövettani vizsgálat előtt ezt sem lehet megmondani. És akármennyi dolga van is, beszéljen ezekkel a sebészekkel. *Muszáj! Sürgős!*

– Mennyire?

– Csinálja végig a pert, ha már annyira fontos, és nem tart két hétnél tovább, de a biopsziát ha törik, ha szakad, két héten belül intézze el. Aztán majd meglátjuk.

– Maga kit ajánl ezek közül? – nyújtotta vissza Alex a sebészek céduláját.

– Egyik jobb, mint a másik, de ha már kérdezi, forduljon Peter Hermanhoz. Ő nem egyszerűen sebész, hanem nagyszerű ember is.

– Rendben. Holnap fölhívom.

– Miért nem ma délután? – A doki láthatóan nem szerette volna, ha Alex a munkájára hivatkozva keresne kibúvókat.

– Na jó, később fölhívom – nyögte ki Alex, de ebben a pillanatban egy kijózanító gondolat villant bele az agyába. Csaknem összeroskadt a reá szakadó súly alatt. – De mi van, ha most a hétvégén teherbe estem?! Mi van akkor, ha terhes és rákos vagyok egyszerre?!

– Ezen is ráérünk gondolkozni, majd ha minden kiderül. A szövetteni vizsgálat eredményekor már azt is fogjuk tudni, hogy maga egyáltalán terhes lett-e vagy sem.

– De mi van, ha rákos és terhes vagyok egyszerre? – csattant föl türelmetlenül Alex. – Akkor el kell vetetni a gyereket?!

– Majd meg kell állapítanunk a prioritásokat. Ön a legfontosabb.

– Ó, istenem! – Arcát a kezébe temette, majd lassan, elgyötörten fölnézett. – Maga szerint a kapott hormonoknak lehet közük mindehhez? – Ez a gondolat újabb borzalommal töltötte el. Hogy esetleg saját magát pusztította el a nagy teherbe esési igyekezettel...

– Nem, őszintén mondom, nem. Hívja föl szépen Peter Hermant, és minél gyorsabban csináltassa meg a szövettani vizsgálatot.

Ez célszerűnek látszott. Most haza kell mennie és közölnie Sammel, hogy daganat van a mellében. Ez egyszerűen hihetetlen. Pedig ott van a filmen, és ott van Anderson doktor kétségbeesett tekintetében is. Már majdnem egy órája rágódnak ezen a témán...

– Sajnálom, hogy így alakult, Alex. Ha valami van, hívjon föl. Ezeket a filmeket pedig mutassa meg annak a sebésznek, akit végül kiválaszt.

– Peter Hermannel fogom kezdeni – mondta Alex, és elbúcsúzott. Kitántorgott az októberi napsütésbe, és bár nem tudott szabadulni a „sebész" szó által keltett balsejtelmektől, egyszerűen nem akarta elhinni a hallottakat. Leintett egy taxit, és igyekezett nem gondolni semmire, sem a daganatkimetszésre, sem az emlőamputációra, sem azokra a nőkre, akik soha többé nem tudják fölemelni a karjukat, vagy akik belehaltak ebbe a betegségbe. Minden összezavarodott a fejében, az agya egyetlen nagy kásahalmaz volt, s ahogy közeledett az irodájához, már a könnyei is fölszáradtak. Csak ült a taxiban, maga elé meredt, és még mindig nem tudott sem elhinni, sem fölfogni semmit.

Az irodában ott várt rá az egész team: Liz és Brock, az ügyvédjelölt és a két gyakornok. És ott várta a Liz által rendelt pulykás szendvics is, de nem tudott enni. Ahogy ott állt, észrevették, hogy halálsápadt, de senki sem mert szólni egy szót sem. Aztán belevágtak, és egyhuzamban hatig dolgoztak. Akkor mindenki elment, és Brock, akinek figyelmét nem kerülte el, hogy Alex szörnyen néz ki, sápadtsága nem múlik és a keze is remeg, mégiscsak megkockáztatott egy kérdést.

– Jól érzi magát, Alex?

– Jól hát. Miért kérdi? – igyekezett Alex közömbös ké-

55

pet vágni, de ez most sehogy sem sikerült neki. Brock ennél okosabb volt...

– Kissé fáradtnak látszik. Lehet, hogy mindkét végén égeti a gyertyát, Mrs. Parker. Mit mondott a doktor?

– Ó, semmit. Kár volt az időért. Csak éppen nem akarta telefonon ismertetni néhány régi teszt eredményét. Nem szokta. Pedig elküldhette volna postán is, és akkor nem pazaroljuk egymás idejét.

Brock mindebből persze egy szót sem hitt el, de nem mert rákérdezni, hogy Alex végigcsinálja-e még a tárgyalást. Végül is ő volt a megbízott ügyvéd, neki kellett végigküzdenie a vitát. Brock sejtette, hogy Alex sértésnek tekintene egy ilyen kérdést. Így hát csak reménykedett, hogy nincs a nőnek komoly baja.

– Most hazamegy? – Brock remélte, hogy így lesz, bár az Alex asztalán tornyosuló dossziéhegyek nem éppen erre utaltak.

– Még néhány dolgot át kell néznem más ügyfelek számára. – Az esedékes telefonokat már elintézte, de Peter Hermanre már nem maradt ideje. Majd holnap délelőtt, mondogatta magában, ha eszébe jutott a „sebész".

– Menjen haza, és pihenjen egy kicsit.

Alex azonban maradt. Brock távozása után hazatelefonált Annabellának, aki meg volt sértve, hogy nem előbb hívták.

– Pedig megígérted – mondta szemrehányón, és Alexet elfogta a lelkifurdalás. De hát teljesen kiment a fejéből az orvosnál tett kényszerű látogatás után.

– Tudom, drágaságom, de értekezlet volt, és nem tudtam kijönni.

– Na jól van, mama – mondta a kicsi, aztán részletesen beszámolt mindenről, amit délután csinált Carmennel. S Alexnek, ahogy a gyerek csacsogását hallgatta, hirtelen még jobban a szívébe markolt a fájdalom.

– Megvárhatlak? – kérdezte a gyerek, miközben Alex azon imádkozott magában, hogy ne rák legyen az a daganat ott a mellében.

– Nagyon későn megyek haza. De majd megpuszillak álmodban. És holnap reggel majd én ébresztelek. Ez így lesz még ezen a héten meg a következőn, de azután már mindig együtt ebédelünk és vacsorázunk.

– És te viszel balettra ezen a héten? – folytatta Annabella, Alex pedig azon kezdett tűnődni, hogy hol lehet Sam.

– Nem lesz időm. De erről már beszéltünk, emlékszel? A bírónak kell magyaráznom ezen a héten mindennap.

– Nem tudod megkérni azt a bírót, hogy engedjen haza?

– Nem, drágám. De hol a papa? Hazaért már?

– Alszik.

– Ilyenkor?! – Este hét óra volt.

– Nézte a tévét, és elaludt. Carmen azt mondta, itt marad, amíg hazaérsz.

– Hívd csak ide Carment a telefonhoz. És Annabella... – nem tudta folytatni, elcsuklott a hangja, és a szemét hirtelen könny futotta el. Lelki szemei előtt megjelent a gyerek tündéri, szeplős arcocskája, nagy zöld szeme és göndör vörös haja. Mi lesz ezzel a gyerekkel, ha ő meghal? Mi lesz Annabellával, ha elveszíti az anyját? Suttogva tudta csak folytatni. – Szeretlek, Annabella.

– Én is szeretlek, mami. Szia!

Aztán Carmen vette át a kagylót. Alex megkérte, maradjon ott, míg a gyerek elalszik, aztán keltse fel Samet, mielőtt hazamegy. Ő majd valamikor tíz óra tájban érkezik.

Ahogy letette a telefont, megint eszébe jutott a családja. Úgy érezte, máris elvesztette őket. Mintha valami nagy, sötét felhő ereszkedett volna közéjük. Ők élnek és virulnak, ő meg talán elindult a sír felé. Hát ez képtelenség. Ez hihetetlen. Itt valami tévedésnek kell lennie. Tegnap még azon igyekezett, hogy teherbe essen, ma pedig már a halállal kell versenyt futnia. És a hetek óta tartó hormonkezelés is csak arra volt jó, hogy megnehezítse számára önuralma megőrzését. Hiszen úgy is van! Ezek a hormonok fokozzák föl az ő rettegését, nincs is mitől félni, csak a hormonoktól van ez az egész idegeskedés... Megpróbált magának mindent bebeszélni. Nem sok sikerrel.

Brock este kilenckor visszanézett, és kiszúrta, hogy Alex még mindig nem ette meg a déli szendvicsét. Egész nap csak két kávét ivott, most meg épp egy nagy pohár vizet.

– Beteg lesz, ha nem eszik – figyelmeztette Alexet, aki most még nyomorultabbul nézett ki, mint délután. Most már egészen szürke volt az arca.

– Nem vagyok éhes. Annyi a munka, hogy elfelejtettem enni.

– Ez nem jó kifogás. Tönkretesszük Jack Schultzot, ha maga megbetegszik a per előtt vagy annak a kellős közepén.

– Ez igaz – mondta Alex kissé bizonytalanul, aztán a fiatalemberre emelte zavaros tekintetét. – Brock, lehet, hogy át kell vennie tőlem az ügyet. Azt hiszem, meg tudja csinálni.

– Ilyesmi eszembe sem jut. Ön az az ügyvéd, akit Schultzék kértek. Ön az, akiért itt fizetnek. – Brock szóról szóra ugyanazt mondta, amit Alex délelőtt az orvosnak. Megint vissza kellett fojtania a sírást...

– Miért nem megy haza? – kérdezte Brock szelíden. – Majd én befejezek mindent. Bízzon bennem.

Brock tényleg nagyon kedves volt, és félórával később Alex tényleg úgy döntött, hogy hazamegy. Túl fáradt volt már, értelmes munkát úgysem tudott volna végezni. Teljesen elnyúzottnak érezte magát. És amire évek óta nem volt példa, távozáskor nem vitte magával az aktatáskáját. Brock ezt is észrevette, de nem szólt. Ám ahogy utánanézett a nőnek, megérezte, hogy itt valami nagy baj van. De annyira még nem voltak jó viszonyban, hogy konkrétan rákérdezzen vagy hogy fölajánlja a segítségét.

Alex a taxiban hátrahajtotta a fejét, mert úgy érezte, nem bírja megtartani a nyakán. S amikor hazaérve kiszállt a kocsiból, úgy vonszolta magát, mint aki száz évet öregedett. A liftben azon tűnődött, hogy mit is mondjon Samnek. Hiszen ez neki is szörnyű hír lesz. Mit mondjon... Semmi ötlete nem volt.

Sam a tévé előtt ült a nappaliban, és mosolyogva nézett föl, ahogy Alex belépett.

– Helló! Na, mi volt ma? – kérdezte kedvesen, és Alex némán rogyott le mellé a fotelbe. Egy darabig küszködött a könnyeivel, aztán kinyögte:

– Szörnyű egy nap volt...

58

Samnek eszébe jutottak a hormontabletták.

– Biztos azok az átkozott bogyók készítettek ki megint. Ki kéne már hajítani őket a francba. – És átölelte a feleségét, aki most pár pillanatra úgy kapaszkodott belé, mint egy fuldokló...

– Pokoli egy nap volt – ismételgette Alex, kicsorduló könnyeit törölgetve.

– De ettél legalább? – firtatta Sam, mire Alex csak a fejét rázta. – Akkor gyere, csinálok egy rántottát.

– Nem tudok enni. Hulla vagyok. Feküdjünk le. – Alex már csak ennyit akart. Megnézni Annabellát, aztán odafeküdni a férje mellé. Amíg még megteheti...

Sam hirtelen megérzett valamit. Ennyire rosszul még a tárgyalások előtt sem szokott kinézni a felesége.

– Valami baj van? – próbált érdeklődni, de Alex válasz nélkül hagyta, és átlépett a gyerekszobába. Sokáig állt a gyerekágy mellett, majd letérdelt, és óvatosan megcsókolta a kicsit. Aztán bement a hálószobába, lecibálta magáról az utcai ruhát, és fölvette a hálóingét. Nem volt ereje zuhanyozni. Gyorsan fogat mosott, és beesett az ágyba.

– Mi van veled? – próbálkozott újra Sam. – Mi a baj? Vesztésre áll a per?

Alex a fejét rázta. Aztán kibökte:

– Anderson doki fölhívott. Ebédidőben beugrottam hozzá.

– És? – villanyozódott föl Sam. – Nem tudta még kideríteni, hogy terhes vagy-e?

Alex sokáig hallgatott. Már kezdett kínos lenni a hallgatás, de hát ezt a dolgot mégsem lehetett elhallgatni...

– Talált egy sötét foltot a mellröntgenképen – nyögte ki végül.

Sam sokkal kevésbé lepődött meg, mint ahogy Alex várta.

– Na és?

– Ez azt is jelentheti, hogy daganatom van.

– Is. Vagyis fogalmuk sincs semmiről. Mars-lakók is leszállhatnak ide az utcánkba ma éjjel. De nem túl valószínű, hogy így lesz. Ugyanennyi az esélye annak, hogy rákod van.

Ezt jó volt hallani. Tényleg. Hiszen csak egy sötét folt, semmi más...

– Anderson azt mondta, szövetmintát kell venni. Adott három nevet... De nekem a tárgyalás előtt nincs időm sebészhez járkálni. Legföljebb tán ebédidőben. De ha ez nem megy, akkor várni kell a per végéig.

– Hát akkor várd meg a per végét! Van ennek jelentősége?

– Nem hiszem, bár Anderson azt mondta, hogy ne halogassam. – Alex kezdett egy kicsit megnyugodni.

– Ez igaz, de azért nem kell pánikba esni. Ezek a dokik csak magukat védik, és azért ijesztgetik az embert, hogy véletlenül se lehessen beperelni őket, hogy nem szóltak idejében. Ha meg még sincs baj, akkor mindenki örülhet. Az meg nem érdekli őket, hogy halálra rémisztik a pácienst. Az isten szerelmére, Alex, te, mint jogász, ezt igazán tudhatnád! – nézett rá Sam némi szemrehányással. És Alex már nem is félt. Már nem az járt a fejében, hogy meg fog halni. Miért is halna meg... Hirtelen úgy érezte, Samnek tökéletesen igaza van. Anderson doki jó fej, de nyilván ő sem szeretné, ha pert akasztanának a nyakába...

– Hát jó. De akkor most mi legyen?

– Csináld végig a tárgyalást, amikor kedved van, intézd el a szövetmintát, és ne hagyd, hogy ezek a bohócok rettegésben tartsanak. Lefogadom a következő üzletem profitjába, hogy vaklárma az egész. Hát úgy nézel te ki, mint aki beteg?! Persze, most elég gyűrött vagy, kialudhatnád magad.

Jó volt ezt hallani. Alex rettegése lassanként elpárolgott. Megnyugodva aludt el, s másnap reggel is csak valami homályos szorongással ébredt. Gyorsan felidézte magában mindazt, amit Sam mondott, s ettől mindjárt jobb lett a hangulata. Ő keltette föl a gyereket, s odaültette maga mellé a konyhában, míg a reggelivel foglalatoskodott. Átnézték a jelmezkatalógust is, melyet Liz szerzett be előző nap. Volt ott tökmag, hercegnő, balerina, ápolónő meg minden, de Annabella egyből lecsapott a hercegkisasszonyra. Aztán az anyja nyakába csimpaszkodott.

– Úgy szeretlek, mama!

– Én is, kicsim – ölelte meg fél kézzel a gyereket, míg

60

másik kezével a serpenyőt fogta. Valahogy olyan ünnepinek érezte a hangulatot. Annabella boldog volt, Sam okosan megmagyarázott mindent... Már nem is nyomasztotta az a szörnyűség.

Aztán búcsúzkodás, puszi és rohanás az irodába. Brock és az egész csapat már ott várta. Találkozott Matthew Billingsszel is, és csak dél körül jutott eszébe fölhívni az Anderson doki által ajánlott sebészt.

Az asszisztensnőnek elmagyarázta, miről is volna szó. Egy kis bonyodalom itt is adódott, mert éppen a szövetminta-kimetszést kezdte volna mondani, amikor Brock beugrott egy pillanatra egy dossziéért... De aztán kapcsolták neki dr. Peter Hermant. Az orvos komoly hangon s nem valami barátságosan tárgyalt vele a „foltról".

– Már beszéltem Andersonnal – mondta. – Ma reggel fölhívott. Önnek valóban szövetmintát kell vetetnie, Mrs. Parker. Minél gyorsabban. De azt hiszem, Anderson doktor már elmagyarázott mindent.

– El. – Alex igyekezett megőrizni a higgadtságát, de most megint elkezdett visszaszivárogni a lelkébe a rettegés. – De tudja, ügyvéd vagyok, s holnap kezdődik egy tárgyalássorozat. Tíz napig nem érek rá, de utána majd...

– Ez nagyon ostoba döntés volna – vágott közbe elég nyersen a sebész, és Alex kezdett megzavarodni. Mégis nagy baj van? Vagy még sincs, és ez is csak magát védi, ahogy Sam magyarázta tegnap...? – Ma miért nem tudna benézni hozzám? Hogy lássuk, hányadán állunk.

– Én... igen... persze... De ma nagyon sok dolgom van. Holnap... – dadogott Alex.

– Ma kettőkor megfelel? – vágott közbe megint a sebész, és Alexnek nem volt már ereje vitatkozni. Legyűrte a félelem, az elkeseredés és az orvos hajthatatlansága.

– Hát jó. Kettőkor ott leszek – adta meg magát. A sebész rendelője szerencsére nem volt túl messze.

– Jó volna, ha elkísérné egy barátja – mondta még az orvos, és Alex megdöbbent.

– Hát erre meg mi szükség van? – kérdezte értetlenül. Annyira fog fájni, vagy utána nem lesz képes egyedül közlekedni....?

– Az a tapasztalatom – magyarázta ezt is tárgyszerűen a sebész –, hogy a nők gyakran megzavarodnak, ha nehéz helyzetbe kerülnek vagy túl sok új információt kapnak.

– Komolyan beszél? – Alex majdnem elnevette magát.

– Én ügyvéd vagyok. Naponta kerülök nehéz helyzetbe, és valószínűleg több új „információ" zúdul rám, mint amennyi magára egy egész esztendőben.

– Csakhogy itt most a maga egészségéről van szó. Egy rosszindulatú daganat pozitív leletétől még az orvosok is kiborulnak...

– De hát nem biztos, hogy rákom van – kezdett volna ismét vitázni Alex. – Vagy biztos?

– Nem biztos. Akkor maradtunk a két órában – zárta rövidre a dolgot a sebész, és Alex megadta magát.

Dühösen csapta le a kagylót. Indulataiban ott munkáltak a hormontabletták is, és az újból előjött félelem is. Hátha ez a sebész olyan „információval" várja... Aztán behívatta az egyik gyakornokot, és különös feladattal bízta meg.

– Itt van ez a három sebész – tolta elé az Andersontól kapott cédulát. – Tudjon meg róluk mindent. Minden jót és minden rosszat. Hívjon föl mindent és mindenkit, akit csak tud, az egyetemeket, ahol tanítanak, a kollégáikat, mit tudom én. És kérem, senkinek egy szót se arról, hogy nekem dolgozik. Minden világos?

– Igen, Mrs. Parker – válaszolta már-már alázatosan a nő, de Alex tudta, hogy ez az egyik legszorgalmasabb beosztottja, s hogy meg fogja szerezni a kért információkat.

Két órával később éppen indulni készült a sebészhez, amikor beesett a nő, és már hadarta is, amit kiderített. Hogy ez a Peter Herman nevű sebész a szakma egyik híressége, de az is igaz, hogy elég ridegen bánik a pácienseivel. S hogy van itt még valami. Az egyik kórházban azt is mondták, hogy ez a Herman borzasztó konzervatív ember, viszont az ország egyik legjobb mellsebészeti specialistája. A másik kettő is majdnem ilyen jó, de azok még Hermannál is barátságtalanabbak. Herman pedig inkább az orvosokkal foglalkozik, nem a páciensekkel.

Ez beleillett az első benyomások alapján szerzett képbe. Akkor hát Anderson doki is ezért kedveli ezt a sebészt...

Alex megköszönte a gyakornoknak a tájékoztatást, és megkérte, gyűjtse tovább az információt. A taxiban pedig már azon tűnődött, hogy vajon mit is mond majd ez a „mészáros" a röntgenfelvételen látható szürke foltról. Mert hát igaza lehet Samnek is, hogy nincs itt semmi baj, meg Andersonnak is, hogy valószínűleg nagyon nagy baj van, és ismét Samnek is, hogy marhaság ez az egész. De jó is volna, istenem, ha Samnek volna igaza!

Peter Herman sebész azonban sajnos nem osztotta Sam optimizmusát. Ridegen közölte, hogy az a sötét folt egyértelműen egy mélyen beágyazódott és alakját tekintve szinte biztosan rosszindulatú daganat képe. A szövetminta elemzéséig persze biztosat nem lehet tudni, de az ő praxisában az ilyen daganatok kivétel nélkül... A nagy kérdés már csak az, hogy a daganat milyen fejlődési stádiumban van, s hogy létrejött-e már áttét vagy még nem. A sebész hűvös volt és tárgyilagos, és nem lehetett ráfogni, hogy rózsaszín képet festett volna a kilátásokról.

– Mit jelent mindez? – kérdezte megtörten Alex.

– Nem óhajtok jóslásokba bocsátkozni – tartotta magát stílusához dr. Herman. – A legjobb esetben daganatkimetszést. De ha az nem elég, akkor emlőamputációt. Ez a legbiztosabb módja a betegségtől való megszabadulásnak, de persze ez is attól függ, hogy a daganat milyen stádiumban van, s hogy van-e áttét. – A sebész ehhez a magyarázathoz még egy táblázatot is előszedett, amely tele volt számokkal, betűkkel és jelekkel, s amelytől Alex csak még jobban összezavarodott.

– Ezt a betegséget csak mellamputációval lehet fölszámolni? – kérdezte Alex elcsukló hangon. Minden ereje elhagyta, mert érezte, hogy igaza van az orvosnak. Csak ült ott a széken, és már nem Mrs. Parker sztárügyvéd volt többé, hanem egy szerencsétlen nő.

– Nem feltétlenül – mondta az orvos. – Létezik még sugárkezelés és kemoterápia is.

Alexet a hányinger kezdte kerülgetni. Soha nem volt nagyra a mellével, de hogy most leszedjék és eltorzítsák egész testét, s hogy ráadásul még kemoterápiával és sugárkezeléssel tegyék végképp nyomorékká... hát ez már sok

63

volt. És hol volt már Sam a vigasztaló szövegével, az orvosok lebohócozásával! A brutális igazság Herman doktor oldalán volt.

– Hogy fog lezajlani ez az egész procedúra? – kérdezte Alex. Igyekezett ő is tárgyilagos lenni.

– Először is szövetmintát veszünk. Ezt jobb, ha teljes érzéstelenítéssel csináljuk, mert a daganat elég mélyen van. S azután önnek kell döntenie.

– Nekem kell döntenem?

– Igen. Orvosi szempontból is több választási lehetőség van. S ezeket illetően én egyedül nem tudok dönteni.

– De hát miért nem? Hiszen maga az orvos.

– Mert sokféle kockázatot és kellemetlenséget kell mérlegelni. S végső soron az ön testéről és az ön életéről van szó, s bizonyos kérdésekben senki sem dönthet maga helyett. De az ilyen tünetek esetén én majdnem mindig amputációt javaslok. Ez a legokosabb és a legbiztosabb megoldás. És aztán pár hónap múlva jöhet a plasztikai műtét, ha maga is úgy akarja, és akkor külsőre megint majdnem olyan lesz, mint régen. Mint most.

A doktor mindezt úgy sorolta, mintha nem is az ő *testéről* beszélne, hanem, mondjuk, arról, hogy miképpen szedik le a régi lökhárítót az autóról, s csinálnak rá helyette újat...

– A szövetkimetszést és az amputációt egy napon csinálják?

– Általában nem. De ha magának így jobb, megoldhatjuk. Ha ön annyira elfoglalt, akkor összevonhatjuk a két dolgot, persze csak akkor, ha ragaszkodik hozzá, hogy bizonyos dolgok kiderülése esetén... – Alexnek rögtön beugrott, amit Sam mondott a pertől félő, óvatoskodó doktorokról. Aztán eszébe jutott még más is.

– De mi van akkor, ha pár héten belül kiderül, hogy terhes vagyok?

– Ez még lehetséges? – lepődött meg az orvos, és sikerült kissé megsértenie Alexet. Talán olyan öreg ő, hogy neki már csak daganata lehet, gyereke nem?!

– Hormonkezelést is kaptam, mert szeretnék teherbe esni.

– Nos, akkor adott esetben az abortusz és a gyógykezelés folytatása a megoldás. Nyolc-kilenc hónapig most ne is gondoljon gyerekre. Az ön férjének és családjának nagyobb szüksége van önre, Mrs. Parker, mint önnek egy újabb gyerekre. – Az orvos hidegvérrel sorolta mindezt, mondatai úgy vágtak, mint a jéghideg, pengeéles sebészkés. Alex nem akart hinni a fülének. – A szövetkimetszést ejtsük meg a jövő héten, aztán majd megbeszéljük a továbbiakat.

– Ha jól értem, nem sok választásom maradt...

– Attól tartok, hogy tényleg nem sok. De először is tisztáznunk kell, hogy mi ez a csomó, aztán majd dönthetünk. Tudnia kell, hogy én szinte mindig az emlőamputációt javaslom a rák korai stádiumában. Nekem ugyanis fontosabb az ön élete, Mrs. Parker, mint az ön melle. S ha ott mélyen az a daganat rosszindulatú, akkor jobb, ha gyorsan levesszük a mellét. Ha késlekedünk, az végzetes lehet. Ez persze konzervatív megoldás, de biztonságos. Vannak újabb módszerek is, ám azoknál óriási a kockázat. Az emlőamputáció után pedig, ha szükséges, jön egy agresszív gyógyszeres kezelés vagy kemoterápia. Ez talán ijesztően hangzik, de 6-7 hónap múlva ön megszabadulhat ettől a betegségtől, reményeink szerint örökre.

– Lehetek még... – nehezen vette rá magát, hogy megkérdezze, de érezte, hogy muszáj. – Lehetek még azután terhes?

A doktor egy pillanatig tűnődött. Hallotta már épp elégszer ezt a kérdést, igaz, fiatalabb nőktől. Negyvenen túl a nőket jobban izgatja az életük megmentése, mint a szülés.

– Lehet. A kemoterápia után körülbelül 50 százalékos a meddőségi ráta. De ezt a kockázatot vállalni kell. Nagy baj lehet abból, ha nem vállalják.

„Nagy baj?" Mit akar ez jelenteni? Azt, hogy kemoterápia nélkül az ember meghal? De hisz ez...

– Nézzen majd be, amikor tud, én igyekszem alkalmazkodni önhöz – mondta az orvos, és majdnem elmosolyodott. Alex pedig eltűnődött, hogy csak nem ez a félmosoly volna ebben a dokiban az Anderson által említett „nagyon emberséges" vonás? Mert ő eddig itt csupán egy hidegfejű, érzelem nélküli szakembert látott, aki minden eddiginél szörnyűségesebb tényeket tárt elé. Már elképzelte magát a bal melle nélkül, amint szenved a kemoterápiától. Lehet, hogy meg is kopaszodik? Ezt már nem merte megkérdezni. De ismert nőket, akik ezen átestek, és... parókát kellett hordaniuk. Tudta, amit mindenki tud: a kemoterápiától kihull az ember haja.

Kábultan távozott, s amikor beért az irodájába, az orvos arcát sem tudta felidézni. Egy órát beszélgetett vele, de sem az arcára nem emlékezett, sem pedig arra, amit mondott, négy szó kivételével: daganat, rosszindulatú, mellamputálás és kemoterápia. Vagyis hogy neki rákja van. Ezt képtelen volt fölfogni. Rák...

Este mindent elmesélt Samnek, amit dr. Herman mondott. Sam azonban most is félresöpörte az egész problémát, ugyanazzal a laza magabiztossággal.

– Mondom neked, Alex, hogy ezek a fickók csak az orvosi műhiba ellen védik magukat!

– Na de mi van, ha mégsem? Mi van, ha igazuk van? Ez a „fickó" az egyik leghíresebb mellsebész! Azért hazudna nekem most, nehogy később seggbe rúgják?

– Lehet, hogy hitelbe vette a házát, s csak úgy tud törleszteni, ha minden évben leszed egy csomó cicit. Mit tudom én! Végül is egy *sebész* nem mondhatja, hogy menj haza és szedj aszpirint. A sebész az kivág és levág, értsd már meg. De legalábbis halálra ijeszti a beteget, hogy fedezze magát, ha mégis van valami. Mérget veszek rá, hogy nálad nincs semmi!

– Azt akarod mondani, hogy hazudik? Hogy akkor is leveszi a mellem, ha nem vagyok rákos? – Rákos. Beköltözött mindennapjaiba ez a szörnyű szó. – Hogy ez az orvos szélhámos, sarlatán??? – Alex már nem is tudta, mire gondoljon, és Sam hozzáállása kihozta a sodrából.

– Talán nem. Mert akkor Anderson sem ajánlotta volna. De nem szabad megbízni senkiben, főleg az orvosokban nem.

– Ugyanezt mondják az ügyvédekről – sóhajtott szomorúan Alex.

– Drágám, hagyd abba az idegeskedést. A sebész csinál

66

egy kis vágást a melleden, kideríti, hogy nincs is odabent semmi, aztán összevarr és azt mondja, hogy felejtsd el az egészet. – Sam akkora érdektelenséget mutatott, hogy csak még idegesebbé tette Alexet.

– De mi van akkor, ha igaza van?! Azt mondta, hogy az ilyen típusú daganatok legtöbbször rosszindulatúak. Akkor mi lesz? – Megpróbálta ráébreszteni Samet a valóságra, de ez nem sikerült.

– Nem lesz rosszindulatú – makacskodott Sam. – Nekem elhiheted.

Sam nem akarta tudomásul venni a tényeket. Optimizmussal és tréfálkozással próbálta védeni magát is. Ám ettől Alexre a teljes elhagyatottság érzése tört rá. Rettenetesen szeretett volna hinni a férjének, de hát ez nem ment. Sam csak annyit ért el, hogy megrendült Alex bizalma Anderson doktorban és Herman doktorban is. Ebből pedig az lett, hogy Alex a második tárgyalási nap szünetében fölhívott egy harmadik orvost...

Ez az orvosnő fiatalabb volt és kevesebb cikket publikált dr. Hermannél, de ugyanolyan jó és ugyanolyan konzervatív híre volt. Dr. Frederica Wallerstromnak hívták, és hajlandó volt másnap reggel, még a tárgyalás előtt, fél nyolckor fogadni Alexet. Aki abban a reményben lépett be a rendelőbe, hogy itt minden problémája megoldódik, hogy itt kedvesek lesznek hozzá, hogy jóindulatúnak minősítik a daganatát, s hogy semmi olyan szörnyűséget nem mondanak neki, mint a két férfi orvos. De Wallerstrom doktornő ridegen fogadta, egyetlen szót sem szólt, míg őt, majd a röntgenképeket vizsgálta, s amikor végre megszólalt, szeme hidegen csillogott, s arcán semmiféle érzelem nem tükröződött.

– Meglátásom szerint Herman doktor nagyon pontos diagnózist adott. Én is úgy ítélem meg, hogy ez minden valószínűség szerint rosszindulatú. – A nő nem kertelt, s láthatólag nem érdekelték a páciens reakciói. Alexnek izzadt a tenyere, és elkezdett remegni a lába. – Tévedni persze mindig lehet – tette még hozzá a doktornő –, de egy idő után az ember már a megérzéseire is hagyatkozhat.

– S ha rosszindulatú ez az izé, akkor ön mit javasol, doktor Wallerstrom? – kérdezte a nőt, igyekezvén emlékeztetni magát, hogy itt ő a fizető kuncsaft, hogy ő jött ide kérdezni, s hogy neki még mindig vannak választási lehetőségei. De rögtön gyámoltalan kölyöknek, nyomorult senkinek érezte magát, ahogy a másik nő szenvtelenül végigmérte.

– Vannak természetesen hívei az egyszerű daganatkimetszésnek is, de én személy szerint úgy látom, hogy túl sokszor tévednek, s itt egy rossz választás később tragédiához vezethet. A betegségtől való megszabadulás legbiztosabb módja a mellamputáció s a legtöbbször vele együtt járó kemoterápia. Én konzervatív felfogású vagyok. Az amputáció híve. Maga persze választhatja a daganatkimetszést és a sugárkezelést is, de lesz-e rá aztán ideje? A melle mostani megmentése később halálos tévedésnek bizonyulhat. Ön persze úgy dönt, ahogy akar, de én tökéletesen egyetértek Herman doktorral – szögezte le tán még Herman doktorénál is hűvösebb stílusban a nő. Semmi vigasztalás, semmi biztatás, egy jó szó ki nem jött a száján. Alex alig várta, hogy szabaduljon s kint legyen a friss levegőn.

Negyed kilenckor ért a bíróságra, és akkor döbbent rá, hogy az orvosnő milyen kevés időt áldozott rá és egy ilyen komoly ügyre. Vagy ez csak neki ilyen komoly? Mert mindenki más olyan természetes dologként kezelte. Könnyen megoldhatóként. Le kell vetetni azt a mellet, és kész. Nincs probléma. A páciensek persze meg vannak zavarodva, de az orvosok számára csak elmélet és statisztika az egész. Alex számára viszont az ügy az életét, a mellét és a jövőjét jelentette. És jó megoldás nem létezett.

Az orvosnőtől azt várta, hogy kissé eloszlatja a félelmeit, olyanokat mond majd, hogy minden páciens túlreagálja a dolgot, pedig nem is kell annyira izgulni. Ezzel szemben az orvosnő csak még jobban ráijesztett, s Alex még elhagyatottabbnak és nyomorultabbnak érezte magát. Meg kell csinálni még a szövetmintát, elemezni a helyzetet és a daganatot, s aztán neki és a sebésznek meghozni a végső döntést. Pislákolt még némi remény, hogy a daganat jóindulatú lesz, de amit az elmúlt pár napban mindenki mondott neki, attól ez a remény egyre inkább kihunyni látszott.

S végképp abszurdnak tűnt immár az is, ahogy Sam tréfálkozva elutasította a legrosszabb esetnek még a gondolatát is. Így aztán Sammel sem tudta megbeszélni a kilátásokat, ehhez jöttek a tárgyalás feszültségei, és érezte még a hormonkezelés mellékhatásait is – úgyhogy nem tudta, hogy fogja ép ésszel végigcsinálni ezt a hetet. Úgy érezte, mintha víz alatt járkálna.

Egyetlen dolog tartotta benne a lelket: Brock hihetetlenül megbízható támogatása és közreműködése a per folyamán, s a végén valóságos csodaként élte meg, amikor a bíróság a felperes minden követelését elutasította Jack Schultzcal szemben. A pofátlan felperes mehet, ahová akar, Schultz pedig örök hálával tartozhat neki. Az ügy tárgyalása végül csak hat napig tartott, s szerdán négykor már végeztek is. Ez a győzelem volt az egyetlen jó dolog, ami azon a héten történt.

Csak ült ott a tárgyalóteremben, boldognak látszott, de üresnek. Ez volt élete legnehezebb tíz napja, és a többiek nem is sejtették...

– Maga nélkül nem tudtam volna ezt megcsinálni – hálálkodott Brocknak, és így is gondolta. Brock viszont nem gondolta volna, hogy Alex a végére ilyen rosszul fog kinézni.

– Egyedül magának köszönhető a győzelem, senki másnak – nézett rá csodálattal Brock. – Öröm volt magát hallgatni. Ez a produkció, mint a balettművészé, aki sohasem botlik, vagy a sebészprofesszoré, aki sohasem vág mellé...!

– Köszönöm, Brock – szedegette össze Alex a dossziékat, s a hízelgő hasonlattól hirtelen eszébe jutott, hogy fel kell hívnia Peter Hermant. Alex rettegett egy újabb találkozástól, s a szövetkimetszésig már csak öt nap volt hátra. Semmivel sem tudott többet most, mint azelőtt, leszámítva az orvosnő megerősítő diagnózisát. Sam pedig egyszerűen nem volt hajlandó erről a témáról tárgyalni. Hogy minek ez a nagy felhajtás, hogy humbug az egész, és kész! Alex már nem tudott hinni neki.

Próbált győzelmi hangulatba kerülni a pernyeréstől, és bár Schultz is küldött neki egy óriás pezsgőt, valahogy

69

nem volt kedve ünnepelni. Ideges volt, nyomott kedélyű, és nagyon félt a hétfőtől.

Másnap fölkereste Herman doktort, aki ezúttal semmit sem szépített a dolgon. Világosan közölte, hogy ha egy ilyen nagy és mély daganat rosszindulatúnak bizonyul, akkor Alexnek emlőamputációval és erőteljes kemoterápiával kell szembenéznie, és ez volna a legjobb megoldás. Alexnek két választása van. Az egyik: aláveti magát a természetes altatással végzett szövetkimetszésnek, aztán ismét összeülnek, és megbeszélik a következő lépést. A másik: még a kimetszés előtt ír egy felhatalmazást az orvosnak, hogy közvetlenül a szövetminta vizsgálata után tegye azt, amit szükségesnek lát. Ez utóbbi esetben Alex egy altatással úszhatja meg a dolgot. Még azt is őszintén hozzátette, hogy a páciensek többsége jobban szeret még egyszer elbeszélgetni, Alexből viszont kinézi, hogy inkább egy operációval kíván túl lenni az egészen. Az egyetlen bonyodalmat az jelentheti, ha Alex időközben terhes lett. De bárhogy legyen is, mindenben Alexnek kell döntenie.

Alex pedig, mindezt végighallgatva, úgy érezte, hogy most könnyebb választani. És valóban jobb egy lépésben túl lenni az egészen, mint húzni a szenvedést, kétszer kórházba vonulni. A szövetkimetszés utáni tennivalók eldöntését rábízta dr. Hermanre. Dr. Wallerstrom után ő már egyébként is megbékélt a legfájdalmasabb választással, azzal, hogy leveszik a mellét. A kemoterápiáról pedig még ráérnek dönteni.

Az igazi szenvedést azonban az esetleges terhesség dilemmája okozta neki. Mert tudta, mivel tartozik férjének és kislányának, s hogy a melle nem sok valószínűséggel kecsegtető megmentése érdekében nem szabad kockára tennie az életét. De azt is tudta, milyen nehéz föláldozni egy meg nem született gyereket – ha egyáltalán képes lesz rá. Tehetetlenül bámult az orvosra, aki azonban most is világosan elmagyarázott mindent. A terhesség első harmadában mindig a mellamputációt választják, mert a daganatkimetszés automatikusan sugárkezelést is jelent, ami katasztrofális lehet a magzat számára. A mellamputációt esetleg követő kemoterápia viszont szinte biztosan spontán veté-

70

lést okoz. Ugyanez a helyzet a terhesség második harmadában. Csak a harmadik szakaszban lehet arról gondolkodni, hogy a rák gyógyítását majd a baba megszületése után kezdjék el.

Az orvos nagyon őszintén elmondta azt is, szinte semmi esély nincs arra, hogy ez a daganat jóindulatú. Túl sok ilyet látott ő már... Csak abban lehet reménykedni, hogy nincs áttét, s hogy a nyirokcsomók is csak minimálisan érintettek. S főként persze abban, hogy a daganat még csak az első stádiumban van. Alex nagyon szerette volna, ha mindezt Sam is hallja, de hát...

– Hogy állunk azzal a terhességgel? – kérdezte még az orvos. – Mekkora a valószínűsége?

– Csak a hét végén derül ki – sóhajtott Alex.

– Szeretne még valakivel beszélgetni a szövetkimetszés előtt? Mondjuk belgyógyásszal? Vagy egy ilyen műtéten átesett pácienssel? Ajánlom a sorstársakkal való összejöveteleket, bár ezek általában a műtét után következnek. Roppant hasznosak.

– Erre nem lesz időm – rázta a fejét szomorúan Alex. – Különösen ha pár hétre ott kell hagynom az irodát is. Tényleg, mikor tudok visszamenni dolgozni?

– Talán 2-3 hét múlva. A többi már a kemoterápiától függ, amit körülbelül négy héttel a műtét után kezdünk.

Az orvos azt tanácsolta, hogy Alex még ezen a hétvégén menjen el a kórházba vérvizsgálatra és mellkasröntgenre. Saját vérének gyűjtésére már nem maradt idő, de a mellamputálásnál úgysincs szükség vérátömlesztésre. Dr. Herman még egy telefonértesítést kért a hétvégén, hogy mi a helyzet a terhességgel. Alex végül letörten távozott a rendelőből.

Otthon csak Carmen vette észre rajta a szokatlan nyugalmat és zárkózottságot. Alex csak késő este próbált beszámolni Samnek az orvosnál tett újabb látogatásáról, de Sam már félálomban volt, és nem reagált az orvos által tanácsolt dolgokra. Amikor Alex ránézett, látta, hogy már békésen szuszog.

Péntek délelőtt kirámolta az íróasztalát. Közben Brock bejött, és sok szerencsét kívánt neki a jövő héthez. A fiatalember sejtette, miről lehet szó, mert egy telefonbeszélgetésből megütötte a fülét a „szövetkimetszés"... Alex még Liztől is elbúcsúzott, megkérve, hogy gyűjtse a telefonüzeneteket, s ha a jövő héten nem jönne be, akkor küldje haza neki a munkát.

– Inkább csak magával törődjön most, Alex – mondta Liz nyugodtan, és megölelte. Alex a könnyeivel küszködött, aztán elfordult, hogy a titkárnő mégse lássa, hogy sír.

– Maga is, Liz. Hamarosan visszajövök – nyögte ki búcsúzóul, aztán a taxiban végigbőgte az egész utat Annabella óvodájáig. Péntek volt, és gyerekbalett.

A gyerekkel bekaptak valamit egy gyorsbüfében, aztán irány Miss Tilly. Annabella elégedett volt. Fagylaltot is kapott, meg itt az anyja is, aki végre csak vele foglalkozott, nem azokkal az utálatos bírókkal...

Alex semmit sem árult el neki a hétfői kórházba vonulásról. Szombaton megpróbálta megbeszélni Sammel, hogy mit mondjanak a gyereknek. Ő kiküldetésre gondolt, mert minek ijesztgetni a gyereket a kórházzal.

– Ne is töprengj rajta – nézett rá bosszúsan Sam. – Te még aznap délután itthon leszel, értsd már meg.

– Az nem biztos – mondta Alex nyugodt hangon, de már kezdte kiborítani Sam makacssága, hogy nem volt képes szembenézni a problémával. – Egész héten bent leszek, ha leveszik a mellemet.

– Abbahagynád már végre? – csattant fel Sam. – Teljesen megőrjítesz! Mi kell, együttérzés? – Alex ilyen indulatosnak még sohasem látta a férjét. Mintha valami idegszálába talált volna egy tűvel. S hirtelen eszébe jutott Sam anyja, aki korán meghalt... De akkor is idegesítette Sam elutasító viselkedése. Sőt, most először kezdte dühíteni.

– Valóban. Némi segítséget várnék tőled – fordult szembe a férfival. – Ez az idétlen, örökös elutasítás az én helyzetemet nem könnyíti meg. Eszedbe sem jut, hogy most a segítségedre volna szükségem?! Nekem ez olyan nehéz... Két nap múlva minden valószínűség szerint levágják a mellemet, s te mindegyre csak azt hajtogatod, hogy nem fog történni semmi!!! – Könnybe lábadt a szeme.

– Nem is fog történni semmi – vetette oda Sam nyersen,

és elfordult, hogy elrejtse saját könnyeit. Többet egy szót sem ejtettek a dologról, és vasárnapra Alex rájött, hogy Sam nem is akar. Képtelen rá. Túl nagy fájdalmat okozott ez neki, mert túlságosan is emlékeztette az anyjával történtekre. Bármi volt is az ok, Alex tökéletesen magára maradt a bajával, hiába volt ezer ismerőse és néhány jó barátja is. Most kit hívjon föl? „Helló, én vagyok az, holnap lehet, hogy leveszik a rákos mellemet. Nem volna kedvetek fölugrani?" „Helló, lehet, hogy levágják, de Sam szerint csak azért, mert a doki új Mercedest akar venni. Te hogy látod? Gyere föl, dumáljuk meg..." Hát ez nem megy. És Sam, akárhogy nézzük is, csúnyán cserbenhagyta.

Aznap este, a könnyeit nyelve megmondta a gyereknek, hogy a jövő héten el kell utaznia. Annabella csalódottan ölelte át, közölte, hogy jó lesz azért a papával is, de a mama ígérje meg, hogy a pénteki balettra hazaér.

– Igyekezni fogok, drágaságom, ígérem – mondta rekedtes hangon Alex, és keményen kellett tartania magát, hogy ki ne boruljon. – Fogadj szót a papának és Carmennek.

– Miért hagysz itt engem, mama?

– Tudod, kicsim, a munka miatt. Muszáj. – Ő maga is érezte, hogy hamisan cseng a hangja.

– Túl sokat dolgozol, mama – mondta komolykodva a csöppség. – De ne félj, ha nagy leszek, majd én fogok dolgozni helyetted. – És hosszan, erősen az anyja nyakába csimpaszkodott.

Alex végül el tudott szabadulni, eloltotta a villanyt és ment vacsorát készíteni Samnek és magának. Csupa feszültség volt, émelygett, és egyre azon tépelődött, hogy mi vár rá. A vacsoránál Sam kerülte a témát, aztán visszavonult olvasni, Alex pedig beosont a gyerekszobába. Egy percre lefeküdt a gyerek mellé, hogy arcán érezze hajfürtjeinek és leheletének cirógatását. Aztán az ajtóból még visszanézett. A kislány úgy feküdt ott, mint egy angyalka. Alex pedig átballagott a saját hálószobájába, és azért imádkozott, hogy másnap megtörténjék a csoda a kórházban. Nem a mellét féltette már. A puszta életéért könyörgött.

Sam a tévé előtt aludt, amikor Alex bebújt a közös ágyba. Neki is nehéz hete volt, kemény tárgyalások szaúdi befektetőkkel. De egy jó szót sem volt képes bátorítólag odavetni Alexnek. Ki ne sértődne meg ezen... Alex majd egy órán át bámulta a mellette heverő férfit, mire az feleszmélt. Akkor meg lerángatta a ruháit, és bebújt ő is az ágyba, anélkül hogy igazán fölébredt volna. Hiába szólongatta Alex, hiába szeretett volna beszélgetni vele, mellette lenni, átölelni, sőt szeretkezni vele – Sam már messze járt az álmok mezején, nem volt jelen, ezer mérföldre volt tőle. Nyilvánvalóan az álomba menekült a rettenetes valóság elől. Most békésen hortyogott. Alex soha életében nem érezte még ennyire elhagyatottnak magát.

Aztán, amikor esti mosdásra kiment a fürdőszobába, fölfedezte, hogy megint megjött az, aminek megjövetelét évek óta próbálták imával, hormonnal és szerelemmel elhárítani. Így hát gyerek nem lesz. Marad a szövetkimetszés és talán a mellamputálás.

5. fejezet

Alex másnap hatkor kelt. Tengett-lengett egy darabig a lakásban, és nagyon szerette volna, ha nem *erre* a reggelre ébred. Nekiállt kávét főzni. Annabella és Sam még aludt, és kellemetlenül furcsa érzés volt most azzal a tudattal nézni őket, hogy ezek az alvók nemsokára talán örökre elveszítik őt. És bár ez egyszerűen elképzelhetetlen volt számára, azt is tudta, hogy ma élethalálharc vár rá. De hát hogyan hagyhatná ő itt örökre ezt a csöpp kislányt? És akkor, *azután* mi lesz ezzel a gyerekkel?

Nem felejtette el, hogy sem ennie, sem innia nem szabad semmit, pedig borzasztóan kívánt volna egy csésze jó kávét. S míg a fogát sikálta, egyszer csak azon kapta magát, hogy záporoznak a könnyei. Letette a fogkefét, és belebámult a tükörbe. Állt így egy percig, aztán jobbról is, balról is letolta a hálóing pántját a válláról. A habselyem nesztelenül omlott le a földre, s Alex ott állt szemben önmagával, és rámeredt kicsi, de formás mellére, mely eddig oly természetes módon tartozott őhozzá, az énjéhez, a személyiségéhez. A bal melle egy kicsivel nagyobb volt a jobbnál, s hirtelen bevillant neki, hogy babakorában Annabella mindig jobban szeretett a bal melléből szopni. Alex önkéntelenül is végigmérte pucér önmagát, keble szimmetrikus halmát, nyúlánk felsőtestét, vékony derekát, hosszú lábát... Mindig is jó alakja volt, de sohasem törődött vele. Most vajon mi vár reá? Mi lesz belőle, ha ma elveszíti a mellét? Akkor ő valaki más lesz? És úgy megcsúnyul, hogy Sam örökre elfordul tőle? Szerette volna ezt Sammel megbeszélni és tőle hallani, hogy nem, nem fordul el tőle akkor sem, ha két melle helyett csak egy marad. De hát Sam, mint tudjuk, hallani sem akart az egészről.

Most pedig Alex ott állt önmagával szemben, és záporoztak a könnyei, ahogy egyre világosabban átlátta, mi is történhet vele. Átlátta, de nem fogta föl. Nem akarta elhinni. Mert ha már itt tartunk, egy fél mell nem nagy ár az életért – de hát ő nem akarta elveszíteni a fél mellét sem! Nem akart megcsonkulni, nem akart férfias mellkassal járkálni, és nem, nem, nem kívánta a plasztikai műtéteket sem. A francba ezzel az egész szörnyűséggel!

– Jó reggelt! – dörmögte álmosan Sam, ahogy ellépett mellette a zuhany felé. Alex nem vette észre, hogy bejött, Sam pedig nem vette észre, hogy Alex sír. Alex egy törülközőbe temette az arcát. – De korán keltél! – tette még hozzá Sam. Ó, ezt igazán nem kellett volna. Még hogy „de korán…"! Alexnek ütni támadt kedve. Mindazt a megértést és szeretetet, amit az évek során Samtől kapott, alig két hét alatt semmivé foszlatta a férfi makacs és totális elfordulása.

– Ma megyek a kés alá – szólt oda Samnek, ahogy az kinyitotta a zuhanyt.

– Ja. A szövetkimetszés. Nem kell túldramatizálni.

– Te meg mikor ébredsz végre már föl? – vágta oda neki Alex. – Mikor leszel hajlandó szembenézni a tényekkel? Ha már levágták a mellemet, vagy még akkor sem?! Olyan visszataszító talán ez, hogy egy pillanatra sem tudsz közeledni hozzám? – A lelke mélyén érezte, Samnek kellett, hogy végre a fejéhez vágják, milyen rondán cserbenhagyta a feleségét, csakhogy ő még ezzel a ténnyel sem mert szembenézni. Morgott valamit, s anélkül hogy Alexre pillantott volna, belépett a zuhany alá. Alex két hosszú lépéssel utolérte, félrecsapta a zuhany függönyét, és feldühödve nézett a férfi szemébe. Zuhogott rájuk a víz, teljesen eláztak. – Mit mondtál?!

– Azt, hogy túl érzelgős vagy – válaszolta megzavarodva, de bosszúsan is Sam. S ahogy ott állt előtte meztelenül csuromvizes és csodaszép felesége, a teste önállósította magát, és szép csöndben erekcióval reagált a látványra. Nem szeretkeztek azóta, amióta Alex megkapta a mellröntgen eredményét. Semmit sem csináltak a „kék nap" óta. Alexnek ott volt a tárgyalás, aztán jött ennek a ráknak a traumája, és Sam nem kezdeményezett, sőt inkább kerülte Alexet.

– Hát tudod, mi vagy te, Sam Parker? Gazember! Nem fárasztottad magad ezzel a problémával. Hiszen nem a te bajod, hanem az enyém. De legalább mellém álltál volna! Ez olyan nagy kérés? Olyan nehezére esett volna önnek, Mister Őfontossága? Méltóságos Befektetési Tanácsadó Úr! Mister Úgybevanszarva Selátsehall! – Alex megint közel járt ahhoz, hogy megüsse a férfit, de az visszahúzta a függönyt és folytatta a zuhanyozást.

Később Sam megint arról kezdett beszélni, hogy Alexnek nem kellene ennyire fölhúznia magát. Pedig ő is sejthette, hogy itt most minden egy lapra van feltéve. Alex egész élete, a puszta életben maradása, az egészsége, az egzisztenciája, a külseje, a nőiessége és képessége arra, hogy még egy gyereket szüljön, s ki tudja, még mi minden. De Sam homokba dugta a fejét.

Carmen éppen akkor érkezett, amikor Annabella felébredt, és rögtön észrevette, hogy Alex szokatlanul ideges. Alex ugyanazt mondta neki is, amit a gyereknek, hivatalos kiküldetés, és még azt kérte a bejárónőtől, hogy pár napig maradjon itt éjszakára is.

– Minden rendben van, Mrs. Parker? – kérdezte Carmen gyanakodva, és Alex egy pillanatra megingott, hogy elárulja neki az igazságot, de aztán rájött, hogy a színleléssel önmagától is távolabb tudja tartani az egész nyomasztó szörnyűséget.

– Minden rendben van, Carmen, köszönöm – válaszolta, de a bejárónő figyelmét nem kerülhette el, hogy farmer és könnyű pulóver van rajta, hogy még csak zoknit sem húzott, és mezítláb bújt a szandálba (!), s hogy semmi smink és semmi frizura. Alex így még sohasem ment el otthonról. Carmen ezután lopva Samet vette szemügyre. Sam kávézott, közben újságot olvasott, rendes hivatali öltözetében volt. Szokatlanul jókedvűnek látszott, de a feleségéhez nem szólt egyetlen szót sem. Carmen megérezte, hogy itt valami nagy baj van.

Negyed nyolckor Alex szólt, hogy indulniuk kell. Megölelgette, megszorongatta Annabellát. – Nagyon fogsz hiányozni, kicsim, nagyon. Nagyon. – Majdnem elsírta magát megint, de a könnyek csak akkor kezdtek ömleni a szeméből, amikor a lift felé futott, ahol Sam már várta. Mire leértek az utcára, a gyerek már rég valami rajzfilmet nézett a tévében. Carmen elkezdett mosogatni, s ekkor újabb meghökkentő felfedezést tett: háziasszonya nem evett és nem ivott semmit, még egy csésze kávét sem. Carmen most már *tudta*, hogy nagy baj van...

– Ma újabb arab tárgyalócsoport érkezik, de jönnek hollandok is – próbálta könnyed csevegéssel enyhíteni a feszültséget Sam, míg a taxi kelet felé sietett velük, a New York Kórházba. Alexet ez jobban idegesítette, mintha a reá váró megpróbáltatásokról beszélgettek volna. A könnyeit törölgette, s lelki szemei előtt mindegyre Annabella arcocskája derengett föl.

– Hollandok is? Nahát! Ez igazán érdekes! – vágta oda gúnyosan. – Be tudsz még kísérni, vagy tekerned kell a szaúdiakhoz? – Már nem lepődött volna meg azon sem, ha a férje egyszerűen otthagyja, de Sam tudta, hogy most maradnia kell.

– Már mondtam, hogy maradok. Megkértem Janetet, hívja föl az orvost, hogy mi ez az altatás. Nos. A procedúra félórát tart, háromnegyedet, ha sokat vacakolnak. Aztán fél 11-11 tájban fölébredsz, addig itt maradok. Utána alhatsz tovább a szobádban, én pedig délután visszajövök és hazaviszlek.

– Szeretném osztani az optimizmusodat – mondta hosszú hallgatás után, az ablakon kibámulva Alex. Bosszantotta, hogy Sam még mindig úgy tesz, mintha nem tudná, hogy itt ma minden valószínűség szerint műtét is lesz.

– Te tényleg ennyire hiszel ennek a fickónak? – próbálkozott megint Sam, de már feltűnt előttük a kórház hatalmas tömbje, mint valami szörnyeteg, amely elnyelni készül őket.

Sam kifizette a taxit, és fogta Alex válltáskáját. Alex nem sok holmit csomagolt, abban a titkos reményben, hogy talán mégsem marad sokáig. S amikor csomagolt, eszébe jutott, hogy Annabellát megszülni is ezzel a táskával vonult a kórházba. Istenem, mennyivel szebb idők voltak azok...

A felvételi irodában már várták őket. Kaptak egy személyi kartont, egy szobaszámot a hatodikon meg egy tisztasági csomagot – s ettől az egésztől Alex azon nyomban börtönben kezdte érezni magát.

Szótlanul mentek föl, míg körülöttük zajlott a kórházi élet. Sam sápadt volt és zavart, Alex pedig halálra rémült, ahogy a liftből kilépve két alvó, „beinfúziózott" beteget is eltoltak mellettük. Aztán megérkeztek a halványkékre festett, csúnya és kicsi szobába, melyet csaknem teljesen kitöltött a kórházi ágy. Szóval, megérkeztek. Sam nem hagyta volna abba az üres fecsegést, hogy milyen kilátás van itt, meg milyen hihetetlenül megdrágult a kórházi ellátás... Alexnek kedve lett volna ráordítani, de tudta, hogy Sam így próbálja elterelni a saját figyelmét is a katasztrófáról, segíteni pedig úgysincs ereje.

Berobogott egy nővér, hogy utoljára tisztázza, evettivott-e valamit Alex éjfél óta. Aztán egy beteghordozó érkezett, a sarokba beállított egy infúziós állványt, az ágyra hajított egy hálóinget, s közölte, hogy egy perc, és máris jön vissza. Alex ennél a pontnál keserves sírásra fakadt. Sam átölelte, s ahogy a karjában tartotta, majdnem bocsánatot is kért tőle.

– Ne sírj. Hamarosan túl leszel rajta. Gondolj Annabellára meg arra, hogy nyáron megyünk a tengerhez... – Alex el is mosolyodott, de szörnyű félelme csak nem oszlott el.

– Nagyon félek – suttogta Sam nyakába borulva.

– Ne félj. Nem lesz semmi baj. Én ígérem neked. – De Alex tudta, hogy itt már senki nem ígérhet semmit. Isten kezében vannak, az Ő szándékait pedig ember ki nem fürkészheti.

Már éppen azon kezdett volna elmélkedni, hogy eddig milyen erős, tekintélyes és gazdag ember is volt ő, most meg a nyomorultak legnyomorultabbja lett egyik pillanatról a másikra, amikor ismét felbukkant a nővér és szenvtelen hangon utasította, hogy vetkőzzön le, húzza föl a hálóinget, mert mindjárt jön valaki, aki beszúrja az infúziót.

– Mintha csak azt közölte volna, hogy mindjárt hozzák a reggelit – tréfálkozott kínjában Sam.

Mire Alex átöltözött, a nővér már vissza is ért. Lefektette Alexet, és maga döfte be az infúziós tűt. Egyszerű sóoldat, hogy a kedves beteg ki ne száradjon.

– És itt van egy bevezető csövünk, ha netán még mást is kell kapnia. Mindjárt elaltatják magát – közölte a nő, megint csak olyan hangon, ahogy a légikisasszonyok közlik, hogy kedves utasaink, nemsokára Los Angeles fölé érünk.

– Tudom – próbált lépést tartani az eseményekkel Alex, melyek már tőle függetlenül történtek meg, s nem nagyon tudott ő már semmit. Ez itt tényleg egy reparáló nagyüzem, ahol helyrepofozzák a bekrepált emberi testeket, aztán kiszórják őket, mint az autókat a szervizből, minél gyorsabban, hogy jöhessen a következő. A nővér megmérte Alex vérnyomását, meghallgatta a szívét, írt valamit a kartonra, végül felkattintott egy kis lámpát az előtérben.

– Erről tudják, hogy maga műtétre kész. Mindjárt jönnek is, és viszik.

Fél kilenc volt. Egy órája érkeztek. A műtét kilencre volt előjegyezve. Újabb nővér érkezett, azzal a formanyomtatvánnyal, amelyről Herman doktorral már beszéltek. Alex csak átfutotta a sorokat. Hogy a beteg beleegyezik abba... És hogy a módosított radikális emlőamputáció vagy még más beavatkozás is elvégezhető a beteg újabb megkérdezése nélkül... Ez a „még", ahogy dr. Herman elmagyarázta, a mellen kívül a felkar bizonyos szöveteinek és a kisebb mellizmoknak az eltávolítását is jelenti. Későbbi plasztikai műtétre és protézis beültetésére csak akkor van lehetőség, ha a nagy mellizmok megmaradnak. Alex nem bírta tovább olvasni. Aláírta a papírt.

– Aztán ne felejtsd el délben fölhívni Annabellát, ha én még alszom – vagy a kés alatt vagyok, jaj istenem, ments meg ettől, tette még hozzá gondolatban, és remegő kézzel elmaszatolta a könnyeit.

Sam megint valami üzleti semmiségről kezdett volna fecsegni, csak hogy elterelje a felesége figyelmét, amikor az ajtóban megjelent két műtős, mint két fekete angyal. Gurulós hordágyat húztak maguk után. Más szituációban az ember jót nevetne zöld pizsamagatyájukon, kék tunikáju-

kon és a lábukra meg a fejükre húzott nejlonzacskón, de
most...

– Alexandra Parker?

A legények tempósan gurították végig a folyosón. Sam
a hordágy mellett loholt, neki pedig folyt, egyre csak folyt
a könnye.

– Tarts ki, kispajtás! Minden rendben lesz. Este már ott-
hon ünnepelünk. Ne izgulj! – lihegte Sam, és megcsiklan-
dozta a mellét. Alex elmosolyodott.

Aztán egy nagy lift közepén találta magát, s a körülötte
állók a szemük sarkából mind őt bámulták. Ilyen fiatal,
csinos nő, és így... A műtők emeletén orrfacsaró fertőtle-
nítő- és egyéb szag fogadta őket. Az automata ajtók csapó-
dása után Sam eltűnt, Alex pedig ott találta magát egy csu-
pa króm, csupa fény, műszerekkel zsúfolt kis teremben.

– Jó reggelt, Mrs. Parker – köszönt rá Herman dok-
tor. – Mindjárt elaltatjuk.

A doki itt láthatóan elemében volt. Félszavakkal vezé-
nyelte a teamet. Barátságosabb volt, mint a múltkor, de
most sem kérdezte, hogy van a kedves beteg. Nyilván sej-
tette... Alex hol Annabellára, hol Samre, hol a halálra gon-
dolt, amikor beledöftek egy tűt a karjába. Először fokhagy-
ma-, aztán mogyoróillatot érzett, s még hallotta, hogy va-
laki azt mondja neki, számoljon száztól visszafelé. Kilenc-
venkilencig jutott, aztán minden elsötétedett körülötte.

6. fejezet

Sam csaknem egy órát járt föl-alá a szűk szobában. Fél tíz lett. Közben telefonált ide-oda, véglegesítette a Simonnal megbeszélt ebédtalálkozót. Délután jönnek az ügyvédek is. Simon belép a cégükhöz, összes fontos kapcsolatával, de nagyon kevés pénzzel, ezért kicsi lesz a részesedése is. De majd többet kap, ha kapcsolataival fellendíti az üzletmenetet.

Aztán Sam türelme elfogyott. Lement a hallba, ivott az automatából egy vacak kávét. Nem bírta már a helyet, a szagokat, a tolókocsis, hordágyas betegeket. Egyébként is utálta a kórházat, s most még fölöslegesnek és kiszolgáltatottnak is érezte magát. Fél tizenegy lett. Már rég bent akart lenni az irodájában, de hát csak nem mehet el, míg Alexet vissza nem hozzák. Végül türelmét vesztve odalépett az ügyeletes nővéri pulthoz.

– Szeretném tudni, mi történt Mrs. Alexandra Parkerrel – vetette oda pattogó hangon. – Kilencre volt kiírva szövetmintavételre. Azt mondták, tíz előtt végeznek. Most mindjárt tizenegy. Meddig várjak még? Nem tudna föltelefonálni, hogy mi van?

A nővér fölhúzta a szemöldökét, de nem szólt egy szót sem. Nem értette, ki ez a jól öltözött, fontoskodó alak, aki nem tud várni, mint a többiek. De azért fölszólt. Megtudta, hogy késésben vannak az egész fronton, mert ugye hétfő van, és mostanra tolódtak át a hét végén felhalmozódott esetek, kezek, lábak, vakbelek. Tessék várni.

– Hát ez nevetséges! – fakadt ki Sam. – Három órája tolták be a műtőbe. Ennyi idő alatt egy szívműtéttel is végeznének! De legalább mondanának valamit!

– Sajnálom, uram. Biztosan valami életveszélyes esetet kellett a felesége előtt ellátni. Erről mi nem tehetünk. Igyon meg egy kávét, menjen föl a felesége szobájába, és majd odaszólok, ha megtudok valamit. – A nővér türelmesen rámosolygott. Nehéz eset...

Később egy másik nővér kopogtatott be a szobába, s közölte, hogy Mrs. Parker még mindig a műtőben van. S hogy többet nem tud mondani. Sam betelefonált az irodájába, elnézést kért, hogy lemaradt a 11 órai találkozóról, és kérte, hogy feltétlenül várják meg, még akkor is, ha csak egyre ér oda a La Grenouille-be.

Végül fél egykor jelentették neki, hogy Alexet kihozták a műtőből, s most az intenzív szobában van. A nővér még hozzátette, hogy mindjárt lejön Herman doktor, mert mondani szeretne valamit. Samnek nagyon elege volt már az egészből. Intéznie kellene az ígéretes üzleti ügyeit, ehelyett itt aszalják őt fél napig, mert valami nagyfejű doki a végén „mondani szeretne valamit".

– Mr. Parker? – lépett be még mindig teljes műtéti díszöltözetben az orvos a szobába. Lábán a nagy nejlonzacskók, nyakában a lógó maszk... Kezet nyújtott Samnek, de a tekintetét kerülte.

– Hogy van a feleségem? – Sam nem akarta vesztegetni az időt. Még mindig azt hitte, hogy „jól van" lesz a válasz, és ő már mehet is.

– Jól van – mondta a doktor. – A körülményekhez képest. Vért alig veszített, nem is volt szükség vérátömlesztésre. – Az orvos számára ez rendkívül fontos körülmény volt, de Sam értetlenül bámult rá.

– Vérátömlesztés egy egyszerű szövetkimetszéshez?!

Az orvos pár pillanatig hallgatott.

– Mr. Parker, az ön feleségének egy nagy daganat volt a mellében. Főként a tejcsatornákat érintette, de behatolt a környező szövetekbe is, bár a daganat körvonalai elég világosak voltak. Két-három nap múlva tudjuk csak megmondani, hogy mi a helyzet a nyirokcsomókkal. De az biztos, hogy rosszindulatú daganat volt, az én megítélésem szerint második stádiumban lévő rák.

Sam megtántorodott. Öntudatlanul rázni kezdte a fejét, s ettől kezdve nem igazán fogta föl a hallottakat.

– Remélhetőleg kiszedtük az egészet – folytatta az orvos. – De már a feleségének is elmondtam, hogy a mellrák éppolyan gyakran újul ki, mint amilyen gyakran halálos. Megszabadulni tőle úgy lehet a legbiztonságosabban, ha eltávolítjuk az egészet, még mielőtt a szervezet más részeit is megtámadná. S ha a nyirokcsomók érintetlenek, akkor azt hiszem, most is elbántunk vele.

– Ez pontosan mit jelent?! – Samet a rosszullét kerülgette. – Kiszedték a melléből a daganatot?

– Természetesen. És eltávolítottuk a mellét is, a kiújulás megelőzése céljából. Másutt persze még fölbukkanhat, de ez a nyirokcsomóktól függ. Mindenesetre a mellamputáció rengeteg későbbi bajt hárít el.

– Micsoda?! Akkor miért nem ölték meg mindjárt? Az is elhárítja a későbbi bajokat! Micsoda barbár baromság ez, hogy levágják a mellét, hogy ne legyen vele baj?! Ezt merik maguk sebészetnek, orvostudománynak nevezni?! – Sam teljesen bepörgött.

– Igen, Mr. Parker. A rákot agresszív módszerekkel kell támadni, különben elveszítjük a pácienseinket. Ezért néhány hónalji nyirokmirigyet is eltávolítottunk a feleségénél, ezek szövettani vizsgálata a következő napokban készül el, a hormonreceptortesztek két hét múlva, és akkor majd meg tudjuk mondani, hogyan alakul a további kezelés.

– Kezelés?! Mire készülnek még? – Sam még mindig kiabált.

– Az a nyirokmirigyek állapotától függ, de valószínűleg egy agresszív kemoterápia következik, hogy megelőzzük a kiújulást. Van még hormonkezelés is, de az ő korában... Sugárkezelésre már nincs szükség, minthogy a mellet amputáltuk. A kemoterápia majd csak hetek múlva jön. Addig természetesen konzíliumot tartunk, és megbeszéljük a felesége összes leletét. Biztosíthatom önt, hogy a felesége gyógykezeléséről a legmagasabb szakmai szinten hozunk döntéseket.

– És majd új mellet is varázsolnak neki? – Sam még mindig képtelen volt fölfogni a történteket.

– Nem volt más választásunk, Mr. Parker – mondta dr. Herman csöndesen. Látott ő már épp elég „műtét utáni férjet", dühöngőt is, holtra váltat is meg a valóságot fölfogni képtelent is, mint ez. – Módosított radikális emlőamputációt hajtottunk végre, ami azt jelenti, hogy eltávolítottuk az egész emlőt, a mellcsont, a kulcscsont és a bordák irányába kiterjedő emlőszövetet, valamint a kisebb mellizmokat is. Ez azt is jelenti, hogy ha a felesége úgy kívánja, akkor pár hónap múlva sor kerülhet plasztikai műtétre. Az időpont a kemoterápiától függ, addig is protézis viselése jöhet szóba.

– Én még mindig nem értem, hogyan tehettek ilyet a feleségemmel! – meredt szörnyülködve Sam az orvosra. De az ismét nyugodtan válaszolt.

– Az ön feleségének rákja van, Mr. Parker. Szeretnénk meggyógyítani.

Sam megtört. Szemét elöntötte a könny.

– Mekkora az esélye az életben maradásra? – kérdezte elfúló hangon.

Dr. Herman nagyon utálta ezt a kérdést. Ezt az Istennek kellene föltenni. Szeretett volna biztató választ adni, de nem tehette.

– Ezt most még elég nehéz megmondani. Ki kell irtanunk az *egész* rákot, s ha csak egy pont is megmarad, akkor... Mi megteszünk mindent, a kérdés csak az, hogy mit tett eddig a rák, van-e áttétel, mi van a nyirokcsomókkal. Ön pedig legyen erős és türelmes, mert itt csak az idő hozhat végleges válaszokat.

Vagyis Alex meg fog halni, gondolta e szavak hallatán Sam. Ezek a mészárosok szét fogják trancsírozni, holnap leszedik a másik mellét is, lenyúzzák a felsőtestét, kiszedik a mirigyeit, vegyszerekkel mérgezik, s a végén úgyis meghal. De abba meg ő is belepusztul. Nem bírja ki. Elég volt neki az anyja halála.

– Azt javaslom, 6-7 óra körül jöjjön vissza. Akkor már a szobájában lesz a felesége. Kívánja, hogy állandó nővéri felügyeletet rendeljek mellé?

– Megköszönném – dadogta Sam. Ellenségesen méregette ezt az alakot, aki megnyomorította a feleségét, számára még mindig érthetetlen okokból. – Meddig kell bent feküdnie?

– Szerintem péntekig. De lehet, hogy előbb is hazamehet. Végül is ez elég egyszerű műtét, nagyobb fájdalmak nem várhatók, nem sok idegszálat vágtunk át, inkább csak tejcsatornákat...

Samnek ismét kezdett a gyomrára menni ez az egész. Jobbnak látta gyorsan elbúcsúzni.

– Mikor jöhetek hát?

– Estefelé. Ha valami komplikáció lesz, majd telefonálunk, de ilyesmi nem várható, legyen nyugodt.

Sam az ügyeletes nővérnek megadta irodája és a La Grenouille telefonszámát, aztán felszabadultan rohant ki a szabad levegőre. Jólesett olyan emberek közt lenni, akik nem voltak betegek, akiknek nem volt rákjuk, s mire sikerült taxit fognia, már valóban jobban érezte magát.

A taxisnak bemondta a La Grenouille címét, és igyekezett nem gondolni doktor Hermanre, a rákra, a daganatokra, a nyirokcsomókra, az áttételre, a tejcsatornákra, amputációra, halálra, kórházszagra. Semmire. Az étterembe már úgy érkezett, mintha egy másik bolygóról jött volna.

– Na végre, Sam! – lelkendezett Simon. – Hol voltál ennyi ideig?! Mi itt már annyit ittunk, hogy a végén kénytelenek voltunk ételt is rendelni, hogy le ne essünk a székről!

Sam diszkréten végigmérte a társaságot s főként az új arab üzletfelet. Feltűnően jó megjelenésű férfi volt. Az arabok között ritka, aki iszik, az is inkább a nyugati műveltségűek közül kerül ki (de otthon az sem iszik). Ez a reménybeli üzlettárs Párizsban és Londonban élt hosszú évekig, s hatalmas olajvagyona volt, melyet a világpiacon szeretett volna megforgatni és kamatoztatni. Simon egyébként Sammel egyidős lehetett, de erősebb testalkatú, hullámos szőke hajú, kék szemű és enyhén kopaszodó. Úgy festett, mint egy brit arisztokrata, tweedöltönyben, kézzel gyártott cipőben, kifogástalanul vasalt ingben és roppant fontos üzletfelek társaságában járkált, és végül is elnyerte Sam szimpátiáját. Nagy tréfamesternek és jó havernak tudott mutatkozni. Feleségét „otthon hagyta", három fia állítólag Etonban tanult.

Most pedig egy ifjú hölgy ült mellette, akiről már beszélt Samnek. Oxfordban végzett közgazdász. Daphne-nek hívták, húszas évei végén járhatott, és káprázatosan szép volt. Hosszú, sötét haja majdnem a derekáig ért, csillogó, sötét szemét a beszélgetés során folyton Samen táncoltatta, s amikor egy pillanatra kiment a mosdóba miniszoknyájában, amely alig takarta a fenekét, Sam utánafordulva arról is meggyőződhetett, hogy ennek a sudármagas nőnek hihetetlenül jó alakja van.

– Látnod kéne fürdőruhában is – vigyorgott Simon, amikor a nő visszatért. – A táncparketten meg tiszta dinamit!

Sam nem tudta eldönteni róluk, hogy élettársak-e vagy csak alkalmi partnerek, mindenesetre a nő elég visszafogottan viselkedett a fél tucat férfi társaságában, és később Sam hallotta, ahogy nagyon intelligens társalgást folytatott az olajárakról az egyik arabbal.

Samnek a délelőtti borzalmak után nagy megkönnyebbülés volt itt, az egészséges emberek között üldögélni. De tudta, hogy vissza kell még mennie a feleségéhez, ezért idegességében egy kicsivel többet ivott a kelleténél, és túl sok ajánlattal halmozta el az arabot, de a többiek, úgy látszott, nem vették ezt zokon. Az arabok dicsérték a cégét, sok jót hallottak róla, s örültek annak is, hogy Simon társtulajdonos lesz.

Később Sam visszament az irodájába, találkozott az ügyvédeivel, aztán ismét rátört a kétségbeesés. Csak bámult maga elé a semmibe. Rák. Rák!

– Rosszkedve van?

Sam összerezzent a hangra. Nem is vette észre, hogy bejött valaki. Daphne volt az.

– Nem, csak elbambultam. Elnézést. Mivel szolgálhatok?

– Kicsit feldúltnak látszott, amikor megérkezett az étterembe – mondta a nő őszintén, és Sam önkéntelenül is a lábán felejtette a szemét. Még az is bevillant az agyába, hogy ilyen lábhoz ennek a nőnek még esze is van. Érdekes kombináció... De Sam visszafogta magát, hisz ez a nő nyilván valaki másé. Ő még sohasem csalta meg a feleségét, de ez a Daphne nagyon fiatal és nagyon kívánatos volt...

– Rossz napja van? – húzott maga alá egy széket a nő, és Sam szemébe nézett.

Mit lehet erre mondani? A történtekről és Alex nyomorúságáról nem óhajtott tájékoztatni senkit. Így most volt egy sötét titka, melyet úgy hívtak, hogy rák.

– Kicsit tényleg mozgalmas napom volt – nyögte ki végül.

– Van ez így – hagyta rá a nő, aki hol keresztbe, hol egymás mellé rakosgatta a lábát. Samnek külön erőfeszítésébe került, hogy ne bámulja. – Csak azért jöttem, mert szeretném megköszönni, hogy önökkel dolgozhatok. Tudom, hogy Simon új fiú itt, s ő néha nagyon szereti előtérbe tolni a maga embereit. Nem szeretném, ha ön úgy érezné, hogy csak Simon miatt kell itt megtűrnie engem.

– Régóta ismeri Simont? – kérdezte Sam, bár a nő Simon által említett 29 évével ez a „régóta" kissé furcsán hatott. De a nő nevetve válaszolt.

– Régóta. Éppen 29 éve. Ő ugyanis az unokatestvérem.

– Szerencsés fickó – vágta rá zavarában Sam. Ennél azért regényesebb viszonyt képzelt közöttük.

– Ebben én nem vagyok olyan biztos. Simon tulajdonképpen a nálam 15 évvel idősebb bátyám nagy haverja és vadászcimborája. Engem csak Oxford után kezdett komolyan venni – mosolygott Daphne, és Sam igyekezett nem észrevenni, hogy a nő megint lábtartást váltott. Volt benne valami zavarba ejtő, és Sam elkezdett tűnődni, hogy szerencsés dolog-e a jelenléte az irodában. Simon egy évig akarta itt tartani, aztán Daphne állítólag Angliába megy jogot tanulni. Samet viszont furcsa módon a régi, a fiatal Alexre emlékeztette ez a nő.

Daphne még megköszönte, hogy itt lehet, Sam elég hivatalosan kifejezte reményét, hogy a cég csak profitálhat belőle, majd gyönyörködve bámulta az irodából távozó nőt. Aztán gyorsan öt óra lett, majd hat, és Sam nem tudta eldönteni, hogy hazamenjen-e Annabellához vagy inkább a kórházba a feleségéhez. Az orvos azt mondta, hogy csak hét körül viszik le a szobájába. Így aztán Sam végül előbb hazament, megvacsorázott a gyerekkel, ágyba dugta, és még mesélt is neki. Annabella panaszkodott, hogy a mama még nem telefonált neki. Carmen is érdeklődött, és Sam gyanúsan mogorva válaszokat adott. A bejárónő napközben még arra is rájött, hogy egyhetes hivatalos útra bőrönddel s nem egy kis kézitáskával mennek az emberek...

Sam végül farmert húzott, s némi habozás után elindult. Elég nyomorult állapotban érkezett meg a kórházba. Igazság szerint semmi kedve nem volt találkozni a feleségével. Levágták a mellét... Hogy nézhet ki? Vajon tudja-e? Megmondták neki? Vagy úgyis érzi?

Meglepődött, amikor Alexet ébren találta. A szobában egy idősebb nővér üldögélt, és képeslapot olvasott. Alex csöndesen sírdogált, és a mennyezetet bámulta. Ahogy ő belépett, a nővér diszkréten távozott. Sam halkan odalépett az ágyhoz. A felesége most is szép volt, de borzalmasan elgyötörtnek látszott. Sam megfogta a jobb kezét, s akkor vette észre a bal oldalán a nagy gézkötegeket.

– Szervusz. Hát hogy vagy? – idétlenül hangzott a kérdés, és Alex nem is válaszolt, csak némán folytak a könnyei.

– Miért nem voltál itt, amikor visszahoztak? – kérdezte végül.

– Azt mondták, csak este hoznak le, s addig megnéztem Annabellát. – Meg hát egyáltalán nem kívánkozott ide vissza, s Alex pontosan megérezte ezt.

– Már négykor itt voltam. Te hol jártál? – Alex folytatta a burkolt szemrehányást minden kínja-baja ellenére is, Sam pedig beszámolt a délutánról.

– De miért nem hívtál föl?

– Azt hittem, még alszol. – Sam egyre idegesebb lett, Alex pedig ránézett, és keserves, hangos sírásra fakadt. Herman doktor mindent részletesen elmondott neki, nem várta meg, hogy maga döbbenjen rá vagy a nővérek világosítsák föl. Alex úgy érezte, vége az életének. Elveszítette a mellét, megcsonkították, a hat hónapos gyötrelmes kemoterápia alatt kihullik a haja, talán örökre meddő marad, ha ugyan nem végez vele mégiscsak a rák.

– Levágták a mellemet – ismételgette Alex sírva. – Rákom van. És az orvosok sem tudják, hogy mi lesz a vége. Nem akarom a kemoterápiát sem! Meg akarok halni!

– Ne is mondj ilyeneket – próbált erős lenni Sam, de nem nagyon sikerült neki.

– Miért ne? Hogy fogsz ezután ránézni a testemre?

– Szomorúan – vallotta be Sam, de ettől Alex csak még keservesebben zokogott. – Nagyon sajnállak – tette még hozzá Sam, mintha ez a tragikus helyzet őt nem, csak Alexet érintené. Talán önkéntelenül is elhárította, nem akarva, hogy őt is sírba vigye cz a szörnyűség, mint annak idején az apját az anyja rákja és halála.

– Soha többé nem lesz kedved lefeküdni velem – zokogott Alex, akit most kevésbé súlyos problémák kezdtek gyötörni, mint Samet.

– Ne beszélj ostobaságokat! És mi lesz a kék napokkal? – próbált tréfálkozni Sam, de ez most elég idétlenül hangzott.

– Nem lesz több kék nap. A kemoterápia után 50 százalék az esély a meddőségre, és öt évig nem ajánlatos teherbe esnem a kiújulás veszélye miatt. S akkor már tényleg túl öreg leszek.

– Nem kell mindenben csak a rosszat látni. Gondolj a dolog jó oldalára is.

– Jó oldal?! Te megőrültél? Mit szólnál, ha például téged kiherélnének?

– Borzasztó lenne. De így most megmentették az életedet, és az isten áldjon meg, Alex, ez azért mégse semmi!

– De ez így nem élet! Megcsonkítva, meddőn...

– Csak a rosszra tudsz gondolni?! Bő a választék. Jöhet még aranyér, prosztatadaganat, mennyit mondjak? Az isten szerelmére, Alex, én megértem, hogy ez szörnyű, de még szörnyűbbnek azért mégse kéne beállítani.

– Ez ennél szörnyűbb már nem lehet. És légy szíves, te ne magyarázd el nekem. Te most hazamehetsz a gyerekhez, én nem. Te holnap ugyanazt látod a tükörben, mint tegnap, de én nem. Az én életemben minden megváltozott, s ha ezt nem fogod föl, akkor ne adj tanácsokat, hogy mit hogyan lássak. – Alex a végén már kiabált. Sam még sohasem látta őt ilyen dühösnek és ilyen szerencsétlennek.

– Akkor mit kívánsz tőlem?! – kérdezte ő is végső kétségbeesésében.

– Némi együttérzést. Némi realitásérzéket. Az elmúlt

két hétben még csak meghallgatni sem voltál hajlandó. Pedig hányszor mondtam, hogy ez lesz a vége. Nem érdekelt. Ha megszólaltál, marhaságokat papoltál. Akkor sem tudtál itt lenni, amikor közölték velem a szörnyű tényt. Az irodában voltál, meg az étteremben, meg otthon nézted azt a kurva tévét a gyerekkel, úgyhogy te ne prédikálj nekem, mit hogyan fogjak föl! Egy nagy szart tudsz te fölfogni abból, hogy én most mit érzek!

Samet valósággal megbénította a felesége dühkitörése. Alexet pedig még jobban rázta a zokogás.

– Milyen anya leszek én így?! Milyen feleség?! Milyen ügyvéd?!

– Emiatt most ne emészd magad. Herman doktor azt mondta, hogy valamit még a kemoterápia idején is fogsz tudni dolgozni. De ezen még korai töprengeni. Most jöttél ki a kés alól. Próbálj pihenni.

Bejött a nővér az orvos által előírt fájdalomcsillapító injekcióval és pár szem altatóval. Sam lelkesen fogadta.

– Azért vegyem be, hogy ne siránkozzam neked többet?

– Inkább azért, hogy kialudd magad, mielőtt tényleg begolyózol. – Sam megcsókolta a felesége homlokát. Az asszony tudta, hogy micsoda szerencsétlenség szakadt a nyakába, s hogy még mi vár reá, de Sam még mindig csak hárított és bagatellizált. A nővér beadta az injekciót és az altatót, és Alex lassan, nagyon lassan elszenderedett.

– Szeretlek, Alex – suttogta Sam, de válasz már nem érkezett.

Sam lábujjhegyen kiosont a szobából, s egész úton hazafelé Alex szavai jártak a fejében. Meg az, hogy a szülei halálába majdnem belerokkant ő is. De ez most nem következhet be. Alex nem várhatja el tőle, hogy vele együtt ő is tönkremenjen, elpusztuljon. Azt már nem. Fürge léptekkel, szinte futva ért haza.

7. fejezet

Amikor Alex másnap fölébredt, egy nő ült az ágya mellett, a nővér pedig az infúziót cserélte. Alex testi fájdalmat alig érzett, de lelki szenvedése mérhetetlen volt.

– Szép jó reggelt – mosolygott rá az idegen, kissé őszes hölgy. – A nevem Alice Ayres. Hogy érzi magát?

Alex megpróbált felülni, de még nehezére esett, ezért a nővér föltámasztotta az ágyat. Így már jobban szemügyre tudta venni a nőt, aki az anyja lehetett volna.

– Maga ápolónő?

– Nem, csak egy jóbarát. Önkéntes segítő. Tudom, min ment keresztül, Mrs. Parker. Vagy szólíthatom Alexandrának?

– Alexnek. – Alex még mindig nem értette, mit keres itt ez a nő. Behozták a reggelit, de Alex közölte, hogy nincs étvágya. Csak egy csésze kávéra vágyott.

– Én az ön helyében bizony megenném – szólt közbe Mrs. Ayres. – Erősödnie kell. – A nő olyan volt, mint a Hamupipőkében a jóságos tündér. – Mit szólna egy kis zabkásához?

– Utálom. – Alex egyre ingerültebb lett. – Kicsoda maga, és miért van itt?

– Azért, mert én is ugyanolyan műtéten estem át, mint maga. Jól tudom, hogy maga most mit érez, mennyire szenved, s hogy milyen kilátástalannak véli a jövőt. Pedig... Nekem már plasztikai műtétem is volt. Szívesen megmutatom, ha kívánja – és odanyújtotta Alexnek a csésze kávét. – Nem hiszem, hogy bárki észrevenné rajtam, hogy valamikor leszedték a mellemet. Megnézi?

– Inkább nem, köszönöm. – Alex tolakodónak és ízléstelennek találta a nőt. S különben is, Herman doktor elmagyarázta ezt a procedúrát is, hogy vagy „megosztják" a megmaradt mellbimbóját, vagy tetoválnak egyet a beülte-

92

tett protézisre, borzasztó még végighallgatni is. – Ki küldte magát?

– Herman doktor ajánlotta magát az önkéntes segítői csoportunk figyelmébe. Majd látogasson el hozzánk, beszéljen a sorstársaival. Ez nagyon hasznos lehet.

– De én nem óhajtok idegenekkel beszélni erről. – Alex közel járt ahhoz, hogy elküldje a nőt.

– Megértem – mosolygott kedvesen Alice Ayres. – Nem könnyű most magának. Biztos fél a kemoterápiától is, és a férje sem lehet valami rózsás lelkiállapotban. Jut eszembe, van férjcsoportunk is, ha ez Mr. Parkert érdekli. – Egy kis tájékoztató füzetkét tett le az ágy szélére, de Alex ügyet sem vetett rá.

– Nem érdekli. – Még hogy Sam az amputált mellű nők férjeinek csoporttalálkozóját látogatja. Na ne…

– Gondolja meg, Alex – mondta még a nő, a takarón át megsimogatta Alex lábát, majd távozott. Odakint csak annyit mondott a nővéreknek, hogy tipikus első beszélgetés volt, frissen műtött s még nyomott kedélyű, ingerült beteggel. Javasolta, hogy legközelebb Alexszel egyidős segítőt küldjenek, hátha a beteg azzal könnyebben szót tud érteni. A választék igen bő volt, csoportjuk legfiatalabb tagja még a huszonötöt sem töltötte be.

Alex időközben a szemétkosárba hajította a tájékoztató füzetecskét. A nővér hiába magyarázta, hogy jó emberek ezek, és sokat segíthetnek. Aztán a mosdatás következett, Alex fogat is mosott, majd jött az ebéd. Megint az a se íze, se bűze kímélő menü. Alex hozzá se nyúlt. Aztán jött a sebész, és megnézte a kötést és a drént. Alex nem mert magára nézni, a plafonra szögezte tekintetét, és üvölteni lett volna kedve, míg az orvos babrált rajta. Aztán Sam telefonált az irodájából, hogy majd később benéz. Addig Alex aludjon még egy kicsit. Pihengessen. Annabella jól van. Ő maga pedig alig várja már, hogy találkozzanak, de ezt Alex nem hitte el. Mert akkor már rég itt lenne. Sam elmagyarázta, hogy egy régi üzletfelével még el kell mennie a Four Seasons étterembe. Simont is be kell mutatni egy csomó fontos embernek. De hazafelé mindenképpen útba ejti a kórházat. Alex a legszívesebben lecsapta volna a kagylót, de nem tette.

Inkább fölhívta Annabellát. Szépen elbeszélgettek az oviról, a mama „hivatalos útjáról", és Alex megígérte, hogy a hétvégén már otthon lesz. Ezután ismét egy fájdalomcsillapító injekció következett, bár rendkívüli fájdalmai tényleg nem voltak. De ezekkel a drogokkal meg az alvással mégiscsak könnyebb volt elviselni a helyzetet, nem kellett a jövőn emésztenie magát, meg azon, hogy miért nem jön már be Sam. Amikor fölébredt, betelefonált az irodájába is, de megnyugtatták, hogy minden rendben van, semmi sürgős ügy nem adódott. De őt nagyon várják már vissza...

Délután Herman doktor közölte vele, hogy most már kaphat rendes kosztot is, és hogy akár már holnap hazamehet, ha akar. De nem muszáj. S hogy a seb szépen gyógyul.

– Inkább maradnék még egy kicsit – mondta a meglepett orvosnak, aki azt várta, hogy Alex a lehető legkorábban elrohan a kórházból. – Hároméves kislányom vár otthon. Nem szeretném, ha ilyen lerobbant állapotban látna.

– Nos, a hét végére már tényleg jobban fog kinézni. A drént is kivesszük, csak a kötés marad. Fájdalmai nemigen lesznek. Aztán, ha megerősödött, 3-4 hét múlva kezdhetjük a kezelést.

„Kezelés." Milyen jámbor kifejezés arra a szörnyűséges kemoterápiára!

– Mikor mehetek vissza dolgozni?

– Azt javaslom, hagyjon ki még egy hetet. A kemoterápia közben pedig majd meglátjuk, mire marad energiája. De ha sikerül jól eltalálni a dózisokat, akkor valamit dolgozgathat is.

Ebben már volt valami reménykeltő. Végül is „dolgozgathat" majd. Az orvos eltávozott, ő pedig fogta magát, és kisétált a hallba. Nagyon szédült, és kába volt még, nehezére esett a járás. A kötés is akadályozta a szabad mozgásban, s még jó, hogy nem volt balkezes, mert a bal karját nem tudta fölemelni.

Egyedül volt a szobájában, amikor Sam ötkor betoppant egy nagy csokor piros rózsával. Amikor az ajtóból meglátta a felesége elgyötört arcát, egy pillanatra megtántorodott. A haldokló anyja látványa merült föl az emlékeiben, s a legszívesebben üvöltve rohant volna el, el innen, világgá...

– Helló! Hogy vagy? – igyekezett lazának mutatkozni, ahogy letette a virágot. Alex csak a vállát rándította, de nem szólt semmit. És azt sem vette észre, hogy Samnek remeg keze-lába...

– Jól – bökte ki végül. Mellkasában tompa fájdalom lüktetett, és a drén is zavarta, de hát ez már vele jár... – Kösz a virágot. – Lelkesebben akarta mondani, de nem sikerült.

– Herman szerint a jövő héten visszamehetek dolgozni.

– És mikor jössz haza? – kérdezte ettől kissé felvidulva Sam.

– Talán pénteken. Kérd meg Carment, hogy maradjon ott hétvégére is. Nélküle még nem boldogulnék – s hirtelen az jutott eszébe, mit mond majd a kötésről a gyereknek.

– A gyerek miatt ne aggódj. Én is segítek.

Alex némán bólintott. Aztán azon kezdett tűnődni, hogy miképpen alakul most az életük. Mennyi időt, energiát áldoztak arra, hogy legyen még egy gyerekük! Ennek most vége. Milyen lesz mell nélkül élni? Hogyan fog Sam ránézni? És hogyan fog ő maga kinézni? Herman doktor mutatott fényképeket, hogy mire készüljön föl, de azok a képek szörnyűek voltak. „Deszka", sima, mellbimbó nélküli mellkasok... Csak egy ferde heg az egykori mell helyén. Alex el nem tudta képzelni, Sam hogyan reagál majd erre a látványra, ha végül leveszik a kötést...

– Nem csinálunk valamit a hétvégén? – támadt Samnek egy ötlete, de Alex értetlenül bámult rá. Ez az ember úgy „működik", mintha vele semmi sem történt volna. – Hívjunk meg valakit vacsorára vagy menjünk el moziba.

Alex nem akart hinni a fülének.

– Hogy képzeled?! Hihí, gyertek át este, most vágták le a mellemet, erre inni kell egyet! Csapunk egy nagy bulit a kemoterápia előtt! Az isten szerelmére, Sam, hát tényleg nincs benned egy csöpp megértés se?!

– De van. Épp arra gondolok, hogy jó volna, ha nem zárkóznál be a bánatodba. És a melledből azelőtt sosem csináltál nagy ügyet – próbálta megint tréfásabbra venni a dolgot –, miért csinálnál most nagy ügyet az elvesztéséből?

Pedig ez igenis *nagy ügy* volt Alex számára. A melle, *mind a kettő,* hozzátartozott az énképéhez, a pszichésen megélt „testvázlatához". S most ezt csonkították meg, a testével együtt a lelkét, az énjét is.

– Miért, miért... Mit fogsz majd érezni, ha meglátsz így?! – Alex még maga sem nézte meg magát „így", ezért tulajdonképpen nem nagyon tudta, miről beszél, de hát rettenetesen vágyott egy kis vigasztalásra.

– Nem tudom, mit fogok majd érezni, de azt sem tudom, mitől lenne olyan borzasztó nagy a különbség. Ha egyszer ide jutottunk, akkor hát ez van, és kész!

– *Mi* van? És mikor *van*? Most? Holnap? Vagy a jövő héten? – Megint sírva fakadt. Sam megint nem képes arról beszélni, amit ő szeretne hallani. – Most rögtön mutassam meg, vagy előbb megnézed Herman doki képeit, hogy felkészülhess a látványra? Nagyszerű panorámaképei vannak! Mellbimbó nélküli, lapos mellkasokról.

Sam elsápadt és ingerült lett.

– Miért csinálod ezt velem? Azt akarod, hogy fájjon, vagy úgy gondolod, hogy most már le van szarva minden?! Változtatni kellene a hozzáállásodon, s aztán lehet gondolkodni a plasztikai műtéten.

– Ki mondta, hogy én plasztikai műtétre vágyom? – nézett meglepődve Alex.

– Herman doktor említette, hogy pár hónap múlva, ha te is akarod...

– És addig hová bújjak?

– Sehová, csak addig se őrülj meg. Nagyon szomorú, hogy elvesztetted a melledet, hogy „elcsúfítottak". Nem tudom, mit érzek majd, ha meglátom. De majd elmondom. Ebben maradhatunk?

– Hát, majd el ne felejtsd. – Alex nem ilyen vigaszra várt. Valóban el volt telve a bánatával, és még nem az foglalkoztatta, hogyan mászhatna ki belőle, Sam pedig azt a stratégiát erőltette, hogy csináljanak úgy, mintha mi sem történt volna. Vacsorázzunk a haverokkal, meg menjünk moziba. Tényleg nem tudtak segíteni egymáson.

96

– Miért nem a családodra, a hazatérésre és Annabellára koncentrálsz? Meg arra, hogy visszamész dolgozni, és éled a normális életedet?

– Hogy mered „normálisnak" nevezni az életet kemoterápia mellett, Sam?! – szögezte neki keményen a kérdést Alex.

– Hát úgy. Annyira lesz normális, amennyire te akarod. Nem kell ezt így fölfújni, és nem kellene gyötörnöd bennünket is. Mi lesz Annabellával, ha így folytatod? Tessék megbékülni azzal, ami történt. Így én azt sem tudom, miben lehetek a segítségedre.

– Hát azt nem is csodálom. Téged most teljesen lefoglal a saját életed. És ez a szörnyűség csak zavaró körülmény lehet a Simonnal és az új ügyfelekkel való foglalkozásban.

– Igen. Elfoglal a munkám. És ha velem történt volna ilyesmi, te sem maradtál volna otthon, nem halasztottad volna el a bírósági tárgyalásokat vagy a kliensekkel való találkozókat. Nézd reálisan a dolgokat. A világ nem állhat meg attól, ami tegnap veled történt!

– Köszönöm a vigasztalást!

– Sajnálom – mondta gyámoltalanul Sam. – Az az érzésem, bármit mondok, az csak még jobban feldühít téged.

– És ebben volt is némi igazság. Sam tényleg nem azt mondta, amit Alex remélt, hanem azt, amit ő fölfogott ebből a szituációból.

– Én viszont azt mondanám, hogy akkor is szeretnélek téged, ha bármi történne veled. Ha elcsúfítanának, ha kiherélnének, ha elveszítenéd a hajadat vagy a mostani arcodat, vagy ha a hátralévő életedet tolókocsiban kellene leélned!

– Hát ez nagyon derék – mondta ridegen Sam. – És jó nagy baromság is. Mert honnan tudhatnád te most, hogy mit fogsz érezni majd akkor, ha valami hasonló történik velem?! Könnyű eljátszani, hogy te nem így fognád föl, meg nem úgy viselkednél – de honnan tudod?! Honnan?! Lehet, hogy kiborítana, még akkor is, ha most az ilyen-olyan kiborulást nem tartod erkölcsileg elfogadhatónak.

– Azt akarod mondani, hogy téged ez ki fog borítani?

– Azt akarom mondani, de őszintén, hogy fogalmam sincs. Majd meglátjuk. Egyébként pedig az élet a mellen, a szexen és a testen kívül még ezer más, nagyon fontos dolgot is jelent. Mi társak és barátok is volnánk, nemcsak szexpartnerek.

– De én nem akarok egyszerű „barát" lenni – sírta el magát megint Alex, Sam pedig a maga elkeseredését igyekezett óriási erőfeszítéssel elrejteni.

– Jó. Akkor hagyd egy kicsit az egészet. Pihenj inkább. Adj egy kis időt mindkettőnknek, hogy hozzászokjunk ehhez. Aztán majd meglátjuk, mi lesz.

Nem mondta vagy nem „hazudta", hogy így is szép vagy, hogy így is nagyon szeretlek... Csak magyarázott ezt-azt, de őszintén. Alex azelőtt imádta Samnek ezt az őszinteségét és hajthatatlanságát, még akkor is, ha néha fájt. Most viszont *rettenetesen* fájt neki ez a fajta őszinteség.

– Szóval, én azt nem tudom fölfogni, hogy miként kötődhetett a te egész identitásod az egyik melledhez. Az ég szerelmére, Alex, mi vagy te? Topless fotómodell vagy go-go girl?! Ha jól tudom, ügyvéd vagy, és ezen a pályán nem a cicikre van a legnagyobb szükség. Intelligens, értelmiségi nő vagy. A melledet veszítetted el, nem pedig az agyadat. Úgyhogy mibe kellene itt beleőrülni?

Hát igen. Így is lehet nézni. Csakhogy Alex elveszítette részben az énjét, az identitását, valószínűleg a potenciális anyaságát és a szexuális életét, és még az élete is veszélyben forog.

S ha életben marad is, többé nem ugyanaz a személyiség lesz, mint aki azelőtt volt.

– Lehet, hogy én tényleg nem fogom föl a te problémádat – folytatta Sam. – De ha holnap kiderülne, hogy többé nem lehet gyerekem, akkor bánatos lennék, de boldog lennék Annabellával, és nem gyötörném magam. Meg téged sem. Úgyhogy nem kell ebből ilyen nagy ügyet csinálni. A te identitásod a fejedben és a szakmai karrieredben van, nem pedig a melltartódban!

– De ha többé így nem tetszem neked?!

– Jaj istenem. Lehet! Hát lehet! Tanulj meg együtt élni

98

ezzel az állapottal, és akkor nekem is könnyebb lesz. De én nem fogok veled kórusban jajgatni, mert abba tényleg mindketten csak beleőrülünk!

– És akkor mit tudsz most mondani nekem?

– Azt, hogy hagyd abba az önsajnálatot, és kezdd elfelejteni az egészet. Én sem óhajtok állandóan arra gondolni, hogy neked rákod van. Ez nekem sok. – Ez már egyenes beszéd volt, Alex nem is számított rá.

– Mi az, hogy „állandóan"? Ez tegnap történt, azóta naponta nem egészen egy-egy órát láttalak itt. Vagy tán már ez is sok idő erre?

– Nem hiszem, hogy mindkettőnknek sok időt kéne erre fordítani. Végül is ez a *te ügyed,* neked kell feldolgoznod.

– Köszönet ezért a szíves segítségért!

– Én nem tudok rajtad vagy neked segíteni, Alex. Neked magadnak kell magadon segítened!

– Ezt megjegyeztem!

– Sajnálom, de most megint túl ingerült vagy – mondta Sam blazírt nyugalommal, ami csak még jobban kihozta a sodrából a nőt. De Alex most fékezte magát. Pár percig szótlanul ültek, aztán Sam aggódó képpel fölállt.

– Azt hiszem, ideje hazaindulnom Annabellához. Megígértem neki, hogy vacsorára otthon leszek.

Alex pánikba esett. Most veszíti el... Nem volt itt tegnap sem, amikor ő magához tért az altatásból, ma is egész nap Simonnal és kompániájával volt elfoglalva... Nem érdekli az ő rákja... Két jó szava nem volt hozzá... Semmi együttérzés, semmi szolidaritás. Csak az ügyfelek, a tárgyalások az éttermekben, a sok fontoskodás... A felesége tragédiája bezzeg nem érdekli, és olyanokat mond, hogy egy-két mell elvesztése még nem a világ. Könnyű neki ilyeneket mondani! Azt bezzeg nem merte kijelenteni, hogy így is szeretni fogja őt. Pedig mennyire ki volt éhezve valami biztatásra, néhány reményt és erőt adó szóra... Alex még akkor is dühöngött, amikor Sam már rég elment, sőt az is föltűnt neki, hogy búcsúzáskor a homlokára kapott tőle csókot, nem a szájára, mint azelőtt. Mintha Sam kezdene távolságot tartani... Jaj, istenem...

Csak ült a szobában egész este, háttal az ajtónak, és zokogott. Nem érdekelte senki és semmi. Nem hívta föl Annabellát és a férjét sem (minek?!). Amikor nyílt az ajtó, oda se fordult, azt hitte, a nővér jött be. Aztán csöndben egy kéz ereszkedett a vállára. Fölnézett, és döbbenten meredt... Elizabeth Hascomb-ra.

– Maga? Itt?! Engem jött meglátogatni?

– Igen – mondta a titkárnő. – De csak ma este tudtam meg, hogy tényleg maga van itt. Én kétszer egy héten a mellsebészeti utógondozási csoportban dolgozgatok itt, és ma délután találtam az A. Parker nevet a meglátogatandók listáján. Nem akartam elhinni. És azt kértem, hadd jöjjek magához én. Remélem, nem haragszik, Alex – és anyaian átölelte főnöknőjét.

Alex nem haragudott. Sírt.

– Nem lesz semmi baj, meglátja – vigasztalgatta Liz. – Tudom, mit érez most, de majd jobb lesz.

– Nem lesz jobb soha! – nézett könnyein át Alex a titkárnőre, de az biztatóan mosolygott.

– De lesz. Most még nehéz elhinni, de lesz. Mindannyian átestünk ezen.

– Micsoda?! Maga is? – Alex a meglepetéstől alig kapott levegőt.

– Én mind a két mellemet elveszítettem. Még évekkel ezelőtt. Protézist viselek. De ma már csodákra képes a plasztikai sebészet. A maga korában ezen kell gondolkodni. – Liz olyan kedves volt és annyi bölcs élettapasztalat áradt belőle, hogy Alex egészen megkönnyebbült. Aztán eszébe jutott valami, és megint rátört a zokogás.

– Még át kell esnem a kemoterápián is! – szorította meg Liz kezét, aki örült, hogy megtalálta Alexet, de kicsit bosszankodott is, amiért nem találta ki előbb, mire készül ez a szegény nő.

– Én is átestem. Kemoterápián, hormonkezelésen, mindenen. Tizenhét évvel ezelőtt. És élek és virulok. Maga is szépen túl lesz mindenen, ha betartja az utasításokat. Magának ráadásul csoda jó orvosa van! – Aztán figyelmesen végigmérte a láthatóan elég rossz állapotban lévő nőt, majd tárgyilagosan rákérdezett: – Sam hogyan fogadta mindezt?

– Eleinte nem hitte el, azt hajtogatta, úgysem találnak semmit. Most meg azon bosszankodik, hogy én ki vagyok borulva. Azt mondja, túldramatizálom a dolgot, és hogy egy mell elvesztése „nem nagy ügy", de azt beismeri, lehet, hogy zavarni fogja, ha majd meg is kell néznie.

– Ó, hát ő is szenved, Alex. Rettenetes élmény ez neki is. Sovány vigasz ez a maga számára, de egyes férjek valóban képtelenek fölfogni és földolgozni, hogy a feleségüknek rákja van.

– Az anyja rákban halt meg, amikor ő kamasz volt. S most vagy ezek az emlékek jönnek elő nála újra, vagy egyszerűen csak szar, gerinctelen alak.

– Egyik sem. Maga pedig koncentráljon saját magára! Egyáltalán ne foglalkozzon a férjével. A maga dolga az, hogy legyőzze a betegséget. Sam pedig majd foglalkozzon saját magával.

– De hát mi lesz, ha megundorodik a testemtől, ha elfordul tőlem?! – Alex rettegve gondolt erre, de Liz nyugodtan nézett rá. Ő már ezen is túl volt. Kezdetben az ő férje is nehezen alkalmazkodott az új helyzethez, de aztán Liz legfőbb támasza lett. És Liz jól tudta, hogy Sammel vagy nélküle, de először is Alex az, akinek túl kell élnie ezt az egészet.

– Úgyis fel kell nőnie ehhez! Nincs más választása. Majd megtalálja a módját. Ha pedig maga most nem kap meg tőle valamit, akkor forduljon a családhoz, a barátokhoz vagy a sorstársaihoz. Mi itt vagyunk, állunk rendelkezésére. Én személy szerint is.

Alex most a meghatottságtól nem bírt a könnyeivel. Liz pedig brosúra helyett praktikus tanácsokkal látta el.

– Ha pénteken hazamegy, akkor addig tessék mindent megenni és minél többet aludni. Erőt gyűjteni az otthoni dolgokhoz meg aztán a kemoterápiához is. Sokan vannak, akik a kemo idején is dolgoznak. Itt magának kell tisztán látnia, mi az, amit még elbír, és mi az, amit már nem. Olyan ez, mint amikor meg kell nyerni egy háborút. A cél a győzelem, s ehhez kell beosztani az erőtartalékokat. Ezt sohase felejtse el! Minden más érdektelen. A kemo elég borzasztó dolog, de hozzásegít a győzelemhez.

- Szeretnék hinni benne.

- Hát akkor ne a rémtörténetekkel foglalkozzon, hanem a saját végső céljával! Győzni kell, győzni, győzni, győzni! Ne hagyja, hogy akár Sam is elvonja a figyelmét ettől! S ha ő nem tud segíteni, akkkor Samet egy időre felejtse el!

Alex elnevette magát, hogy Liz micsoda vehemenciával adja elő mindezt.

- Liz, maga igazán... Sokkal jobban érzem magam. De délelőtt elég komisz voltam a maguk csoportjának egyik tagjával, valami Alice nevezetű nővel.

- Alice Ayres - mosolygott Liz. - Öreg bútordarab, hozzá van már szokva. Talán eljön még az idő, amikor magának lesznek ilyen kalandjai. Nagyon sokat segít ez, nagyon sok embernek.

- Nagyon köszönöm, Liz.

- Holnap is meglátogathatom? Mondjuk ebédidőben?

- Boldoggá tenne. De az irodában egy szót se, senkinek. A kemót valószínűleg úgyis el kell mondanom Matthew-nak.

- Ez a maga dolga, én meg tartom a számat - ölelte meg búcsúzóul Liz. Este tíz óra volt. Alex már-már feldobott hangulatban feküdt be az ágyba, és egy hirtelen ötlettől vezérelve úgy döntött, hogy elalvás előtt még felhívja Samet, és közli vele, hogy jobban van, és mégiscsak szereti. De a telefon hosszú percekig hiába csöngött ki, végül aztán Carmen jelentkezett, álmos hangon.

- Elnézést, Carmen. Nem tudná Mr. Parkert adni?

Carmen habozott egy ideig, aztán ásítva felelt:

- Nem, sajnos, Mrs. Parker. Nincs itthon. Maga hogy van?

- Jól. Moziba ment?

- Nem tudom. Annabella megvacsorázott, s ő azután ment el. Nem evett a gyerekkel, úgyhogy lehet, hogy a haverjaival ment el valahová. Nekem nem mondta, hová, és telefonszámot sem hagyott.

Alex eltűnődött. Hová csavaroghatott el Sam? Biztos csak beült valahová enni-inni, meg kiszellőzteti a fejét a délutáni kórházi veszekedés után. Sam szeretett egyedül maradni a problémáival.

– Hát jó, majd mondja meg neki, hogy kerestem. És reggel puszilja meg Annabellát helyettem is.

– Átadom, Mrs. Parker, jó éjszakát, és a Jóisten áldja meg magát!

– Magát is, Carmen, köszönöm.

Alex letette a kagylót, s még sokáig üldögélt a sötétben a kórházi ágyon. Még három nap, és otthon lesz. Még három hét, és kezdődik a kemoterápia, a vegyi háború. De a Lizzel való találkozás után elszánta magát, hogy ezt a háborút megnyeri. *Meg fogja nyerni.* Élete szép napjaira gondolt, mielőtt elaludt. Például arra, ahogyan annak idején a csecsemő Annabellát szoptatta és ringatta a keblén.

8. fejezet

Sam alig ért haza a kórházból, épp csak leült Annabellával vacsorázni, amikor megszólalt a telefon. Simon volt az. Hogy egy be nem tervezett vacsora „jött közbe" bizonyos londoni ügyfelekkel. S hogy Sam is eljöhetne. Sam próbált szabadkozni, hogy most ültek le enni a gyerekkel...

– Na, az evést, öregfiú, máris hagyd abba! Ez itt félelmetesen jó társaság, Sam. Tetszeni fog neked is. És szerintem csupa fontos ember. A legnagyobb angliai textilgyárak képviselői, s leghőbb vágyuk, hogy errefelé terjeszkedjenek. Találkoznod kell velük. És velem lesz Daphne is.

Sam nem tudta, hogy ez valami csali akar-e lenni. Húzódozott egy darabig, hiszen az Alexszel folytatott veszekedés kimerítette. De az estétől is félt, hogy majd ott kell ülnie egyedül a szobában. Némi ingadozás után beadta a derekát. Nyolckor találkoznak a Le Cirque-ben, majd később átvonulnak a belvárosba, ahol Daphne talált egy tökjó táncos helyet. Mert az angolok megsértődnek, ha nem viszik el bulizni őket...

Annabella dupla mese után végre elaludt, Sam pedig inget váltott, s borotválkozás közben azon tűnődött, hogy ha már két ilyen ronda napjuk volt, akkor vajon milyen ronda napokra kell berendezkedniük, ha Alex péntektől itthon lesz. És bizony jobb, ha bevallja magának, hogy igenis fél a csonkolt asszony látványától. Mert ki ne félne? Az ilyesmi csakis csúnya látvány lehet. De ezt Alexnek nem akarta beismerni. És egyébként is az volna a legjobb, ha Alex békén hagyná őt. Az anyja is állandóan azt kérdezte tőle, mielőtt meghalt, hogy szereti-e...

Rém elegáns volt sötétszürke öltönyében. Sam Parker New York egyik legérdekesebb üzletemberének számított, s utánafordultak a vendégek, ahogy bevonult a Le Cirquebe. A jelenlévők egy része jól tudta, kicsoda ő, hallott-olvasott róla eleget, a többieket pedig, főként a nőket az érdekelte, hogy ki lehet ez a feltűnően jóvágású férfi. És Sam már rég hozzászokott, hogy bámulják.

Ahogy odaért az asztalhoz, Simon felpattant, örömmel üdvözölte, és bemutatta a többieknek. A négy angolon kívül még három amerikai lány is ült ott, két modell és egy színésznő. S ott volt még Daphne is, így csak Sam és Simon maradt partner nélkül. A kis étterem fülsiketítő ricsajában Samnek mégiscsak sikerült értelmesen elbeszélgetnie az egyik angollal, míg mellette Daphne az egyik modellel csacsogott. A desszertnél aztán odafordult hozzá Daphne.

– Hallom, hogy a maga felesége híres ügyvéd.

– Igen, a Bartlett és Paskin irodánál. – Samnek most igazán semmi kedve nem volt Alexről társalogni.

– Bizonyára nagyon okos és nagy hatalma van.

– Van – bólintott Sam, és Daphne megérezte, hogy jobb lesz témát váltani.

– Gyereke van?

– Van. Annabella, három és fél éves és imádnivaló.

– Nekem egy négyéves fiam van Angliában – közölte Daphne lazán.

– Magának?! – bámult rá megrökönyödve Sam.

– Mit csodálkozik? – nevetett Daphne. – Elváltam. Simon ezt nem említette még?

– Hát, nem.

– Huszonegy évesen hozzámentem egy mocskos gazemberhez, aki aztán lelépett egy új pipivel. Elváltunk, és az egész család úgy látta jobbnak, ha én egy évig valahol távol pihenem ki a megrázkódtatásokat.

– De hát mi van a kisfiával?

– Az anyám vigyáz rá – közölte a nő.

– És nem hiányzik magának?

– De. Csakhogy mi Angliában nem olyan érzelgősen fogjuk föl ezt a gyerekügyet, mint maguk itt Amerikában. Hétéves korukban, mint tudja, becsapjuk őket egy internátusba. A gyerek három évig lesz ott, aztán megy Etonba. S azt hiszem, nem is árt neki, ha egy kicsit távol van a kedves mamájától. Ez ugye szörnyen hangzik a maga számára?

– Egy kicsit – vallotta be Sam. El nem tudta volna képzelni, hogy ő Annabellát otthagyja valahol. – Mi tényleg nem így gondolkodunk az anyaságról. – De hát Daphne sem látszott igazi anyatípusnak...

– Azt hiszem, az angolok hidegvérűbbek, mint maguk. Az amerikaiakat szörnyen izgatja, hogy miként kell viselkedniük, mit várnak el tőlük, s hogy mikor milyen érzelmeiknek *muszáj* lenniük. A britek egyszerűen *teszik* a dolgukat. S ez így sokkal egyszerűbb.

– És sokkal önzőbb. – Sam élvezte, hogy ezzel a nővel őszintén lehet beszélni, mert Daphne okos volt és nyitott, nem titkolózott és nem „pakolta magát".

– De sokkal becsületesebb is – nevetett a nő. – Nálunk mindenki azt csinálja, amit akar, és nem magyarázkodik, nem mentegetőzik, és nem csinál úgy, mintha valami egészen mást csinálna. Maguk meg folyton érzelegnek és nyafognak.

Hát, igen. Daphne olyan nyílt és szókimondó volt, hogy Samnek hirtelen az villant az agyába, hogy ez a nő még anyaszült meztelenül sem jönne egy csöppet sem zavarba.

– Volt már magának válópere? – jött a következő egyenes kérdés. Sam ezen is csak nevetett.

– Nem, még nem. Magának nem volt nagy trauma a válóper? – Sam maga is csodálkozott, hogy ők, két idegen, ilyen bizalmas dolgokról tárgyalnak. De nagyon élvezte a helyzetet.

– Nem. Sőt. Nagy megkönnyebbülés volt. Egy ilyen címeres gazembertől... Most már azt sem értem, hogyan tarthatott hét teljes évig ez a házasság, ez az egész rémálom.

– Na és kivel lépett le ez a... minek is nevezte... – Sam kezdett belemelegedni a játékba, Daphne múltjának felderítésébe.

– Természetesen egy kasszírnővel. De már rég elhagyta őt is. Most valami művésznőféleséggel él Párizsban. Komplett őrült, de szerencsére megfelelően gondoskodik Andrew-ról, a fiunkról, úgyhogy nem kell félnem. – Daphne nem is úgy nézett ki, mint aki fél. És az angol pasasok is leplezetlen érdeklődéssel bámulták őt. Daphne-ről érezni lehetett, hogy ő bárkit megkaphat, akit akar...

– És maga szerelmes volt ebbe a... – kérdezte Sam kissé pofátlanul.

106

– Hát, egy darabig biztosan. Huszonegy éves korában az ember nem nagyon tud különbséget tenni a szerelem és az eszméletlenül jó szex között. S igazából még ma sem tudom, hogy annak idején mi is volt ez az egész. – Daphne kihívóan vigyorgott, és Sam elkezdte sajnálni, hogy túl öreg ő már ehhez a nőhöz. Ám ekkor ismét eszébe jutott Alex. S mintha Daphne ezt megérezte volna.

– Na és mi a helyzet magával? Szerelmes a feleségébe? Úgy hallottam, nagyon csinos kis nő.

– Igen, szeretem a feleségemet – válaszolta korrektül Sam, s közben arra gondolt, hogy Alex a maga 42 évével egy tízest simán letagadhatna, s hogy tulajdonképpen nagyon csinos nő, de persze sem megjelenésben, sem pedig (és főként!) rámenősségben nem vehetné már föl a versenyt Daphne-vel.

– Csakhogy én nem ezt kérdeztem ám! Hanem azt, hogy *még most is* szerelmes-e a feleségébe.

– Hogy érti? Tizenhét éves házasok vagyunk. Ennyi idő alatt két ember nagyon össze tud szokni. És én tényleg nagyon szeretem őt – magyarázta Sam, de a feltett kérdésre most sem válaszolt.

– De volt-e valaha is szerelmes a feleségébe? – makacskodott a nő, és már-már macska-egér játékot űzött vele, de Sam nem bánta.

– Természetesen voltam – válaszolta mély meggyőződéssel Sam, miközben Simon csodálkozva pillantott oda az asztal másik végéről, hogy ezek mennyire összemelegedtek.

– Na és mikor lett vége? – szögezte neki a burkolt vádat Daphne. Sam tréfásan megfenyegette az ujjával.

– Én ilyet nem mondtam. Még az hiányozna…! – „Pont most”– tette hozzá magában.

– Én sem. Maga mondta, hogy szerelmes *volt* a feleségébe. De hogy most mi van, azt úgy látom, nem képes elárulni nekem. – És most már volt valami furcsán szexis hangulata is ennek a makacskodásnak.

– Hát, a házasság már csak ilyen. Vannak szélcsendes időszakok, máskor meg minden pont az ellenkezőjére fordul, mint ahogy az ember szeretné.

– És most magánál pont egy ilyen időszak van?

– Talán. Nehéz erről beszélni – nyögte ki Sam, mert a nő mintha az elevenére tapintott volna.

– Nocsak. Volt ennek valami különös oka? Történt valami?

– Túl hosszú történet ez – mondta már-már bánatosan Sam.

– Nőügyei támadtak, Mr. Parker? – kérdezte megint nyíltan a nő, de most Sam nevetett a dolgon.

– Nem mondták még magának, hogy kissé erőszakos? – „És gyönyörű... és érzéki... és bársonyos bőrű..." – tette még hozzá gondolatban.

– Dehogynem – szegte föl a fejét a nő. – Büszke is vagyok rá!

– Pedig nem kéne – próbált ellentámadásba lendülni Sam.

– Nézze. Én az én koromban szinte bármit megengedhetek magamnak. Ahhoz még nem vagyok elég öreg, hogy mindenütt komolyan vegyenek, de ahhoz már igen, hogy tudjam, mikor mit csinálok. A nagyon fiatal csajokat pedig ki nem állhatom. És maga? – Daphne úgy váltogatta a témákat, ahogy hosszú fekete haját hol az egyik, hol a másik csupasz vállára hajította át. Hihetetlenül csábító jelenség volt. És egyszerre emlékeztetett is Alexre, meg különbözött is tőle. Ugyanaz az ész és intelligencia, nyúlánk testalkat – de sokkal nagyobb rámenősség és nyíltabban felvállalt szexuális kihívás, már-már provokáció. Sam remélte, senki sem veszi észre, hogy tetszik neki a nő stílusa. Daphne ellenállhatatlan erővel csábította valami fantasztikus játékra, de Sam tökéletesen tisztában volt azzal, hogy akármilyen játékba ő azért mégsem mehet bele. Jól tudta ezt Daphne is, de ez nem akadályozta a játék folytatásában.

– A fiatal csajokat én? Előbb válaszoljon maga: a fiatal hapsikat szereti jobban vagy az idősebbeket?

– Én minden férfit szeretek – nevetett huncutul a nő. – De leginkább a maga korosztályát.

– Csak az a baj – mondta figyelmeztető hangsúllyal Sam –, hogy ez túl egyértelműen hangzik.

– Én mindig egyértelmű vagyok, Sam. Nem szeretem az időt vesztegetni.

– Én sem. Én nős vagyok.

– És az baj? – Daphne valósággal belefúrta a tekintetét az övébe, és Sam tudta, hogy itt most őszintének kell lennie.

– Szerintem igen. Én ilyet nem csinálok.

– Nagy kár. Mert igen szórakoztató tud lenni.

– Nos, engem más és fontosabb dolgok izgatnak az életben, nem egyszerűen az, ami „szórakoztató". Veszélyes sportág ez. Azelőtt hosszú évekig magam is űztem. De hát ez az agglegényeknek való csak – és felszabadultan nevetett a nő szemébe. – Tudja, azoknak a szerencsés fickóknak! – Azért a szíve mélyén egy kicsit sajnálta, hogy most nem fiatalabb és nem „nőtlenebb".

– Maga tetszik nekem – bólogatott Daphne elismerőleg. Valóban imponált neki a férfi szókimondása, és azon tűnődött, hogy milyen boldog lehet egy ilyen embernek a felesége.

– Maga is tetszik nekem, Daphne. Maga félelmetes nő. Mindjárt elkezdem sajnálni, hogy nős vagyok.

– Eljön velünk vacsora után a diszkóba?

– Nem volna szabad elmennem. Bár éppenséggel elmehetnék – mosolygott Sam a nőre, s közben az járt a fejében, hogy milyen jó is volna egy nagyot táncolni ezzel a csajjal, s hogy ugyanakkor milyen veszélyes kaland is volna... Pont most, amikor Alex ilyen helyzetbe került, s amikor ilyen komoly feszültségek jelentkeztek kettejük között.

Amikor kiléptek az étteremből, a kocsi már ott várt rájuk. Daphne kézen fogta őt, és behúzta a többiek közé. Samnek nem volt ereje ellenkezni. Aztán megérkeztek egy általa még csak nem is hallott SoHo nevű, belvárosi nightclubba, ahol egy remek blues-banda nyomta a vérpezsdítő és lélekbe markoló zenét, és ahol nem lehetett elkerülni, hogy a sötétben egymáshoz ne sodródjanak és néha szorosan egymáshoz ne tapadjanak, hosszú percekig, miközben Sam erőnek erejével igyekezett időnként Alexre is gondolni.

– Mennem kell – mondta végül. Nagyon késő volt, és úgy érezte, nem tisztességes már ez a játék. A bolondozásnak is van határa. Végül is ő nős ember, és kész.

– Haragszik? – kérdezte Daphne, míg Sam kifizette a számlát.

– Dehogy. Miért haragudnék?

– Hát, hogy idétlenül viselkedtem. Nem gondoltam, hogy kellemetlen lesz magának.

– Nem volt az. Sőt, jót tett a hiúságomnak. De hát, sajnos, húsz évvel idősebb vagyok magánál, s higgye el, ha fiatalabb volnék...

– Maga hízelgett nekem – nézett rá a nő olyan szemekkel, hogy Samnek belefájdult a szíve.

– Csak szerettem volna. – Aztán akarata ellenére kifecsegett valamit. – A feleségem nagyon beteg. Nem is tudom, mi lesz... – és elfordította a tekintetét.

– Nagyon beteg? – Daphne nem akarta kimondani a „rák" szót.

– Nagyon – erősítette meg Daphne gyanúját Sam.

– Sajnálom, hogy épp ilyenkor kellett bolondoznom – mondta a nő, és úgy ült, hogy Sam beláthatott a ruhája alá. Kellemes látvány volt...

– Nem kell elnézést kérnie. Ilyen szép napom évek óta nem volt. Nagyon kellett már... – És itt valami igazi érzés kerítette hatalmába őt is meg Daphne-t is. Ez már nem játék volt. És Samnek hirtelen nem akarózott elmennie. – Felkérhetem egy utolsó táncra?

Ebből az „utolsóból" aztán még három lett. Összebújva táncoltak, egész testükkel, még az arcukkal is egymáshoz simulva. Aztán Sam valósággal kényszerítette magát a távozásra. Daphne-t visszakísérte Simonhoz. Visszaadta, mint valami kölcsönkapott drágakövet.

– Látom, jól megvoltatok egymással – vigyorgott Simon. Mindent látott, és kíváncsivá tette a dolog. Sam nem látszott egy feleségcsaló szoknyavadásznak, de most mintha rátapadt volna az unokahúgára. – Csinos kis dög, mi?

– Vigyázz rá – mondta Sam komolyan, és távozott. A taxiban máson sem járt az esze, csak azon az „utolsó" táncon, bár ahogy közeledtek a házhoz, úgy fokozódott az Alex iránt érzett bűntudata. Amit csak fokozott a párnáján talált Carmen-feljegyzés, hogy Alex az este kereste őt. De amikor elaludt, nem Alex, hanem Daphne arca táncolt a szeme előtt...

9. fejezet

Reggel, felkelés után rögtön fölhívta Alexet, de egy nővér azt mondta, kezelésen van még egy jó fél óráig. De akkor Sam már úton volt az irodája felé. Odabent órákig nem volt egy szabad perce sem, aztán meg a folyosón összefutott Daphne-vel. A nő arca felragyogott, mikor meglátta. Némi hivatalos csevej után Daphne azt mondta, reméli, nem viselkedett túl kellemetlenül tegnap este. De hát elvesztette a fejét, ám ettől kezdve szigorúan csak az üzletmenetre koncentrál, megígéri.

– Hát az nagyon szomorú lesz – nevetett Sam. – Azt hiszem, inkább én viselkedtem ostobán.

– Ó, dehogy! – Daphne hangja cirógatott, de viselkedése távolságtartó volt. – Én általában nem szoktam nős férfiakat elcsábítani. De maga olyan vonzó, Sam, hogy jobb lenne, ha korommal kenné be magát vagy zsákot húzna a fejére, mielőtt idegenek közé megy. Mert így közveszélyes. – Samnek jólesett a hízelgés.

– Talán otthon kellett volna maradnom? De hát olyan jól éreztem magam!

– Én is – sóhajtotta a nő, s mindketten rádöbbentek, hogy megint flörtölnek.

– Mit lehet ez ellen tenni?

– Nem tudom. Talán egy hideg zuhany segít. De még nem próbáltam.

– Együtt kéne megpróbálnunk – szaladt ki Sam száján, rögtön meg is bánta. – Vagyis inkább ne játsszunk a tűzzel.

– Igenis, uram! – szalutált Daphne nevetve, aztán sarkon fordult, és elvonult az irodájába, mely ott volt Sam szobája mellett. Sam nem tudta megállni, hogy ne bámuljon utána.

– Vigyázz! Nagyon veszélyes! – mondta mellette elhaladva régi kollégája, Larry. – Az angol csajok mind ilyenek.

Sam visszament az irodájába, és végre fölhívta a feleségét.

– Hol voltál tegnap este? – kérdezte panaszosan Alex. Sam mindenről őszintén és részletesen beszámolt, és csaknem elfelejtett érdeklődni az asszony állapota felől.

– Kicsit jobban vagyok – mondta Alex. – Képzeld, meglátogatott a titkárnőm. Kiderült, hogy ő is tagja az önkéntes utókezelési csoportnak...

– Nem fogja kibeszélni a dolgot az irodában? – kérdezte Sam, de azon kapta magát, hogy nem is igazán érdekli ez az egész. Idegen tőle minden, a kórház, a felesége baja és egy kicsit már a felesége is.

– Nem, Liz tud titkot tartani. Sokat segített azzal, hogy eljött.

– Ennek örülök. – Aztán beszámolt még Annabelláról is. Alex sírva hallgatta.

– Feljössz ma? – kérdezte bizonytalanul.

– Hát persze. Hazafelé beugrom. De még egy csomó elintéznivalóm van.

Alex azt szerette volna, ha ebédidőben is benéz hozzá. Sam pedig megpróbált a munkájára koncentrálni, de képtelen volt másra gondolni, mint Daphne-re. Ez rettenetesen zavarta, és bűntudattal töltötte el. Hát nincs neki most elég baja?! Még vegye a nyakába ezt a forróvérű angol csajt is?! Újabb bonyodalomnak? Daphne azonban már így is a hatalmába kerítette, mint valami erős kábítószer.

– Annabellának elárultál már valamit? – kérdezte Alex, amikor végre beért a kórházba.

– Természetesen nem.

– Mert azt találtam ki, modjuk neki azt, hogy balesetet szenvedtem utazás közben.

– De miért kellene bármit is mondani?

Ez az. Megint az elutasítás. Alex képtelen volt megszokni.

– Miért, miért? Mert itt ez az óriási kötés a mellkasomon. Aztán ott lesz a nagy sebhely. A mellem meg sehol. És nem is érzem jól magam. Annabella nem ugorhat csak úgy a nyakamba. Valamit csak kell mondani neki, Sam. A gyerek nem teljesen hülye.

– Hát majd nem fogsz meztelenül parádézni előtte.

– Egész életemben?! De hiszen eddig együtt fürödtünk, egymás előtt öltöztünk-vetkőztünk! Ráadásul pár hét múlva jön a kemoterápia. Azt úgysem lehet eltitkolni!

– Nem értem, miért foglalkozol ilyen sokat ezzel az üggyel. Miért kell ezt számomra és Annabella számára is problémává tenni? Miért nem tudsz már végre belenyugodni? Nem értem.

– Én sem értem, hogyan vagy képes úgy tenni, mintha mi sem történt volna! Ez nemcsak engem érint, hanem mindhármunkat.

– Az ég szerelmére, Alex. A gyerek három és fél éves! Mit akarsz tőle? Megértést? Együttérzést? Ez téboly, Alex.

– Szerintem pedig neked ment el az eszed.

– Elég volt már a siránkozásból. Elég volt abból, hogy mindenkit el akarsz borzasztani. Beszélj egy orvossal, csinálj valamit, járj az utógondozó csoport összejöveteleire, csak ne zúdítsd az egészet a gyerek nyakába. Ne büntess bennünket a magad bajával.

Alex ekkor hátat fordított neki, és kibámult az ablakon.

– Szeretném, ha most elmennél – mondta egy kis idő után jeges hangon.

– Ezer örömmel! – Sam kiviharzott a szobából, az egész kórházból, és aznap este már nem is hívta föl Alexet. És Alex is csak Annabellának telefonált, és Carmen észre is vette, hogy nem kéri a férjét a telefonhoz.

Sam pedig egész este azon tűnődött, hogy mi vár még rájuk. A nagy siránkozás és felhajtás a betegség miatt, aztán a sebhely miatt és az elvesztett mell miatt. Aztán jön a kemoterápia, hallgathatja állandóan a hajhullás nyűgeit, az örökös panaszkodást, majd hónapokon-éveken át a teszt lesz az állandó téma, hogy kiújult-e a dolog vagy sem, hogy van-e még egy év hátra Alex életéből vagy nincsen... Pont úgy, ahogy annak idején az anyjával is lejátszódott mindez. Ezt ő egyszerűen nem bírja. Ő nem akarja így élni tovább az életét. Hallgatni mindennap a beszámolókat Alex rákjáról. S hirtelen arra gondolt, hogy az az Alex, akit ő eddig ismert és szeretett, eltűnt, és most itt van helyette ez az ingerült, rémült, látványnak is lehangoló nő.

Szerdán kétszer is beszélgettek Annabelláról, de abban maradtak, hogy jobb, ha Sam nem megy be a kórházba. Liz Hascomb viszont bement. Mindennap ott volt.

Pénteken aztán Sam bement érte. Két napja nem találkoztak. Alex hirtelen olyan gyengének és összetörtnek látszott, de Sam várakozásával ellentétben egyáltalán nem csúnyult meg. A Sam által bevitt ruhát vette föl, egy laza, kötött pulóvert, mely a kötés nagy részét eltakarta, és egy világoskék kabátot. A szeme nagyobbnak látszott a szokásosnál, arca hófehér volt, és a keze remegett, ahogy hálóingét belegyűrte a táskába. Samet megint elfogta a lelkifurdalás. Tegnap sem járt itt...

– Fáj valami, Alex? – kérdezte bátortalanul.

– Nincs semmi bajom – jött a rekedtes válasz. – Csak afféle hazatérési majré. Ott nem lesz nővér, egyedül kell kötést cserélnem, s nem lesznek ott az utógondozó önkéntesek sem. Teljesen megváltozott valakiként vissza kell térnem a világba. És mit mondjak majd Annabellának, ha találkozunk? – Szemét elöntötte a könny. Ezt a bánatát előző este elsírta már Liznek is, aki megnyugtatta, hogy minden keserve és kétségbeesése teljesen normális. Sőt, teljesen normális Sam viselkedése is, hiszen ő is borzasztóan szenved. Csak az a baj, hogy ezt nem hajlandó beismerni.

Sam most nyugodtnak látszott, és attól sem félt, hogy átkarolva kísérje a feleségét a liftig, majd a kórház előtt várakozó, erre az alkalomra bérelt autóig.

Amikor hazaértek, a lakásban csend fogadta őket. Carmen elment az óvodába a gyerekért, és elvitte balettra. Alex szeretett volna egy kicsit „berendezkedni" otthon, meg kötést is cserélni, még mielőtt Annabella hazaér, de maga is meglepődött azon, mennyire elhagyta minden ereje. Sam csalódottan nézte, ahogy neki hátat fordítva megint hálóinget húz.

– Miért nem maradtál ruhában? Annabella meg lesz zavarodva ettől a hálóingtől.

– Nem bírok talpon maradni. Le kell feküdnöm.

– Ruhában is ledőlhetnél – vitatkozott Sam. Azt hitte, a

felesége megint a nyomorékot akarja játszani, és Alex megérezte ezt. De Alex túl kimerült volt már mindenhez, s ahogy beleesett az ágyba és bekapcsolta a tévét, döbbenten látta, hogy Sam fölveszi a kabátját. Még behozta a Carmen által odakészített ebédet, aztán indult kifelé.

– Hová mész? – kérdezte Alex megrémülve, hogy egyedül kell maradnia. Legszívesebben visszament volna a kórházba.

– Be kell mennem még az irodába – magyarázta Sam. – De majd sietek haza. Ha kell valami, hívj föl! – Csókot intett, és Alex észrevette, hogy még közel sem jött hozzá. A műtét óta egy rendes csókot sem adott neki, és Alex azon tűnődött, vajon meddig lesz ez így. Nem akart követelőzni, de ez a távolságtartás már nyomasztotta.

Annabella nagyot visított, amikor meglátta az anyját a hálószoba ajtajában. Alex hallotta, hogy jön a lift, felkelt hát az ágyból. Egész testében reszketett már a várakozástól, és mindent elfelejtett, amit oly szépen eltervezett, hogy mit is fog majd a gyereknek mondani.

– Mama! – kiáltotta a gyerek, és száguldva az anyja karjába vetette magát. Alex megpróbálta tompítani az ütközést, de nem sikerült. Arca megvonaglott a fájdalomtól, és Carmen ezt is észrevette. Annabellát viszont nem érdekelte semmi, csak az, hogy végre megint itthon van az anyja.

– És mit hoztál nekem a messzi utazásból?

Alex most döbbent rá, hogy erről bizony megfeledkezett.

– Hát tudod, az úgy volt, hogy semmi jót nem árultak sehol, még a reptéren sem. De majd elmegyünk a jövő héten az áruházba, és ott választhatsz magadnak valamit. Jó?

– Nagyon jó! – tapsikolt Annabella, nyomban elfelejtve csalódottságát. Szeretett a nagyáruházban „körülnézni". Aztán meglepetten bámult az anyja hálóingére.

– Hát ez meg miért van rajtad?

– Szundítottam egyet, mielőtt hazajöttél volna, és volt egy kis balesetem is Chicagóban.

– Igen?! – csodálkozott Annabella. De aztán megijedt.

– És megsebesültél? – kérdezte sírásra görbült szájjal.

– Egy kicsit – Alex még most fogalmazgatta magában a mesét.

– És bekötötték a sebedet?

– Be.

– Akkor megmutatod?

Alex reszkető kézzcl kigombolta és széttárta a hálóingét, és Carmennek elállt a lélegzete az óriási gézköteg láttán.

– Fáj? – kérdezte Annabella, akit valósággal lenyűgözött a hatalmas kötés.

– Egy kicsit – vallotta be Alex. – Vigyáznunk kell, hogy meg ne üssük.

– Sírtál is?

Alex bólintott, s közben ösztönösen felnézett Carmenre. A bejárónő szeméből folytak a könnyek. Aztán félénken megsimogatta Alex karját, s ez a mozdulat mélységesen megható volt.

– Miért nem mondta meg nekem, Mrs. Parker? Jól érzi magát? – kérdezte szomorúan, míg Annabella elrohant a babájáért.

– Leszek még jobban is – felelte határozottan Alex. Carmen a körvonalakból sejtette, hogy mellamputációról van szó, de az ügy mélyebb vonatkozásait nem ismerhette. Annabella három babával, egy könyvvel és a mamának készített rajzzal tért vissza a szobájából, és alig győzte sorolni, hogy mi minden történt a héten az oviban és a baletten. Mindenszentekkor pedig ünnepély lesz az óvodában, Katie Lowensteinéknél pedig babazsúr. Annabella tele volt feltétlenül elmondandó hírekkel és újságokkal, és Alex hirtelen azon kezdett tűnődni, hogy miképpen bírta ki öt teljes napig a kislánya nélkül. A gyerek látványa és közelsége némi erőt öntött belé, és úgy érezte, van miért küzdeni. De most csak játszottak az ágyon.

– Jól van, Mrs. Parker? – kérdezte megint Carmen, amikor behozott neki egy csésze teát meg egy csirkés szendvicset, és ragaszkodott ahhoz, hogy Alex egyen. S bár semmi étvágya nem volt, eszébe jutottak Liz szavai az erőgyűjtésről, így aztán magába tömte a szendvicset.

Annabella kicsit helyrerázta a hangulatát, de később,

116

amikor kimelegedve levette egy kicsit a hálóinget, észrevette, hogy a gyereket félelemmel tölti el a hatalmas gézköteg. Lehet, hogy mégis van valami abban, amit Sam mondott, gondolta magában, és visszavette a hálóinget. Talán tényleg nem szabad túlságosan megterhelnie a környezetét a maga bajával.

És sajnáltatnia sem szabad magát. Sam pedig bizonyos értelemben ugyanolyan sebezhető volt, mint Annabella.

Délután Annabella közölte, hogy ő a mama nagy márványkádjában, a mama habfürdőjével és a mamával akar fürdeni. Szépen elmagyarázták neki, hogy a kötés miatt a mama csak a jövő héten mehet bele a kádba... Aztán Alex az órára nézett. Öt óra is elmúlt már, és Sam azt ígérte, hogy siet haza. Igaz, a péntek délután azelőtt is estébe nyúlt Samnek.

Sam valóban a heti ügyek lezárásán szorgoskodott az irodájában, de egy kicsit húzta is az időt. Otthon komor hangulat várta, amit a gyerek sem tudott enyhíteni.

– Még mindig nyakig a munkában? – kukkantott be Daphne negyed hatkor. Már maga is menni készült. – Lesz valami jó programja a hétvégén?

– Nem nagyon – nézett Sam olyan szomorúan, mint akinek nincs is hová hazamennie. – A feleségem most jött haza a kórházból...

– Együtt érzek magával, Sam – mondta szelíden mosolyogva a nő, de a tekintetük megint veszélyesen egymásba akadt. Daphne a legszívesebben megölelte volna a férfit, de nem merte. Így hát jó hétvégét kívánt, csókot dobott neki, és behúzta maga után az ajtót.

Fél hatkor már nem volt mentség, indulni kellett haza. Az utcán pár saroknyit még sétált, és csak azután intett le egy taxit. Hat előtt ért haza. Alex épp mesét olvasott a nagy ágyon Annabellának, Carmen pedig a vacsorát készítette. Alex már megkérte, hogy maradjon itt hétvégén is.

– Helló! Sajnálom, de rengeteg dolgom volt ma délután – szabadkozott ügyetlenül Sam.

– Hagyd csak! Remekül érezzük magunkat Annabellával.

Aztán körülülték a konyhaasztalt, és a vacsora alatt An-

117

nabella többet beszélt mindannyiuknál. Alex csodálkozott is, hogy semmit sem érzett meg a szülei közötti feszültségből. De a gyerek boldog volt, hogy együtt a család, itthon a mama, és egyre csak csacsogott, be nem állt a szája, elénekelte az újonnan tanult dalocskát, és dőltek belőle a többé-kevésbé követhetetlen történetek az óvodában megesett dolgokról. Nagyon vidám vacsora volt, Annabellát alig lehetett ágyba parancsolni utána. Carmen aztán a konyhát rendezte, ők pedig elvonultak a saját szobájukba. És itt már nyoma sem volt a jó hangulatnak.

Sam a tévénézésbe menekült, s végül ott nyomta el az álom a képernyő előtt. Alex már tudta, hogy Liz Hascomb férje ugyanilyen lehetetlenül viselkedett eleinte, de aztán magára talált...

A késő éjszakai híreket mondták már, amikor Sam fölébredt. Zavartan pislogott körbe, mintha azon csodálkozna, hogy a felesége is ott van, aztán szótlanul elvonult pizsamát venni, s amikor a jó hosszúra nyúlt zuhanyozás után végre visszatért, úgy látszott, hogy fél bebújni a felesége mellé az ágyba. Sam tudta, hogy sokat, nagyon sokat kell segítenie a feleségének, szeretett volna is segíteni, csak éppen azt nem tudta, hogyan csinálja. És saját gyámoltalansága talán minden másnál ijesztőbbnek tűnt számára. Mégiscsak könnyebb volt, míg nem volt itthon az asszony...

– Valami baj van? – kérdezte Alex a zavartan toporgó Samet. Mintha nem is akarna itt aludni. De hát a vendégszoba most Carmené, úgyhogy más választás nincsen.

– Izé... szóval... nem zavar, ha én is itt alszom?

Alex ezen már elnevette magát. Sam olyan szerencsétlenül álldogált ott, olyan idétlenül, és sehogy sem tudott magára találni vagy természetesen viselkedni. Alexet ez boszszantotta és el is szomorította, de muszáj volt sajnálnia is ezt a tragikomikus figurát.

– Legföljebb az zavarna, ha fejbe vágnál a cipőddel. Nem érted?

– Csak az jutott eszembe, hogy ha álmomban véletlenül megütlek vagy hozzád érek... – Sam egyik végletből a másikba esett. Az egyik percben úgy viselkedett, mintha mi

118

sem történt volna, a másik percben pedig a legszívesebben világgá futott volna a felesége elől. Ez bizony elég kiábrándító volt. Sam aztán úgy mászott be az ágyba a maga térfelére, olyan óvatosan, mintha ott egy akna rejtőzne. Merev testtartással kifeküdt az ágy legszélére, igyekezvén minél messzebb kerülni a feleségétől, aki ettől persze nyomorult páriának kezdte érezni magát. Úgy látszik, nemcsak a mellét veszítette el, hanem a férjét is. Úgy feküdtek egymás mellett, mint két idegen. És amikor Sam elaludt, Alexre megint rátört a zokogás. Siratta az elvcszített férjét.

Amikor szombat reggel fölébredt, Sam és Annabella már rég felöltözve arról beszélgetett, hogy kimennek a Central Parkba, sárkányt röptetni.

– Velünk jössz? – kérdezte tétován Sam, de Alex a fejét rázta. Még mindig nagyon gyönge volt.

– Inkább itt várlak benneteket. Aztán lehet, hogy sütünk valami süteményt Annabellával.

Annabellának mindkét terv nagyon tetszett, a sárkány is meg a süti is. De Sam csak nem tudott oldódni. Szabályosan félt a feleségétől, és alig szólt hozzá.

Ebédre értek haza, Alex levessel és szendvicsekkel várta őket. Carmen hazaugrott pár órára, és Alex hiába próbálta lebeszélni arról, hogy visszajöjjön. Annabella lelkesen mesélte, hogy a kis tó mellett nagyon magasra röptették a sárkányt, de aztán belegabalyodott az ágakba, és a papának föl kellett másznia érte a fára. S hogy vettek még gesztenyét és perecet is.

Alex most rendes ruhában volt, és egy nagy, vastag pulóvert húzott föl, melyben nem nagyon lehetett észrevenni, hogy mi történt vele. Annabella azonban később mégiscsak észrevette, amikor Alex ölébe ült, és odasimult hozzá.

– A megsérült cicid nagyon kicsi lett, mama – nézett csodálkozva az anyja mellkasára. – Leesett, amikor karamboloztatok?

– Valahogy úgy – mosolygott Alex, és igyekezett megőrizni önuralmát. Végül is beszélni kellett a dologról, s ez most jó alkalomnak látszott. Minél előbb, annál jobb.

Sam meglepődve hallgatta, hogy ezek miről beszélgetnek.

– Nem olyan lesz, mint régen, ha leveszed a kötést? Az egész cicid eltűnt? – Annabella megzavarodva nézett rá.

– Nem tudom. Még én sem láttam.

– Tényleg leesett az egész?

Alex sem megijeszteni, sem becsapni nem akarta a gyereket.

– Nem. De nagyon megsérült. Ezért van ez a nagy kötés.

– Hogy történhetett? – firtatta még Annabella, de szerencsére nem várta meg a választ, hanem elrohant a szobájába valami játékért. Alex nem tudott volna mit felelni. Azt ő maga is szerette volna tudni, hogy mindez „hogy történhetett".

Sam viszont szemrehányást tett neki, hogy minek a gyerekkel ilyesmiről beszélni, s hogy ez nem egy három és fél évesnek való téma. Alex hiába magyarázta, hogy a gyerek megérezte, amikor az ölében ült, és muszáj volt valamit mondani neki.

– Akkor ne ültesd az öledbe! – vágta rá ingerülten Sam, majd váratlanul bejelentette, hogy be kell mennie az irodába. Szombaton. Ilyesmi azelőtt szinte sohasem fordult elő. De Alex jól tudta, mi van most e mögött.

Otthon maradtak hát ketten a gyerekkel, sütit sütöttek, megnézték a *Peter pan*t és *A kis vízitündér*t. Alex nem is bánta, hogy Sam elment, és arra gondolt, talán jobb is volna, ha pár napig nem jönne haza. Robbanásig feszült már kettejük kapcsolata, s neki nagyon elege volt.

– Miért haragszik rád a papa? – kérdezte egyszer csak Annabella, és Alexet megdöbbentette a gyerek megfigyelőképessége.

– Miből gondolod, hogy haragszik rám?

– Nem beszélget veled. Csak ha már nagyon kell.

– Talán csak fáradt – magyarázta Alex, kinyújtva egy adag tésztát, míg a gyerek nagy darabokat csipegetett ki és eszegetett belőle.

– Nagyon hiányoztál nekünk, míg nem voltál itthon. Lehet, hogy ezért mérges – mondta komolyan Annabella.

– Lehet – hagyta rá Alex, mert nem szerette volna mélyebb problémákba beavatni a gyereket. – Ezt szaggasd ki – tolt elé egy kis tésztát.

Sam ezalatt rosszkedvűen üldögélt az irodájában. Munkája nem nagyon volt. Tényleg csak azért jött be, mert el akart szökni otthonról, de most hülye helyzetben érezte magát.

– Hát maga mit csinál itt?

Sam összerezzent a hangra. Abszolút biztosra vette, hogy cgycdül van az épületrészben. A riasztó be volt kapcsolva, lent a portás se szólt semmit. Daphne, mert ő volt az, tehát csak most érkezhetett. Szoros, fekete dzsörzéing és hosszú lábát még jobban megnyújtó fekete sztrecsnadrág volt rajta, haját egyetlen vastag fonatba kötötte.

– Azt hittem, elmentek Vermontba kirándulni – pislogott még mindig a meglepetéstől Sam.

– Úgy is volt, de Simon belázasodott, nélküle pedig nem akart elmenni senki. Én meg úgy gondoltam, itt az alkalom behozni a lemaradásokat. Sajnálom, hogy rátörtem magára, Sam, de igazán nem akarom zavarni. Hogy állnak a dolgok?

– Nem valami fényesen, egyébként nem is lennék itt – vallotta be Sam. Maga is furcsállta, hogy Daphne-vel milyen őszintén tud beszélni, Alexszel viszont nem. Fölállt és odament a nőhöz. – Igazából azt sem tudom, miért jöttem be – mosolygott szomorúan. – Talán a hatodik érzékem megsúgta, hogy maga itt lesz.

– Az ilyesmi nem magára vall – évődött a nő. – Csináljak egy kávét?

– Az jó lesz. – A teakonyha felé vonulva Sam megérezte a nő parfümillatát. Pézsma volt és nagyon érzéki. – Tudja – magyarázta már odakint –, borzasztó hetem volt, de nem akartam a magam baját mások nyakába zúdítani. Elnézést, hogy hülyén viselkedtem.

– Ha arra a vacsorára meg a táncra gondol, akkor már úgyis mindent a „nyakamba zúdított" – mosolygott igézően a nő. – Most már nincs értelme a feszengésnek, Sam. S ha kedve tartja, ismételje meg nyugodtan bármikor. – A nő egyszerre volt csábító és távolságtartó, és ez roppantul

121

tetszett Samnek. Daphne-ben oly sok minden emlékeztette őt Alexre. A *régi* Alexre. De a következő kérdés úgy jött, mintha gyomorszájon vágták volna.

– A felesége haldoklik, Sam?

Sam percekig nem is talált szavakat.

– Lehet – nyögte ki végül. – Nem tudom.

– Rákja van?

Sam bólintott.

– A héten amputálták a mellét, s most jön majd a kemoterápia.

– Nehéz lehet most magának is, meg a kislányának is – Daphne, úgy látszik, legkevésbé Alex iránt volt részvéttel.

– A kemoterápia is egy rémálomnak ígérkezik. Nem tudom, hogy fogom kibírni – panaszkodott Sam.

– Én nem hibáztatom a feleségét. Az ember az életéért bármire hajlandó. Az apám tavaly halt meg, de előtte még a jamaicai varázslók csodapiruláját is kipróbálta. Szegény Sam! – suttogta.

S akkor ott a szűk teakonyhában valami olyasmi történt, amire Sam igazán nem volt fölkészülve. Daphne átölelte a nyakát, ujjaival végigcirógatta a tarkóját, és szájon csókolta. Samre olyan erővel tört rá a vágy, hogy egész teste beleremegett. Meg is rémült e rohamtól, félt, hogy elveszíti önuralmát. Legszívesebben leteperte volna a nőt ott helyben, és letépte volna róla a ruhát, de csak a két kezét engedte szabadon az izmos testen lefelé. Aztán hol a nő formás fenekét, hol feszes mellét fogta két marokra. Vadul csókolóztak. Daphne fulladt ki elsőnek, elfogyott a levegője.

– Jaj, istenem… Sam… nem bírom… rettenetesen kívánlak… – lihegte.

– Én is – suttogta Sam, és ajkával a nő nyakát és mellét harapdálta, aztán letérdelt elé, és belefúrta az orrát Daphne ölébe. Daphne hosszan, lágyan felnyögött. Sam egyre nagyobb erővel nyomta a fejét a nő lába közé, aztán hirtelen észhez tért. Ezt már nem szabad…

– Daphne… nekünk ezt nem szabad… – tápászkodott föl lihegve, és soha ekkora bűntudatot még nem érzett

122

Alex iránt. De ezt abban a pillanatban már el is nyomta a Daphne iránti vágy. – Nem tudom megtenni. Nem zavarhatom meg a te életedet sem ilyesmivel... És a feleségem...

– Engem nem zavar – mondta Daphne rekedtes hangon. – Felnőtt nő vagyok, azt csinálok, amit akarok.

– De te ennél többet érdemelsz. Én félig elveszítettem az eszemet, annyira kívánlak, mióta találkoztunk, de mit ad ez neked?

– Hát azt, hogy a nyakadba tehetem a lábamat, remélem – nevetett föl hirtelen a nő.

– Ennél azért többet is szeretnék adni, de nem tudok. Még nem. – De talán sohasem, tette még hozzá gondolatban.

– Kezdetnek az is megteszi. Igazán nem kérek sokat – nevetett még mindig Daphne.

– De csak kérj! Megérdemled. – Aztán minden további beszéd nélkül ismét egymásnak estek, s kifulladásig falták egymást.

– Valamit csinálnunk kell ezzel, ha így marad... – kezdte volna Sam, de aztán elnevették magukat, ahogy Daphne megpaskolta Sam nadrágjának kőkeményre duzzadt elejét. Aztán a nadrágon keresztül simogatni kezdte, Sam pedig ismét kezdte elveszíteni a fejét.

– Valami ilyesmire gondoltam – kuncogott a nő, aztán lehajolt, és elkezdte óvatosan harapdálni azt a kidudorodást ott a nadrágon.

– Hagyd abba... Daphne... ne csináld! – tiltakozott komolytalanul Sam. – Ha így folytatod, mindjárt örök szerelmet vallok neked.

– Remélem is! – nevetett a nő, aztán fölállt, és kitöltötte a kávét.

– Hogyan csinálhatok én ilyesmit? – tűnődött hangosan Sam, s közben a feleségére és a kislányára gondolt.

– Az emberrel mindenféle megtörténik az életben. El nem tervezett dolgok is. Szerintem kár is tervezgetni. Nekem még sohasem jött be...

– Hát most az én életem is szépen fejre állt. –Szürcsölgették a kávét, és igyekeztek elfeledkezni egymás testéről. – De nem tudok vele megbeszélni semmit – folytatta a hangos tűnődést Sam. – Egyetlenegy dolog létezik, a betegség. A nejem csak erre tud gondolni, csak erről tud beszélni, csak ez érdekli. Én ezt nem bírom!

– Én megértem őt. De rád meg komoly elvárások nehezednek. Nem?

– De. És tudom a kötelességemet. – Aztán feltárta élete legnyomasztóbb titkát. – Anyám is rákban halt meg, tizennégy éves koromban. Meggyűlöltem érte. Másra sem emlékszem vele kapcsolatban, mint a betegségére, arra, hogy másról sem beszélt, meg az örökös műtétekre. Folyton trancsírozták, s végül kicsinálták szegényt. A halála pedig kikészítette az apámat, ő is meghalt. Hát most nem hagyom, hogy a feleségem kikészítsen engem is, mint az anyám az apámat. Én nem óhajtok az ő tragédiájának részesévé válni. Csak úgy menekülhetek meg, ha távol tartom magam tőle. Hát így érzek én most Alexszel kapcsolatban.

Szörnyű vallomás volt ez, de Sam megkönnyebbült, hogy kiönthette a lelkét. És Daphne szemében valami megértés csillogott. Alexet viszont még túlságosan lefoglalta a maga baja ahhoz, hogy átlássa férje borzasztó félelmeit.

– Kemény idők várnak rám – sóhajtotta Sam. – És te sem könnyíted meg a helyzetemet.

– Bizony, bizony – mondta könnyedén Daphne, és ismét elkezdte simogatni Sam nadrágjának elejét. – Én is szeretem a keménységet…

– Azt látom – dünnyögte Sam. Vadul csókolta a nőt, de *keményen* megfogadta, hogy nem csalja meg a feleségét. Most nem. Egyébként meg úgy vélte, hogy ez a kaland vagy újabb sorscsapás, vagy kárpótlás mindazért, amit az elmúlt napokban elveszített és elszenvedett.

Rájuk esteledett. Samnek mennie kellett már. Daphne szobájában még csókolóztak egy kicsit, s ahogy a nő az íróasztalnak támasztotta a fenekét, Sam alig tudta megállni, hogy hanyatt ne döntse… A szűk sztrecsnadrágban így is érezte a nő minden porcikáját, és Daphne mindenét készségesen átengedte a szorgoskodó férfikéznek. Végül

124

kigombolta a blúzát, s a szépséges keblek látványától Sam majdnem fölkiáltott. Aztán rávetette magát az ágaskodó mellbimbókra, és csak csókolta és csókolta őket.

Újabb félóra telt így el, mire végre elrendezték ruházatukat, és elindultak haza. A taxi hátsó ülésén úgy ölelgették egymást, mint két kamasz.

Daphne lakott közelebb, a Keleti 53. utca sarkán szállt ki, ott bérelt lakást egy régi bérházban.

– Nem jössz föl? – szólt még vissza a kocsiba, de Sam a fejét rázta.

– Nem. Nem mernék felelősséget vállalni a viselkedésemért.

– Én sem... – nevetett Daphne. Aztán egészen komoly hangon folytatta. – Gyere, amikor csak akarsz. Én mindig itt foglak várni, Sam. Ha csak beszélgetni, hát azért. S lehet, hogy ez most hülyén hangzik... de nagyon szeretlek, Sam.

Még egy utolsó csókot váltottak, és a taxi meglódult. Sam Daphne lakcímét memorizálta, s közben arra gondolt, jobb volna inkább elfelejteni.

Nyolc előtt ért haza, és nem mondhatni, hogy Alex megörült volna, amikor meglátta. De az asszony nem szólt semmit. Jól sejtette, miért jött közbe ez a „sürgős munka", s legföljebb csak az borította volna ki, ha megtudja, miféle *kézimunka* is folyt egész délután. Samnek hirtelen bevillant, hogy talán meg lehet érezni rajta Daphne parfümjét, ezért gyorsan elment kezet mosni és pulóvert cserélni. Annabella aludt már, Carmen is végzett a konyhában, és elvonult a vendégszobába. Sam egyre csak Daphne-re gondolt, amikor leültek vacsorázni.

– Min kellett dolgoznod ilyen sokáig? – nézett rá kíváncsian Alex, és Sam majdnem félrenyelte a salátát. Aztán elmagyarázta, hogy Simon sok új üzletfelet és nagy pénzeket hozott – meg Daphne-t, tette még hozzá gondolatban –, és szédületes a pasas, és már nem kell bizalmatlankodni vele szemben, és a pénze is tiszta, és... Alex hitetlenkedve hallgatta mindezt, de nem gyanakodott. Elég hűvös társalgás volt. De hát végre olyasmiről beszélgettek, ami mindkettőjüket érdekelte. És Alexben felpislákolt a halvány remény, hogy ha erős lesz, és túléli a kemoterápiát, akkor talán idővel a házasságuk is helyrerázódik. Most még persze nehezen tudnak alkalmazkodni az új helyzethez.

De lefekvéskor Sam ugyanúgy viselkedett, mint előző este. Udvarias és segítőkész volt, de nagyon vigyázott, nehogy túl közel kerüljön a feleségéhez. Megint az ágy legszélére kuporodott, s amikor elaludt, Alex megint elsírta magát. Egyetlen csók, egy simogatás, egy ölelés milyen sokat jelentett volna számára…!

Oly nagy volt köztük a feszültség, hogy valóságos megkönnyebbülést hozott az új hét kezdete. Sam hétfőn reggel nyolckor elment dolgozni, Alex pedig elvitte az óvodába a gyereket, majd elindult Herman doktorhoz kötéscsere és varratellenőrzés céljából. Iszonyúan félt, hogy milyen látvány tárul a szeme elé, ha leveszik a kötést. Azt szerencsére nem láthatta, hogy a férje szeme elé milyen látvány tárult. Daphne ott állt tengerészkék, hihetetlenül rövid szoknyás Chanel-kosztümben.

– Csak azt szeretném, ha tudnád – suttogta, miután becsukta Sam irodájának ajtaját –, hogy szerelmes vagyok beléd, Sam. Nem kell tenned semmit, elfogadlak úgy, ahogy vagy, és én a tiéd vagyok, és várok rád minden percben!

Hosszú, forró csókot váltottak, aztán a nő hátralépett, megigazította magán a kosztümöt, mosolyogva búcsút intett, és laza, protokolláris eleganciával kilibbent az ajtón.

10. fejezet

Alexnek csak félórát kellett várnia a rendelőben, és máris beszámolhatott arról, hogy még mindig nagyon gyöngének érzi magát, bár fájdalmai alig vannak. Dr. Herman levette a kötést és nagyon elégedetten bólogatott: nem is remélte, hogy ilyen szépen gyógyul a varrat. Megkapta Alex leleteit is, melyek, ahogy várta, igen kedvezőek. A rák négy nyirokcsomót támadott meg, a daganat hormonreceptor negatívnak mutatkozott, így Alex bátran belevághat a kemoterápiába. Már két hét múlva is, ha megerősödik.

Alex nem tudott igazán örülni ezeknek a jó híreknek. Hiába magyarázta dr. Herman, hogy a második stádiumban lévő daganathoz képest az a négy nyirokcsomó szinte semmi, s hogy a sebe olyan szép, hogy annak csak örülni fog majd később a plasztikai sebész, Alexet mégiscsak lehangolta, hogy rákja van, s hogy a múlt héten elveszítette az egyik mellét. S most még az is kiderült, hogy nem ússza meg kemoterápia nélkül. Aztán az orvos elkezdett érdeklődni.

– Megnézte már a sebet?

Alex ijedten rázta a fejét.

– Pedig jó lett volna. Hozzá kell szoknia. És a férje?

– Ő sem. – Alex sejtette, hogy Sam retteg a látványtól, de nem hibáztathatta, hiszen ő maga sem mert még tükör elé állni.

– Nos, azt javaslom, minél előbb nézze meg magát. Hamarosan ugyanúgy fürödhet és zuhanyozhat, mint azelőtt, ideje hát szembenéznie a tényekkel.

Herman doktor minden biztatása és optimizmusa sem készíthette föl azonban arra a látványra, amely akkor tárult a szeme elé, amikor odahaza végre rászánta magát a nagy szembenézésre. Kibújt a ruhájából, levette a melltartóját, óvatosan lefejtette a kötést, és elszántan odalépett a tükör elé. Egy darabig megpróbált farkasszemet nézni magával, de aztán a tekintete lassan lejjebb ereszkedett, mígnem Alex felsikoltott, és hátratántorodott a tükör elől. Amit látott, az iszonyatos volt, hihetetlenül csúnya és visszataszító. A melle helyét most egy nagy, szederjes-véraláfutásos laposság foglalta el (mely állítólag majd kifehéredik). Azon pedig keresztben egy vörös, varratos sebhely éktelenkedett. Mellbimbó sehol. Alexet az sem vigasztalta, hogy ez az ára az élete megmentésének. Lekuporodott a fürdőszoba padlójára, átölelte a térdét, és keservesen zokogott.

Carmen egy óra múlva talált rá.

– Ó, Mrs. Parker... Mrs. Parker... mi történt? Fáj valamije? Hívjak orvost, Mrs. Parker?

Alex nem tudta abbahagyni a sírást, csak a fejét rázta, és erősebben szorította a térdét a mellkasához.

– Nem kell. Hagyjon. Menjen ki – könyörgött végül, mint egy gyerek. Carmen letérdelt mellé, átölelte, és neki is eleredtek a könnyei.

– Ne sírjon, ne sírjon... mi mindannyian nagyon szeretjük magát!

De Alex csak a fejét rázta, és még hangosabban sírt.

– Sam utál engem... Olyan csúnya vagyok! Utál...!

– Mindjárt fölhívom – ajánlotta Carmen, mire Alex panaszosan felkiáltott, a térdére hajtotta a fejét, és elkezdett könyörögni Carmennek, hogy föl ne hívja Samet.

– Csak hagyjon magamra.

Carmen megpróbálta még talpra állítani, de Alex nem hagyta magát. Carmen végül teljesen tanácstalanul mégiscsak kiment a konyhába, s onnan hallgatta, könnyek közt, háziasszonya zokogását. Alex aztán belefáradt a sírásba.

– Carmen! Elmenne Annabelláért?

– Miért nem maga megy, Mrs. Parker? A kicsi nagyon örülne magának.

– Képtelen vagyok, nem tudok – válaszolta Alex síri hangon.

– De tud. Ha akar, tud... Jöjjön... elmegyünk együtt. – Bekormányozta Alexet a kis gardróbszobába, elővett egy bő kötött ruhát, és felmutatta: Annabella nagyon szereti ezt.

– Nem tudok elmenni...

– De tud. Majd én segítek. – Carmen karon fogta és

nem engedte el. – És segíteni fogunk magának, míg talpra nem áll.

– Nem fogok. Most jön a kemoterápia!

A szó hallatán Carmen elszörnyedt, de gyorsan visszanyerte lélekjelenlétét.

– Nem baj. Végig fogjuk csinálni. Most pedig elmegyünk Annabelláért, és megebédelünk. Aztán maga lefekszik egy kicsit, én meg kiviszem a gyereket a parkba. – Úgy beszélt vele, mint egy bajba jutott gyerekkel, s Alexnek nem volt ereje ellenkezni.

Elmentek a gyerekért az óvodába, aztán ráérősen hazasétáltak. Carmen paradicsomlevest és pulykás szendvicset készített. Ebéd után szabályosan ágyba dugta Alexet. Annabella azt hitte, valami új játék ez, és lelkesen segített ágyba dugni a mamát. Aztán este be is számolt a dologról a papának, aki fölkapta a fejét, hogy ezek szerint Alex megint elkezd nyomorékot játszani... Este, amikor kettesben maradtak, szóvá is tette a dolgot, leplezetlen rosszallással.

– Na mi van, alszunk egész délután? – Gyerekkori emlékei miatt Sam *betegesen* irtózott a betegség és a gyöngeség minden megnyilvánulásától.

– Csak ledőltem egy kicsit. Nagyon kimerültem. Voltam Herman doktornál.

– A patológiás leletek megérkeztek?

– Igen. Négy nyirokcsomó is érintve van. Kemoterápiára van szükség. És levette a kötést is – tette még hozzá fakó hangon.

– Remek. Végre valami előrelépés. Bizonyára felvidított – kezdett már-már lelkesedni Sam, de a kemoterápia szót elengedte a füle mellett. Alex értetlenül bámult rá.

– Nem egészen.

– Miért nem? Mi a probléma még?

– Ó, igazán csak egy apróság. A kötéssel együtt mintha a mellemet is levették volna...

– De mi a gond? Mitől vagy olyan fáradt?

– Mit vársz tőlem? – csattant föl Alex. – Színes fotókat? Nem fogod föl, hogy elveszítettem az egyik mellemet? Ez nekem igenis nagy dolog, és képtelen vagyok rájönni, hogy neked miért nem az! Mióta hazajöttem, úgy kezelsz, mint egy leprást! Félszobányi távolságnál jobban nem mersz megközelíteni! Ez talán normális viselkedés?

– Sose mondtam, hogy az. De arra a nagy drámázásra sincs semmi szükség, amit te művelsz.

– Lehet, hogy nincs, barátom. De hadd áruljam el neked, hogy nem egy szemgyönyörködtető valami. – Alexben ismét forrongott minden keserűség, amit a tükörbéli látvány keltett benne.

– Nem kell így mellre szívni. Herman is megmondta, majd plasztikáznak neked másikat.

– Igen. Ehhez csupán egy újabb fájdalmas műtéten, egy csomó bőrátültetésen és tetováláson kell átesnem, meg berakják a szilikonpárnát, ami szintén veszélyes. Ezt mered te semmiségnek nevezni?!

– Hát... De azért még nem kéne folyton bőgni. Egy mell elvesztésénél rosszabb dolog is történhet.

– Micsoda?

– A halál – vetette oda nyersen Sam.

– Adj egy kis időt, és utolér még az is. De addig engedd meg, hogy sajnáljam, amit elveszítettem. Az egyik a mellem volt. A másik pedig a férjem, ha nem vetted volna észre. Testileg-lelkileg kimerített az az undorító „én itt se vagyok"-játszma, amit azért folytatsz, mert magad is képtelen vagy földolgozni mindazt, ami történt!

– Ez nem igaz! – vágott vissza dühösen Sam, mert jól tudta, hogy nagyon is igaz.

– Nem a fenét! Hátat fordítottál, amikor bejelentettem a hírt, a műtét óta gyakorlatilag nem érdekel semmi, és úgy viszonyulsz hozzám, mintha a vénkisasszony nagynénikéd volnék, s nem a feleséged. Meddig csinálod még ezt, Sam? Meddig kell még bűnhődnöm azért, hogy le merészeltem vágatni a mellemet?! Addig, amíg valahogy ki nem pofoznak a plasztikán, hogy ne rémítselek halálra, ha leveszem a ruhám? Vagy ez már így marad örökre? Jó volna tudnom, hogy ne idegesítselek az érdeklődéssel, vagy nehogy rád hozzam a frászt egy véletlen levetkőzéssel!

– Na most már tényleg torkig vagyok a fejtegetéseiddel és a vádaskodásaiddal! Azzal sem tudtál volna jobban kiborítani, ha mindkét melledet leszedik.

– Igazán?! Akkor fogadjunk! Fogadjunk, hogy rossz álmodban sem gondoltad volna, hogy ez itt milyen szörnyűségesen néz ki!

– Csak azért, mert te úgy fogod föl. Miért kell neked ebből ilyen nagy cirkuszt csinálnod, mi?! Egyedül te vagy az, aki nem képes elfogadni, ami történt!

– Biztos vagy te ebben?! – Alex ebben a pillanatban elvesztítette az önuralmát, s ahogy ott állt a férjével szemben, elkezdte kigombolni a hálóingét. Samnek elállt a szívverése is, de már elkésett a közbelépéssel. És különben is érezte, hogy ebbe most ő hajszolta bele a feleségét. Alex pedig lerángatta válláról a hálóinget, s hagyta, hogy leomoljon testéről a földre. Sam fuldokolva levegő után kapkodott, ahogy fejbe verte a látvány. Ugyanaz, amelyet Alex látott délelőtt a tükörben. A gyulladt, varratos sebhely, a hiányzó mell, a szederjes hús. A sokkhatás tökéletes volt, és Sam arcáról le lehetett olvasni, mit érez. Azt, hogy meghalna, ha ezt még meg is kellene érintenie.

– Tetszik, Sam? Ugye, szép? – Alex szeméből záporoztak a könnyek.

– Bocsáss meg, Alex – Sam egy kis bizonytalankodás után odament hozzá, és fölsegítette rá a hálóinget. – Nagyon sajnálom. – Aztán átölelte a feleségét, és mindketten zokogtak...

– Utálom magam – sírta Alex. – Én így nem tudok élni! Nem érzem már magam nőnek!

– Majd hozzászoksz. Hozzá fogunk szokni. Ígérem! – Samet mintha tényleg jobb belátásra bírta volna a megrendülés. – Az idő majd mindent megold. Már a jövő héten jobban leszel, meglásd, ha visszamész dolgozni. – Azzal Sam bekapcsolta a tévét, s így véget is ért kettejük közt a társalgás. Villanyoltás után Alex ismét a mellét siratta némán, Sam pedig nem tudta elképzelni, hogy ő még egyszer képes lesz hozzányúlni a feleségéhez. Kavarogtak a fejében a gondolatok, s lelki szemei előtt folyton Daphne jelent meg, s ő mocskos bűntudattal idézgette föl magában azt a jelenetet, ahogy Daphne blúzából előbukkantak azok az ágaskodó mellek.

11. fejezet

Az egyetlen dolog, ami Alexet és Samet még összetartotta, az az Annabellával a következő hétvégén eljátszandó *trick-or-treating* volt. Ez Amerikában afféle népszokásnak számít, a gyerekek és a felnőttek valami maskarába bújva sorra járják a házakat, s ahol nem kapnak valami apró ajándékot, ott valahogy „megleckéztetik" a háziakat. Annabella hercegnőnek öltözött, ennivalóan nézett ki a csupa gyöngy, csupa strassz rózsaszín bársonyruhácskájában. A portya a saját házuk lakásait vette célba. Sam Drakula volt most is, mint már évek óta, de Alex az idén nem gondoskodott jelmezről, és csak az utolsó pillanatban kapkodott össze egy fekete-fehér parókát meg egy régi szőrmekabátot, hogy krampuszlány legyen belőle, de Annabellának így is nagyon tetszett.

– Jól áll neked ez a fekete-fehér paróka – jegyezte meg eltűnődve Sam. Alex még a sminkjét is megcsinálta, testhezálló piros kötött ruhát vett fel a kabát alá, és... mellprotézist viselt, amely nehéz volt ugyan, de teljesen élethűnek látszott. Sam önkéntelenül is rajta felejtette a szemét felesége *egyébként* tökéletes alakján, csodaszép, hosszú lábán. Daphne óta egyébként is mintha érzékenyebb lett volna az efféle szépségek iránt...

Amúgy Daphne meg ő kifogástalanul viselkedtek, bár ez óriási erőfeszítésükbe került. Sam csak egyetlenegyszer engedett a csábításnak, és csókolta meg a nőt, amikor magukra maradtak az irodában. A többi ezer alkalmat kihasználatlanul hagyta. Daphne pedig remekelt a nemzetközi pénzügyekben. Sam ösztönösen érezte, hogy erről a nőről említést sem szabad tennie Alexnek. Még csak az hiányozna...

– Hát ez igazán jól áll neked! – jegyezte meg Alex, miközben a fürdőszobatükör előtt Sam Drakulának sminkelgette magát. Rég kerültek fizikailag ennyire közel egymáshoz, de Sam most sem érintette vagy ölelte-csókolta meg a feleségét, mert félt attól, ami egy ilyen bizalmas lépés után következhet. Ki tudja, mit kívánna azután tőle az asszony, s hogy ő képes lenne-e megfelelni az elvárásoknak... Pedig Alex a traumák és a csonkolások után igen messze állt attól, hogy bármit is „kívánjon".

Sam berakta a szájába a kilógó Drakula-fogakat, s ahogy megfordult, Annabella kéjes rémülettel sikoltott föl.

– Jaj, Drakula-papa, nagyon szeretlek! – Ezen muszáj volt mindenkinek elnevetnie magát. A sok bolondozással aztán ez volt a legboldogabb napjuk hosszú hetek óta. Körbejárták a szomszédságot, a felnőttek pezsgőt, a gyerekek mindenféle finomságot kaptak, jól kidumálták magukat; Annabella holtfáradtan, a szülők pedig feldobott hangulatban értek haza. Hiába, no. Annabella születése után mindenszentek az egyik legboldogabb ünnep lett az életükben. Azelőtt tudomást sem vettek róla...

Alex jókedvét csak az rontotta el, hogy eszébe jutott: neki már aligha lehet még egy gyereke. A kemoterápia valószínűleg meddővé teszi; de ha mégsem, akkor sem szabad most öt évig teherbe esnie; öt év múlva pedig már negyvenhét éves lesz, valószínűleg rég túl a klimaxon... Arról nem is beszélve, hogy Sam minden téren eltávolodott tőle, bár tagadja, s úgy tesz, mintha mi sem történt volna.

Sam most is már tízkor bebújt az ágyba – azelőtt az ilyen korai ágyba bújások egészen mást jelentettek – , közölvén, hogy fáradt. És el is aludt, vagy úgy tett, mintha aludna. Alex már nem is bánta. Hétfőn úgyis visszamegy dolgozni, és van mit behoznia. Két hete van még a kemoterápia kezdetéig, most elég jól érzi magát, el kell végeznie hát annyi munkát, amennyit csak tud. Aztán úgyis fejre áll megint az élete...

Hétfőn a reggelinél Sam megint beletemetkezett az újságba, hogy búcsúcsókot se kelljen adnia, de ezt leszámítva ez a reggel majdnem olyan volt, mint régen. Alex remekül érezte magát. Munkába menet Annabellát beadta az oviba, és izgatottan várta a találkozást a kollégákkal. Az amputáció óta pontosan két hét telt el... Jókedvét legföljebb az árnyékolta be, hogy a gyerek megint közölte vele, hogy a papa mérges rá, meg kell kérdezni tőle, miért nem beszél hozzá, nem csókolja meg a mamát, és különben is teljesen megváltozott az ő apukája...

– No nézzék csak, ki van itt! – lelkendezett a titkárnő, Liz Hascomb, amikor Alex benyitott. Kijött az íróasztala mögül, és forró öleléssel üdvözölte sorstársnőjét. A saját szobájában pedig virág várta az asztalán, és az elvégzett munkák nagy halom dossziéja, Brock és a többiek műve. Liz máris sietett a kávéval.

– Nahát! Úgy látom, itt a fiúk remekül elboldogulnak nélkülem is.

– Nehogy azt higgye – tiltakozott rögtön Liz, aki egész halom üzenetet és elintéznivalót gyűjtött össze neki. Alexnek mindjárt jobb lett a hangulata, hogy a dolgozóasztalánál ülhetett, hasznosnak érezhette magát, és barátok vették körül.

– Üdvözöljük ismét körünkben! – nézett be ebben a pillanatban Brock Stevens. – Örülök, hogy visszajött.

– Köszönöm, Brock – mosolygott Alex. – De úgy látom, mindent megcsinált helyettem, így akár nyugdíjba is mehetnék.

– Sajnos nem. A nehezét meghagytam magának. Jack Schultz vagy százszor is telefonált, pusztán azért, hogy köszönetet mondjon. Nagyon boldog, hogy megnyerte a pert. Jut eszembe, van két új kliensünk, akiket korábbi alkalmazottaik bepereltek. Négy új eset van, köztük egy szaftos becsületsértési per, valami filmszínész indította, Matt többet tud róla.

– Lehet, hogy meghagyom neki, csinálja végig ő. – Alex érezte, hogy még nem képes a régi sebességre kapcsolni.

– Jól érzi már magát, Alex? – kérdezte Brock kedvesen. – Tudom, hogy beteg volt, de remélem, túl van rajta.

Alex egy pillanatra zavarba jött. Nagyon utált a betegségéről beszélni, de tudta, hogy hónapokig Brock segítségére lesz utalva, így hát valamit mondania kellett.

– Nos – bámult mereven a kávéscsészéjébe –, most éppen jól vagyok, és remélem, meg is gyógyulok. De ad-

134

dig... de addig... – Itt elakadt. Fölnézett, s ahogy meglátta Brock barátságos, meleg tekintetét, rászánta magát: – Nos, két hét múlva kezdem a kemoterápiát.

Brocknak a lélegzete is elakadt. Egy darabig némán, mereven néztek egymás szemébe.

– Hát, szomorúan hallom. De majd segítek magának, amiben csak tudok. – A fiatalember volt annyira diszkrét, hogy nem kérdezett rá, hol találták a rákos daganatot. Alex tweedkosztümje pedig mindent eltakart.

– Köszönöm, Brock – Alex hangja egy pillanatra megremegett. Megható volt, ahogy a kollégái azonnal mellé álltak, bátorították, nem úgy, mint... – Nagyon köszönöm. Maga nélkül tényleg nem boldogulnék. Teljesen kiszolgáltatott helyzetbe kerültem. Nincs más választásom, mint végigszenvedni. És ki tudja, lesz-e értelme. – Itt elcsuklott a hangja. Brock átnyúlt az asztalon, és megsimogatta a kezét.

– Lesz. Majd meglátja. Csak ne adja föl. Egy pillanatra se. Bármilyen rohadtul is fogja talán érezni magát. Ki kell tartania!

Brock vehemenciája meglepte Alexet, de igen jólesett neki ez is. A fiatalember aztán még egyszer megsimogatta Alex kezét és elbúcsúzott azzal, hogy később még visszanéz.

Ebédelni Matt Billingsszel ment. Matt beszámolt neki az új ügyekről. A becsületsértési pert átpasszolta egy kollégának. Alex szerette az ilyen ügyeket, de most egy színésznő egy tekintélyes magazint perelt be, és a vádakat szinte lehetetlen bizonyítani. Alex végül is örült, hogy nem neki kell bajlódnia vele. Matt végigsorolta a többi ügyet is, aztán kertelés nélkül rákérdezett Alex egészségi állapotára.

– Hát, ami azt illeti, most jobban vagyok – kezdte Alex óvatosan. – A Schultz-ügy előtt daganatot találtak a mellemben. A pert a műtét előtt még végigcsináltam – ezt Matt is tudta –, de a dolog a műtéttel még nincs elintézve.

Matt fölhúzta a szemöldökét. Alex két héttel ezelőtt még csak „egy kis sebészeti beavatkozásról" beszélt, most meg, tessék...

– Miért? Most mi lesz? – kérdezte aggódva. Alex vett egy mély lélegzetet. Tudta, hogy előbb-utóbb ki kell mondania az igazságot, s talán itt a jó alkalom.

– Amputálták az egyik mellemet. Két hét múlva pedig kezdődik a kemoterápia. És hat hónapig tart.

Matthew döbbenten meredt rá. Ilyen csinos, fiatal nőnél...?

– Szeretnék közben dolgozni – folytatta Alex –, de nem tudom, milyen állapotban leszek.

– Nem volna szerencsésebb hat hónap betegszabadság? – kérdezte Matt, bár nem tudta, hogyan boldogulna Alex nélkül.

– Nem, nem – vágta rá gyorsan Alex. Kicsit megijedt, hogy betegszabadságra akarják kényszeríteni, pedig ő nem óhajtott otthon „betegeskedni". Jobb is, ha dolgozik, a munka legalább elvonja a figyelmét a bajokról. Itt volt némi igazsága még Samnek is. – Ha otthon kéne maradnom, abba belepusztulnék! De ha végképp nem bírom, úgyis szólok. Van egy kanapé az irodámban, félórára, ha muszáj, ott is le tudok dőlni. És csak hat hónap. Én a terhességet is remekül bírtam...

– De hát ez nem ugyanaz. Az orvos mit mond?

– Szerinte is bírni fogom. Csak azt nem javasolja, hogy tárgyalást is vállaljak, a többi mind jöhet. Mind.

Mattet elkedvetlenítették a hallottak, de meghatotta a nő elszántsága. Az étteremből kijövet átkarolta Alex vállát.

– Mit tehetek még magáért?

– Semmit. Már így is sokat tett. Vagyis hadd kérjek még valamit – torpant meg Alex. – Csak azoknak említse ezt a dolgot, akiknek feltétlenül muszáj. Nem szeretném, ha mindenki engem bámulna vagy sajnálna. Ha valakinek át kell adni valamilyen munkámat, akkor rendben van, de világgá kürtölni a bajomat, hát az nem volna szerencsés.

– Az én diszkréciómban megbízhat – mondta Matthew. És Alex bízott is, de egy hét múlva úgy tűnt, hogy a cégnél már mindenki tud a dologról. A hír futótűzként terjedt a titkárnők, a cégtársak és a kollégák körében, sőt, még az egyik ügyfél is tudomást szerzett róla. Alexet zavarta,

136

hogy kibeszélték a titkát, de legnagyobb meglepetésére mindenki megértőnek és segítőkésznek mutatkozott. Eleinte még ez is idegesítette, de aztán rájött, hogy ezek az emberek féltik őt, aggódnak érte, és szeretnének mindent megtenni, amivel megkönnyíthetik a helyzetét. Szakmai tiszteletüket rögtön át tudták fordítani személyes, emberi törődéssé.

Irodája állandóan tele volt virággal, üzenetekkel, levelekkel és különféle házi süteményekkel, csokoládéval és déligyümölcsökkel.

– Jaj, istenem! – kiáltott föl színlelt kétségbeeséssel, amikor Liz egy nagy csokoládétortával lépett be hozzá. Épp egy megbízatáson dolgoztak Brock Stevensszel. – Száz kilót fogok hízni, mire ez véget ér! – nevetett. Olyan kedves volt hozzá mindenki, nem győzött köszönetet mondani. S amit már Annabella, Sam és Carmen sem tudott volna otthon megenni, azt titokban Liznek és Brocknak ajándékozta.

– Nem kér valami finomságot? – kérdezte Brockot kávézás közben. – Ez már olyan, mint egy cukrászda.

– Legalább most érezheti, hogy itt mindenki szereti magát! – lelkendezett Brock. Már ő is többet tudott annál, mint amennyit Alex elárult neki. Matthew Billings ugyanis, diszkréció ide vagy oda, annyira föl volt zaklatva, hogy az Alexszel közös ebédelés után nyomban elújságolta az aggasztó hírt a titkárnőjének és négy kollégának. Azok meg a saját titkárnőiknek, azok a gyakornokoknak, azok további kollégáknak, akik.... és így tovább, vég nélkül. Szerencsére ezek az emberek mind szeretettel és aggodalommal közeledtek Alexhez.

– Hát, kicsit hülyén hangzik, tudom, de most olyan boldog vagyok – sóhajtott Alex.

– Lehet is. És boldog lesz később is – szögezte le határozottan Brock, aki mindig olyan magabiztosan nyilatkozott az ő jövőjéről, hogy Alex már azon tűnődött, nem vallásos-e ez a fiatalember.

Otthon viszont mit sem változtak a dolgok. Sam három napra Hongkongba utazott Simon egyik partnerével tárgyalni, és olyan volumenű üzletet kötött, melyről címolda-

137

lon tudósított a *Wall Street Journal*. Sam szakmai működésének mindig is volt valami hollywoodias jellege, pénzügyi világsztárok és óriási sikerek kavarogtak benne, de Simon belépése után még káprázatosabb eredményeket értek el. Úgy látszott, egyszerűen nem tudnak hibázni, és Sam elfoglaltabb volt, mint azelőtt bármikor. Háromnapos távolléte minden korábbinál jobban eltávolította Alextől. A hongkongi üzletről nem szólt egy szót sem a feleségének, Alex csak az újságból értesült róla. És nem tudta megállni, hogy este szóba ne hozza a dolgot.

– Miért nem meséltél róla, Sam? – kérdezte. – Ha egyszer ilyen jelentős üzletet hoztatok össze?

– Elfelejtettem. Meg te is elfoglalt voltál. Alig láttalak egész héten. – De ő is ugyanolyan jól tudta, mint Alex, hogy nem erről van szó, s hogy egy ilyen nagy üzletet nem egy-két nap alatt szoktak összehozni. Neki is legalább egy hónapot kellett rajta dolgoznia. Nem, Sam egyszerűen elzárta a kettejük közötti kommunikációs csatornákat. Hongkongból hazatérve napokig azonnal az ágyba ment vacsora után, mondván, hogy a hosszú repülőút miatt alváshiánya van.

– Mitől félsz ennyire, Sam? – szögezte neki végül Alex a kérdést, amikor vacsora után nyomban vetkőzni kezdett. Sam újabban azt a taktikát alkalmazta, hogy már mélyen aludt (az ágy szélén), mire a felesége is ágyba került. Alex mostanában azon igyekezett, hogy behozza a kéthetes távollét alatt felhalmozódott munkahelyi lemaradásait, s hogy egy kicsit előre is dolgozzon, mert ezzel talán megkönnyítheti a kemoterápia első heteit. – Nem fogok rád ugrani, Sam, ha netán este nyolc után még fönnmaradsz! Nyugodtan megnézheted a tévében még azt is, ami a *Sesame Street* után következik, meg az esti hírműsort is. S hogy egy kis beszélgetés sem ártana, azt már nem is említem.

– Nem mondtam, hogy nehéz hetem volt? Be kell pótolnom az alváshiányomat.

– Na, ezt majd a bíró előtt is ismételje meg, kedves uram – tréfálkozott Alex, de Sam fölcsattant.

– Ezzel mit akartál mondani?

– Semmit, Sam, a jóisten áldjon meg. Csak hülyéskedtem. Ügyvéd vagyok, talán emlékszel még. Az isten szerelmére, mi van veled?!

Samből mintha tényleg kiveszett volna minden humorérzék. Már nem is beszélgettek egymással, sohasem nevettek, sohasem lazítottak, sohasem bújtak össze. Estére már mérges idegenekké váltak. S mindez a mellamputáció miatt. Sam úgy viselkedett, mintha Alex megcsalta volna.

– Nem volt valami vicces – dörmögte bosszúsan, és tényleg úgy tudott nézni, mint aki meg van sértődve. – Sőt. Ízléstelen volt.

– Jaj, istenem, Sam. Hát mi az, ami szerinted vicces? Tudom, én nem vagyok számodra túl szórakoztató. Öt szót sem szóltál hozzám azóta, hogy bevonultam a kórházba, vagy talán azóta, hogy a mellröntgen eredményéről beszéltem neked. – Hat hete kezdődött ez az egész rémálom, melynek még sehogyan sem látszódott a vége. – Mi lesz akkor, ha elkezdem a kemoterápiát?

– Honnan tudjam?

– Na, azért lássuk csak – makacskodott Alex. – Ha te tényleg megharagudtál rám a mellröntgen miatt, s ha komolyan megsértődtél a műtét miatt, és ha gyakorlatilag nem beszélsz velem, mióta hazajöttem a kórházból, nos, akkor mit fogsz majd csinálni, ha elkezdem a kemoterápiát? Lehet, hogy elköltözöl? Vagy abszolút nem veszel rólam tudomást? Konkrétan mire számíthatok még, és mikor lesz már ennek vége? Amikor mindenen túl leszek már, vagy amikor bedobom a törülközőt, és beismerem, hogy a házasságunknak befellegzett? Légy szíves, adj némi támpontot!

– Oké, oké! – Sam lassan elkezdte a vacsora maradékait eltakarítani a konyhában. Annabella már egy órája lefeküdt, rég aludt már, nyugodtan beszélhettek. – Szóval kemény hat hét volt ez, az biztos. De ez még nem jelenti azt, hogy köztünk mindennek vége. Én még mindig szeretlek.

– Sam elég gyámoltalan képet vágott mindehhez, s lerítt róla a feszengés és a boldogtalanság. Jól tudta, milyen nagy a baj, csak azt nem tudta, hogyan birkózzon meg vele. Szerette a feleségét, de a Daphne iránti rettenetes vágy

139

nagyon megnehezítette a helyzetét. A feleségéhez való közeledés azt is jelentené, hogy valamit föl kéne adnia Daphne-vel kapcsolatban. A Daphne-hez való közeledés viszont a felesége megcsalását jelentené. Most tehát itt ingadozott és rémüldözött félúton, és egyik irányba sem mert elmozdulni. Viszont azzal is tisztában volt, hogy e vergődés közben tönkreteszi a feleségével való kapcsolatát. Tudta, hogy a helyzet javítása érdekében mondania vagy tennie kellene valamit, csak épp azt nem tudta, hogy mit. Még arra is képtelen volt rávenni magát, hogy megnézze Alex testét. Daphne-én kívül most különben sem kívánt más testeket nézegetni. Veszélyes szituációba került tehát...

– Időre van szükségem, Alex, bocsáss meg. – Ott állt, nézte a feleségét, szeretett volna közeledni hozzá, de nem akart ezért egy lépést sem tenni. A kivárásra szeretett volna játszani, de ezt nem lehetett megcsinálni anélkül, hogy Alexnek fájdalmat ne okozna. Ezt persze nem kívánta, de nem kívánta föladni Daphne-vel kapcsolatos álmait sem, s ugyanakkor még mindig nem volt fölkészülve arra, hogy Alex támasza legyen ebben a szerencsétlenségben.

– Azt hiszem, hogy neked nagyon nehezedre esik alkalmazkodni az életünkben bekövetkezett változáshoz, Sam – kezdte Alex. – Nagyon nagy szükségem lesz a segítségedre a kemoterápia idején. És legyünk őszinték, még ha fáj is, te eddig semmit sem segítettél. S ettől nekem nem támadhatnak vérmes reményeim a jövőt illetően. – Alex hűvösen és alig ingerülten mondta végig mindezt.

– Én megteszem, ami tőlem telik. De a betegségekkel nem nagyon tudok mit kezdeni.

– Hát azt észrevettem – mosolygott szomorúan Alex. – De azért muszáj volt szóba hoznom. Engem ez bánt – mondta kissé megenyhült hangon. – És nem tudom, mi jöhet még.

– Hát, én meg biztosra veszem, hogy nem olyan súlyos a helyzet, mint amilyennek beállítják. Olyan ez, mint a gyerekszüléssel kapcsolatos rémtörténetek. Azoknak is a nagy többsége csak marhaság és szóbeszéd.

– Nagyon remélem – mondta elgondolkodva Alex,

140

mert ő már hallott néhány *igaz* rémtörténetet, amikor ellátogatott Lizzel az utógondozó csoport összejövetelére. Liz kedvéért szánta rá magát, hogy elmenjen, de végül is neki is jót tettek azok a beszélgetések. Találkozott olyanokkal, akiknek nem volt különösebb bajuk a kemoterápiával. De a többség bizony kutyául szenvedett a kezelés alatt. Korábban elképzelhetetlen rosszullétek törtek rájuk. – De azért annak örülök, hogy legalább neked jól alakulnak az üzleti ügyeid mostanában. Úgy látszik, Simon mégiscsak jó fogás volt. Azt hiszem, eleinte mindketten félreismertük.

– Hát az biztos. Nem fogod elhinni, milyen emberekkel hozott össze engem Hongkongban. Mesés vagyonuk van. Gazdag kínai hajógyárosok. Hozzájuk képest még az arabok is csak koldusok.

– Mennyit fektetnek be a te közvetítéseddel? – kérdezte Alex, miközben a tányérokat rakta be a mosogatóba. Mindig is érdekelték az üzleti ügyek, és ez még elég biztonságos beszédtéma volt kettejük számára.

Sam most büszkén elmosolyodott.

– Hatvanmillió dollárt!

– Szép kis zsebpénz egy New York-i kölyök számára! – dicsérte meg Alex, de azért meg volt sértve, hogy Sam magától még ezt sem árulta volna el neki. – Büszke vagyok rád!

Elég furcsa volt ezt olyan embernek mondani, aki mindig a szoba másik végébe húzódott előle, s a világért sem ment volna közelebb hozzá, annak az embernek, aki oly sok fájdalmat okozott neki. De ami jár, az jár. Hatvanmilliós hongkongi üzletért dicséret jár.

– Jó érzés lehet – tette még hozzá.

Jó érzés is volt. Daphne elkísérte. De maga sem győzött csodálkozni azon, hogy még Hongkongban is megtartóztatták magukat. Majd beleőrültek mindketten, de Sam még mindig nem akarta megcsalni a feleségét, bármilyen nagy volt is a kísértés. Viszont most Alexszel sem akart lefeküdni, képtelen volt rá. Csakis Daphne-t kívánta, de megtiltotta magának, hogy lefeküdjön a lánnyal.

Sam aztán bement a hálószobába, és tévét nézett egy darabig, de mint azelőtt, most is mélyen aludt már, amikor Alex félórával később belépett az ajtón. Alex csak a fejét rázta. Reménytelen alak. Annyira félt a felesége közelségétől, hogy bármit hajlandó volt megtenni, csak hogy elhárítsa.

– Úgy látszik, álomkóros lett – suttogta magának Alex, aztán fogta az aktatáskáját, és visszament a dolgozószobába. Sam semmiképpen nem volt még abban az állapotban, hogy ismét intim és szerető kapcsolata lehessen a feleségével, pedig Alex számára a neheze még csak most következett. A Liz-féle csoportban az egyik nőnek hasonló problémái voltak a férjével, sőt egy évre még el is váltak. A férfi egyszerűen képtelen volt szembenézni a felesége megváltozott igényeivel és saját rettegésével, hogy az asszony talán meg fog halni, így aztán kényelmesebb volt számára a szakítás. De most már megint együtt élnek, és az asszony hat éve egészséges. Az ilyen történeteket hallva Alexben is feltámadt némi remény, de ettől még nem lett jobb a viszonya Sammel. S másnap, Annabella elalvása után csúnyán összecsaptak.

Vacsora előtt Alex elmagyarázta Annabellának, hogy a következő nap orvoshoz kell mennie, aki aztán valamilyen gyógyszert ad neki. És ettől a gyógyszertől az ember néha nagyon rosszul lesz. A végén még a haja is kihullhat. Nagyon kellemetlen orvosság ez, és az egész valami olyasmi, mint a védőoltás. Az ember egy darabig beteg lesz tőle, de aztán meggyógyul, és többé már nem kapja meg a még rosszabb betegségeket. Annabellától csak azt kéri, hogy kedves és türelmes legyen vele, mert ő hol jól lesz, hol rosszul lesz, hol pedig rettenetesen fáradtnak fogja érezni magát. Alex ennél jobbat nem tudott kitalálni, s amikor befejezte, Annabella nagyon riadtnak látszott.

– De azért el fogsz még vinni engem a balettra?

– Néha. Ha nem leszek túl fáradt. De akkor majd Carmen visz el.

– De én azt akarom, hogy *te* vigyél el! – nyafogott a gyerek. Általában jól viselte, ha Alex fáradt volt, és nem tudott vele foglalkozni, de néha szabályosan kiborult tőle.

– Én is szeretném, ha én vihetnélek a balettra, de ez attól függ, hogyan fogom érezni magam. Ezt most még nem tudom. Majd meglátjuk.

– Ha kihullik a hajad, parókát fogsz viselni? – kíváncsiskodott a gyerek, s Alex nevetett rajta.

– Lehet, majd meglátjuk.

– Nagyon ronda lesz. De majd kinő újra?

– Igen.

– De ilyen hosszú már nem lesz? Vagy mégis lesz?

– Nem, dehogy. Olyan rövid lesz, mint a tied. Mintha ikrek volnánk.

Annabella váratlanul nagyon megijedt.

– Kihullik majd az én hajam is?

Alex gyorsan megölelte és megnyugtatta:

– Jaj, dehogy!

A gyerek lefektetése után Sam dühödten támadt Alexre.

– Hát ilyen undorító dumát én még nem is hallottam. Miért kellett halálra rémíteni azt a gyereket?! – Csak úgy villogott a szeme, s mint mindig, most sem volt benne egy csöppnyi megértés vagy szánalom sem.

– Nem rémítettem halálra. Semmi baja nem volt, amikor elment lefeküdni. Még egy könyvet is hoztam neki ezzel kapcsolatban. Az a címe, hogy *Meggyógyul a mama*.

– Undorító. Láttad a gyerek arcát, amikor a hajadról beszéltél neki?

– Fogd már föl, az istenit, hogy a gyereket föl kell készíteni! Ha olyan rosszul leszek a kemoterápiától, hogy nem tudok vele foglalkozni, akkor neki erről tudnia kell!

– Miért nem tudsz te csöndben szenvedni? Miért kell mindkettőnkre ránk terhelni a bajodat?! Az isten szerelmére, legyen már benned valami méltóságérzet!

– Te szemét állat! – Alex megmarkolta Sam ingét, amely rongyokra szakadt a kezében. Ezen mindketten meglepődtek. Alex soha semmi ilyesmit még nem csinált, de most Sam tényleg az őrületbe kergette. Hiszen ő, Alex elveszítette a férjét, a mellét, a nemi életét, a női öntudatát, a saját nőiességének érzetét, a jó közérzetét és gyermekszülési képességét. Nem csinált ő semmit, csak éppen hat hét alatt elveszítette azokat a dolgokat, amelyek nagyon fontosak voltak számára, és ez az ember csak arra képes, hogy kritizálja és sértegesse őt mindezért. – Az isten verjen meg téged! Én itt küszködöm az engem ért szörnyűséggel, és megpróbálom úgy intézni, hogy minél kevesebb kellemetlenséget okozzak neked, hogy ne okozzak fájdalmat a gycrcknek, hogy ne legyenek kénytelenek helyettem dolgozni a kollégáim bent az irodában, te meg folyton belém marsz, és úgy bánsz velem, mint valami utolsó, megvetendő rongy nővel. Hát akkor baszd meg, Sam Parker! Baszd meg, ha képtelen vagy normálisan viszonyulni ehhez az egészhez! – Alexből úgy tört ki az elmúlt hat hét minden felgyülemlett feszültsége és keserűsége, mint valami vulkánból. De Sam maga is annyira szenvedett, hogy még ez sem jutott el a tudatáig.

– Na, most már elég volt ebből! Mást se tudsz csinálni, mint siránkozni az elvesztett, nyamvadt melled miatt, ami azért mégsem ért ennyit. Bánom is én, észreveszi-e bárki is, hogy hiányzik. Ráadásul még azzal foglalkozol, hogy „fölkészíts" bennünket a kemoterápiára. Tedd már túl magad ezen, az istenit neki, és csináld végig, de ne kergess a halálba vele minket! A gyerek három és fél éves, miért kell neki is keresztülmennie ezen a szörnyűségen veled együtt?

– Azért, mert én vagyok az anyja, s ő aggódik értem, és mert ha én rosszul leszek, az bántani fogja őt is.

– Itt én vagyok az, aki rosszul vagyok, méghozzá tőled, s ez bánt engem! Én nem tudok így élni, ezekkel a mindennapos rák-harcihelyzet-beszámolókkal. Miért nem mindjárt óriásplakátokra rakatod ki a közleményeidet?

– De egy szar ember vagy te, Sam! Még a leleteim sem érdekeltek annak idején, meg sem kérdezted, mi van bennük.

Ez valóban így volt. Azon a napon, amikor Alex megmutatta a sebhelyes mellkasát, a látványtól Samnek elment a kedve a további érdeklődéstől.

– Na és? Mit számít az? A melledet így is, úgy is levágták, és kész!

– Talán számít valamit, hogy életben maradok-e vagy meg kell halnom, nem? Ha ugyan ez neked számít még

144

bármit is. Vagy csak annyit, amennyit az általad nem sokra becsült mellem... Lehet, hogy észre sem fogod venni, ha majd én is eltűnök. Mit számít az neked. Arra sem voltál képes, hogy beszélgess velem, arról már ne is beszéljünk, hogy hozzám is lehetne érni.

– Aztán ugyan miről beszélgessünk, Alex? A kemoterápiáról? A nyirokcsomókról? A patológiáról? Nekem már elegem van ezekből.

– Akkor miért nem mész el és miért nem hagysz magamra ezzel az egésszel? Ha már segíteni úgysem tudsz?

– Nem hagyom itt a kislányomat. Nem megyek sehová!!! – S ezzel leköpte Alexet, majd kiviharzott a lakásból. Aztán ott álldogált lent az utcán, és nagyon szeretett volna egy taxit fogni és elhajtani az Ötvenharmadik utcába Daphne-hez, de mégsem szánta rá magát. Nem engedte meg magának. Inkább fölhívta a nőt egy fülkéből, és elsírta neki a bánatát. Elzokogta, hogy kezdi gyűlölni a feleségét is és önmagát is. Hogy a felesége másnap kezdi a kemoterápiát, s hogy ő ezt nem bírja. Daphne teljes együttérzést tanúsított. Megkérdezte tőle, nem akarna-e felmenni hozzá, de Sam erre azt mondta, hogy most tényleg nem szabad felmennie.

Tisztában volt azzal, hogy ő most túlságosan is sebezhető, túl nagy szüksége van Daphne-re. S azt nem engedheti meg, hogy Daphne legyen az oka és ürügye a házassága felbomlásának. Ez csak őrá tartozik, ezt neki kell végigcsinálnia. És valamit tennie kell, csak megint nem tudta, hogy mit. Maga sem értette, miért, de hirtelen meggyűlölte Alexet. A szerencsétlen asszony megbetegedett, s ő meggyűlölte azért, hogy ezt merte csinálni az ő életével. Megnyomorította az ő életét is, és félelmet hozott a házba. Rettegést. Az asszony azon van, hogy elhagyja őt. Képes mindent tönkretenni. S anélkül, hogy tudná, még azt is lehetetlenné teszi számára, hogy Daphne-vel jól érezze magát...

Elsétált egészen az East Riverig, aztán vissza. Ezalatt Alex odahaza a közös ágyon feküdt, és a mennyezetet bámulta. Már ahhoz is túl dühös volt, hogy sírjon, és túlságosan meg volt sértve ahhoz, hogy valaha is megbocsásson a férjének, aki elhagyta őt. Aki ocsmányul cserbenhagyta. Aki hat hét alatt megsemmisített mindent, ami az életükben addig *közös* volt, aki megtagadott minden egymás iránti érzelmet, s aki porig rombolt minden reményt és minden megbecsülést, amit a tizenhét évi házasság alatt együtt építgettek ki. És aki köpött arra a fogadalomra, hogy „kitartok mellette jóban-rosszban, egészségben és betegségben is".

Sam két órával később ment haza, s Alex még mindig úgy feküdt ott. Egyetlen szót sem szólt hozzá, sőt be sem nézett a szobába. Alex egész éjjel ébren hánykódott, Sam pedig a dolgozószobában aludt a kanapén.

12. fejezet

A Herman doktor által ajánlott onkológus, egy nő, az Ötvenhetedik utcában rendelt. Alexnek elmondták, hogy az első kezelés másfél órát vesz igénybe, az azután következők pedig háromnegyed és másfél óra időtartam között váltakoznak. Ha semmi probléma nem jelentkezik közben, akkor havonta csak kétszer kell kezelésre járni, ha viszont bármi baj van, akkor Alexet természetesen gyakrabban nézi meg az orvos.

Alex déli tizenkettőre kérte az első találkozót az orvossal, s úgy gondolta, hogy fél kettőkor már az irodájában lesz.

Brocknak és Liznek megmondta, hogy ezen a napon kezdi a kemoterápiát, és természetesen tudott a dologról Sam is. Az előző esti nagy veszekedés után Sam úgy ment be dolgozni, hogy otthon még csak nem is reggelizett. Aztán nem hívta föl a feleségét, hogy bocsánatot kérjen, vagy hogy sok szerencsét kívánjon a kemoterápiához – és azt a lehetőséget már ne is említsük, hogy akár el is kísérhette volna... Alex azt az egyet már biztosan tudta, hogy ezt a kezelést Sam segítsége és részvétele nélkül, egyedül kell végigcsinálnia.

A doktornő rendelője egy szép, modern épületben volt, s a képekkel díszített, tágas várószoba vidám hangulatot árasztott. A barátságos megvilágítás, a halványsárga dekoráció és az egész berendezés megtévesztően derűs volt. Ha Alexet egy sötét kriptába vezetik be, azt sokkal inkább az alkalomhoz illőnek érezte volna. S azt is megnyugodva konstatálta, hogy a nő, akihez irányították, vele körülbelül egykorú. Jean Webbernek hívták; szelídnek és profinak mutatkozott. Alex azt is örömmel látta, hogy a falra kifüggesztett diploma tanúsága szerint a nő a Harvard Egyetem orvostudományi karán végzett.

A kezelés beszélgetéssel indult, az orvos elmagyarázta,

hogy melyik patológiai leletből mi következik. Alex nagy megkönnyebbüléssel konstatálta, hogy itt értelmes emberként bánnak vele. A doktornő elmondta, hogy az általa alkalmazott citotoxikus, vagyis sejtmérgező gyógyszerek a közhiedelemmel ellentétben nem mérgek, viszont valóban az a rendeltetésük, hogy tönkretegyék a kóros sejteket. A daganat már a második fejlődési stádiumba jutott – ezt Alex tudta –, de csak négy nyirokcsomót támadott meg, más beszűrődés nincsen. A rák ennél tovább még nem terjedt. A kilátásokat dr. Webber személy szerint jónak ítéli, s az Alex gyógyításában részt vevő többi orvossal egyetértésben ő is abszolút biztos abban, hogy a teljes gyógyuláshoz feltétlenül szükség van még kemoterápiára is. Nem szabad vállalni a legkisebb kockázatot sem, még egy sejttöredéket sem szabad „életben" hagyni, hogy aztán elkezdjen osztódni és terjeszkedni. Csak a százszázalékos gyógyulás elfogadható, s Alex csak így lehet nyugodt afelől, hogy megszabadult a ráktól. A mell amputációja után már nincs szükség sugárkezelésre, s az itt kifejlődött rák jellege fölöslegessé teszi a hormonkezelést is. A tesztek végeredményéből arra lehet következtetni, hogy semmi haszna nem volna. Kromoszómatesztet is csináltak, megnézték az érintett sejtek DNS-ét, annak megállapítása céljából, hogy vajon normális-e vagy pedig kóros a kromoszómák száma, s azt találták, hogy Alexnek diploid sejtjei vannak, vagyis a kromoszómák normális két homológ sorozatát tartalmazzák. A leletek optimális állapotokról árulkodnak. Megnyugtató volt ezt hallani, bár ez a csupa jó hír mégiscsak egy nagyon rossz hírbe volt becsomagolva. Abba, hogy neki tényleg rákja van, és hat hónapos kemoterápia vár rá. Ettől a bizonyosságtól megint nyomott hangulat lett úrrá rajta.

Amikor ezt szóba hozta, Webber doktornő megértően bólogatott. Apró termetű nő volt, itt-ott őszes, sötétbarna haját kontyban viselte, és nem sminkelte magát. Arcán rokonszenv tükröződött, kicsiny, ápolt és tiszta kezének gesztikulációjával mindig pontosan hangsúlyozta mondanivalója lényegét.

Igyekezett megnyugtatni Alexet, hogy a kemoterápia

mellékhatásai kellemetlenek ugyan, de nem olyan borzasztóak, ahogy azt sokan gondolják, s megfelelő kezeléssel ezeket is kordában lehet tartani. Leszögezte, hogy egyetlen mellékhatás sem okoz tartós károsodást. Határozottan megkérte Alexet, hogy bármilyen probléma esetén azonnal telefonáljon neki. A várható mellékhatások pedig a haj kihullása, a hányinger, a tompa fájdalmak a testben, kimerültségérzés és súlygyarapodás. Előfordulhat még torokfájás, hideglelés és ürítési zavarok. A menstruáció valószínűleg azonnal megszűnik, de egyáltalán nem kizárt, hogy a kemoterápia után ismét helyreáll. A maradandó meddőségi arány ötven százalék, de így legalább marad némi remény arra, hogy lehet még gyereke. (Csak egy férj kellene még hozzá, gondolta magában Alex, miközben nagyon figyelt az orvosnő minden szavára.) Dr. Webber fontosnak tartotta még azt is hozzátenni, hogy semmi bizonyíték nincs arra, hogy kemoterápia után gyakoribb lenne a születési rendellenesség.

Előfordulhatnak még csontvelő- és fehérvérsejt-problémák, de ezek valószínűsége most nagyon csekély. Valamivel gyakoribb a hólyagirritáció. Alex csak a súlygyarapodáson lepődött meg, hiszen az ember azt várná, hogy a hányások, hányingerek mellett az ember lesoványodik, nem pedig meghízik. Az orvos aztán elmagyarázta, hogy ez sajnos ugyanúgy kivédhetetlen, mint a haj kihullása. Azt javasolta, hogy Alex most rögtön menjen el parókát venni, esetleg mindjárt többet is. Az általa szedett gyógyszerek ugyanis olyanok, hogy azoktól szinte biztosan ki fog hullani részben vagy teljesen az a szép vörös haja. De aztán persze visszanő, sietett az orvos megnyugtatni.

Dr. Webber annyi fontos és biztató dolgot mondott el, amennyit csak tudott, s közben Alex azt játszotta, hogy ő most egy új kliensre figyel, s mielőtt bármire is reagálna, előbb végig kell hallgatnia az illető összes bizonyítékát. Egy darabig működött is ez a játszma, de ahogy a doktornő egyre csak sorolta az egyik kellemetlenséget a másik után, az émelygést, a hányást, a haj elkerülhetetlen kihullását, ez így együtt már sok volt Alex idegeinek. Eluralkodott rajta a feszültség.

Azt is megtudta, hogy minden egyes idelátogatása alkalmával teljes kivizsgálásban lesz része, itt helyben, vérkép, ultrahang, röntgen, minden. A rendelő berendezése a lehető legmodernebb. Alex minden, négyhetesnek vett hónap első tizennégy napján Cytoxan tablettát fog szedni, s közben ugyanennek a négyhetes hónapnak az első és nyolcadik napján be kell jönnie, hogy intravénásan methotrexátot és fluorouracilt kapjon. Az intravénás injekció beadása után visszamehet az irodájába. Az orvos csak azt kérte Alextől, hogy az ezt megelőző napon a szokásosnál is többet pihenjen, hogy elkerüljék a komplikációkat és a fehérvérsejtek számának hirtelen csökkenését.

– Tudom, hogy ez így együtt, első hallásra elég zavarosnak és ijesztőnek tűnik, de gyorsan hozzá fog szokni – mosolygott a doktornő. Alex pedig igencsak meglepődött, amikor észrevette, hogy már majdnem egy órája beszélgetnek, és még sehol sincs a tulajdonképpeni kezelés. A doktornő aztán átvezette a vizsgálószobába.

Alex óvatosan vetkőzött, összehajtogatva tette le egy székre a ruhadarabjait, mintha minden egyes mozdulatnak külön jelentősége volna, és azon kapta magát, hogy kezelába remeg, s nem tudja a remegést leállítani. Reszketett, mint a nyárfalevél, miközben az orvos a műtét helyét vizsgálgatta, és elégedetten bólogatott.

– Keresett már plasztikai sebészt? – kérdezte, de Alex csak a fejét rázta. Még a döntésig sem jutott el ebben a kérdésben. Nem tudta, hogy vállalkozik-e egyáltalán plasztikai műtétre. S ahogy a dolgok mostanában alakultak, nem is bánta, ha ő így marad. Ezek a gondolatok könnyeket csaltak a szemébe. S éppen ebben a pillanatban szúrta meg az ujját az orvos, hogy vért vegyen. Hirtelen minden olyan elviselhetetlenné vált, elszorult a torka, s miközben a doktornő az intravénás injekcióval bajlódott, kitört rajta a zokogás. Hüppögve próbált elnézést kérni.

– Ne zavartassa magát – mondta az orvos nyugodtan. – Folytassa csak, sírja ki magát. Tudom, milyen rémisztő ez az egész. De csak a legelső alkalommal ilyen kellemetlen. Nagyon-nagyon óvatosan bánunk ezekkel a gyógyszerekkel. – Alex tudta, miért kell ilyen esetekben kiváló és szakmai körökben is elismert onkológust választani. Épp elég rémtörténetet hallott olyan betegekről, akiket sírba vitt a helytelenül végzett kemoterápia. S most egyre ott tolongtak az agyában ezek a rémségek. Mi lesz, ha a szervezete nem viseli el ezt a kezelést? Mi lesz, ha ő is meghal? Ha nem láthatja többé Annabellát? Vagy Samet...? Annak a tegnap esti undorító veszekedésnek az ellenére is... Elviselhetetlen gondolatok voltak ezek.

Dr. Webber szőlőcukorral és vízzel kezdte az intravénás infúziót, s csak azután adta hozzá a gyógyszert, de a folyadék állandóan visszaáramlott, s pillanatokon belül öszszeesett Alex vénája. Ráadásul fájt is a procedúra, s a doktornő azonnal kihúzta a tűt, és elkezdte vizsgálgatni Alex másik karját, majd a még mindig remegő kezét.

– Én szeretem először a szőlőcukrot meg a vizet beadni, de a maga vénái nem remekelnek. Kénytelen leszek közvetlenül beadni az egészet, s legközelebb majd megint megpróbáljuk külön-külön. Most a hígítás nélküli gyógyszert egyenesen belenyomom a vénájába. Ez így csípni fogja egy kicsit, de így gyorsabb, s azt hiszem, maga is boldog lesz, ha ma minél hamarabb túl leszünk a tortúrán.

Alex egyetértett ezzel, bár az „egyenesen belenyomom" kifejezés elég aggasztóan hangzott. A doktornő ápolt kis kezével kitapogatta Alex kézfején a vénát, majd beleszúrta a tűt, amit Alex igyekezett rezzenéstelen arccal tűrni. A kínzás végeztével a doktornő arra kérte Alexet, hogy öt percig erősen szorítsa a vénáját. Ezalatt ő megírta a Cytoxan-receptet, majd elment egy pohár vízért és egy tablettáért. Átnyújtotta Alexnek, és nézte, ahogy beveszi.

– Nagyszerű! – mondta elégedetten. – Most tehát megkapta a komoterápia első dózisát. Pontosan egy hét múlva szeretném önt ugyanitt látni, s szeretném, ha azonnal fölhívna, ha bármilyen problémája van. Ne szégyenlősködjön, ne tétovázzon, ne gondolja azt, hogy alkalmatlankodik. Ha valami szokatlant észlel, vagy csak nagyon rohadtul érzi magát, hívjon föl, és majd meglátjuk, mit segíthetünk. – Átnyújtott Alexnek két nyomtatott lapot, az egyiken normális, a másikon nem normális mellékhatások felsorolásával. – Én huszonnégy órás telefonügyeletet tartok, és örülök, ha hírt hallok a pácienseim felől. – A nő kedvesen mosolygott, majd fölállt. Jóval alacsonyabb volt Alexnél, és nagyon dinamikusnak látszott. Ahogy Alex elnézte, nagyon elégedett volt magával. Jó munkát végzett. Alexnek az jutott eszébe, hogy őhozzá is így jönnek az emberek, borzasztó jogi problémákkal, veszélyes perekkel a nyakukban. S neki kell gondoskodnia róluk, s neki is igencsak jó munkát kell végeznie, hogy megmentse őket. De a probléma és a gyötrődés az ügyfeleké volt, nem az övé. Hirtelen elkezdte irigyelni a doktornőt.

Távozáskor meglepetten látta, hogy két teljes órát töltött az onkológusnál. Pontosan két óra volt, s a keze még mindig fájt, ahogy leintette a taxit. A szúrás helyét gyorstapasz takarta. Alex lassanként kezdett kiigazodni a dolgokban. Persze, boldogabb lett volna, ha ezekkel a tudnivalókkal soha nem kell megismerkednie, most azonban hatalmas megkönnyebbüléssel utazott be az irodájába. Nem érezte rosszul magát, nem is halt meg, és semmi szörnyűség nem történt vele. Az orvos legalábbis tudja, mit csinál. A Lexington Avenue-nél eszébe jutott, hogy parókát kéne vásárolnia. De most nem akart erre gondolni. Bár az orvosnak biztos igaza van... Jobb, ha a paróka rögtön kéznél van, ha szükség lesz rá, és nem sálakkal-sapkákkal álcálzott kopaszodó fejjel keresgél az ember az üzletekben az utolsó utáni pillanatban... Tudott volna azért ennél vidámabb dolgokon is töprengeni.

Kifizette a taxit, fölballagott az irodába. Liz nem volt a helyén, így teljesen egyedül intézhette a dolgait, visszahívogatta azokat, akik keresték, s aztán végre kezdhetett egy kicsit lazítani. Végül is nem szakadt le az ég. Az eddigieket túl lehetett élni. Talán nem is lesz olyan szörnyű ez az egész, mondogatta magában, amikor Brock belépett. Ingujjban, hóna alatt egy köteg irománnyal, aggódó képpel. Délután négy óra volt.

– Na, hogy alakul a dolog? – kérdezte izgatottan. Mindig volt valami megható abban, ahogy kérdezni tudott. Nem bizalmaskodva, nem tolakodóan, csak éppen személy szerint is érintettnek mutatkozva. Akinek nem mindegy, hogy mi lesz a másikkal. Alex egészen elérzékenyült

ettől a hozzáállástól. Már-már öccsének érezte ezt a fiatal-
embert.

– Eddig nagyon is jól, bár rohadtul fájt a szurkálás – vá-
laszolta készségesen Alex. Annyira viszont még nem vol-
tak jó viszonyban, hogy azt is elárulja, hogy bőgött, s
hogy lélekben a kínok kínját élte át, míg várt arra az injek-
cióra, amelyről azt hitte, hogy elpusztítja. – Maga nagyon
rendes ember, Brock – mondta. – Nem inna egy kávét?

– De, nagyon köszönöm.

Aztán egy órát keményen dolgoztak. Alex pontosan öt-
kor hagyta abba, hogy idejében hazaérjen a gyerekhez. Min-
dent összevetve elég jó, bár egy kicsit fárasztó napja volt.

– Köszönöm a segítségét – búcsúzott Brocktól. Új
ügyet készítettek elő: egy kisvállalkozást bepereltek állító-
lagos jogtalan diszkrimináció vádjával. Méghozzá nem
akárki, hanem egy *rákos* nő, aki azt sérelmezte, hogy ki-
hagyták az előléptetésből. Munkaadója ugyanakkor min-
dent megtett, amivel segíteni tudott neki. Még egy szobát
is elkülönített a nő számára, hogy annyit pihenhessen,
amennyire csak szüksége van, heti három szabadnapot
adott neki a kemoterápia idejére, és fenntartotta számára
az állást. De a nő még így is elégedetlenkedett, majd pert
indított. Azon a címen, hogy rákbetegsége miatt kihagy-
ták az előléptetésből. A nő pénzbeli kártérítést követelt,
hogy otthon ülhessen, hogy kifizethesse a teljes kezelési
költséget. A rákból a jelek szerint kigyógyították, s ő töb-
bé nem is akart visszamenni dolgozni. Ám a gyógykeze-
lés után még mindig maradtak komoly kifizetetlen szám-
lái. S azt már Alex is fölfedezte, hogy a legtöbb betegbiz-
tosítási konstrukció sajnos csak a töredékét fizeti ki a rák
kezelési költségeinek. Aki nem képes kifizetni a nagyon
drága, életmentő kezelésfajtákat, az bizony nagy bajba ke-
rülhet. Alex saját betegbiztosítása is csak alig valamit térít
meg a költségeiből. Ennek ellenére ebben az esetben a fel-
peresnek még sincs joga a költségeket volt munkaadójára
áthárítani. Aki még a segítségét is fölajánlotta, bár ezt
nem tudja bizonyítani, és a nő kereken letagadja ezt a
tényt. Mint általában, Alex most is nagyon együtt érzett
az alperessel. Gyűlölte azokat, akik úgy gondolják, hogy

153

nekik joguk van másoktól bármilyen úton-módon nagy pénzeket leszakítani, pusztán csak azért, mert annak a másiknak van pénze, nekik meg nincsen. És Alex épp a legjobb időben kapta meg ezt az ügyet, mert most már rengeteg fontos dolgot tudott meg a rákról és annak gyógyításáról... saját tapasztalatainak köszönhetően.

– Akkor a holnapi viszontlátásra, Brock! – mondta már elmenőben.

– Vigyázzon magára, Alex. Öltözzön melegen. És rendesen vacsorázzon meg.

– Igenis, mama! – nevette el magát Alex. Pedig ugyanezeket a dolgokat már Liz is említette. Hogy nem szabad megfáznia, s hogy fenn kell tartania az erőnlétét. Nem mondhatni, hogy örömmel gondolt a dr. Webber által említett súlygyarapodásra. Utálta magán a fölös kilókat, bár néha előfordult, hogy többet mutatott a mérleg a kelleténél, s tudta, hogy Sam nem bírja a kövér nőket.

Hazafelé menet az járt az eszében, hogy milyen jó emberekkel is találkozott ő ma. Megkönnyebbült, hogy túl volt az első kezelésen, amely még annál is rázósabb volt, mint amire számított, és elég rendesen kikészítette őt, de amely mégis egészen simán zajlott le. Nem örült annak, hogy egy hét múlva vissza kell mennie, de talán jobb is így, mert utána meg három teljes hétig akár el is felejtheti, hogy hol az a rendelő. Liz kitöltögette neki a receptek fejlécét, s most a tabletták ott lapultak a táskájában. Az jutott eszébe, hogy olyanok ezek, mint a jó pár évvel ezelőtt szedett antibébi-tabletták. Mindennap be kell venni, elfelejteni tilos, különben baj lesz...

Amikor hazaért, Annabella a kádban volt, s Carmennel valami vidám dalt énekeltek a Sesame Streetből, és Alex maga is rázendített, ahogy irattáskáját letéve belépett a fürdőszobába.

– És mi történt veled ma? – kérdezte Alex a gyereket, amikor a refrén végén odament hozzá, és megcsókolta.

– Semmi különös. És te hol vérezted meg a kezedet?

– Én?! Ja, hogy ez... – Ott árulkodott a keze fején a gyorstapasz. – Beütöttem az irodában.

– Fájt?

– Egy csöppet sem.

– Én a múltkor olyan tapaszt kaptam az oviban, amelyen a Snoopy kutya volt! – büszkélkedett a gyerek. Carmen pedig elmondta, Sam telefonált, hogy nem jön haza vacsorázni. Alex egész nap hírét sem hallotta a férjének, s úgy vélte, Sam még mindig pipa a tegnap esti összeszólalkozás miatt. De most még azt sem tudja elújságolni neki, hogy simán zajlott le az első kemoterápiás kezelés. Az is eszébe jutott, hogy fölhívja a munkahelyén, de aztán úgy gondolta, hogy a tegnap esti kölcsönös szardobálások után talán mégis jobb lesz, ha megvárja a személyes találkozást. Alex figyelmét egyébként az sem kerülte el, hogy Sam az utóbbi időben sokkal gyakrabban ment el vacsorázni az üzletfeleivel, mint korábban. Nyilván ez is az egyik, igen hatékony módja volt annak, hogy ne kelljen a feleségével találkoznia.

Alex megvacsorázott Annabellával, s aztán úgy döntött, hogy megpróbálja megvárni a férjét. De olyan fáradt volt, hogy kilenckor elnyomta az ágyában az álom. Még a lámpát sem oltotta el. Ez volt élete legnehezebb napja, nehezebb még a műtét napjánál is, és tényleg elszívta minden erejét.

S míg ő félájultan aludt, Sam vígan vacsorázott Daphne-vel egy kisvendéglőben a Keleti hatvanas utcák környékén.

Sam elgyötörtnek és kétségbeesettnek látszott, Daphne viszont csupa részvét és megértés volt, ahogy a férfit hallgatta. Daphne egyébként sohasem követelőzött, távol állt tőle még a szelíd kényszerítés is, és soha nem tett szemrehányást azért, amit nem kapott meg Samtől.

– Nem értem, mi van velem – mondogatta Sam. Tányérján érintetlenül hűlt ki a marhaszelet, míg keze az őt nagy figyelemmel hallgató Daphne kezében melegedett. – Nagyon sajnálom a feleségemet, tudom, hogy mekkora bajba került, s mégis csak haragudni és haragudni tudok rá. Megőrjít az, ami az életünkkel történt, s úgy tűnik, mindezért ő a hibás és ő a felelős, ugyanakkor jól tudom, hogy ez nem így van. De én sem vagyok hibás, nem én okoztam ezt. Hanem az az átkozott balszerencse. És Alex most kez-

155

di a kemoterápiát, de én egyszerűen képtelen vagyok szembenézni ezzel a ténnyel. Nem is akarok ránézni többé, és azt sem óhajtom végignézni, hogy mit csinálnak vele. Borzasztó érzés ránézni, és én nem bírom az ilyesmit. Jaj, istenem! – Nem sok hiányzott ahhoz, hogy elsírja magát. – Szörnyeteg vagyok!

– Dehogy vagy te szörnyeteg – mondta Daphe szelíden, még mindig a kezében tartva Sam kezét. – Te egyszerűen csak egy esendő emberi lény vagy. Az ilyen dolgok nagyon ki tudják készíteni az embert. És hát, az isten áldjon meg, tényleg nem vagy te ápolónővérke! A feleséged semmiképpen sem várhatja el tőled, hogy pátyolgasd őt... vagy akár csak... hogy is mondjam... elviseld ezt az egész izét – Daphne keresgélte a szavakat –, ami itt a szemed előtt lejátszódik. Mert ez tényleg elég rémes lehet.

– Hát az is! – vallotta be őszintén Sam. – Barbár eljárás! Mintha fogtak volna egy nagy kést, aztán nyissz!, és annyi. Elsírtam magam, amikor először megláttam.

– Jaj de nagy sorscsapás is ez neked, Sam – mondta együttérzően Daphne, akinek Alex már eszébe sem jutott. – Mit gondolsz, a feleséged megérti ezt? Végül is ő intelligens nő. Tán csak nem képzeli, hogy ez téged nem is érint, nem is bánt?

– Azt várná, hogy ott legyek mellette, fogjam a kezét, elkísérgessem a kezelésekre, s hogy az egészről a kislányunkkal is beszélgessünk. Hát én erre egyszerűen képtelen vagyok. Én a régi életemet szeretném élni.

– Jogod van hozzá – bólogatott nagyon is megértően Daphne. Ilyen megértő és egyáltalán nem követelőző nőt Sam még nem is látott. Daphne egyetlen kívánsága az volt, hogy mellette lehessen, bármilyen körülmények között és mindazon akadályok ellenére, amelyekkel Sam megnehezítette e kapcsolat beteljesedését. Ebbe a mai, kettesben vacsorázásba is csak vonakodva ment bele Sam, miután Daphne megértette, hogy úgysem képes lefeküdni vele. Mert ő Alex miatt képtelen volt erre. Még sohasem csalta meg a feleségét, és semmi kedve nem volt a dolgot *pont most* kipróbálni, pedig őrületesen nagy volt a kísértés, és már a cégnél is mindenki elkönyvelte, hogy neki viszonya van Daphne-vel. Daphne pedig nagyon világosan értésére adta, hogy ő annyira, de annyira szerelmes belé, hogy hajlandó elfogadni bármilyen állapotokat. Csupán azt az egyet kéri, nem többet, hogy mellette lehessen. Vagy legalább láthassa.

– Annyira szeretlek! – búgta Daphne, Samben pedig, ahogy gyönyörködött benne, tomboltak az ellentétes érzelmek.

– Én is szeretlek... micsoda őrület ez az egész... Téged is szeretlek, meg őt is. Mindkettőtöket. Téged kívánlak, de vele szemben meg kötelességeim vannak.

– Nem élet ez neked, Sam – mondta Daphne sajnálkozva.

– Tudom. Lehet, hogy végül minden magától megoldódik. Hiszen a mostani helyzet neki sem jó. Alex végül meg fog gyűlölni engem. De lehet, hogy máris gyűlöl.

– Akkor nem normális. Nálad kedvesebb embert nem lehet találni – szögezte le határozottan Daphne, de ami azt illeti, ezt Sam jobban tudta. Meg Alex is.

– Aki nem normális itt, az én vagyok – vigyorgott Sam.

– El kéne kapnom téged és elrohannom veled, mielőtt megjön a józan eszed, és keresel magadnak egy korban is hozzád illő, rendezettebb életű pasast. – Sam így még nem volt belehabarodva kamaszkora óta senkibe, tán még Alexbe sem...

– Hová rohannál velem? – pislogott ártatlan képpel Daphne, és végre elkezdtek enni is. Ez mindig így volt, bárhová mentek, órákra megfeledkeztek mindenről, és csak beszélgettek, beszélgettek...

– Talán Brazíliába... vagy Tahiti környékén egy szigetre... Valami meleg és érzéki vidékre, ahol teljesen az enyém lehetsz, trópusi virágok és illatok között. – S míg ezt sorolta, érezte, hogy Daphne keze megindul az asztal alatt. Daphne-nek igazán ügyes ujjai voltak, s a nő tudta is, mit hogyan kell csinálni. – Rossz lány vagy te, Daphne Belrose – vigyorodott el megint Sam.

– Jó volna, ha ezt a napokban be is bizonyítanád, mert én már kezdem szűz lánynak érezni magam – panaszkodott Daphne, és Sam mélyen belepirult.

– Bocsánat, igazán... – Sam érezte, hogy ő csak bonyodalmakat okoz másoknak, és ezért nem is volt tiszta a lelkiismerete.

– Ne kérj bocsánatot – komolyodott vissza Daphne. – Annál nagyszerűbb lesz majd a dolog a végén, meglátod, ha összejön. – Daphne biztos volt abban, hogy ez csak idő kérdése. És ő tudott várni. Sam pedig igazán megért egy kis várakozást. New Yorkban ő volt az egyik legvonzóbb és legsikeresebb férfi. Még ebben a félreeső kis étteremben is felismerték az emberek, akik elismerően bólogattak a háta mögött, a főpincér pedig történelmi eseménynek értékelte, amikor ez a híresség belépett az ajtón. Sam Parker az egyik legnagyobb cápa volt a Wall Streeten.

– Miért vagy ilyen türelmes hozzám? – kérdezte Daphne-t, miután kihozták nekik a desszertet és az étterem egyetlen palack Château d'Yquem pezsgőjét, mely potom kétszázötven dollárba került.

– Már mondtam – fogta suttogóra a hangját Daphne. – Azért, mert szeretlek.

– Megőrültél – hajolt oda hozzá Sam, és megcsókolta. Aztán tósztot mondott a pezsgővel: – Simon kis unokahúgának kedves egészségére! – Ezt merte csak kimondani, pedig a szívén az volt, hogy „életem legnagyobb szerelmére!". De még szavakban sem akart most hűtlen lenni Alexhez. És egyre csak az járt a fejében, hogyan történhetett mindez. Hogyan lehetett rákos Alex, ő meg hogyan lehetett rögtön szerelmes valaki másba? Még soha nem derengett föl számára, hogy e két esemény között összefüggés van. – Egyszer még nagyon hálás leszek Simonnak – mondta Sam megint suttogva.

– Vagy nagyon dühös leszel rá – nevetett Daphne. – Ez a baja ennek a hosszú előjátéknak. Szörnyű nagy reményeket táplálsz velem kapcsolatban. Aztán majd rettenetesen kiábrándító leszek.

– Nem hiszem – mondta Sam meggyőződéssel, és megint rátört a heves vágy. Minden találkozásuk egyetlen nagy tantaluszi gyötrelemsorozat volt, amely már-már testi fájdalmakat okozott neki.

A vacsora után hazakísérte Daphne-t, de most sem volt

hajlandó felmenni hozzá. Alig tudtak elválni, a kapuban csókolóztak, s kezük összevissza kalandozott a másik testén.

– Ezzel az erővel fel is mehetnénk – próbálkozott a csábítással Daphne, s szavainak ajkával és ujjaival is nyomatékot adott. Sam majd szétrobbant a vágytól. – Talán a szomszédok is jobban örülnének neki – tette még hozzá a nő.

– Meg én is, esküszöm. Nem tudom, meddig fogom tudni megállni – nyögte Sam, és vad csókolózásba kezdett megint.

– Remélem, nem sokáig, drága Sam – lihegte a nő a fülébe, majd megmarkolta a férfi fenekét, és úgy szorította magához. Sam követte a példát, és megborzongatta a vágy, amikor két tenyere fölfedezte, hogy a nőn a ruha alatt nincs semmi. Daphne egész este bugyi nélkül flangált mellette a hideg New York-i novemberben. Samnek minden erejére szüksége volt, hogy ez a fölfedezés meg ne törje az ellenállását.

– Én ebbe belepusztulok – hörögte. – Te pedig jól fölfázol.

– Hát ne hagyj kihűlni, Sam!

– Jaj, istenem, tényleg de szeretnék neked jól befűteni! – Lehunyta a szemét, és ismét magához szorította a nőt.

Végül nagy nehezen sikerült távozásra bírnia magát. Azután vagy huszonöt utcasarkot gyalogolt hazáig. Nem ült taxiba, ki akarta szellőztetni a fejét, és lelkileg is valahogy helyre akart rázódni. Éjfél felé járt, amikor belépett a lakásba. Alex félholtan, lámpafényben feküdt az ágyon. Sam hosszasan álldogált ott, nézte az asszonyt, magában ezer bocsánatot is elrebegett neki, de azért a szíve Daphne után vágyakozott. Csendesen eloltotta a villanyt, és maga is lefeküdt.

Reggel hat órakor furcsa, nyikorgásszerű hangokra ébredt. Mintha reszeltek volna valamit, és meg-megcsikordult volna a ráspoly. Sam hiába próbált nem figyelni rá, a zaj az álmot végérvényesen kiverte a szeméből. Tűnődött, hogy milyen gép lehet ez, vagy talán valami távoli riasztó, és a végén már az a képtelenség is eszébe jutott, hogy talán a lift romlott el. De a zaj csak nem szűnt meg, s amikor Sam, immár kitisztult elmével, nagyot sóhajtva hanyatt fordult az ágyban, akkor jutott el a tudatáig, hogy a zaj „forrása" Alex, akit ellenállhatatlan hányási görcsök kínoznak a fürdőszobában.

Sam feküdt még egy darabig a helyén, nem tudta, hogy most rányisson Alexre vagy inkább ne, végül mégis fölkelt, és benézett az ajtón.

– Rosszul vagy?

– Á, dehogy! Kösz! – válaszolta Alex hosszú kivárás után. De a következő pillanatban máris elkapta az újabb öklendezési roham.

– Elrontottad a gyomrod? – Sam még mindig a tagadási komédiát adta elő.

– Nem. Ez a kemoterápia.

– Hívd föl az orvost.

Alex bólintott, aztán hányt tovább. Sam elment zuhanyozni a vendégfürdőszobába. Félóra múlva tért vissza. Alex már nem hányt. Ott feküdt a fürdőszoba padlóján, behunyt szemmel, hideg vizes borogatással a fején.

– Nem vagy te véletlenül terhes?

Alex behunyt szemmel rázta meg a fejét. Arra sem volt ereje, hogy elküldje ezt az embert a büdös francba. A műtét előtt még menstruált. Az azt követő „kék nap" idején pedig Sam még csak beszélgetni sem volt hajlandó vele, és a gyerekcsinálás végképp szóba sem jöhetett. Honnan a fenéből veszi hát, hogy ő most terhes? Őt most kemoterápiával kezelik. Hogyan lehet Sam ennyire hülye? Amilyen értelmes ember volt azelőtt, akkora barom lett belőle, amikor előjött ez a rákügy.

Alex nagy nehezen összeszedte minden erejét, és négykézláb elvonszolta magát a telefonig. Az asszisztensnő azonnal kapcsolta Webber doktornőt, aki azt mondta, szomorúan hallja, mi történt, de ez sajnos elég normális reakciónak számít az első kezelés után. Azt tanácsolta, hogy Alex óvatosan eszegessen, de valami kis étel talán még meg is nyugtatja a gyomrát, s hogy akármilyen rosszul érzi magát és akármennyit hány is, a tablettát még ma mindenképpen vegye be. Nem hagyhatja ki. Ajánlott újabb gyógyszert is a hányás ellen, de Alex úgy gondolta, hogy már így is épp elég vegyszer kering a szervezetében, s a hányásgátló gyógyszernek is nyilván megvannak a maga mellékhatásai.

– Köszönöm – mondta rekedt hangon Alex, és visszament hányni, de most pár perc alatt túl volt rajta. Már csak epét hányt. Úgy érezte, hogy egész testét kifordították, mint egy kabátujjat. Örökkévalóságnak tűnt, míg föl tudott öltözni, és elég rossz színben lépett be a konyhába, ahol Sam és Annabella reggelizett. A gyereket Sam öltöztette föl, aztán pedig igyekezett távol tartani őt Alextől.

– Rosszul vagy, mama? – kérdezte Annabella aggódva.

– Egy kicsit. Emlékszel, mondtam, hogy egy gyógyszert kell szednem. Nos, tegnap be is szedtem, és ma rosszul lettem tőle.

– Nagyon rossz orvosság az ilyen – állapította meg Annabella.

– De majd meggyógyulok tőle – mondta Alex határozottan, majd kényszerítette magát, hogy elrágcsáljon egy darabka pirítóst, pedig se teste, se lelke nem kívánta. S közben észrevette, hogy Sam fortyogó dühvel méregeti az újságja mögül. Mert nem elég, hogy ezzel a hányási cirkusszal fölverte álmából, de még nyomja itt a gyereknek ezeket az undorító magyarázatokat is. – Bocs! – szólt oda a férjének, nem valami vidám hangon, és Sam ismét beletemetkezett az újságba.

Alex aztán visszavonult, míg Sam és Annabella el nem indultak az óvodába. Sam több megjegyzést nem is tett erre a reggeli hányásra. De ahogy kiléptek az ajtón, Alexnek megint rohannia kellett a fürdőszobába, és már arra gondolt, hogy be sem megy az irodába. Ült az ágya szélén, és zokogott, s már majdnem fölhívta Lizt, amikor valami megállította. Eszébe jutott, hogy nem adja föl, és nem adja meg magát. Csak azért is elmegy dolgozni, még ha belegebed is.

Arcot-fogat mosott megint, borogatta egy kicsit a homlokát, s aztán nagy elszántsággal fölvette a kabátját, és fogta az irattáskáját. A hallban egy kicsit még le kellett ülnie, és ismét elkezdett háborogni a gyomra, de aztán valahogy

161

eljutott a liftig, s az utcán már jobban érezte magát. Jót tett a hűvös levegő, de a taxi már kevésbé. Nyomorultul érezte magát, amikor az irodához értek, és nagyon kellett sietnie, hogy a bejárattól még idejében eljusson a női mosdóig, ahol megint rátört a görcsös hányás. Borzasztóan nézett ki, amikor benyitott az irodába, ahol éppen Brock és Liz beszélgetett. Sápadt arcszínével szabályosan halálra rémítette őket. Mindketten elkísérték a szobájába, és leplezetlen aggodalommal néztek rá. Alex a végkimerülés határán lerogyott a székére.

– Rosszul érzi magát, Mrs. Parker? – kérdezte ijedten Liz, Brock pedig komor képpel, szótlanul bámult rá.

– Rosszul. Nem embernek való, ami ma reggel összejött. – Behunyta a szemét, ahogy érezte, hogy újabb roham jön, de most nem hagyta, hogy erőt vegyen rajta, és a hányinger valóban el is múlt. Amikor kinyitotta a szemét, már csak Brock állt előtte. Nagyon idegesnek látszott.

– Liz hoz magának egy csésze teát. Nem akar lefeküdni?

– Úgy érzem, akkor soha többé nem tudnék fölkelni – vallotta be őszintén Alex. – De mi volna, ha dolgoznánk egy kicsit? – vetette föl nagy merészen.

– Fog ez most menni magának?

– Ne kérdezzen ilyeneket – mondta Alex mogorván, Brock pedig a fejét ingatva elment az iratokért. Mint mindig, most is ingujjban dolgozott, és szarukeretes szemüvegét, ha nem volt rá szüksége, feltolta a feje tetejére. Ceruzákkal a zsebében, kedvenc tollával a foga közt és egy félméteres iratköteggel a hóna alatt tért vissza. Hozott egy doboz sóspálcikát is.

– Próbálja ki ezt – tette le Alex elé, aztán nekiültek a közös elintéznivalóknak. S munka közben Brock óvatosan oda-odapillantott a főnöknőjére. Alex rettenetesen nézett ki, de a munka mintha egy kicsit jót tett volna neki. Biztos elterelte a figyelmét a szenvedésről. Liz hordta egymás után a teákat, Alex pedig szorgalmasan rágcsálta Brock sóspálcikáit.

– Nem volna jó, ha ebédidőben ledőlne egy kicsit? – vetette föl Brock, de Alex csak a fejét rázta. Nem akarta megtörni a lendületet. Ezer apró részletet kellett tisztába tenniük Alex egyik új ügyében. Csirkés szendvicset rendeltek ebédre. Alex úgy gondolta, hogy ennyi most elég is lesz a jóllakáshoz.

Az étel pontosan egy óra elteltével ismét jelt adott magáról, és Alex halálra vált, amikor megérezte, hogy kezd jönni a torkán fölfelé. Volt egy kis privát fürdőszobája az irodája mellett, ahová rögtön kirohant, anélkül hogy egyetlen szót is szólt volna Brockhoz. Rettenetes hányás tört rá, azután pedig még vagy félórán át görcsösen öklendezett. Brock tehetetlenül hallgatta odakint a hallani is rossz hangokat. Brock egy idő után nem bírta, kiment az irodából, majd hideg vizes ruhával, jégtömlővel és egy kispárnával tért vissza. Minden kopogás vagy figyelmeztetés nélkül egyszerűen benyitott a fürdőszobaajtón, melyet a nő szerencsére elfelejtett bezárni, és Alex hirtelen azt érezte, hogy erős férfikezek karolják át, ahogy ott térdelt, félig a falnak borulva, a vécécsésze fölé görnyedve. Brock egy pillanatra megijedt, hogy Alex talán elájult, de aztán kiderült, hogy mégsem.

– Támaszkodjon rám – mondta Brock nyugodt hangon. – Eressze el magát.

Alex nem ellenkezett. Nem szólt egy szót sem. Túl roszszul érezte magát, és nagyon hálás volt a segítségért, bárhonnan érkezett is. Hátradőlt Brock karjába. A fiatalember a földön ülve tartotta; a parányi helyiségben alig fértek el a hosszú lábukkal, de valahogy mégis megoldották. Brock a jégtömlőt Alex tarkójára tette, a hideg vizes ruhát pedig a homlokára. Alex egy pillanatra kinyitotta a szemét, és Brockra emelte a tekintetét, de hang nem jött ki a száján. Képtelen volt megszólalni.

Brock aztán lehúzta a vécét, lehajtotta az ülőke fedelét, majd egy kis idő múlva lefektette Alexet a kispárnára, és betakarta egy takaróval. Alex végtelen hálát érzett a fiatalember iránt, aki egész idő alatt ott ült mellette, nézte őt, és fogta a kezét. És nem mondott semmit.

Majdnem egy egész óra telt el így, míg Alex újra meg tudott szólalni, igencsak bágyadt hangon. Hullafáradt volt, külön erőfeszítésébe került a beszéd.

- Azt hiszem, most már föl tudok kelni.
- Feküdjön még itt egy kicsit - mondta Brock kedvesen. Aztán jobb ötlete támadt. - Tudja mit, Alex? Kiviszem innen. Ne csináljon semmit, csak engedje el magát.

Alex már elég régóta nem is öklendezett, úgyhogy nyugodtan ki lehetett vinni az irodába. Brock fölnyalábolta hát - a fiatalember elcsodálkozott, hogy milyen „pehelysúlyú" ez a szép szál nő -, és odafektette a szürke bőrkanapéra. Aztán betakarta, s a párnát a feje alá igazgatta. Alexnek roppant jólesett mindez. Kicsit szégyenkezett, hogy így elhagyta magát, de nem bánt már semmit. Egyszerűen hálás volt Brocknak, hogy segített neki.
- Zárja be az ajtót - suttogta. Brock úgy állt ott mellette, mint beteg gyermeke mellett egy édesanya.
- Miért?
- Nem akarom, hogy valaki bejöjjön és így lásson. - Alex ugyanis minden érdeklődő és aggódó kollégát rég megnyugtatott, hogy ő a kemoterápia alatt is éppen úgy fog tudni dolgozni, mint régen, de ez a mostani malőr nem igazán járulna hozzá szavahihetőségének erősítéséhez. Hogy finoman fogalmazzunk...

Brock bezárta hát az ajtót, aztán odaült Alex mellé egy székre. Nem akarta magára hagyni a nőt, bár Alex kezdett valamivel jobban kinézni.
- Ha úgy gondolja, szívesen hazaviszem - mondta Brock, de Alex csak a fejét rázta.
- Maradok.
- Nem aludna egy kicsit?
- Nem. Csak fekszem még pár percig. Maga csak dolgozzon. Mindjárt fölkelek.
- Komolyan mondja?! - Brock hitetlenkedve nézett rá. Máskor is csodálattal szemlélte Alex teljesítményeit, de most... Ez a nő tényleg soha nem adja föl, és soha nem hagyja magát legyőzni. Tapasztalt, öreg harcos...
- Igen - válaszolta Alex. - Dolgozzon csak. És... És nagyon köszönöm, kedves Brock. Nagyon köszönöm. - Suttogva mondta ezt is, mert mindvégig suttogva beszélgettek.
- Ugyan, hagyja csak! Erre valók az ember barátai.

Alexet csak az szomorította el, de nagyon, hogy Sam

képtelen volna ilyesmire. Brock eloltott néhány lámpát, Alex pedig behunyt szemmel feküdt egy darabig, majd úgy félóra elteltével fölkelt, és odaült Brock mellé dolgozni. Kissé gyűröttnek látszott, és a haja is csapzott volt, a hangja pedig rekedtes, de ismét munkaképes állapotba került. Egyikük sem hozta szóba a történteket.

Brocknak még az is eszébe jutott, hogy már fölösleges zárva tartani az ajtót. Liz így akadálytalanul behozhatta a kávét, a teát s némi hideg ételt is, és ennél okosabbat kitalálni sem lehetett volna. Ötkor pedig Brock, kezében az irattáskával, a lifthez kísérte Alexet.

– Fogok magának egy taxit – közölte tárgyilagosan Brock. Alexnek tréfálkozni támadt kedve.

– Magának, úgy látom, az lehetett a kedvenc foglalatossága, hogy öregasszonyokat kísérgetett át a forgalmas utcákon az egyik oldalról a másikra. – S tréfa ide, tréfa oda, e délután barátokká tette őket, és Alex tisztában volt azzal, hogy ezt élete végéig nem fogja elfelejteni. Azt nem tudta, mivel érdemelte ki Brock részéről ezt a törődést és gondoskodást, de rettenetesen meg volt hatódva tőle. – Mondja, nem volt maga kiscserkész? Meg aztán nagy is?

– De bizony voltam. Abban az unalmas Illinoisban mi más választásom lehetett volna? Egyébként mindig is nagy részvéttel voltam az idős hölgyek iránt.

– Hát ezt láttam – vigyorgott gonoszul Alex. Vénséges vén csotrogánynak érezte magát, pedig Brock még így is kifejezetten jó nőnek tartotta.

A taxifogás pár perces elfoglaltság volt, s Brock azt mondta Alexnek, hogy addig üljön le, és várjon az épület előcsarnokában. Alex máris nyitotta a száját, hogy vitatkozzon és ellentmondjon, de Brock nem volt hajlandó vitát nyitni. Egyszerűen otthagyta. Aztán előre kifizette Alex helyett a fuvart, hogy más el ne vihesse a kocsit, amíg ő bemegy a nőért az előcsarnokba.

– Minden elintézve – közölte. Aztán beültette a nőt a hátsó ülésre, és még integetett is a távolodó kocsi után. Alex pedig egyre csak azon csodálkozott, hogy mennyi mindent tett érte ez a fiatalember. S hogy meg tudja-e ő ezt köszönni neki valaha is az életben.

Amikor hazaért Annabellához, már megint mosogatórongynak érezte magát. A gyerek szeretett volna együtt fürödni vele a nagy kádban, de Alex egyáltalán nem kívánta megmutatni neki a műtéti heget. Így aztán magára zárta a fürdőszobaajtót, és egyedül fürdött meg, majd odaült a vacsoraasztalhoz a gyerek mellé, de nem evett egy falatot sem. Azt mondta, hogy majd később eszik. A papával.

A papa este hétkor, épp Annabella ágyba vonulása előtt ért haza, s így még mesélni is tudott a gyereknek. Aztán leültek Alexszel a Carmen által odakészített vacsora mellé, de Alex csak csipegette az ételt. Hiába erőltette az evést, egyszerűen nem ment neki.

– Ma már jobban alakultak a dolgok? – kérdezte Sam olyan aggódó hangsúllyal, amilyennel csak tudta, de Alexnek az volt a határozott érzése, hogy a férje egyáltalán nem óhajtja ezt a témát megtárgyalni vele.

– Jobban. – Alex pedig arról nem óhajtott beszámolni, hogy egy teljes órát töltött a munkahelyi fürdőszobája padlóján, majd félórát feküdt még a kanapén, Brock Stevens jégtömlőjével a tarkóján. – Van egy csomó új ügyem – tette még hozzá, hiszen Sam úgyis ilyeneket szeretett hallani.

– Nekünk is – mosolygott Sam, igyekezvén elfelejteni a vasárnap esti csúnya veszekedést és mindazokat az ocsmányságokat, melyeket egymás fejéhez vagdostak. – Simonnak köszönhetően egész sereg új ügyfelünk lett.

– Nem gondolod, Sam, hogy itt azért valami bűzlik? – kérdezte Alex gyanakodva, mert az ennyire vagyonos új ügyfelek ekkora tömege kicsit már idegesítő volt.

– Nem kell mindenben valami probléma után szaglászni. Nem kell ez az ügyvédi vájkálás – mondta kicsit sértődötten és nem túl udvariasan Sam.

– Foglalkozási ártalom – mosolygott szelíden Alex, pedig megint hányás környékezte, most egyszerűen Sam vacsorájának illatától.

Aztán egyedül rakott rendet a konyhában, de amikor végzett, az a kevés étel, amit az este elfogyasztott, „visszaköszönt". Alex megint a fürdőszoba padlóján kötött ki, iszonyú öklendezési rohamok törtek rá, de most nem sietett segítségére párnával és jégtömlővel egy Brock Stevens.

– Mi bajod van neked? – kérdezte Sam, amikor végül rászánta magát, hogy megnézze a feleségét. A látvány elborzasztotta. – Talán nem is a kemoterápiától van ez. Lehet, hogy vakbélgyulladásod van vagy valami hasonló. – Sam sehogy sem akarta elfogadni, hogy tényleg a kemoterápiától van minden.

– Ez. A. Kemoterápiától. Van. – közölte Alex olyan hangsúllyal, ahogy Az ördögűző című filmben beszélnek, és már fordult is vissza, és hányt tovább. Sam otthagyta, nem bírta nézni sem.

Alex végül nagy nehezen bevonszolta magát az ágyba, félholtan elterült a maga térfelén, míg a másik oldalról bosszúsan méregette Sam.

– Tudom, hogy érzéketlenségnek hangzik, amit mondok. De hogyan lehetséges, hogy odabent az irodában egész nap jól voltál, viszont abban a pillanatban rosszul lettél, amint megláttál engem? Így akarsz részvétet kicsikarni, vagy csak én vagyok rád ilyen hatással? – Sam képtelen volt észrevenni, min ment keresztül Alex egész nap. Alex pedig most már nem akarta elárulni neki, hogy nem mondta meg az igazat a napközben történtekről.

– Hát ez nagyon vicces.

– Nem lehet, hogy ezek csupán érzelmi reakciók, vagy hogy allergiás vagy erre a szerre? – Sam képtelen volt kilépni a tagadás és hitetlenkedés köreiből. Még sohasem látott senkit ilyen görcsösen vagy ilyen gyakran hányni.

– Hidd már el, hogy ez a kemoterápia – ismételte meg Alex. – Kaptam egy tájékoztatót, amely fölsorolja, hogy mire lehet még számítani. Nem óhajtod elolvasni?

– Nem nagyon – vallotta be Sam. – Inkább elhiszem, ha mondod. De hát amikor terhes voltál, ilyesmi egyszer sem fordult elő veled – tette még hozzá, mintegy újabb magyarázatok után kutatva.

– Mert akkor nem voltam rákos, és nem kaptam kemoterápiás kezelést – közölte szárazon Alex, aki még mindig nem heverte ki a legutolsó rohamot. – Ez azért némi különbség. Nem gondolod?

– Szerintem ennek most pszichológiai okai vannak. Komolyan mondom, föl kellene hívnod az orvost.

– Föl is hívtam. Azt mondta, hogy ez sajnálatos, de teljesen normális jelenség.

– Szerintem meg nem normális. – Sam nem értett meg semmit. Görcsösen ragaszkodott a teljes tagadáshoz és tudomásul nem vételhez.

Végül aztán elaludtak, s másnap reggel Alexre megint rátört az émelygés, de most nem hányt. A szokásos módon indultak munkába, és Alex vitte óvodába a gyereket, s ettől egy kicsit jobb hangulata kerekedett. A normális életvitel felé tett legkisebb lépés is nagy győzelemnek tűnt mostanában. Odabent az egész délelőttöt végig tudta dolgozni anélkül, hogy kiborult volna vagy akár csak pihennie kellett volna.

Csak délután jött ki belőle megint az ebédre elfogyasztott pulykás szendvics. Ezúttal is Brockkal dolgoztak, és Alex megint a fürdőszoba padlóján kötött ki, és azt hitte, ezt már nem éli túl. Brock most nem tétovázott, azonnal utánament, és Alex csak azt érezte, hogy miközben ő hány, valaki fogja a vállát és a homlokát. De nem bánta. Sőt, megnyugtató volt, hogy nem kellett egyedül szenvednie. Kicsit szégyellte, hogy ilyen önző, de amikor aztán fektében nekidőlt Brocknak, fölnézett rá, és már azon gondolkodott, hogy miért csinálja ezt ez a fiatalember.

– Magának orvosi pályára kellett volna mennie – vigyorgott rá kínjában. Így szövődnek a barátságok...

– Nem bírom a vér látványát – vallotta be Brock.

– És a hányadékét? Hogy van ez magánál, Brock? Szereti a hányós nőket?

– Imádom őket – nevetett Brock. – Már a középiskolában és az egyetemen is... De itt New Yorkban egy kicsit bonyolultabbak a dolgok, vagy talán nem?

– Maga őrült – suttogta Alex. Még mindig túl gyönge volt ahhoz, hogy mozogjon. – De kezdem megszeretni magát. – Mintha házastársak lettek volna. Nem volt köztük szégyenkezés vagy feszengés, egyszerűen az történt, hogy a nőnek nagy szüksége volt a segítségre, a férfi pedig segített neki, és kész. Alexnek egy pillanatra még az is eszébe jutott, hogy talán az Isten küldte neki a megfelelő embert, épp a megfelelő időben. Aztán Brock szólalt meg, elég komoly hangon, kicsit talán szomorúan is.

– A nővérem is keresztülment ezen.

– Kemoterápián?! – Alex nem akart hinni a fülének. Mintha őelőtte még senki sem járt volna így.

– Igen. Mellrákja volt, akárcsak magának. Sokszor járt közel ahhoz, hogy abbahagyja az egészet. Elsőéves voltam az egyetemen, de hazamentem, hogy ápoljam. Tíz évvel volt idősebb nálam.

– *Volt?!* – Alex rémülten kapta föl a fejét.

– Még most is. Végigcsinálta, túlélte. Maga is végig fogja csinálni. De nem szabad abbahagynia egy percre sem ezt a kemoterápiát, bármilyen gyötrelmes is vagy bármennyire utálja is. Végig *kell* csinálnia!

– Tudom. De halálra kínoz. Hat hónap, jaj! Örökkévalóságnak tűnik.

– Nem lesz az – mondta Brock öregesen. – Csak a halál tart örökké.

– Hadd jöjjön. Komolyan mondom.

– Nem. Nem lazíthat, Alex. Be kell szednie a tablettákat, bármilyen rosszul lesz is tőlük, és folytatnia kell a kezelést. Segítek magának mindvégig, ha akarja. Végigcsináltam a nővéremmel is. Ő aztán nagyon utálta az egészet, az injekciótól pedig egyenesen irtózott.

– Na, azt én sem szeretem. És nem is volt itt semmi baj, míg el nem kezdtem kiokádni a belemet is. De hát így legalább barátokat szerez az ember. – Mosolyogva fölnézett a fiatalemberre, aki vigyorogva nézett vissza rá. Szemüveg nélkül, gyűrött nyakkendővel szőke kisfiúnak látszott, ám szeméből nagy-nagy bölcsesség sugárzott. Brock a maga harminckét évével sokkal többet tapasztalt, mint ahogy Alex sejtette volna. Bölcs öreg lelke volt és jó szíve, és Alex tényleg megszerette őt.

– Na, nem dolgozunk egy kicsit? – kérdezte Alex egy idő múlva, s ahogy Liz behozta a napi postát, meglepetéssel látta őket együtt kijönni a fürdőszobából.

– Helló! – mondta neki Alex lazán. – Éppen értekezletet tartottunk.

Liz nevetett. El nem tudta képzelni, mit csinálhattak ők ketten odabent, de azért viccesnek találta ezt az „értekezletet".

– Ha így folytatjuk, azt fogják hinni rólunk, hogy belőttük magunkat vagy hogy kokaint szívunk – nevetett Alex.

– Vagy szexelünk a fürdőszobában.

– Ennél rosszabb pletykákat is el tudok képzelni – legyintett vidáman Brock, és leült Alexszel szemben az íróasztal másik oldalán. Alex már egész jól nézett ki.

– Hát, én is – mondta eltűnődve Alex. Sammel már két hónapja nem feküdt le, és nem is úgy nézett ki, hogy ilyesmire a közeljövőben sor kerül. De most nem is a szex volt a fontos számára, hanem az életben maradás. Ez volt számára az egyetlen kérdés. Végigdolgozták az egész délutánt, s a munkanap végén, bár ő egyre csak azt hajtogatta, hogy jól érzi magát, Brock megint taxit fogott neki. Pénteken pedig annyira jól volt, hogy Annabellát is ő vitte balettra. Elégedetten nyugtázta, hogy mindent meg tud csinálni, ami igazán fontos. S bár nem volt igazán jó a közérzete, egyáltalán nem kellett kivonnia magát a forgalomból. S már azon kezdett gondolkodni, hogy lehet, de tényleg csak lehet, hogy ő túl fogja élni ezt a szörnyűséget. Hogy a házassága túl fogja-e élni, az már más kérdés volt. Alex úgy látta, nem sok esély van rá.

13. fejezet

Dr. Webber nagyon elégedett volt a következő hétfőn Alexszel.
– Nagyon szépen halad – dicsérte meg. A vérkép jó volt. És most sikerült az intravénás injekciót is két lépésben beadni, előbb a szőlőcukrot és a vizet, majd magát a gyógyszert, s most, hogy Alex már tudta, körülbelül mire számíthat, az egész nem is volt olyan megrázó, mint a múltkor.

Ezúttal is olyan rosszullétek törtek rá, mint az első injekció után, de már ezek sem érték meglepetésként. Brock folytatta az ápolást, Liz pedig úgy vigyázott rá, mint egy őrangyal.

– Most már kezd lelkifurdalásom lenni emiatt – mondta Brocknak a legközelebbi alkalommal, a fürdőszoba padlóján ülve.

– Miért? – nézett értetlenül Brock.

– Mert nem magának csinálják ezt a kemoterápiát, hanem nekem. Miért kell magának is keresztülmennie ezeken a... dolgokon? Maga nem a férjem. Ez az én szerencsétlenségem, s nem a magáé. Maga nem köteles ezt csinálni. – Alex képtelen volt fölfogni, miért olyan kedves hozzá ez a fiatalember. Oka, magyarázata nem volt. Viszont kétségtelenül rengeteget segített neki. Brock volt gyakorlatilag az egyetlen ember, aki a szükségben mellé állt, akire számíthatott.

– Miért ne csinálhatnánk ketten? Együtt... – kérdezte Brock egyszerűen. – Miért akadályozna meg valakit abban, hogy segítsen magának? Ilyesmi bármelyikünkkel előfordulhat. A villám bármelyik percben bármelyikünkbe belevághat. Senki sem érezheti biztonságban magát. S ha én most segítek magának, lehet, hogy egy szép napon valaki nekem fog segíteni, ha úgy alakul a sorsom.

– Én leszek az a valaki – mondta szelíden Alex. – Ott leszek maga mellett, Brock. – És mindketten érezték, hogy Alex ezt komolyan is gondolja.

– Á, igazából csak azért csinálom, hogy fizetésemelést kapjak – tréfálkozott Brock, miközben segített Alexnek föltápászkodni a földről. Már vagy egy órája „heverésztek" ott. Nagyon rosszul indult ez a délelőtt.

– Sejtettem ám, hogy van valami hátsó szándéka! – nevetett jókedvűen Alex. Pedig ezen a héten sokkal fáradtabb volt a kezelés után, mint a múltkor. És két nap múlva, november negyedik csütörtökén, itt a Hálaadás Napja, a nagy, hivatalos és ugyanakkor *családi* jellegű, állami ünnep. Alexet a pulykasütésnek már a puszta gondolata is halálosan kimerítette. – Talán át akarja venni tőlem a munkát! – folytatta Alex a tréfálkozást. – Remek teljesítményt nyújthatna.

– Én inkább megmaradok maga mellett – mondta Brock, és Alex szemébe nézett. Alex egy pillanatig úgy érezte, mintha *valami* volna közöttük. Nem tudta, mi ez, s azt sem, hogy egyáltalán neki tudomást kell-e vennie róla, de mégis zavartan fordította el a tekintetét. Már annyira őszinte és közvetlen viszonyban volt Brockkal, amennyire talán mégsem kellett volna. Talán túlságosan is közel kerültek egymáshoz. Hiszen végül is ő férjes asszony. Ugyanakkor Brock, emlékeztette magát Alex, tíz évvel fiatalabb nála. Kölyök hozzá képest...

– Én is szeretek magával dolgozni, Brock – felelte kedvesen Alex, s most tényleg a társügyvédet látta a fiatalemberben. – Ha éppen le nem hányom magát! – ironizált önmagával. S ez volt az egyik dolog, amit Brock nagyon kedvelt benne. Hogy ki tudta nevetni saját magát is.

– Nagyon igyekszem ám mindig maga mögé kerülni – fejelte meg a poént Brock a bizalmaskodásnak olyan szintjén, ameddig csak azok merészkedhetnek el büntetlenül, akik olyasmin mentek keresztül, mint ők itt együtt.

– Na ne undokoskodjon!

Késő délután még arról beszélgettek, ki mit tervez Hálaadásra. Brock a barátaihoz készült Connecticutba, Alex pedig otthon marad a férjével és a kislányával. Alex még

172

azt is elárulta Brocknak, hogy nem nagyon lelkesedik a reá váró nagy sütés-főzésért.

– De hát miért nem főz akkor a férje? Tud egyáltalán főzni?

– Elég jól, de a Hálaadás előkészületei rám tartoznak. – Aztán Alex bevallott valami olyasmit is, amiről még soha senkinek nem beszélt. – Úgy érzem, bizonyítanom kell neki. Sam borzasztóan mérges e miatt az egész ügy miatt. Néha azt hiszem, egyenesen gyűlöl érte. Muszáj megmutatnom neki, hogy még mindig képes vagyok elvégezni mindazt, amit azelőtt. Mintha semmi sem változott volna.

– Mindez így előadva igencsak fellengzősnek vagy affektálásnak is tűnhetett volna, de Brock szerencsére pontosan értette, miről van szó. Nem úgy, mint Sam.

– Csak átmenetileg változtak meg a dolgok. A férje ezt nem érti meg? Még ha maga nem képes is megcsinálni valamit most, akkor is képes lesz rá majd később.

– A férjem még túl dühös ahhoz, hogy ezt belássa.

– Ez kegyetlenség magával szemben.

– Ne is mondja.

– És a gyerek hogy bírja?

– Egész jól. Nyugtalanítja, ha rám jön a rosszullét, de én igyekszem, amennyire csak lehet, megkímélni és távol tartani mindentől. Nem könnyű ez sem...

– Jó barátokra van szükség, akik átsegítik magát ezen – mondta kedvesen Brock.

– Szerencsére itt van nekem maga – mosolygott rá Alex. A Hálaadás előtti este pedig megölelte fiatal kollégáját, s azt mondta, végtelenül hálás neki mindenért, amit eddig tőle kapott. Együtt ballagtak lefelé, s Alex azon kapta magát, hogy rátört a szomorúság, amikor Brocktól el kellett válnia. Oly őszintén és nyíltan tudott beszélni ezzel az emberrel! Azok a „közös" hányások, bármilyen furcsa, a bizalmasává is tették Brockot, olyan emberré, akire mindig számíthat és akinek beszámolhat az érzéseiről. S most hirtelen nagyon magányosnak érezte magát, hogy négy teljes napig nem fog tudni beszélgetni vele.

S amikor hazaért, ott várta már a pulyka a hűtőben. Végiggondolta, mi mindent is kell megcsinálnia másnap: a tölteléket és a jamgyökeret, a körítéseket, a zöldségeket és a krumplipürét. És Sam mindig is szerette a tököt és a húsos lepényt, Annabella pedig az almatortát. Ő pedig már régebben megígérte, hogy ebben az évben csinál gesztenyepürét és áfonyaszószt is. Alex már attól rosszul lett, ha ebbe az egészbe belegondolt, de tudta, hogy *ebben* az esztendőben végképp nem lazíthat, végképp nem hagyhat ki semmit. Úgy érezte, ettől függ a Sammel való kapcsolata. Vagyis hát attól, hogy be tudja-e bizonyítani, hogy ő még mindig mindent meg tud csinálni.

Samnek szintén szomorú búcsúzásokban volt része a maga irodájában. Daphne az ünnepre Washingtonba utazott a barátaihoz, és Sam magányos, fájó szívvel integetett utána, ahogy kigördült vele a vonat az állomásról. Egyre szorosabban kötődött ehhez a nőhöz, s egyre boldogtalanabbnak érezte magát, ha nem láthatta. Félelemmel töltötte el a gondolat, hogy most négy napig Alexszel lesz összezárva, de aztán arra gondolt, hogy ez hátha jót fog tenni nekik. De ahogy este hazaért, rögtön észrevette, hogy nem lesz könnyű úgy csinálni, mintha itt minden a régi kerékvágásban menne.

Alex az ágyon feküdt, jégtömlővel a fején. Nemrég hányt, ahogy Annabella közölte.

– A mama beteg – mondta a gyerek csöndesen. – De azért lesz sült pulyka?

– Hát persze hogy lesz – nyugtatta meg Sam, aztán ágyba dugta. S amikor a gyerek elaludt, visszament a hálószobába, hogy megnézze, mi van a feleségével. Az asszony elég nyomorult állapotban nyúlt végig az ágyon. – Holnap talán vendéglőbe akarsz menni és elfeledkezni az egész ünnepről? – kérdezte Sam, leplezetlenül vádló hangsúllyal.

– Ne mondj hülyeséget – válaszolta Alex, miközben tényleg nagyon szeretett volna elfeledkezni az egészről, de tudta, hogy ezt nem teheti meg. – Majd jobban leszek.

– Hát nem nézel ki valami jól. – Sam még mindig olyan képzetek között hánykódott, hogy ez csak cirkusz, színlelés vagy talán valami pszichológiai zavar vagy mégis talán komoly és szánni való szenvedés. Egyszerűen nem tudta

174

mire vélni a dolgot. – Hozzak neked valamit? Gyömbérsört? Kólát? Valamit, ami megnyugtatja a gyomrod?

Alex az elmúlt napokban több üveg üdítőt is benyakalt, de semmi sem segített rajta. Egy kis idő múlva fölkelt, és kiment a konyhába, hogy megcsinálja, amit tud. Megterítette másnapra az asztalt, s közben észrevette, hogy minden mozdulat kínszenvedés számára. Teljesen összetörtnek érezte magát. Fájt minden porcikája, s hirtelen nem is tudta, hogy fölszedett valami influenzát vagy csak a kemoterápia újabb mellékhatásai jelentkeznek. A hólyagja is kellemetlenkedett. Amikor lefekvéshez készült, Sam már mélyen aludt. Azt ígérte, reggel majd segít. Alex hullafáradtan zuhant az ágyba.

A vekkert negyed hétre állította be, hogy jó korán be tudja rakni a pulykát a sütőbe. Szép nagy állat volt, az ilyet sokáig kell sütni. Hálaadáskor rendszerint délben költötték el az ünnepi ebédet. De reggel, amikor fölébredt, alig tudott mozogni, és egy órán át csak hányt és öklendezett a fürdőszobában, amilyen csöndben csak tudott.

Mire Annabella fölkelt, már a pulykával foglalatoskodott, s egy kis idő múlva Sam is csatlakozott hozzájuk. Annabella bejelentette, hogy szeretne elmenni a Macy nagyáruház hálaadási karneváljára, s Alexnek nem volt szíve azt mondani, hogy maradjanak csak itthon és segítsenek neki elkészíteni az ebédet.

A gyerek kilenc körül ment el az apjával, Alex pedig igyekezett minden tőle telhetőt megtenni a konyhában. Megcsinálta már a tölteléket, a zöldségeket, a pástétomot szerencsére megvették, de hátravolt még a körítés és a gesztenyepüré.

S ahogy Annabella és Sam kiléptek az ajtón, Alexre olyan hányási roham tört rá, hogy majd megfulladt. Úgy megijedt, hogy majdnem kihívta a mentőket, és hirtelen nagyon hiányzott neki Brock, aki segítene rajta. Először a jégtömlővel próbálkozott, majd beállt a zuhany alá, és ott hányt tovább, remélve, hogy így jobb lesz. Még mindig hálóingben és holtsápadtan kóválygott a lakásban, amikor Sam és a gyerek fél tizenkettőkor megérkeztek.

– Nem öltöztél még föl?! – nézett döbbenten Sam.

175

Alexnek még megfésülködni sem volt ereje, és Sam ezt úgy fogta föl, hogy nem is fárasztotta magát azzal, hogy megpróbálja. De a pulyka ínycsiklandozó illatokat árasztott, és minden más finomság is vagy az asztalon, vagy a tűzhelyen volt már. – Mikor eszünk? – érdeklődött Sam, és bekapcsolta a tévében a meccset. Annabella elvonult a szobájába játszani.

– Egy óra előtt nemigen. Kicsit későn kezdtem sütni a pulykát. – Amilyen rosszul volt délelőtt, az is csoda, hogy egyáltalán hozzá tudott kezdeni.

– Kell valamit segíteni? – kérdezte Sam lazán odavetve, miközben felpakolta a lábát az asztal szélére. A kérdés enyhén szólva is későn jött, de Alex inkább nem szólt semmit. Sikerült mindent megcsinálnia, s ezen alighanem ő maga lepődött meg a legjobban. Samnek fogalma sem volt, hogy ezt milyen iszonyatos küzdelmek árán tudta csak elérni.

Alex aztán elment átöltözni. Fehér ruhát vett fel, és megfésülködött. De a sminkelésre már nem maradt sem ideje, sem energiája. Arca nem sokkal volt színesebb a ruhájánál, amikor végre asztalhoz ültek. Ahogy a pulykát szeletelte, Sam bosszúsan meresztette rá a szemét, a sminket hiányolva. Direkt betegnek akar látszani? Megint sajnáltatni akarja magát? Letört volna talán a keze, ha fölrak egy kis arcfestéket?

Alex nagyon rosszul érezte magát, úgy érezte, mintha ólomból lennének a tagjai, s alig tudott mozogni, ahogy felszolgálta az ebédet.

Sam elmondta a szokásos asztali áldást, Annabella pedig beszámolt az áruházi parádéról. S öt perccel azután, hogy elkezdtek enni, Alexnek szélsebesen ki kellett rohannia a konyhából. A munka, a konyhai hőség és a szagok kavalkádja túl sok volt már neki. Nem bírta tovább. Megpróbálta elfojtani a hányingert, de nem tudta.

– Az isten szerelmére! – ment utána fogvicsorgatva, elfojtott dühvel Sam. – Arra sem vagy képes, hogy legalább ott ülj velünk?!

– Nem – mondta sírva és öklendezve Alex. – Nem tudom visszatartani.

176

– Erőltesd meg magad egy kicsit, az isten áldjon meg! A gyerek mégsem ilyen Hálaadást érdemel! És én sem.

– Hagyd már abba! – ordított rá sírva Alex, olyan hangerővel, hogy odakint Annabella is meghallotta. – Ne csináld ezt velem, te patkány! Én nem tehetek semmiről!

– A francot nem tehetsz! Egész nap hálóingben kóvályogsz, azzal az átkozott, hófehér kísértetpofával, hogy megőrjíts mindenkit. Nem is próbáltál csinálni soha semmit azonkívül, hogy eljársz dolgozni. Nekünk meg itt közszemlére teszed az egészet, és annyiszor okádod össze magad, ahányszor csak kedved tartja.

– Menj te a büdös... – nyögte Alex, és megint rátört a hányás. Igen, lehet, hogy Samnek van igaza. Lehet, hogy ennek tényleg érzelmi okai vannak. Lehet, hogy ő egyszerűen képtelen már elviselni Sam mocskolódását. De bárhogy legyen is, a hányást nem tudta abbahagyni. Csak a desszertnél ült vissza az ebédlőasztalhoz. Szegény Annabella csöndben és szomorúan üldögélt ott.

– Most már jobban érzed magad, mama? – kérdezte cérnahangon, kerekre tágult, nagy szemmel. – Úgy sajnállak, hogy beteg vagy!

Na tessék, gondolta megint Alex. Lehet, hogy tényleg Samnek van igaza. Lehet, hogy ő itt tényleg boldogtalanná tesz mindenkit. Lehet, hogy jobb volna, ha meghalna. Nem tudta, miről hogyan vélekedjék, vagy hogy tulajdonképpen mi történt Sammel. A férfi idegen lett számára. Mindaz, amit korábban jelentett számára, s mindaz a gyöngédség és szeretet, amit az elmúlt években kapott tőle, mostanra már tökéletesen semmivé vált.

– Most már jobban vagyok, kicsikém. Jól érzem magam – mondta Annabellának, tudomást sem véve Samről. Ebéd után pedig leheveredtek a kanapéra, s ő mesét olvasott a gyereknek. A konyhai rendrakást úgy, ahogy volt, Samre hagyta, és Sam elég felbőszültnek látszott, mire végzett a mosogatással. Annabella elment videózni a szobájába, amikor Sam végre otthagyhatta a konyhát, és észrevette Alexet.

– Nagyon köszönöm ezt a szépséges Hálaadást! – vágta

177

oda gúnyosan. – Jövőre ne felejts el szólni, hogy inkább menjek el máshová!

– Legyen máskor is a vendégem! – mondta Alex. Sam egyetlen szóval sem mondott köszönetet azért a rengeteg munkáért, amit Alex még betegen is elvégzett.

– Muszáj volt tönkretenned a gyerek ünnepét?! Nem voltál képes még egy órát sem ott ülni? Csak azért, hogy ő is lássa, milyen beteg vagy?

– Mondd, Sam, mikor lettél te ilyen komplett seggfej? – kérdezte Alex higgadtan, ahogy fölnézett rá. – Tudod, azelőtt sohasem vettem észre, hogy milyen szánalmas alak vagy. Azt hiszem, nagyon lefoglalt a munkám.

– Engem is – mordult oda Sam, és kimért léptekkel elvonult meccset nézni a dolgozószobába. Átélt már ő korábban is ilyen Hálaadásokat. Az anyja egy időben olyan beteg volt, hogy évekig ki se tudott jönni a szobájából, vagy nem tudta megsütni a pulykát. Apja pedig általában részeg volt. Az egyik alkalommal ő haza se ment az iskolából erre a szép családi ünnepre. Az ünnepek nagyon sokat jelentettek számára, mint ahogy az is, hogy Alex minden körülmények között tegyen ki magáért. Ahogy azelőtt mindig. De most ugyanúgy viselkedik, mint annak idején az anyja, és ez csak arra jó, hogy meggyűlölje érte.

A meccs után Sam egyedül ment el otthonról. Nagyot kóborolt a parkban, s amikor késő délután hazaért, Alex és Annabella a déli maradékot eszegették. Alex most jobb színben volt. Miután tönkretette az ünnepi ebédet, most már visszanyerhette a jókedvét, és jobban is érezte magát. Legalábbis Sam így látta.

Annabella még mindig elég levertnek látszott. Megkérdezte Alextől, hogy miért kiabálnak folyton a papával és miért olyan mérgesek egymásra. Alex megnyugtatta, hogy ez nem jelent semmit, a felnőtteknél néha előfordul az ilyesmi, és kész. De Annabella továbbra is csak zavartan pislogott.

Aznap este Sam fektette le Annabellát, s nem mulasztotta el epésen megjegyezni, hogy Alex úgyis túl beteg ahhoz, hogy ő csinálja. Megemlítette még Annabella kérdezősködését is az ő veszekedésükről, de Alex erre sem szólt semmit.

Megpuszilta Annabellát, jó éjszakát kívánt neki, majd az ágyán fekve az egész tönkrement életükről tűnődött. Mennyi keserűség... És elképzelhetetlen volt, hogy valaha is rendbe jönnek még a dolgaik. Aztán meglepő kijelentéssel fogadta a gyerekszobából visszatérő férjét. Belátta ugyanis, jobb, ha belenyugszik, hogy mindennek vége.

– Nem kell itt maradnod, Sam. Nem óhajtalak túszként fogva tartani.

– Ez mit jelentsen? – nézett meghökkenve a férfi, de Alexnek most az villant be, hogy hátha már várta is Sam ezt a bejelentést. Talán nem volt bátorsága kibökni, hogy mit szeretne, inkább megvárta, míg Alex hozakodik elő vele. Az utóbbi időben mintha egyenesen vadászott volna az ürügyekre, hogy megutálhassa a feleségét.

– Ez azt jelenti, hogy te az utóbbi időben végképp boldogtalan lettél, s nem úgy festesz, mint aki szívesen tartózkodik itt. Úgyhogy bármikor elmehetsz, Sam, az ajtó nyitva áll előtted.

Alex még sohasem mondott ki ilyen súlyos szavakat, de úgy érezte, nem hallgathat tovább. S különben is, amin ő az utóbbi két hónapban keresztülment, ahhoz képest a régen „súlyosnak" számító dolgok most semmiségnek látszottak. Most ugyanis az életéért kellett harcolnia. Meg talán a házasságáért.

– Azt mondod, tűnjek el innen? – kérdezte olyan hangsúllyal, hogy Alex nem tudta eldönteni, döbbenet vagy reménykedés van-e mögötte.

– Nem. Én azt mondom, hogy szeretlek, és szeretnék a házastársad maradni, de ha ez a hozzáállás nem kölcsönös, és ha te nem szeretnél a házastársam lenni, akkor bármikor elmehetsz innen.

– Most miért beszélsz így? – kérdezte Sam gyanakodva. Talán tud valamit a felesége? Valaki megsúgott neki valamit? Netán belelát az ember gondolataiba? Vagy már egyenesen Daphne-ről pletykáltak neki?

– Azért beszélek így, mert az a határozott érzésem, hogy utálsz engem.

– Nem utállak – mondta Sam szomorúan. Aztán tétován nézett föl a feleségére. Félt, hogy túl sokat fecseg ki, de érezte azt is, hogy őszintének kell lennie. – Én már egyáltalán nem tudom, hogy mit érzek. Dühít, ami velünk történt. Olyan ez, mintha a villám csapott volna közénk két hónappal ezelőtt, s azóta minden a feje tetejére állt. – Sam nem is tudta, hogy ugyanazokkal a szavakkal jellemezte a helyzetet, mint amelyeket Brock használt a héten a nővéréről szólva. Villám. – Dühös vagyok, szenvedek, kétségbe vagyok esve. Teljesen más vagy, mint azelőtt. Valószínűleg én is teljesen más vagyok számodra. És én ki nem állhatom, hogy az egyetlen téma itt a betegség és a kezelés. – Samet, úgy látszik, nem zavarta, hogy erről szinte sohasem beszéltek, mert már a puszta tény, az igazság tudomásulvétele is meghaladta az erejét. S Alex tudta ezt.

– Azt hiszem, most az anyádra emlékeztetlek – mondta Alex őszintén. – S ez már túl sok számodra. Ezzel már nem tudsz megbirkózni. Valószínűleg attól rettegsz, hogy hamarosan meghalok, és ugyanúgy itt hagylak egyedül, ahogy annak idején az anyád tette veled. – Patakokban folyt a könny a szeméből, de Sam ettől még semmivel sem került közelebb hozzá. – Én is rettegek attól, hogy talán meg kell halnom. De én legalább megteszek minden tőlem telhetőt ennek elkerülésére.

– Lehet, hogy igazad van. Lehet, hogy minden jóval bonyolultabb, mint amilyennek látszik. De én épp azt gondolom, hogy minden sokkal egyszerűbb. Úgy látom, mindketten megváltoztunk. Valami megszakadt közöttünk.

– És? Akkor most mi van?

– Hát ez az, amire még én sem jöttem rá.

– Majd légy szíves tájékoztatni, ha rájössz. Nem akarsz velem együtt elmenni egy orvoshoz? – kérdezte Alex. – Az ilyen megpróbáltatásokat átélő emberek nagy számban keresik föl az orvosokat és a pszichológusokat, és igazán nem a mi házasságunk az első, amely a szakadék szélére került attól, hogy a férj vagy a feleség rákos lett.

– Az istenért, miért kell neked mindent erre kenned? – Samet láthatóan már annak a szónak a puszta elhangzása

180

is idegesítette. – Mi köze van ennek mindahhoz, ami történt?

– Mert ezzel kezdődött minden, Sam. Korábban semmi baj nem volt.

– Nem biztos. Lehet, hogy csak ez hozta felszínre. Lehet, hogy a három éven át naptári előirányzatokhoz és hormonkezeléshez igazított szex, na meg a nagy gyerekcsinálási igyekezet juttatott ide bennünket. – Mindezek a dolgok azelőtt egy cseppet sem zavarták Samet, de hát úgy látszik, itt már minden lehetséges volt.

– Nem volna jó mégiscsak elmenni egy pszichológiai tanácsadásra? – kérdezte ismét Alex, de Sam csak a fejét rázta.

– Nem. Én nem megyek el. – Ő már csak Daphne-hez akart elmenni. Az ígérte számára a lelki gyógyulást, a menekülést, a szabadságot. – Majd megoldom ezt a dolgot én magam, egyedül.

– De az úgy nem megy, Sam. Így egyikünknek sem sikerülhet. Elköltözöl? – Ideges hangsúllyal tette föl a kérdést, mert attól is félt, hogy a férje tényleg elköltözik, de erre a kérdésre szerinte csak „igen" lehetett a válasz.

– Úgy gondolom, ezt nem tehetjük meg Annabellával, különösen a karácsony és az ő születésnapja előtt nem. – Alex csaknem közbekiáltott, hogy „És velem bármit meg lehet tenni?!". De aztán mégsem szólt semmit. – Nekem egyszerűen csak nagyobb szabadságra van szükségem. Járja mindkettőnk a maga útját, anélkül hogy magyarázattal tartozna a másiknak. Térjünk vissza pár hónap múlva erre a témára, mondjuk Annabella születésnapja után.

– És mit mondunk a gyereknek? – Alex le volt sújtva, de igyekezett nem mutatni.

– Ez tőled függ. Amíg mindketten itt lakunk, nem hiszem, hogy bármit is észrevesz.

– Ne legyél ebben olyan biztos. Ma is azt kérdezte tőlem, hogy mostanában miért kiabálunk egymással állandóan. A gyerek tudja, Sam. Ne nézd hülyének.

– Akkor viszont szebben kellene előtte viselkednünk – mondta Sam olyan szemrehányó hangon, hogy Alex legszívesebben szájon vágta volna. Ez már nem az az ember volt, akit ő szeretett és akihez feleségül ment. De Annabella kedvéért neki is igyekeznie kellett fenntartania a látszatot az új körülmények között.

– Azt hiszem, ez nehezebb, mint ahogy elképzeled – nézett át Alex a hálószoba másik végébe, ahol Sam tartózkodott. Tizenhét évi házasság után már egyszerű szobatársakként sem tudtak egymás mellett megmaradni.

– Annyira lesz nehéz, amennyire megnehezítjük magunknak. Mellesleg, az elkövetkező hónapokban rengeteget kell utaznom.

– Elképesztő változásokon ment át, úgy látom, az üzletmeneted – kommentálta a bejelentést Alex. Még örült is, hogy témát válthat, és nem kell a személyes ügyeiket feszegetniük. – Minek köszönhető ez?

– Simon valóban új távlatokat nyitott meg előttünk.

– Én még mindig azt mondom, hogy jobb lesz, ha vigyázol és óvatos leszel vele, Sam. Az elején, nagyon helyesen, még óvatosságra intettek az ösztöneid.

– Én meg úgy látom, hogy te paranoiás vagy, és egyszerűen nem óhajtom megtárgyalni veled ezeket az ügyeket.

– Értem. Most akkor mi lesz? Csak jó reggelt meg jó estét köszönünk egymásnak a hallban? Fogunk-e még együtt vacsorázni?

– Ha úgy jön ki a lépés, igen. Semmi okot nem látok arra, hogy nagyot változtassunk a dolgokon, főként akkor nem, ha Annabellát is érintik. Bár én átköltözöm a vendégszobába.

– És azt hogy fogod megmagyarázni neki? – érdeklődött Alex. Úgy látszott, Sam már mindent kigondolt és előre eltervezett, s ő most szépen mindenbe belemegy. De Alex már egyáltalán nem bízott benne, ugyanúgy, ahogy nem bízott új üzlettársában, Simonban sem. Ő maga fogalmazta meg az üzlettársi szerződés okiratait Simon számára, s egyszerűen nem szerette sem a férfit, sem pedig a különféle kéréseit.

– Majd azzal érvelek, hogy olyan beteg vagy, hogy nem is szabad már zavarni – mondta Sam olyan gúnnyal, mintha arra célozna, hogy Alex csak szimulál. – Ezt a gyerek biztosan meg fogja érteni.

– Hát ez gyönyörű – mondta Alex hűvösen, titkolva minden sértettségét és csalódottságát. – Nagyon érdekes lesz.

– Azt hiszem, egyelőre nincs más megoldás. Ez jó kompromisszum.

– Kompromisszum? Micsoda és micsoda között? Aközött, hogy ocsmányul cserbenhagytál, mert elveszítettem az egyik mellemet, és aközött, hogy kitaszítasz, mert eleged van belőlem? Miféle kompromisszumra gondolsz? Egyáltalán milyen erőfeszítéseket tettél te azóta, hogy mindez bekövetkezett? – Alex mérges volt megint és sértődött, és egyébként is nyomasztották a történtek. Sam jól mondta. Olyan ez, mintha bevágott volna a villám, s Alex már tudta, hogy ezek a sebek többé sohasem gyógyulnak be.

– Kár, hogy te így látod. De legalább igyekezni fogunk, Annabella kedvéért.

– Nem „igyekvés" ez, Sam – helyesbített Alex. – Hanem becsapás. Eltitkoljuk a gyerek előtt az igazságot. Mit gondolsz, kit tudsz még hülyíteni, Sam? Hisz ennek a házasságnak vége!

– Én nem akarok elválni tőled – jelentette ki leereszkedően Sam, és Alexnek megint kedve lett volna fölkelni és jól szájon vágni.

– Ez kedves tőled. De miért nem? Úgy véled, rondán venné ki magát? Szegény Alexnek levágták a mellét, ezért aztán te nem hurcolkodhatsz csak úgy el és nem válhatsz el tőle? Ki kell várni a látszat kedvéért pár hónapot? Tulajdonképpen végigvárhatnád a kemoterápia hat hónapját, s akkor mindenki azt hinné, hogy te hősiesen kitartottál mellettem! A jóisten áldjon már meg, Sam, itt úgyis kilóg a lóláb. Te vagy a legnagyobb szélhámos a városban, de én szarok rá, hogy ki elől mit titkolsz el! Én úgyis tudom. És te is tudod. Ennyi elég. Menj a francba, és csinálj, amit akarsz. Befejeztük.

– Miért vagy ebben ilyen biztos? Bárcsak én is az lehetnék – mondta őszintén Sam. Szeretett volna szabad lenni, de lélekben még nem volt felkészülve Alex elhagyására. Szerette volna kötelezettségek nélkül nyitva hagyni az összes választási lehetőséget. Mindent akart. Daphne-t is meg azt is, hogy visszajöhessen Alexhez, mondjuk egy év múlva. Alextől nem akart mindörökre elválni.

– Te győztél meg, azért vagyok ebben ilyen biztos – válaszolta precízen. – A mellamputációm óta tökéletesen hitvány és szar alakként viselkedsz. Az egyetlen mentség, amit találhatok számodra, az az, hogy magad sem tudod feldolgozni a történteket. Csakhogy tudod, mi a baj? Az, hogy túl régóta van ez így. Belefáradtam, hogy mentségeket keresgéljek számodra. Hogy ő lelkileg kimerült... hogy ki van borulva szegény... hogy ez túl nagy megterhelés számára... hogy az anyjára emlékezteti... hogy képtelen fölfogni... hogy ez túl félelmetes számára... és így tovább. Te egyetlen nagy, szánalmas mentegetőzés vagy, Sam. Nem ember. – Alex megint elsírta magát, de folyt a könny a férje szeméből is.

– Sajnálom, Alex – fordított hátat Sam, míg Alex csendesen sírdogált. Micsoda szörnyűségek sorozata lett az életük azóta, hogy fölfedezték azt a sötét foltot a röntgenképen. Minden elromlott, de valamit azért kezdeni kéne vele. – Sajnálom – szólt oda még egyszer, de nem ment közelebb a feleségéhez, és nem is próbálta vigasztalni. Egyszerűen képtelen volt rá.

Kiment a szobából, s a dolgozószobában tett-vett. Félóra múlva pedig Alex hallotta, hogy csukódik a bejárati ajtó. Sam el sem köszönt. Kiment az utcára, és órákon át csak ődöngött. Elsétált a folyóig, aztán délre fordult, végül ott találta magát az Ötvenharmadik utcában. Tisztában volt azzal, mit akar, s azon töprengett, hogy pontosan azért tette-e tönkre a házasságát, hogy azt a valamit megkaphassa. De túl késő volt már ezen töprengeni. Megtette, amit kellett vagy amit akart. Késő volt már a részleteket elemezgetni, és Sam csupán azt sajnálta, hogy kénytelen volt megbántani a feleségét. Igaz, a felesége is megsértette őt, bár ez nem az ő bűne. Samnek furcsa módon az volt az érzése, hogy Alex megcsalta őt.

Megállt egy telefonfülkénél a Második utca sarkán, és tudta, hogy értelmetlenség, amit csinál. Daphne az ünnepekre elutazott Washingtonba. Mégis föl akarta hívni,

184

hogy legalább az üzenetrögzítőjéről hallja a hangját, s hogy üzenetet hagyjon neki és elmondja, hogy szereti őt.

A második kicsöngésre Daphne vette föl a kagylót, és Sam egy pillanatra megnémult a meglepetéstől.

– Daphne?

– Igen – a nő hangja érzéki volt és álmos. – Kivel beszélek?

– Én vagyok. Mit csinálsz itt? Azt hittem, Washingtonba mentél az ünnepekre.

A nő felnevetett, és Sam szinte látta maga előtt, ahogy lustán nyújtózkodik egyet az ágyon. A telefonfülkét jeges huzat járta át.

– El is mentem. Nagy lakomát rendeztünk, aztán elmentünk korcsolyázni, aztán ma este hazarepültem. Tegnap mindenki ment a maga útjára. Nem volt igazi víkend. Honnan beszélsz?

Alex kemoterápiájának kezdete óta Sam még egyszer sem telefonált neki éjszaka, és Daphne is csak elvétve hívta föl őt. Sam végül is nős volt, Daphne pedig *nagyon* óvatos. Elég eszes is volt ahhoz, hogy így viselkedjen, és hát tekintettel volt Sam helyzetére.

– Hogy honnan beszélek? – nevetett föl kajánul Sam. – Épp most fagy be a seggem egy telefonfülkében az Ötvenharmadik és a Második utca sarkán. Már órák óta csavargok, és csak a hangodat akartam hallani.

– Mi az istent csinálsz ott? Miért nem ugrasz föl legalább egy csésze teára? Ígérem, nem haraplak meg!

– Ehhez ragaszkodni is fogok, hisz tudod. – Hirtelen nagyon nyomorultnak és összetörtnek érezte magát, és kiszaladt a száján: – Hiányoztál.

– Te is hiányoztál nekem – mondta a nő suttogva és talán minden eddiginél csábítóbban. – Milyen volt az ünnep?

– Rémes. Nem is akarok beszélni róla. Alex rosszul érezte magát. Nehéz volt mindenkivel, főként Annabellával... Nem is tudom... Ma este sokáig beszélgettünk. Majd elmondom. – Daphne már ennyiből is megérezte, hogy valami történt. Sam hirtelen felszabadultnak és sokkal nyitottabbnak tűnt. A hangja szomorúan és fáradtan csengett, de nem bujkált benne annyi idegesség és feszültség.

– Gyere föl, mielőtt odafagysz.
– Megyek.

A nő alig egy saroknyira lakott, Sam futva tette meg az utat odáig. Ekkor tudatosult benne, hogy ez az egyetlen hely a világon, ahová ő kívánkozott. Az egyetlen hely, ahova el akart jutni, mióta Daphne-vel megismerkedett. Ezzel az oly egészséges és fiatal, gyönyörű és tökéletes nővel.

Megnyomta a kapucsengőt, a lány kinyitotta a kaput, s ő máris rohanhatott fölfelé, kettesével-hármasával szedve a lépcsőket, mint egy kamasz. Végül ott állt Daphne előtt, aki az ajtóban várta. Dús fekete haja eltakarta az egyik mellét, s fedetlenül hagyta a másikat. Daphne fehér, madeirás hálóinge ugyanis teljesen átlátszó volt. Samet gyönyörködtette a látvány, meg is torpant egy pillanatra, aztán egyetlen szó nélkül odament a nőhöz, átkarolta, gyengéden betolta a lakásba, és becsukta maga mögött az ajtót.

A lakás barátságos volt és meleg. Sam percnyi késlekedés nélkül lehúzta a nőről a hálóinget, a háta mögé csapta selymes, sötét hajzuhatagát, és csak állt ott és áhítattal bámulta a csodát, a tökéletes mellet, a karcsú derekat, a hosszú, kecses lábat és azt a finom kis helyet, ahol a combok találkoznak.

– Úristen!… – Sam csak ennyit tudott kinyögni. A hálószobában egyetlen, halvány kis lámpa égett. Daphne Angliából magával hozta a toll derékaljat is… Sam erre fektette most a nőt, aki minden képzeletet felülmúlóan szép volt, minden várakozást felülmúlóan érzéki és minden sejtést felülmúlóan tapasztalt. Többször is a teljes eksztázisba hajszolta a férfit, s míg felvirradt a reggel, vagy fél tucatszor volt alkalma megérezni testében azokat a lüktető kisüléseket. Samnek ilyen csodálatos éjszakája még sohasem volt az életben. Begyújtott a kandallóba, s ott szeretkezett a nővel a lángok előtt a padlón, aztán ismét az ágyban s végül a fürdőkádban. Szeretkeztek, amikor világosodni kezdett, s akkor is, amikor már kivilágosodott, majd újra, amikor dél körül fölébredtek. Sam hitetlenkedve tekintett magára, hogy ennyiszer képes megkívánni a nőt, és képes megcsinálni is vele mindent, amit csak akar. Végül Daphne selymes ajka megindult lefelé, végig Sam hasán, egész a combokig, míg végül rátalált arra, amit keresett. Sam felnyögött, kétségbeesetten próbált tiltakozni, de ezúttal Daphne a szájában érezhette meg a Sam egész testét megrázó, viharos kisülést.

– Ó, istenem… Daphne…! Te megölsz engem, a halálomat akarod – lihegte Sam boldogan. – De micsoda szép halál! – Átölelte a nőt, és megállt számára az idő, és nem akarta elhinni, hogy neki ilyen boldogságban lehet része. Hónapok óta vártak erre az alkalomra, de Sam nem tudta rászánni magát addig, míg meg nem szabadult Alextől. De most teljesen szabadnak érezte magát. És csak egyetlen nő volt az egész világon, akit kívánt. Daphne.

– Szeretlek! – suttogta Daphne fülébe, ahogy a nő ismét álomba szenderedett a karjában, hátat fordítva neki, szép kerek fenekét Sam ölébe nyomva, de Sam most már tényleg eltelt a gyönyörökkel.

– Én is szeretlek – súgta még mosolyogva a nő. Nagyon megérte ez a férfi a várakozást. Daphne mindig is sejtette, hogy így lesz. Sam aztán két tenyerébe igazgatta Daphne mellét, s nagy-nagy boldogságán ábrándozva lassanként álomba merült, nagyon igyekezve nem gondolni Alexre.

14. fejezet

Ha más okból nem is, hát merő udvariasságból Sam péntek délután hazatelefonált. Közölte Alexszel, hogy a hétvégén már nem megy haza. Nem mondta, hol tartózkodik, és Alex sem kérdezett semmit. Sam hozzátette, hogy majd jelentkezik még, aztán beszélt Annabellával, hogy mennyire hiányzik neki az ő kicsi lánya. Eltűnődött, hogy Alex vajon tudja-e, hol lehet ő, vagy miért ment el otthonról, de aztán jobbnak látta nem töprengeni ezen. A telefonálás után Daphne-vel elmentek bevásárolni; vettek vagy fél tucat inget, néhány farmert, kordnadrágot, egy csomó zoknit, gatyát, trikót meg egy pulóvert, az illatszerosztályon pedig borotvát és férfi piperecikkeket. Sam nem kívánkozott még haza, és nem akarta látni a családját. Egyetlen kívánsága volt: a világtól elvonulva kettesben maradni Daphne-vel.

Ő főzte a vacsorát aznap este, s Daphne úgy csinált, mintha segítene neki – csak éppen anyaszült meztelenül lófrált a konyhában. Az lett a vége, hogy Sam majdnem odaégette a kaját. Betették a mikróba, aztán az ágyban megfeledkeztek róla. Éjfélkor Daphne készített egy rántottát. De a legtöbb időt egymás testének és titkos kívánságainak felfedezésével töltötték. Sokat beszélgettek az éjszakában, aztán pattogatott kukoricát csináltak és izgalmas, régi filmeket néztek, de az egyiknél lemaradtak arról, hogy ki volt a gyilkos, mert épp a „The End"-nél hagyták abba az újabb szeretkezést.

Ismét szenzációs éjszakát töltöttek egymás karjában, és szombat reggelre már úgy érezték, mintha mindig is egymás szeretői lettek volna. Sam egyetlen dolgot akart. Daphne-vel maradni és vele élni le az életét.

– Mit akarsz csinálni ma? – kérdezte a nőt, ahogy ott nyújtózkodtak az ágyon. Eszébe jutott persze az egész napos szeretkezés is, mint program, de úgy gondolta, hogy

188

esetleg csinálhatnának még valami mást is. Legalább kísérletet tehetnének rá.

– Tudsz korcsolyázni? – kérdezte Daphne.

– Benne voltam a Harvard jéghoki-válogatottjában – húzta ki magát büszkén Sam.

– Elmenjünk?

Olyan volt ez az egész, mintha most kezdődne újra az élet. Daphne annyira fiatal és annyira eleven volt, megkötöttségek és kötelezettségek nélkül. Elmentek hát a Central Parkba, és Sam meglepődött, hogy Daphne milyen jól korcsolyázik. Táncoltak, piruetteztek, és különféle hurokfigurákat kanyarítottak egymás köré. Daphne nagyokat szökellt, és Sam ámulva nézte. Aztán megebédeltek egy tavernában, de kettőkor már megint otthon voltak, s úgy érezték, mintha ezer éve nem lettek volna kettesben.

– Mi legyen a munkámmal? – kérdezte Sam fél ötkor, a második szeretkezés után. – Nem vagyok biztos abban, hogy képes leszek hosszú ideig távol maradni tőled, felkelni és elmenni dolgozni. – Arról nem is beszélve, tette hozzá magában, hogy Alexnek azt mondta, két hónapig még otthon fog lakni, aztán majd januárban, Annabella születésnapja után ismét megtárgyalják kettejük kapcsolatát. De ez még azelőtt történt, hogy lefeküdt volna Daphnevel. Azóta viszont minden megváltozott. Sam mégis úgy gondolta, hogy tartania kell magát a megállapodáshoz. Előző nap az egész helyzetet előadta Daphne-nek, aki úgy találta, hogy tényleg ez lesz a jó megoldás.

– Mert hát borzasztó nehezen viselné el a kislányod, ha minden átmenet nélkül csak úgy eltűnnél, főként karácsony előtt – magyarázta megértően Daphne. Sam örült, hogy a nő így látja a dolgokat. Ez az ő helyzetét is megkönnyítette. Igaz, Daphne mindig is nagyon türelmes és megértő volt hozzá, az első perctől kezdve.

– Nem várhatom el tőled, hogy őhozzá igazodj – mondta Sam.

– Csak lassan a testtel, drágám, lassan – felelte erre Daphne, majd ismertette, milyen szexuális tortúrát eszelt ki számára. A családokról való elmélkedésnek azonnal vége is lett. Később viszont Daphne bejelentette, hogy karácsonykor elviszi a fiát egy hétre Svájcba, síelni. Samnek így legalább nem kellett azon tépelődnie, kivel töltse a karácsonyi ünnepeket. Azt mondta, várni fogja Daphne-t, ha a fia visszamegy az apjához. Megbeszélték, hogy pár napot eltöltenek Párizsban, aztán egy teljes hetet Gstaad szigetén.

Ez a hétvége a tervezgetésé, a barátkozásé és egy sosem látott szerelem kialakulásáé lett – de valószínűleg csupán azért, mert Sam nagyon igyekezett elfelejteni Alexet.

És Alex is igyekezett elfelejteni őt. Nyugodt hétvégéje volt Annabellával, s mindent megtett, hogy lekösse a gyerek energiáit. Még mindig rosszul érezte magát, de már nem hányt olyan gyakran. Liz érdeklődött az állapota felől, és mások is, akik hallották a szóbeszédeket. De Alex nem kívánt találkozni senkivel, és egyre csak azon tűnődött, hol lehet Sam, vajon egyedül van-e, vagy csak el akart bujdokolni. Annabella, úgy látszik, elhitte, hogy a papának hivatalos ügyben el kellett utaznia, még a Hálaadás ünnepén is.

Sam vasárnap este sem ment haza, bár eredetileg úgy tervezte. Alexet nem zavarta a dolog. Kicsit szomorú volt, de nem bánta, hogy így alakult. Sam néhányszor fölhívta Annabellát, de Alex nem beszélt vele. Egyszerűen átnyújtotta a kagylót a gyereknek, és megpróbált minél kevesebbet gondolni a férjére. Igazi megkönnyebbülés volt számára, amikor végre eljött a hétfő, s ő visszamehetett dolgozni, igyekezvén elfelejteni minden búját-baját.

Annabellát beadta az óvodába, s az irodájában máris jobban érezte magát. Az ünnepek után mindenki kipihentnek és vidámabbnak látszott. Még Alex is, pedig neki aztán igazán nem volt valami fényes hétvégéje.

– Na, hogy alakultak az ünnepek? – kérdezte Brock, amikor délután megint együtt dolgoztak. Neki bomba jól, tele volt kék-zöld foltokkal, ugyanis, magyarázta, focizott a haverjaival Connecticutban.

– Őszinte legyek? – mosolygott óvatosan a kérdésen Alex. – Szarul. Azt hiszem, Sam és én végre beláttuk, hogy ez így nem működik tovább. Vége a dalnak. Én kutya rosszul voltam Hálaadáskor, ő pedig teljesen megőrült. Én még mindig azt hiszem, hogy őt ez az egész arra emlékezteti, amikor az anyja haldoklott, majd halálával az egész családot magával rántotta a tragédiába. Csakhogy Sam ezt nem meri beismerni. Egyszerűen elkezd őrjöngeni és olyankor úgy viselkedik, mint egy állat. Így aztán abban maradtunk, hogy mindenki megy a maga útjára, bár egy fedél alatt élünk, ami szép kis kalandnak ígérkezik. Nincs erőm ezt a kérdést megvitatni. Körülbelül két hónap múlva, Annabella születésnapja után majd visszatérünk a tisztáznivalókra.

– Ez elég civilizált megoldásnak tűnik.

– Talán az – mondta Alex szomorúan. – De elég szánalmas is. Hihetetlen, hogy két ember mit meg nem tud tenni egymásért, ha igazán törekszenek rá. Sose hittem volna, hogy mindez megtörténhet velünk, de már látom, hogy az élet tele van meglepetésekkel. – Alex fáradtnak, öregnek és egyébként is alkalmatlannak érezte magát ahhoz, hogy harcoljon. Egyszerűen kedve sem volt hozzá. Bár az elkövetkező két hétben sokkal jobban érezte magát, mint azelőtt. A kezelési tervnek megfelelően most szünetet tartott a tabletták szedésében, s a legközelebbi intravénás injekció is csak karácsony előtt két héttel válik majd esedékessé.

De amikor ismét elkezdte szedni a tablettákat, ugyanolyan beteg lett tőlük, mint az első alkalommal. S ez most azért is rettenetesen nyomasztotta, mert ezer baja mellé újabb gondot szakasztott a nyakába: nem vásárolt még semmiféle karácsonyi ajándékot, és rádöbbent, hogy nem is fog tudni elmenni bevásárolni. Ott volt az asztalán a Schwarz nagyáruház katalógusa, néhány cikket be is karikázott benne, de arra már nem volt ereje, hogy ruhákat és apró ajándékokat vásároljon Annabellának, Samnek s pláne a barátainak és kollégáinak.

– Nagyon szarul érzem magam – mondta keresetlenül Brocknak, miközben ott hevert az irodai kanapén. Brock sokszor látta mostanában főnöknőjét ebben a pózban, és nemegyszer úgy dolgoztak, hogy Brock ült az íróasztalnál, Alex pedig feküdt a kanapén, és így értékelgette a hallott információkat.

– Mit tehetek magáért? – kérdezte együttérzően Sam. – Ne menjek el bevásárolni maga helyett?

– Mióta van magának ilyesmire ideje, Brock? – nézett csodálkozva Alex, hiszen ki sem látszottak az új ügyekből. Egypárat így is át kellett passzolni Matthew-nak, és a maradék adott bővcn clfoglaltságot.

– Elmehetek estefelé. Az üzletek most későn zárnak. Adja csak ide nekem azt a bevásárlócédulát! – Alexnek azonban ezúttal válaszolni sem volt ideje. Rohant a fürdőszobába, hányt kegyetlenül, és csak jó félóra múlva térhetett vissza és tudott ismét társalogni.

És a következő héten jött az újabb injekció, amely még jobban legyöngítette. Már csak egy hét maradt karácsonyig, és Alex nem vásárolt még egyetlen ajándékot sem. De akkorra Liz és Brock már kézbe vették a dolgokat. Alex annyira rosszul volt, hogy egy napot otthon kellett maradnia, és Liz kénytelen volt elmenni hozzá a bevásárlócéduláért. Lizt elszomorította Alex állapota. Alex éppen sírt, amikor beállított hozzá. A fürdőszobatükör előtt állt, és folytak a könnyei. Csomókban jött ki a haja, s amikor Liz becsöngetett, egy marék hajjal a kezében ment ajtót nyitni.

– Nézze, mi történik velem! – zokogta. Tudta, hogy számítania kell erre, de még arra sem volt ideje, hogy beszerezze a Webber doktornő által ajánlott parókákat. A mai délelőttöt nagyrészt hányással töltötte, aztán a tükör előtt fölfedezte, hogy csomókban hullik a haja.

– Én ezt nem bírom ki! – zokogta. Liz átkarolta és próbálta vigasztalni. – Miért történik ez velem? Pont velem?! Ez nem igazságos! – Úgy bőgött, mint egy gyerek, és Liz most örült, hogy ezúttal ő jött ide, nem Brock. Az ifjú kolléga ugyanis valósággal rajongott Alexért, és megszakadt volna a szíve, ha ebben az állapotban látja.

Liz bekísérte a nappaliba. Alex közben kidobta a hajat, és csak zokogott tovább. Szörnyen nézett ki, arca holtsápadt volt, szeme vörös, arca érthetetlen módon felpuffadt, és az egész nő valahogy megváltozott. Még ebben az állapotban is maradt benne valami szépség, de nagyon elesettnek és nagyon boldogtalannak látszott.

– Nem szabad elhagynia magát! – emlékeztette határozott hangon Liz, aki el volt szánva, hogy nem engedi Alexet elmerülni az önsajnálatba.

– Nem hagytam el magam! – kiáltotta sírva Alex. – És mit értem el vele?! Sam itthagyott, s azóta nem is láttam. Éjfélkor állít haza, ha egyáltalán erre jár, a vendégszobában lakik, mint valami idegen, s legföljebb a gyerekkel áll szóba. Annabella rettegve bámul rám, és azt lesi, mikor hullik már ki a hajam. Szerencsétlen gyerek négyéves sincs még, és egy szörnyeteg az anyja...

– Ebből elég volt! – csattant föl Liz, és ez a hang meglepte Alexet. – Ezer dolog van, Alex, aminek maga még így is örülhet, és ez az állapot nem tart örökké. Már csak öt hónap van hátra, s ha szerencséje lesz, végképp megszabadul mindentől. És ha Sam a veszteséglistára óhajt feliratkozni, akkor le van szarva, menjen a fenébe! Magának, Alex, most saját magára és a gyerekére kell gondolnia, semmi és senki másra. Fölfogta ezt? – Liz szúrós szemmel nézett rá, és Alex némán bólintott. Aztán kifújta az orrát. Tényleg meglepte ennek az idősebb hölgynek a szigorúsága, aki azonban pontosan tudta, mit beszél. Hiszen ő is keresztülment mindenen. Az ő férje segítőkészebb volt, mint Sam, de az élethalálharcot neki magának kellett megvívnia, s erről már épp eleget mesélt Alexnek.

– A kemoterápia komisz dolog, a mellamputáció is szörnyűség, de még így sem szabad föladni! A haja újból ki fog nőni, és elmúlnak ezek a hányási rohamok is. Tessék messzebb tekinteni ezeknél. Gondoljon arra, amit a hátralévő öt hónapban kell csinálnia. Arra koncentráljon, ne a mai kellemetlenségekre. Tekintse önmagát afféle végcélnak – tanácsolta igen bölcsen a titkárnő.

– Az volna a legszebb, ha többé nem kellene hánynom.

– Meg fogja szokni ezt is. Tudom, ez borzasztóan hangzik, de hát ez az igazság. És még ezt is kézben tudja tartani úgy-ahogy az ember.

– Tudom. Néha ott találom magam a fürdőszobában a földön, és ez már nem is ér meglepetésként. – Aztán megint kerekre tágult a szeme a rémülettől. – De ez a megkopaszodás igen! Tudom, hogy számíthattam rá, de mégsem akartam elhinni, hogy tényleg bekövetkezik!

– Vett már parókát?

– Nem volt még rá időm – válaszolta Alex szomorúan és kissé ostobán.

– Na, akkor majd én veszek egyet. Szép vöröset, amilyen a maga haja is. – Liz megveregette a vállát. – És most lássuk azt a karácsonyi bevásárlócédulát! Én ma megveszem mindazt, amit még tudok, ami pedig marad, azon este megosztozunk Brockkal, és meglátjuk, hogy el tudunk-e intézni mindent. Szerintem én meg tudok csinálni magának mindent a hét végén.

Carmen pedig már korábban megígérte, hogy késő estig marad, és segít becsomagolni az ajándékokat. Fantasztikus volt ez a három ember. Ki gondolta volna három hónappal ezelőtt, hogy Alex életében a három legfontosabb ember a bejárónője, a titkárnője és a munkahelyi beosztottja lesz? Mintha az isten küldte volna őket. És Alex tényleg nem boldogult volna nélkülük.

Alex azt sem hitte volna, hogy Sam valaha is elhagyja őt. Most pedig már alig járt haza, a feleségét nagy ívben elkerülte, és végképp nem tudott mit kezdeni az új helyzettel. Alex ahányszor csak látta, mindig jól öltözött volt, és nagyon sietett valahová.

Liz és Brock késő este értek vissza egy halom szebbnél szebb holmival. Alex még korábban betelefonált az irodába Brocknak, hogy Liznek is vegyen valamit, méghozzá egy igen elegáns retikült a leghíresebb üzletek valamelyikében. Brock egy álomszép, fekete kígyóbőr táskával állított be, s mindketten arra a következtetésre jutottak, hogy ez tetszeni fog a titkárnőnek. Liz is nagyszerű dolgokat vásárolt, s miután késő este elment, Brock még ott maradt Alexnél egy csésze teára. A konyhában ültek le.

– Nagyon köszönök mindent – mondta Alex. – De úgy érzem, csak terhére vagyok mindenkinek. – Igaz, úgysem volt más választása, és ezt be is látta. Kénytelen volt belenyugodni.

– Nem olyan nagy ügy ez – mondta csendesen Brock. – Segíteni egy barátnak a karácsonyi ajándékvásárlásban mégsem akkora tett, mint megmászni a Kilimandzsárót. De ha akarja, megmászom én magának azt is. De azért elmulasztott engem egy apró mozzanatra figyelmeztetni.

Brock szelíden mosolygott. Nagyon jó ember volt, nagyon jó barát, és nagyon sokat jelentett Alex számára. Alexnek jót tett az egynapos otthon maradás, már nem érezte olyan rozogának magát. A haja hullása viszont megviselte lelkileg. Most egy Hermés-sálat tekert a fejére, amikor a kollégáit várta, Liz pedig előre figyelmeztette Brockot, hogy miről van szó. Liz elment ugyan parókát venni, de nem talált egyetlen normálisat sem, és Alex azt mondta, hogy akkor majd megpróbálja ő, másnap. Addig jó lesz a sál is.

– Egyedül van most? – kérdezte Brock, óvatosan célozva Samre, de Alex megértette. Megvonta a vállát.

– Általában. – Az utóbbi három hétben Sam sokat utazott, és alig járt otthon. Alex csak egyszer-kétszer látta. – Kezdek ehhez is hozzászokni. Azt hiszem, Annabellának ez nehéz lehet még, bár ő többet látja a férjemet, mint én.

Brock rájött, hogy rázós karácsony vár Alexre, hiszen a házassága tönkrement, egészsége megrendült. Nagyon sajnálta ezt a szerencsétlen nőt, és nagyon szeretett volna valamit javítani a helyzetén. Korábban azt tervezte, hogy karácsony és szilveszter között elmegy Vermontba síelni, s most azon tűnődött, mi volna, ha itthon maradna és fölajánlaná a társaságát Alexnek, de nem volt benne biztos, hogy a nő el is fogadná. Aztán jobb ötlete támadt.

– Talán furcsán hangzik, amit most mondok, de nem volna kedve eljönni velem karácsony és újév között Vermontba? – Mindketten ismerték a kemoterápia menetrendjét, s így nem volt nehéz kiszámítani, hogy Alex épp a legjobb fázisban lesz, mert nem kell szednie a tablettát, és nem kap injekciót sem. – Elhozhatná Annabellát is. Van ott egy ház, melyet minden évben kibérelek a barátaimtól Sugarbushban. Falusias házikó, de nagyon kényelmes. Maga elüldögélhet naphosszat a kandalló mellett, én meg elvinném Annabellát egy sítanfolyamra.

– Azt hiszem, Sam magával viszi a gyereket, még mielőtt elmenne Európába. Ha nem tévedek, Disneylandbe készül vele. – De Alex sehogy se tudta elképzelni, hogy ő elmenjen Brockkal Vermontba, bármilyen szimpatikus volt is a fiatalember és bármilyen jól ismerték is egymást. Brocknak nem volt nehéz észrevennie az eltanácstalanodást.

– Azért gondolja csak meg. Itt nagyon magányosnak fogja érezni magát.

– Jó, majd gondolkozom rajta – ígérte, de azért nem gondolta komolyan.

Brock maradt még egy kicsit, aztán eltávozott, Alex pedig azon tűnődött az ágyban, hogy milyen nagyszerű barátai is vannak, s hogy e tekintetben milyen boldog és szerencsés ember is ő. Másnap reggel pedig meglepően jól érezte magát. Egészen addig, míg bele nem nézett a tükörbe, és meg nem látta, hogy újabb tömeg haja hullott ki az éjjel. Észrevette, hogy itt-ott már kilátszik a csupasz fejbőre. Ettől megint elsírta magát. Most már tényleg elveszített mindent. Végképp nem érezte nőnek magát, csak valami tárgynak, egy szép lassan széteső, darabokra hulló testnek. Gyorsan visszatekerte a fejére a sálat, nehogy Annabella így találja, aztán elindult a konyhába reggelit készíteni. Legnagyobb megdöbbenésére Sam ült ott a gyerekkel, és már javában kanalazták a müzlit.

– Nagyon csinos vagy, mama! – rikkantotta Annabella, elámulva anyja sötétzöld ruháján és az ahhoz jól illő sálon, melyet Alex valami fiók mélyéről bányászott elő. Alexnek tulajdonképpen nagyon sikkes és nagyon európai „fazonja" volt.

– Mi ez az egész? – kérdezte Sam mosolyogva és meglepődve. Feltűnően jól öltözött volt, azelőtt így sohasem járt dolgozni. – Készülsz valahová? – érdeklődött még, de már csak társalgási, érdektelen stílusban. Azon igyekezett, hogy kellemes ember benyomását keltse, és Alex jól tudta ezt. Samnek fogalma sem volt arról, hogy a felesége miért járkál ezzel a sállal a fején, s mivel annyi empátia sem volt benne, hogy megpróbálja magától kitalálni, Alex sem sietett a felvilágosítással.

– Találkám van ma délelőtt – közölte tényszerűen. Valóban találkája volt: a Hatvanadik utcában, abban a parókaüzletben, amelyet Webber doktornő ajánlott neki, ahol óriási a választék, és az alkalmazottak nagyon készségesek, mert értik az ilyen természetű problémákat, mint amilyen neki is van. – Meg kell még beszélnünk valamit a karácsonnyal kapcsolatban? – kérdezte a férjét, aki most is alig látszott ki az újság mögül. – Ha jól tudom, Annabella itt marad velem, aztán elviszed. Valamikor huszonhatodikán és egy hétre. Így van?

– Elviszem a gyereket Disneylandbe, aztán hazarepülök, majd elmegyek Svájcba – mosolygott Sam Annabellára. – És visszajövök a születésnapjára.

– Elég feszített program, így első hallásra – jegyezte meg Alex elég szárazon, s közben azon tűnődött, hová a... micsodába is óhajt eltűnni a férje. – Itt leszel velünk karácsonykor, vagy más terveid vannak? – szegezte neki a kérdést, mire Annabella eltátotta a száját.

– Nem leszel itt velünk, papa?

– Már hogyne lennék! – nyugtatta meg Sam a gyereket, és vasvillaszemeket meresztett Alexre. – Karácsonykor együtt leszünk! – A gyerek rögtön meg is nyugodott, Alex pedig hátradőlt a székén, és behunyt szemmel próbálta elfojtani a hányingerét. Nagyon fárasztotta, ha együtt kellett lennie Sammel, és néha még Annabella is kimerítette. Ahogy mondani szokás, „sokat kivettek belőle". Roppant erőfeszítésébe került azt nyújtani nekik, amit elvártak tőle, s közben harcolni az életéért és Sam ellenében még a méltóságáért is. Itt az árral szemben kellett volna úsznia, neki ehhez egyszerűen nem volt már ereje.

Sam elvitte Annabellát az óvodába, Alex pedig bement a városba, egyenesen a parókaüzletbe. Először elbizonytalanodott, aztán elképedt az óriási választékon. Webber doktornőnek igaza volt, és Alex nagyon rövid idő alatt vett is két méregdrága parókát, melyek pont olyanok voltak, mint az eredeti haja, aztán egy rövidebb változatot s végül egy egészen sportos fazonút is, mely némiképp Annabella apró fürtös fejét juttatta az ember eszébe. Alex csekkel fizetett, majd óvatosan a fejére húzta az egyiket. Feltűnően szép darab volt, dúsabb és egy kicsit hosszabb is, mint Alex saját (régi!) haja. Remekül illett a zöld ruhához. Alex a sálat „egy emelettel lejjebb" rakva a nyaka köré tekerte, és egész jókedvre derült. Ismét embernek érezte magát. Óriási volt a különbség a régi, nyomorult állapothoz képest. Alex nem győzött bosszankodni, hogy miért is nem vette már meg rég ezeket a parókákat, hogy lehetett ilyen hülye...

– Ez igen! Nézzenek oda! – füttyentett Brock, ahogy Alex megjelent az irodában, és Liznek is fülig szaladt a szája. Liz azt is tudta, hogy Alex honnan jött, és örült, hogy végre rászánta magát a parókavásárlásra. Alex még mindig elég sápadt volt, de sokkal jobban nézett ki, mint tegnap.

– Fodrásznál járt? – érdeklődött Brock, de a következő pillanatban rádöbbent, hogy mekkora marhaságot kérdezett, hiszen Liz épp tegnap említette... De hát mit lehet tenni, hirtelen kiment a fejéből.

– Mondhatjuk így is!

– Nekem tetszik – lelkendezett Brock, és Alex egy kicsit zavarba is jött a fiatalember tekintetétől. Nagyon közel kerültek egymáshoz az elmúlt két hónap során, de hát azért mégis csak barátok voltak. Ám egy pillanatra mintha valami más is megcsillant volna Brock tekintetében. Mintha a nőt is látta volna benne, nemcsak a havert, s ez meglepte Alexet.

Rögtön nekiültek a munkának. Alex jól bírta az egész délelőttöt, majd ledőlt a kanapéra, és ebédidőben szundított egy kicsit. Mások ebben az időben már ünnepi ebédekre jártak az éttermekbe meg vendégségbe a barátaikhoz, de Alexnek csak két dologra maradt energiája: a munkájára és a kislányára.

Délután egyedül dolgozott az irodájában, s mielőtt hazament, még találkozott két cégtársával. Brock ismét a nyakába vette a várost, karácsonyi ajándékokra vadászva, s amikor Alex hazaért, Carmen épp az ajándékok csomagolásával foglalatoskodott. Alex hirtelen fölöslegesnek és tehetetlennek érezte magát, pedig tényleg túl fáradt volt ahhoz, hogy fölajánlja a segítségét. A bejárónőnek...

Sam este egy karácsonyfával állított haza, és elég sokáig otthon is maradt, a feldíszítéssel foglalatoskodva. Aztán megint lelépett. Alex pedig ott ült magányosan, nyomott hangulatban, és a régi karácsonyokra gondolt. A négy évvel azelőttire például, amikor Annabella még meg sem született. S ezek a karácsonyok oly távolinak tűntek most, és mintha egy másik világban estek volna meg. Azóta hihetetlenül megváltozott minden. Alex csak ült az ágyában, a postáját olvasgatta, s igyekezett nem gondolni Samre, amikor a szemébe ötlött egy meghívó, melyet nyitva hagyott az asztalon. Egy karácsonyi partira invitálták a barátai, s azért tette félre, hogy ne felejtse el kimenteni magát. Nem volt energiája sehová sem menni, partikra meg aztán végképp nem.

Minden erejét össze kellett szednie ahhoz is, hogy Annabellát elvigye Mikulást nézni a Macy nagyáruházba, s mire hazaértek, a kimerültségtől megint rátört a hányás. Carmen nem volt ott, s amikor egy kis idő elteltével Annabella betévedt a fürdőszobába, ott találta az anyját. Alex a földön feküdt, csukott szemmel, paróka nélkül. Haja már alig maradt. Szinte az egész kihullott pár nap leforgása alatt, tegnap pedig rövidebbre nyírta a többit is. Nyilván az is kihullik néhány napon belül.

– Mama! Leesett a hajad! – sikoltott föl Annabella, amikor megpillantotta a földön heverő parókát. Alex fölpattant. Nem szerette volna, ha a gyerek meglátja ezt. Annabella rémülten szorította két tenyerét a saját fejére, és hangosan sírt. Alex megpróbálta megvigasztalni.

– Ez csak egy paróka, kicsikém, nincs semmi baj! – Aztán észrevette, hogy Annabella halálos rémülettel méregeti. Valami nem stimmelt, valami nagyon nem tetszett neki, ahogy a csupasz fejbőrön itt-ott meredezett csak néhány ritkás hajcsimbók. Alex már arra is gondolt, talán jobb volna leborotválni az egészet. Mert így... – Emlékezz csak, már mondtam neked, hogy a mama haja lehet, hogy kihullik. De nincs semmi baj, majd visszanő! Ne sírj! – Ott térdelt a gyerek előtt, átölelte, de a csöppség még jobban rázendített. – Szeretlek, Annabella, ne sírj! – mondogatta, és ő is közel járt a síráshoz. Utálta most már a parókát is, a betegséget is és ezt a hirtelen ilyen nyomorúságosra fordult életet is. Szerette volna mindenért Samet hibáztatni, de tudta, hogy ezt mégsem teheti.

Sokáig tartott, míg sikerült Annabellát úgy-ahogy megnyugtatni, de a gyerek még akkor is fel volt zaklatva, amikor Carmen délután megérkezett, hogy vigyázzon rá. Alex elmesélte neki a fürdőszobai „balesetet".

– Ne aggódjon, a gyerek majd megszokja – paskolta meg Carmen Alex karját. Alex most a rövidebb parókát viselte, s úgy döntött, kiszellőzteti a fejét, és elmegy egy kicsit sétálni, míg Annabella szunyókál. Karácsonyig már csak két nap volt hátra, s Alex úgy érezte, hogy most semmi karácsonyi vagy karácsonyváró hangulata nincsen. Liz és Brock minden ajándékot megvásárolt számára, kivéve a gyönyörű toalettkészletet, melyet a Tiffanytól rendelt meg postán, s egy művészeti albumot, melyet a férjének szánt. Az idén sehová nem ment el vendégségbe, és nem találkozott a barátaival sem. A karácsony eddig csak egy Mikulás-nézésből állt, továbbá Sam és Annabella földíszítették a fenyőfát. Alex ezenkívül egyáltalán nem foglalkozott a karácsonnyal.

– Elég jól érzi magát, Mrs. Parker, ahhoz, hogy elmenjen itthonról? – kérdezte aggódva Carmen.

– Igen. Csak a Madisonon szeretnék öt percet sétálni.

– Nagyon hideg van, vegyen kalapot is! – tanácsolta a bejárónő, és Alex elmosolyodott. Hiszen meleg fejfedőnek ott volt a parókája.

– Hát, kalapra most igazán nincs szükségem!

Lefelé menet a liftben karácsony estéjére gondolt. Sam azt mondta, akkor velük lesz, de egész héten alig mutatkozott, s Alex úgy vélte, bizonyára az ilyenkor szokásos partikra járkál. De azt föl se vetette, hogy Alex tartson vele. Tudta, hogy erre Alex most úgysem képes. Alex még Greenwich Village-be sem ment el, ahová pedig a legközelebbi barátai invitálták karácsonyi éneklésre.

Meg-megállt a Madisonon a kirakatok előtt, s különösen a Ralph Lauren kirakataiban talált sok szép holmit. Épp azokat nézegette, amikor egy feltűnően csinos, fiatal nő lépett ki az ajtón, és nevetve, angol akcentussal beszélve lépegetett le a lépcsőn. Rövid fekete kabátot viselt, és elképesztően formás lábát fekete antilopcipőbe bújtatta. Nagy, fekete kalapja egész megjelenését romantikus hangulatúvá tette. A nő aztán odafordult valakihez, s Alex nem állta meg mosolygás nélkül, ahogy az a férfi a lépcsőn nagy buzgón meggörnyedve lehajolt egy csókért. Alexet a jelenet a régi szép időkre emlékeztette, jó pár évvel ezelőtt ők is valahogy így nézhettek ki Sammel. Ez a csókos hapsi itt egyébként jól szabott, tengerészkék kabátban forgolódott, s a két keze tele volt aranyszalaggal átkötött, piros karácsonyi ajándékdobozokkal. Volt valami szívfájdítóan szépséges ebben a fiatal párban; oly fiatalok és oly szerelmesek voltak... Csókocskákat váltottak ismét, és Alex rajta felejtette a szemét a kalapos lány fölé hajoló férfin. És csak hosszú másodpercek elteltével kattant be neki, hogy ki is ez az alak. A döbbenettől tátva maradt a szája. Sam enyelgett ugyanis a kalapos lánnyal, és lerítt róla, hogy szerelmes is belé. Amikor Alex magához tért, azon kezdett töprengeni, hogy ez a szerelem vajon mióta tart, vajon még az ő betegsége előtt kezdődött-e vagy csak utána. És lehet, hogy az ő betegsége épp kapóra jött valakinek? Lehet, hogy Sam ezt használja ürügyként, hogy elhagyja őt?

Képtelen volt levenni a szemét róluk, és végig kellett néznie, ahogy a férfi belekarol a nőbe, átvezeti az úttesten, és eltűnik vele egy másik üzletben. A párocska nem vette észre őt, és Sam nyilván még csak nem is feltételezte, hogy Alex fölbukkanhat ott, ahol ő mostanában járkál.

A szép kis nővel tehát nem más, mint Sam járta az üzleteket, Alex arcán pedig kövér könnycseppek futottak lefelé. Alex most jött rá, hogy Sam és őközötte tényleg vége mindennek. Az a nő körülbelül huszonöt évesnek látszott, s mellette mintha Sam is hirtelen megfiatalodott volna. Első pillantásra úgy harmincévesnek tűnt, pedig ötven volt már. Alex aztán sarkon fordult, és csak nyargalt végig a Madisonon hazafelé, és nem hallotta a karácsonyi dalárdák énekét, a Mikulások csengettyűjét, nem látta a kavargó embertömeget, a lámpafüzéres, nagy karácsonyfákat és a csillogó-villogó kirakatokat. Lelki szemeivel csak a saját, romokban heverő életét látta.

Alig félórát volt távol otthonról, de amikor hazaért, rosszabbul nézett ki, mint ahogy elindult. Holtsápadt volt, s a keze erősen reszketett, ahogy fölakasztotta a kabátját. Komor hangulatban ment be a hálószobába. Becsukta az ajtót, leheveredett az ágyra, s azon töprengett, hogy fog tudni ezek után a férje szemébe nézni. Hát ezért kellett neki a „szabadság". Nagy humbug volt az egész, csalás és ámítás, hogy neki „idő kell". Nem idő kellett neki, hanem új nő. És fogott is magának egyet.

Alex aztán kiment a fürdőszobába, és odaállt a tükör elé. Százéves vén banyának látta magát, s ahogy lassan lehúzta a parókáját, azt is konstatálhatta, hogy mi lett belőle. Megcsonkított, kopasz alak. Akinek rákja van, akinek levágták az egyik mellét, s akinek kihullott a haja. Eszébe jutott a Sam társaságában látott ifjú hölgy, és fölfogta a legocsmányabb és legfájdalmasabb igazságot: ő többé már nem számít nőnek.

15. fejezet

Sam már korán hazaérkezett december 24-én – nyomban azután, hogy Daphne-t fölrakta a londoni gépre. A nő elment meglátogatni a szüleit és a kisfiát. Sam majd Gstaad szigetén találkozik vele, miután megjárta Disneylandet Annabellával.

Elutazása előtt Daphne egy káprázatos gyémánt karkötőt kapott tőle ajándékba, meg egy rubinköves melltűt, melyet Sam Fred Leightonnál vásárolt. Sam mindig nagylelkű adakozó volt, és csinos ajándékokat vásárolt Alexnek is, de azért egyáltalán nem ilyen komoly értékben. Vett egy nagyon szép Bulgari karórát, mert tudta, hogy Alex egy ideje épp erre vágyott, de a szeretetet és figyelmességet kifejező, szokásos apróbb holmik most elmaradtak. Sam nem akarta becsapni a feleségét...

Az idén a karácsony valahogy más volt, mint azelőtt, és ezt a tényt nem lehetett nem észrevenni. Minden igyekezetük ellenére még a kis Annabella is megérzett valamit, és elsírta magát, miután kirakta az ablakpárkányra a Mikulásnak a süteményeket, a Mikulás szánhúzó rénszarvasának pedig a sót és a sárgarépát.

– Mi lesz, ha nem azt hozza, amit kértem tőle? – sírt a gyerek, és Alex és Sam egyszerre próbálták vigasztalni. Annabella azonban vigasztalhatatlan volt, s végül bevallotta, attól fél, hogy a Mikulás megharagudott rá, mert az idén „egy kicsit nagyobb" ajándékot kért tőle: azt, hogy gyógyuljon meg a mama, ne kelljen gyógyszert szednie és a haja is nőjön ki újra. E szavak hallatán Alexre oly erővel tört rá a sírás, hogy el kellett fordulnia, hogy a többiek észre ne vegyék, de még Samnek is erősen tartania kellett magát, mert ő is közel járt a kiboruláshoz.

– Na és mit mondott neked a Mikulás? – kérdezte Sam rekedt hangon. Annabella ugyanis személyesen adta elő kérését a Macy nagyáruház Mikulásának, amikor Alexszel ott jártak.

– Azt, hogy ilyet az Istentől kell kérni, nem a Mikulástól.

– Igaza is volt, kicsikém – bólogatott Sam, míg Alex az orrát fújta, és megigazította a parókáját. Most éppen a hoszszú volt rajta.

– A mama úgyis meggyógyul majd, és kinő megint a haja is – mondta Alex, és Sam most már tényleg fölfigyelt erre a hajdologra. Észre sem vette ugyanis, hogy a feleségének kihullott a haja. S ettől rádöbbent, hogy mennyire fogalma sincs arról, mi történik Alexszel. Annyira el volt foglalva Daphne-vel és az új szerelemmel az utóbbi hónapban, hogy nem tudott figyelni semmi másra. Nem is akarta tudni, mi folyik otthon, sőt az sem izgatta túlságosan, hogy az irodában hogyan alakulnak az ügyek.

Larry és Tom tett néhány ciki megjegyzést, Simon pedig láthatóan örült a sikereinek. Larry viszont valami olyasmit mondott, hogy ő és Francis mennyire sajnálják Alexet. Ez mintha azt is akarta volna jelenteni, hogy őket kettejüket is sajnálja. Nyilvánvaló volt, Daphne miatt, hogy baj van a házasságukkal. Sam azonban egyáltalán nem sajnált senkit és semmit. Úgy vélte, kollégái egyszerűen féltékenyek rá. Soha még csak eszébe sem jutott, hogy ezek a kollégák netán jellemfogyatékos, hernyó húzásnak tartják, hogy ő pont akkor hagyja ott a feleségét, amikor az a kemoterápiával és a rákkal az életéért küszködik.

Annabella végül megnyugodott, s együtt fektették le a gyereket, aki olyan boldog volt ettől a rendkívüli eseménytől, hogy Alexnek majd' megszakadt a szíve, ha ránézett. Később, amikor kimentek a konyhába, Sam kissé zavarban volt.

– Nem is vettem észre, hogy kihullott a hajad – motyogta, miközben bekapott egyet a Mikulásnak kitett süteményből. Az idén mindenből valahogy kevesebb jutott nekik. Kevesebb sütemény, kevesebb karácsonyi torta, kevesebb ajándék, kevesebb nevetés. Még a karácsonyfájuk is kisebb volt a tavalyinál. Alex megbetegedett, s az ő régi lendületét senki sem vette át. Még a karácsonyi üdvözlőlapokat sem küldték el. Alexnek nem volt hozzá energiája, meg azt sem tudta, hogyan írja alá őket. „Alex"? „Alex és Sam"? „Parkerék"? Vagy hogyan?

– Nem hittem, hogy értesítést vársz tőlem a hajamat illetően – mondta Alex, és igyekezett nem gondolni arra a tegnapi angol nőre. És azt volt a legnehezebb lenyelni ebben az ügyben, hogy ez szemmel láthatóan nem valami futó kaland. Sam és az a nő úgy néztek ki, mintha házasok lettek volna.

– Majd visszanő – jegyezte meg elég gyámoltalanul Sam. Mindig olyan esetlennek érezte magát Alex társaságában.

– A hajam igen. De a házasságunk nem – mondta Alex szomorúan. Nem felejtette el, hogy a megállapodás szerint ezt a témát csak egy hónap múlva kellene elővenniük, csak éppen oly nehéz volt megállni...

– Biztos vagy te ebben? – nézett most egyenesen a szemébe Sam, és várta a választ.

– Miért, te nem? Nekem az a benyomásom, hogy te már rég eldöntötted magadban a dolgot. – Ami azt illeti, nem is volt akármilyen benyomás látni Samet, ahogy kifelé jön a luxusáruházból azzal az angol csajjal.

– Az ember sohasem lehet biztos semmiben. A régi szép időket sem könnyű csak úgy elfelejteni.

– Nekem nem is tűnnek azok olyan régieknek – vallotta be őszintén Alex. – Lehet, hogy te már régebben vagy boldogtalan, mint én.

– A „boldogtalan" nem jó kifejezés ide. Én inkább öszsze vagyok zavarodva. De teljesen, amióta előjött ez a betegséged. Amitől teljesen megváltoztál. – Nem volt ezekben a mondatokban semmi vádaskodás. Csupán ténymegállapítás. Azé a tényé, amely Sam számára igazolást kínált a viselkedéséhez, afféle szabadjegyet a szabadsághoz.

– Azt hiszem, mindketten megváltoztunk ettől a nyavalyától. Sose hittem volna, hogy ezek a dolgok ide juttathatják az embert. Hosszú és nehéz utat kell most megtenni az életben maradásért.

– Ez borzasztó lehet – bökte ki Sam, most mutatva először valami együttérzést. Gyöngédebb volt mostanában, mint azelőtt, s ezt Alex észre is vette. A nagy szerelem kissé meglágyította a férfit. De Alex ettől már nem hatódott meg túlságosan. – Borzasztó dolgokon mehettél keresztül.

– A java még hátravan – mosolygott Alex. – Egészen pontosan négy és fél hónap.

– S utána mi van?

– Utána leshetem, hogy vajon kiújul-e vagy sem. Öt évet kellene csak megúszni. Az én daganatom állítólag kedvező fajtájú ebből a szempontból, a kemoterápia pedig a feltételezések szerint nagy-nagy biztonságot nyújt. Azt hiszem, élni kell az életet, mintha mi sem történt volna, és meg kell próbálni nem gondolni az egészre. Ismerek nőket, akik sok-sok évvel túlélték ezt a borzalmat. Nos, ők azt mondják, hogy soha többé nem gondoltak a halálra, csak évenként egyszer, amikor a rutinszerű felülvizsgálatra kellett menniük. Szeretnék már én is ott tartani. Mert ez egyelőre így még elég borzalmas.

Három hónapja ez volt az első, normális és tárgyszerű beszélgetésük, és Alex nem győzött csodálkozni, hogy Sam egyáltalán hajlandó belemenni egy ilyen beszélgetésbe. *Erről* a témáról. Bárki legyen is az az angol nőcske, úgy látszik, sikerült neki majdnem emberséges emberré formálnia Samet. De Alex nem hálát érzett iránta, inkább féltékeny volt, és haragudott rá.

– Ha kiújul – próbálta biztatni Sam –, akkor ugye újra nekimész és leküzdöd...

– Nem valószínű – mondta szárazon Alex, és már nagyon szerette volna levenni a parókáját, mert már kezdett elviselhetetlenül viszketni a feje. De nem merte megmutatni Samnek, hogyan is néz ki most. – A nagyon ritka eseteket leszámítva a kiújulást nem szokták túlélni. Ezért alkalmaznak az orvosok már az első esetnél ilyen agresszív kezelést.

Sam most már jobban értette a dolgot, de valósággal sokkolta, amit Alex mondott neki. Nem emlékezett, hogy ezt ilyen kereken megmondták volna neki, de az is lehet, hogy csak nem figyelt oda. Ahogy most, a Daphne-találkák után ránézett a feleségére, elszorult a szíve, de más nem történt. A többi őt már nem érdekelte. Mindössze némi sajnálatot érzett Alex iránt, és sóhajtozva gondolt a régi szép időkre.

– Mit csinálsz, míg Annabella nem lesz itthon? – váltott témát Sam.

– Semmit. Alszom, pihenek, dolgozom. Mostanában nem nagyon találkozom senkivel. Nincs hozzá energiám. Ami van, az is épp csak Annabellára meg az ügyeimre elég.

– Miért nem mész el valahová? Talán jót tenne. Vagy nem tudsz most elutazni?

– De tudnék. A kezelésben minden hónapban van két hét szünet, de inkább itthon maradok. – Nem akart elmenni Brockkal sem. A szoros munkakapcsolat ellenére alig ismerte még a fiatalembert. Egyedül pedig végképp nem akart elutazni. Nem volt értelme. Jobban érezte magát a saját lakásában, a saját ágyában, a saját tárgyai között és közel az orvosához, ha netán szükség volna rá. Nagyon zárkózott lett az utóbbi napokban, és nagyon kellett neki a megszokott környezet. Túl sok idegen és félelmetes dolog volt most az életében ahhoz, hogy nyitott legyen az emberek, új ismerősök iránt.

– Nem szeretek arra gondolni, hogy te itt maradsz egyedül – mondta némi bűntudattal Sam. Most, Daphne távollétében furcsamód nagyobb felelősségtudattal kezdett Alexre tekinteni. Olyan volt ez, mint valami nyomasztó, kellemetlen betegség. Sam nagyon örült, hogy elszabadulhat innen, és karácsony másnapján elutazik Annabellával.

– Ne aggódj, nem lesz semmi bajom. És tényleg nem kívánkozom sehová. Kaptam elég munkát odabent, lesz elfoglaltságom.

– Az élet nemcsak munkából áll – mosolygott Sam.

– Valóban, Sam? – nézett egyenesen a szemébe Alex.

Sam válasz nélkül hagyta. Kisétált a konyhából, és azon töprengett, hogy Alexnek a hatodik érzéke súgott-e valamit Daphne-ről, vagy valaki elpletykálta neki. Egyik sem tűnt valószínűnek. Alex mostanában túlságosan is el volt foglalva önmagával ahhoz, hogy akár csak gondolni is tudjon egy „harmadik" személyre. Valószínűleg még csak nem is gyanítja.

Annabella ajándékai szépen becsomagolva egy bezárt kis kamrában lapultak. Alex és Sam nem sokkal kilenc után szedték elő és rakták őket a karácsonyfa alá, majd elvonultak a saját szobájukba, mintha idegenek volnának. Alex még olvasott egy kicsit, s éjfélkor hallotta, amint megszólalt a telefon. Tudta, hogy nem őt keresik, hagyta hát, hadd vegye föl Sam a kagylót. S igaza is volt. Daphne telefonált, pont most érkezett Londonba, és már borzasztóan hiányzott neki Sam. A férfi nagy élvezettel hallgatta új szerelme csicsergését, és ismét csak arról bizonyosodott meg, hogy ehhez képest milyen nyomasztó is Alex társasága. Ráadásul Alex elég nyomott hangulatú volt az utóbbi napokban, mintha lemondott volna az életéről, s mintha körülötte minden csak pusztulni látszott volna, az életkedve, a haja, a házasságuk... Tudta, hogy sokkal többet kellene segítenie Alexnek, de egyszerűen képtelen volt rá.

– Borzasztóan hiányzol, drágám! – jött az újabb megerősítés Daphne-től. – Nem bírom ki nélküled! Ide kell rohannod hozzám! Jaj, istenem, de hideg is van itt! – Daphne megfeledkezett az undok londoni télről, és fűtetlen lakás várta. Csak a kandalló melegíti őt, panaszolta, pedig mennyivel jobb lenne, ha Sam...

– Hagyd abba! – kérte Sam, és neki is annyira hiányzott Daphne, hogy az már szinte fájt. – Mert különben felülök a következő gépre és megyek utánad!

– Ó, bárcsak jöhetnél! – De mindketten tudták, hogy szülői kötelességeik is vannak. – Nem bírom így!

Végül aztán lerakták a kagylót. Sam egész teste kívánta Daphne-t, s ahogy ott feküdt az ágyban, egyre csak erre a csodálatos teremtésre gondolt, aki Hálaadás óta teljesen megváltoztatta az életét. Senkit nem ismert korábban, akit ehhez a nőhöz lehetne hasonlítani. Még Alex sem lángoltatott föl, a legszebb időkben sem, ilyen lobogó szenvedélyeket.

Annabella már reggel hatkor felpattant az ágyból, és izgatottan rohant a karácsonyfához. Hosszú, örömteli nap volt számára ez a mai, és Sam és Alex is jól érezte magát.

208

Annabella majd kibújt a bőréből az ajándékok láttán, és Sam is elérzékenyült, hogy mennyi mindent kapott Alextől. Alexnek tetszett az óra, bár pontosan értette a burkolt üzenetet is, azt, hogy Samnek ezúttal már nem volt ideje apróbb, személyesebb ajándékok beszerzésére, s hogy elmúltak már azok az idők, amikor még ilyesmivel kedveskedtek egymásnak. A dolog elég egyértelmű volt ahhoz, hogy Alex megbántva érezze magát. Ezt leszámítva elég szép közös karácsonyuk volt.

Alex roastbeefet és egyéb finomságokat készített ebédre, és sikerült eltitkolnia, hogy sütés-főzés közben megint milyen rosszul volt. Bár most közel sem volt annyira katasztrofális a helyzet, mint Hálaadáskor. Aztán lepihent egy kicsit, majd kifejezetten a móka kedvéért a rövid parókáját vette föl. Úgy néztek ki Annabellával, mintha ikrek volnának. Sam meg is jegyezte, hogy tetszik neki a dolog.

Alex piros pulóvert és fekete bársonynadrágot húzott, és meglepően csinosnak tűnt. Arca kissé teltebb volt, és fölszedett pár kilót is, de ezt alig lehetett észrevenni. Alex még csodálkozott is, hogy elég súlyos állapota és Webber doktornő jóslatai ellenére még csak ilyen keveset hízott.

Délután elmentek egy kicsit sétálni. Sam leintett egy taxit, és elvitte őket a Rockefeller Centerbe, a korcsolyázókat nézni. De neki erről is csak Daphne jutott eszébe... Alex viszont gyorsan elfáradt, fogtak hát egy taxit, irány haza. Alex már alig állt a lábán, Samnek úgy kellett betámogatnia a fürdőszobába. Sajgott minden tagja, és segítség nélkül egy lépést sem tudott tenni.

– A mama beteg? – kérdezte aggódva Annabella, és Sam megrázta a fejét. Sajnálta is a feleségét, és dühös is volt rá, amiért a betegségével próbára teszi még a gyerek idegeit is.

– Á, dehogy! – szögezte le határozottan.

– De majd jobban lesz, amíg mi Floridában leszünk?

– Biztos jobban lesz. Carmen majd eljön, és gondját viseli.

Annabellát megnyugtatták a válaszok, később pedig Alex is fölkelt, hogy becsomagoljon a gyerek bőröndjébe. Örömmel pakolgatta az apró holmikat, de egyszer csak rátört a félelem. Mi lesz, ha egy nap többé már nem tud gondoskodni a gyerekről, és Annabellának Sammel kell élnie? Mi lesz, ha az eddigiek után elveszíti még a gyerekét is? Ennek már a puszta gondolatától is a rosszullét kezdte környékezni, és hirtelen muszáj volt leülnie. Egész testében remegett. Erőnek erejével kényszerítette magát aztán, hogy fölálljon és befejezze a csomagolást. De nem fogja hagyni, hogy ilyesmi bekövetkezzen, nem fogja hagyni, hogy a gyerek Samhez és ahhoz a nőhöz kerüljön. Az ettől való félelem miatt este fönnmaradt, és velük vacsorázott, pedig teljesen kimerítették a karácsonyi munkák és programok. Végigülte hát a vacsorát, aztán bezuhant az ágyba, és csak reggel ébredt föl, a vekker csörgésére.

Segített Annabellának öltözködni, jó szórakozást kívánt neki, s megkérte, hogy ha kedve lesz, majd telefonáljon haza. És ússzon sokat, és érezze jól magát a papával. Aztán szorosan magához ölelte, és úgy tartotta a karjában, mintha attól félne, hogy sosem látja többé a gyerekét. Annabella megérezte az anyja félelmét, és búcsúzáskor elsírta magát, majd hosszú percekig nem tudtak kiszakadni egymás öleléséből. Annabella tudta, hogy mennyire szereti őt az édesanyja, és ösztönösen ráérzett, milyen rossz lesz egyedül a mamának, ha ők most ketten a papával elmennek és itt hagyják őt.

– Nagyon szeretlek! – kiáltott még a gyerek után Alex, amikor beléptek a liftbe. Sam pedig a szokásos bosszús képpel nézett vissza rá, ahogy a gyerek megint elsírta magát.

– Majd jobban lesz a mama – vigasztalta Sam a gyereket a bőröndök között, míg a lift haladt velük lefelé. S közben dühöngött, hogy most még gyerekvigasztalgatásra is kényszerítik őt. Alexnek nincs joga így kisajátítani ezt a gyereket és ilyen fájdalmat okozni neki. Samet megint elfogták az október óta, sőt az anyja halála óta jelentkező harag és neheztelés keserű érzései. Valóban megkönnyebbülés volt számára, hogy eltávozhatott Alex közelségéből. Mert Alex bárhogy igyekezett is, egyszerűen nyomasztó érzés volt mellette tartózkodni.

Míg a taxi a La Guardia reptér felé száguldott velük,

odahaza Alex csak állt a hálószoba közepén, és nyomorultul elhagyatottnak érezte magát. Az utóbbi két napban többet látta Samet, mint az egész elmúlt hónapban, s ez egyrészt kellemes volt, másrészt nagyon fájdalmas. Mintha olyasmi nézegetésére kellett volna kényszerítenie magát, ami többé már nem az övé, s folyton arra kellett gondolnia, mi mindenért is szerette ő Samet. Ez a férfi oly sok fájdalmat okozott neki, és oly kegyetlenül cserbenhagyta, de Alexnek még így is külön „figyelmeztetnie" kellett magát, hogy most már épp itt az ideje „kiszeretni" ebből az alakból. Ha folyton csak vele foglalkozik, abba belerokkan, és semmi értelme felidézgetni magában Sam és az angol nőcske látványát. Számára is megkönnyebbülés volt, hogy Sam elment.

Egy kis idő múlva elmosogatta a reggeli edényeket, és bevetette Annabella ágyát. Carmen ma nem jön. Szabadnapot adott neki, mondván, hogy Annabella távollétében nincs szüksége segítségre. Alex céltalanul ődöngött a lakásban, aztán megcélozta a fürdőszobát, hogy lezuhanyozzon. Igyekezett rábeszélni magát, hogy öltözzön föl és menjen el sétálni, mert akkor talán nem fogja oly elhagyatottnak érezni magát. De ez az ötlet máris eszébe juttatta az alig három napja látott angol lányt, és el is ment a kedve a sétától. Vissza akart bújni az ágyába és aludni egész nap. Egyébként sem volt semmi munkája, minthogy nem járt bent az irodában. Aztán valami rendszeretet vagy mi, mégis azt súgta neki, hogy legalább zuhanyozzon le és öltözködjön föl rendesen. Levette hát a parókáját, és véletlenül megpillantotta magát a tükörben. Az utolsó hajtincsei most hullottak ki, és Alex ott találta magát teljesen kopaszon. Egyetlen szál haja sem maradt. Az utolsó tincsek a mosdóba hajított, tisztogatásra váró paróka belső felére tapadtak, s ahogy Alex levette a köntösét, majd a hálóingét is, hirtelen rádöbbent, hogy milyennek láthatja őt Sam: kopasz, félmellű nő, csúnya műtéti heggel. Amputált melle helyén a nagy, lapos fehérség, mellbimbó sehol, csak egy keskeny, lilásvörös sebhely. Nem volt még csak rendes emberi kinézete sem. Nem is volt igazán ember. Inkább azokra a kopasz, hiányzó vagy kitekert végtagú kirakati

211

bábukra emlékeztetett, amelyeket a rendezés alatt álló kirakatok sarkában egy halomra hányva láthat az ember.

Elsírta magát a látványtól, és ráébredt, hogy nemcsak Sam ment el, hanem Annabella is. A férjét már elveszítette, s most elveszítheti a kislányát is. Úgy érezte, mindentől megfosztották, amit valaha is szeretett vagy birtokolt. Egyedül a munka maradt meg neki, de már azt sem tudta olyan színvonalon végezni, mint azelőtt. Törött szárnyú, tépett tollú madárként vergődik és haldoklik most a földön. Csúnyának, értéktelennek és betegnek érezte magát. Egy pillanatra eszébe jutott, hogy nem volna-e jobb ennél még a halál is. Föladni ezt a küzdelmet, ezt a vergődést most, mielőtt még többet elveszít annál, amennyit eddig elveszített. Miért várja meg, míg végképp mindenéből kiforgatják? Míg Sam be nem jelenti, hogy elválik és feleségül veszi azt az angol nőt? Akihez aztán Annabella is átpártol? Miért kellene megvárnia, míg ők végeznek vele? Vagy itt hagyják tökéletesen egyedül?

Megint a sírás kezdte fojtogatni, ahogy magát nézegette, amikor megszólalt a telefon. Nem érdekelte. A gyomra is felfordult, mintha csak megelégelte volna e szörnyű látvány és a szörnyű tépelődés izgalmait, s pár pillanat múlva Alex már ott térdelt meztelenül a fürdőszoba padlóján, a vécékagylóra borulva. Először hányt, aztán sokáig csak öklendezett. De már ez is olyan megszokott dologgá vált számára. Afféle elromlott gépezet lett belőle, amely mást sem tud már, mint epét okádni. A régi Alexből, vagyis *őbelőle* nem maradt semmi. S amikor a hányási roham végre elmúlt, sokáig hevert sírva a földön, majd úgy, ahogy volt, bemászott az ágyba, és összegömbölyödve feküdt a takaró alatt. Egész nap semmit sem evett, Sam vagy Annabella pedig nem telefonált. Nagyon lefoglalták őket Disneyland szórakozási lehetőségei. Ők ugyanis szórakoznak, az élet napos oldalát járják, míg ő, Alex itt fekszik magányosan, beborult világának sötét árnyai között. Sírt még egy jó darabig ott a félhomályos szobában, míg ezúttal az éhség föl nem kavarta a gyomrát. Rohanhatott vissza a fürdőszobába. A hányás és a sírás lassan múló napja volt ez a mai, s mindig az a kopasz kísértet nézett vissza rá a tükörből. Nagyon jól kivehető volt, pedig még a villanyt sem kapcsolta föl.

Késő délután megint megszólalt a telefon, de Alex még mindig nem akarta fölvenni a kagylót. Túl rosszul volt, túl fáradt, túl gyönge, és túlságosan is kívánta most a halált ahhoz, hogy a kezét odanyújtsa valaki felé, aki éppen telefonálna neki.

Annabellának nem volt most szüksége őrá. Ott volt neki az apja. És őrá, Alexre, különben sincs szüksége senkinek. Ő most egy senki. Egy nulla. Még csak nem is nő.

A telefon kitartóan csöngött. Alex az ágyban feküdt, peregtek a könnyei, és azt kívánta, hogy némuljon már el a készülék. Végül mégis fölvette a kagylót, de nem szólt bele.

– Halló!

Ismerős volt a hang, de Alex nem kapcsolt rögtön.

– Halló! Alex? – ismételte meg a hang.

– Igen – válaszolta végül. Az ő hangja tompán és akadozva csengett. – Kivel beszélek?

– Brock Stevens. – A férfi alig ismerte meg Alexet, s azon tűnődött, hogy a nő most vajon nagyon rosszul van-e, vagy pedig újabb kezelést kapott.

– Helló, Brock! Hogy van? – Alex hangszíne tényleg elég aggasztó volt. – Hol van most? – kérdezte csak úgy mellékesen, pedig tudta, hogy Brock akar valamit mondani.

– Itt vagyok Connecticutban a barátaimmal. Szeretném megkérdezni, hogy meggondolta-e magát, és eljön-e velem Vermontba. Én holnap utazom.

Alexet meghatotta ez a kedvesség. De hát Brocknak, úgy látszik, elment az esze. Minek neki egy síró, szenvedő, haldokló útitárs? Jobbat nem talál magának? Mert őrajta egy ilyen kiruccanás már úgysem segít.

– Nem mehetek – bökte ki. – Sok munkám van.

– Ezen a héten senki sem dolgozik, és mi is elvégeztünk már mindent.

– Hát jó – mosolyodott el magában Alex, miközben érezte, hogy jön megint a hányinger. Tudta, hogy azért van ilyen rosszul, mert régen evett utoljára. – Lebuktam, nem mondtam igazat. De akkor sem tudok elmenni.

213

– Otthon van a kislánya? – érdeklődött Brock, nem akarva csak úgy elengedni a horogról a már megakasztott halat. Magával akarta vinni Alexet. Úgy vélte, ez jót tesz majd a nőnek, és Liz is így vélekedett, amikor kikérte a véleményét. Alexnek ki kell mozdulnia otthonról, és a friss levegő is csak erősíthet rajta.

– Nincs itthon. Elment Floridába. Sam pedig valószínűleg a barátnőjével van – tette még hozzá a nagyobb hatás kedvéért. A hosszú éhezés kissé piszkálódóvá és meggondolatlanná tette.

– Ezt Sam maga mondta? – kérdezte Brock kedvetlenül. Nagyon rossz véleménnyel volt Samről, úgy vélte, ez a pofa egyszerűen nem érdemli meg Alexet. De bármilyen jóban volt is most a nővel, ezt azért mégsem mondhatta ki.

– Véletlenül megláttam őket együtt karácsony előtt. A nőci nagyon fiatal és *nagyon* csinos! – Alex úgy hadarta mindezt, mint aki részeg, és Brock hirtelen még jobban kezdett aggódni érte. – És biztos vagyok abban is, hogy a nőnek kettő van mindenből. Sam utálja, ha valami nem tökéletes.

– Alex, jól érzi magát? – nézett Brock az órájára, azon tűnődve, vajon mennyi idő alatt érhet be a városba, hogy meglátogassa Alexet. Vagy inkább Lizt kérje meg erre? Nagyon nem tetszett neki Alex hangszíne és stílusa, és aggodalmát csak fokozta, hogy a nő egyedül van otthon a lakásban. Hiszen amilyen állapotban volt Alex, mindig fönnállt annak a lehetősége, hogy pillanatnyi elkeseredésében valami őrültséget csinál...

– Nagyon jól vagyok – válaszolta Alex, és igyekezett teljesen mozdulatlanul, csukott szemmel feküdni, hogy rá ne jöjjön megint a hányás. – Ma reggelre kihullott az utolsó szál hajam is. Lenyűgöző látvány, mondhatom.

– Próbáljon meg pihenni egy kicsit. Körülbelül egy óra múlva ismét felhívom. Jó?

– Jó – ásított Alex. Letette a kagylót, és el is feledkezett Brockról. Mindent el akart felejteni. Lehet, hogy egyszerűen csak koplalnia kell hat napig, s mire Annabelláék hazaérkeznek, addigra ő már rég halott lesz. Sokkal kelleme-

214

sebb lesz így meghalni, mint a kemoterápiától. Aztán elnyomta az álom, majd egy idő múlva zajt hallott, riasztót vagy ilyesmit. Jó darabig igyekezett tudomást sem venni róla, de egyszer csak rájött, hogy az ajtócsengő szól. El nem tudta képzelni, ki lehet az, s igyekezett továbbra sem törődni vele, de ekkor az a valaki elkezdett dörömbölni az ajtón. Alex fölvette hát a köntösét, kiment és kinézett a kukucskálón. Brock Stevens állt odakint. Alex meglepődött, gyorsan kinyitotta az ajtót, s aztán csak bámultak egymásra, hosszú másodpercekig. Alex a bézs kasmírköntösében, Brock pedig vastag pulóverben, csuklyás sportkabátban, kordnadrágban, bakancsban. Friss levegő illata áradt belőle, és nagyon izgatottnak látszott.

– Betegre izgultam már magamat – lihegte. – Maga miatt.

– És miért? – kérdezte Alex kissé bizonytalanul és imbolyogva. Brock jól tudta, hogy nem ivott semmit, hogy egyszerűen ennyire rosszul van, és még az is lehet, hogy nem evett semmit. Alex beengedte a látogatót, és bevezette a nappaliba, s akkor vette észre a tükörben, hogy elfelejtette fölvenni a parókát.

– Ó, hogy a fene egye meg! – kiáltott fel bosszúsan, mint egy gyerek.

– Pont úgy néz ki most, Alex, mint Sinead O'Connor, csak egy kicsit jobban.

– De én nem tudok énekelni.

– Én sem – mosolyodott el Brock, és arra gondolt, hogy ez a nő inkább Audrey Hepburnre hasonlít. Még így kopaszon is nagyon csinos volt, nagyon egyszerű és természetes. Szépséges arcával olyan volt, mint valami törékeny, más bolygóról érkezett lény. Valami titokzatosság sugárzott belőle, s ez mindig megfogta Brockot. – Mi történt? – kérdezte a nőt, akiről lerítt, hogy valami baja van. Mintha meg akarna halni. És Brock ezt még a telefonban is megérezte.

– Nem tudom. Megláttam magam ma reggel a tükörben, aztán Annabellát is elvitték, aztán megint rosszul lettem… Szóval ez túl sok már nekem… Nem tudok tovább küzdeni… Sam is azzal a másik nővel… Teljes káosz.

215

Egyszerűen túl sok a rosszból – válaszolta őszintén Alex. Brock bosszúsan nézett rá.

– Szóval föladta! Jól látom? Szép dolog, mondhatom! – Brock kiabálva beszélt, s Alex megkövülten bámult rá.

– Jogom van eldönteni, hogy mit csináljak – dadogta aztán szomorúan.

– Joga?! Magának van egy kislánya, de ha ő nem volna, akkor is volnának kötelességei önmagával szemben, nem is szólva azokról, akik szeretik magát. Le kell győznie ezt a betegséget, Alex. És ez a betegség nem fog a maga kedvéért egy kis szünetet tartani. Nem könnyű, tudom, de nem állhat le. Nem engedheti meg magának, hogy egyszerűen lefeküdjön és szépen elpatkoljon, pusztán csak azért, mert most éppen túl sok jött össze a rosszból!

– És miért nem? – Alex hangja furcsán csengett, mintha neki már nem lenne köze semmihez és senkihez a világon. Még Brockhoz sem.

– Csak. Azért, mert én mondom. Evett ma már? – kérdezte Brock mérgesen. Alex, mint várható volt, tagadólag rázta a fejét. – Vegyen föl valami rendes ruhát, én meg csinálok egy kis kaját.

– Nem vagyok éhes.

– Nem érdekel. Nem azért jöttem ide, hogy ezt a marhaságot hallgassam. – Két vállánál fogva szelíden megrázta a nőt. – Én a magam részéről szarok rá, hogy ki mit csinált magával, vagy hogy maga most éppen mit gondol a saját életéről. Akár megnyúzták elevenen, akár nem, akár egy melle maradt, akár kettő, és akár kopasz, mint egy keselyű, akár nem, magának így is, úgy is kutya kötelessége harcolni az életéért, Alex Parker! Önmagáért. Senki másért. Maga értékes darab. Nekünk pedig szükségünk van magára. Ha pedig belenéz a tükörbe, és nem igazán bűvöli el a látvány, akkor jusson eszébe, hogy ott az a nő nem más, mint maga! Az összes cucc és cicoma pedig nem jelent semmit! Maga most is pontosan ugyanaz, aki volt az események előtt. Ha változott is, legföljebb több lett, nem kevesebb. Ezt ne felejtse el!

Alex félelemmel vegyes tisztelettel hallgatta végig a prédikációt, aztán szó nélkül sarkon fordult, és kiment a

216

fürdőszobába. Ledobta a köpenyét, és sokáig álldogált a tükör előtt, de most is csak ugyanaz a nő nézett vissza rá, mint délelőtt, ugyanaz a szárnyaszegett madár, a melle helyén sebhelyet viselő, kopasz nő. De ahogy ott állt, érezte, hogy Brocknak igaza van. Harcolnia kell, de nem Annabella, Sam, Brock Stevens vagy bárki más kedvéért. Hanem önmagáért, azért, aki volt, aki még lehet és aki mindig lesz is. Elveszítheti a mellét, elveszítheti a haját, de önmagát nem veszítheti el. Ezt még Sam sem veheti el tőle. Kicsit pityergett még, hogy Brock mit gondolhat most róla, aztán megnyitotta a csapot, és beállt a zuhany alá. A meleg víz bő sugárban zúdult a fejére, a vállára, beborította az egész testét.

Farmert és pulóvert húzott, a délelőtt a mosdóban hagyott rövid parókából kirázta a saját hajszálait, és fejére igazgatta a „más haját". Aztán mezítláb kiballagott a konyhába.

– Az én kedvemért nem kell parókát viselnie – mosolygott Brock. – Csak akkor, ha úgy jobban érzi magát.

– Enélkül kísértetnek érzem magam – vallotta be Alex.

Brock rántottát csinált, hozzá pirítóst és sült krumplit. A krumpli már sok volt Alexnek, de keményen nekiállt birkózni a tojással és a pirítóssal, és sikerült is egy kicsit magába erőltetnie. Nem akart túl nagy kockázatot vállalni és az este hátralévő részét hányással tölteni. A gyomra rémesen tudott viselkedni, de gyanította, hogy egy dologban Samnek is igaza lehet: nagy szerepet játszanak itt az érzelmi és idegi tényezők.

Egy darabig szótlanul üldögéltek a konyhában, aztán Alex elmesélte, hogy Annabella mennyire örült az ajándékoknak.

– Nagy élvezet volt megvásárolni őket. Imádom a gyerekeket – mosolygott Brock. Megkönnyebbült, hogy Alex mégiscsak evett valamit.

– Akkor miért nem nősül meg? – érdeklődött Alex, a rántottát piszkálgatva a villájával.

– A cég nem ad egy percnyi szabadidőt sem – vigyorgott Brock kajánul. Egyszerre volt kamaszos és férfiasan jóképű.

– Na, majd enyhítünk egy kicsit a munkahelyi terheken – értette a tréfát Alex is. Aztán az ünnepekről beszélgettek, arról, hogy kinek milyen karácsonya volt, meg persze arról is, hogy Alexnek mennyire nyomasztó élmény volt Sammel ez a mostani karácsony. Brock közben lerámolta az asztalt, és elkezdett mosogatni.

– Ezt már nem kell megcsinálnia, Brock. Később majd én is elboldogulok vele.

– Ugyan miért ne csinálhatnám meg? Egy lendülettel ezen is túl vagyunk. Aztán mire jutott Vermonttal kapcsolatban? Én nem a saját egészségem, hanem a maga egészsége érdekében jöttem ide. – Mereven a nő szemébe nézett, s Alex, mint mindig, most is hálás volt neki.

– Nem tudok elmenni.

– Én meg nem adom föl. Liz is azt mondja, hogy Vermont nagyon jót tenne magának.

– Mi van itt? Felügyelőbizottság?! – nevetett föl Alex. Elképedt a dolgon, de meg is hatódott. – S az érdekel még egyáltalán valakit, hogy nekem miről mi a véleményem?

– Őszintén szólva, nem. – Brock ezzel kizárta a viták és vétók lehetőségét.

– Nincs magának egy rendes nője, akivel eltölthetné ezt a hetet?

– Maga is elég rendes nőnek látszik – szögezte le Brock, de Alex csak a fejét rázta, és a parókájára mutatott.

– Ne hagyja, hogy megtévessze magát ez a műszőrme konstrukció. Én túl kimerült vagyok ahhoz, hogy síeljek, túl öreg ahhoz, hogy udvaroljon nekem, túl beteg ahhoz, hogy jókedvű legyek, s amúgy mellékesen, még férjnél is vagyok.

– Ebből már alig maradt valami, és az se húzza már sokáig.

Alexnek most tetszett ez a nyers szókimondás.

– Bizony, így is van, barátom. Hát akkor mondjuk úgy, hogy én egy használt holmi vagyok – nevetett, aztán kíváncsian nézett a fiatalemberre. – Azt akarja mondani, hogy úgy kér most engem, mintha a csaja volnék? – Ezt persze ő maga sem hihette, és Brock is csak nevetett.

– Nem. De ha úgy a kellemesebb magának, akkor legyen a vendégem. Én barátként, jó haverként hívom magát. Olyan barátként, aki szeretné, ha a maga holtsápadt arcát megfogná egy kicsit a napsütés, ha ott üldögélne, forró csokoládét hörpölgetve, a jó meleg kandalló előtt, s ha esténként azzal a tudattal térne nyugovóra, hogy jó barátok között van, s nem elfeledve, magányosan penészedik valahol a nagyvárosban egy üres lakásban.

– Hát ez igazán gyönyörűen hangzik, különösen egy ilyen kölyök szájából, mint maga.

– Gyönyörű is. Nekem meg már nagy tapasztalatom van az olyan vén szatyrok gondozásában és etetésében, mint maga. A nővérem, mint említettem, tíz évvel idősebb nálam.

– Adja át neki őszinte részvétemet – vigyorgott Alex. – Mérget vennék rá, hogy alaposan megnehezítette számára az ellenkezést.

– Hát épp ezért látogattam meg most magát is – mosolygott kedvesen Brock, és Alex megint csak arra tudott gondolni, mennyire szereti is ő ezt a nagy kamaszt.

– Pedig már kezdtem azt hinni, hogy csak egy kis potya kajáért tolta ide a képét – vágott vissza Alex még mindig nevetve.

– Azért is, mi tagadás, de főként inkább azért, hogy beszéljek magával.

– Rohadtul unhatta már magát ott Connecticutban – cukkolta tovább Alex. De Brock határozottan élvezte a dolgot. Ahhoz már elég jól ismerték egymást, hogy efféle tréfákat megengedhessenek maguknak.

– Dögunalom volt az egész Connecticut. Így jó? De akkor most eljön velem, vagy mi lesz?

– Miért, hát van még választásom? Már kezdtem azt gondolni, hogy ha ellenkezem, akkor maga egyszerűen a vállára hajít és elhurcol innen.

– Azt is megtehetem, ha most rögtön nem lép.

– Tudja, maga tényleg őrült. Tényleg már csak az hiányzik magának, hogy egész úton Vermont felé szépen összehányjam magát, aztán félholtan dögöljek ott abban a házikóban, ha megérkeztünk.

– Én már úgy hozzászoktam ezekhez a hányásokhoz –

vigyorgott most Brock –, hogy nem is tudom, hogy lennék meg nélkülük.

– Maga meghibbant.

– Maga meg csupa bűbáj. És erre valók a barátok.

– Igazán? – kérdezte Alex, s már megint egészen meghatotta a fiatalember ragaszkodása. – Azt hittem, csak arra jók, hogy elintézzék a karácsonyi bevásárlást, hogy átvállalják az összes ügyet, s hogy fölszedjék az embert a fürdőszoba padlójáról, ha félájultan éppen ott fetreng. – Azt már nem tette hozzá, a vicc kedvéért sem, hogy ez már a férjek kötelessége volna, hisz az övé, mint tudjuk, e téren csődöt mondott.

– Akkor most szépen csukja be a száját, és csomagoljon be a bőröndjébe. Kezd már az agyamra menni.

– De hát ez lehetetlenség.

– Nyolckor magáért jövök. Vagy az túl korai? – nézett hirtelen aggódva Alexre.

– Nem, pont jó lesz. De maga tényleg komolyan gondolja? – Alex megint ellenkezni próbált. – Mi lesz, ha csajokat akar majd fölszedni és hazavinni?

– Ne féljen, nagy az a ház. Majd magára zárom a szobája ajtaját. Ezt megígérem.

Mindketten jókedvűek voltak, ahogy Alex kikísérte váratlan látogatóját. Aztán nem akarta elhinni, hogy hagyta megdumálni magát, ám hirtelen elkezdett előre örülni az utazásnak. Tudta, hogy a betegségből még négy és fél hónap hátravan, de valami történt vele. Sikerült megőriznie a kedélyét, a lelkierejét. Most már ő is *akarta* ezt a vermonti kiruccanást, most már ragaszkodott az életéhez. De legfőképpen végig akarta csinálni ezt az egészet. Tudta, hogy végig *kell* csinálnia.

16. fejezet

Oly boldog napokat, mint Vermontban, Alex azelőtt soha és sehol nem élt még meg, még a betegsége előtt sem. Telefonált Samnek és Annabellának, hogy tudják, hová is tűnt ő otthonról, és Samet bizony elég rendesen meglepte a bejelentés.

– Nem is tudtam, hogy te még képes vagy utazgatni – nyugtalankodott. – Biztos vagy te abban, hogy jót tesz neked, ha ott vagy? Ki van veled?

– Egy munkahelyi barátom. És nagyon jól vagyok. Majd szilveszter után találkozunk ismét New Yorkban. – Alex még megadta a vermonti házikó telefonszámát, de Sam és Annabella egyszer sem hívta fel.

Brock egyszerű, de nagyon kényelmes és barátságos házat bérelt. Négy külön hálószoba volt benne, meg egy hálóterem. Alex az emeleti, legnagyobb szobát kapta, Brock pedig beköltözött egy kicsibe a földszinten, hogy ne zavarja a nőt. Aztán úgy üldögéltek egymás mellett, mint két régi jó barát, olvasgattak, keresztrejtvényt fejtettek meg néha hógolyóztak, mint két gyerek.

Alex még a síelést is kipróbálta, de ez már tényleg túl sok volt neki, így aztán hosszú sétákat tettek Brockkal a behavazott tájon. A kemoterápia után Alexnek erre még volt ereje. És hetek óta nem érezte ennyire egészségesnek magát. Tulajdonképpen csak egy igazán rossz napja volt. De akkor is csak ágyban kellett maradnia, és estére már jobban lett.

Megérkezésük másnapján talált egy vén ródlit a garázsban, Brock azon húzogatta mindenfelé, hogy ne nagyon fáradjon el.

Brock este vacsorát főzött, s amikor Alex azt tanácsolta neki, hogy menjen el valahová a barátaival, akkor csak nevetett, és azt mondta, hogy ahhoz ő már túl fáradt. Szívesen maradt otthon Alexszel. Sőt egy este elmentek kettesben vacsorázni, és nagyon jól érezték magukat. A hét vége felé Alex sokkal jobb állapotban volt, mint ahogy ideérkezett. A legutóbbi kezeléstől már elég messze volt, ami persze azt is jelentette, hogy az újabb kezelés vészesen közeledett, de szerencsére még nem volt aktuális. Alexnek még soha nem volt ilyen szép vakációja. Brockkal gyorsan öszszebarátkoztak, és rengeteget nevettek.

Az egyik nap, amikor Brock visszatért a síelésből, a síkunyhóban találkoztak, hogy megebédeljenek. Alex állandóan mutogatta neki a csinos lányokat, s most egy kis csapat fiatal leányzóra hívta föl diszkréten a figyelmét, mondván, hogy Brocknak inkább azokkal kellene itt mulatnia, nem pedig ővele.

– De hát azok alig tizennégy évesek, az isten szerelmére! Börtönbe akar juttatni, Alex?! – S ezen megint jót nevettek.

– Azok?! Megvannak azok huszonöt évesek is, higgye el! – válaszolta Alex színlelt haraggal.

– Egyre megy. – Brockot még a harmincéves nők sem érdekelték. Nagyon jól megvolt ő Alexszel. De sohasem volt tolakodó, és sohasem hozta kellemetlen helyzetbe Alexet. Sokat beszélgettek Samről is. Alex bevallotta Brocknak, hogy mennyire fájt neki, amikor az áruháznál meglátta Samet azzal az angol csajjal.

– Én valószínűleg lelőttem volna a férjemet. Vagy a nőcit – mondta Brock, de Alex csak a fejét rázta.

– Nincs értelme. Ez már befejezett tény. És nem a nő hibája. Így hozta a sors. S ha mostanában belenézek a tükörbe, akkor meg is értem a helyzetet.

– Ez marhaság! – Brock mindig méregbe gurult, amikor Alex ilyesmiket beszélt. – Mert mi volna most, ha vele, Sammel történt volna meg a baj? Ha elveszítette volna az egyik kezét, lábát vagy heréjét? Akkor maga is hátat fordított volna neki?

– Nem. De mi nem vagyunk egyformák. S azt hiszem, hogy ez... a nőiesség egyik szimbóluma. Nem vagyok biztos abban, hogy a férfiak nagy része kibírná az ilyesmit. Nem mindenkinek van olyan férje, mint Liznek. Igaz, nekik sem ment minden simán.

– Én meg úgy látom, hogy épelméjű ember nem bassza szét a házasságát csupáncsak azért, mert a felesége elveszítette az egyik mellét, a haját vagy éppenséggel a cipőjét, a jóisten áldja már meg magát. Hogy tudja ezt elfogadni? – Brock szabályosan dühöngött.

Alex azonban bölcs mosollyal tekintett rá. Tíz évvel volt idősebb Brocknál.

– Pillanatnyilag nincs más választásom. A hapsi nem jön be hozzám vásárolni. Ez ilyen egyszerű. A bolt bezárt. Ő pedig másutt veszi meg, ami kell neki.

– És akkor ennyi? Maga ilyen könnyen föladja?! – Brockot bosszantotta ez a tehetetlenség, a küzdőszellemnek ez a teljes hiánya.

– Miért? Mit javasol? Lőjem le a nőt?

– Lője csak le! – mondta Brock a világ legtermészetesebb hangján. – Megérdemli.

– Hogy magának milyen vadromantikus indulatai vannak! – csóválta a fejét rosszallóan Alex.

– Inkább maga itt a romantikus álmodozó – sietett a viszontváddal Brock.

– De hát mit tegyek? Ha lelőném, az nagyon nem érné meg nekem, és nem tarthatnám meg ezzel a férjemet sem. A hapsi utál mindent, ami ronda és rendellenes. Ki nem állhatja a betegséget. Még arra is képtelen, hogy megnézzen engem. Egyetlenegyszer látott, nem sokkal a műtét után, de akkor is majdnem elájult. Valósággal belebetegedett abba, ami velem történt. És ez nem valami reményteljes alap egy boldog házassághoz.

– Szálljon szembe vele. Hiszen egy gyáva alak. Beszari majom.

– Lehet. De nagyon ért a nőkhöz. Ez az angol csaj elképesztően csinos, Brock. Életkorban egyébként pont magához való. Tudja mit? Menjen oda maga, vegye le a lábáról a csajt, aztán keményen küzdjenek meg érte.

Brock erre nem szólt semmit. Nem árulta el, hogy szívesebben venné le Alexet a lábáról. Nem ez volt a megfelelő pillanat. És Alex most annyira jól érezte magát vele, hogy Brock nem akarta elrontani a hangulatot.

A szilvesztert a házikóban töltötték. Nézték a tévét, pattogatott kukoricát rágcsáltak, és beszélgettek életük álmairól, a karrierjükről s arról, hogy mit szeretnének elérni az elkövetkező években. Alex szerető és gondoskodó feleséget kívánt Brocknak, az pedig gyógyulást és boldogságot Alexnek. Brock ehhez még hozzátette, hogy olyan boldogságot, amilyet Alex kíván magának. Éjfélkor pedig két szólamban, tökéletesen és gyönyörűen elénekelték az *Auld Lang Syne*-t, a régi szép időkről szóló dalt. Aztán Alex elment lefeküdni, és az ágyban még sokáig merengett kettejük barátságáról s arról, hogy milyen sajnálatosan ritka is ma már a jó barátság.

Mindketten szomorúak voltak, hogy másnap haza kell utazniuk, de Alex összehasonlíthatatlanul jobban nézett ki most, mint amikor megérkeztek. S valahogy észrevétlenül megváltozott. Ennyi energia és ekkora küzdeni akarás már rég nem feszült benne. Hirtelen és teljesen magától elhatározta, hogy igenis túl fogja ő élni ezt a rákot.

Csendben ült a kocsiban hazafelé. Arra gondolt, hogy ha csak egy este erejéig is, de megint találkozni fog Sammel. Tudta, hogy Samnek a következő napon Európába „kell" utaznia, s azt is sejtette, hogy igazából miért. Hogy a kis barátnőjével találkozhasson ott. Brock útközben folyton érdeklődött, jól érzi-e magát. Alex mindig azt válaszolta, hogy köszöni szépen, nagyon jól, bár teljesen elmerült a gondolataiban, s úgy látszott, a rosszullét kényszeríti erre a méla hallgatásra. Brock a leggyorsabb és legkényelmesebb sztrádán hajtott, hogy ezzel is megkönnyítse Alex számára az utazást, és egy darabig egymás kezét fogva száguldottak. Brock, a kolléga végérvényesen Alex jó barátja lett.

Késő délután értek haza, és Brockról lerítt a szomorúság, amikor a házhoz érve kitette Alexet. Alex a kiszállás előtt pár pillanatig mozdulatlanul ült a kocsiban, és csak nézett Brockra szótlanul. Azt sem tudta, hogyan kezdjen bele a hálálkodásba, a köszönetmondásba.

– Brock, maga visszaadta nekem az életemet. Remélem, ezt maga is tudja. Nagyon jól éreztem magam – nyögte ki végül.

– Én is remekül éreztem magam – válaszolt Brock. Aztán ujjaival gyöngéden megérintette Alex arcát. – Ne engedje meg senkinek, hogy kisebbrendűségi érzéseket ébresszen magában, Alex. Maga a legnagyszerűbb nő, akit valaha is láttam. – Könnybe lábadt a szeme, ahogy ezt mondta, és Alex is mélységesen meghatódott. Brock előtt nyitva állt az út, melyen csak pár lépést kellett tennie, hogy Alex szíve az övé legyen.

– Szeretem magát, Brock, ugye tudja... És maga nagy bolond. A legnagyobb ezen a környéken. Irtó jó férje lesz maga valami szerencsés leányzónak.

– Hát, én Annabellára várok – ült ki az a vigyor Brock képére, melyet Alex annyira szeretett. Amelytől olyan kamaszábrázata tudott lenni a fickónak.

– Annabella nagyon boldog lesz! Még egyszer köszönöm, Brock. – Arcon csókolta a férfit, a portás pedig már jött is a bőröndjéért.

S amikor estefelé befutott Sam és Annabella, Alex a korábbinál sokkal, de sokkal jobb állapotban fogadhatta őket.

Annabella ki nem fogyott a disneylandi mesélnivalókból. Pedig folyton ásítania kellett, és félig már aludt, de azért csak mondta és sorolta... Aztán megcsókolta az anyját, és beleájult az ágyba.

– Úgy látom, a gyerek eszméletlenül jól érezte magát – mosolygott Alex a férjére, aki szintén megérzett valami változást Alex körül. Tulajdonképpen külsőre nemigen változott semmi,' de úgy tűnt, mintha Alex megbékélt volna magával és mindazzal, ami történt.

– Én is remekül éreztem magam – mondta Sam. – Annabella nagyszerű útitárs. Jaj de rossz, hogy vissza kellett hoznom.

– Nekem pedig nagyon hiányzott – vallotta be Alex Samnek, de hogy egymást is hiányolták volna, azt egyikük sem említette. Most már más volt műsoron. Annak színlelése, hogy ők még házasságban élnek. Mindketten tudták, hogy ez nem igaz.

Sam még az este összecsomagolta a holmiját, s másnap reggel, épp amikor Alex és Annabella reggelizett, elindult Londonba. Megígérte, hogy majd Svájcból telefonál, s Annabella még utánaszólt, hogy ne felejtsen el hazaérni az ő szülinapjára. Amikor az apja mögött becsukódott az ajtó, döbbenten meredt az anyjára. Észrevette ugyanis, hogy az a búcsúzáskor sem kapott puszit a papától. De ezúttal már nem is tette szóvá a dolgot, nem is kérdezett rá. Tudta, miről van szó. Még a kis óvodás is észrevette, hogy nagyot változott otthon a világ...

A két csonka hét aztán szinte elrepült; Alex jó erőben volt ahhoz, hogy a gyereket balettra vigye; volt még egy szép, nyugodt hétvégéjük, aztán a rákövetkező hétfőn jött megint a rémálom. Esedékessé vált az újabb intravénás injekció. Alex ezúttal még a szokásosnál is rosszabbul volt. A hónap első injekciója mindig valósággal letaglózta, s erre jöttek még a Cytoxan tabletták mellékhatásai. Mire az injekció után visszaért az irodába, már úgy érezte, hogy a halálán van. Délután nem is tudott sokáig bent maradni, s Annabella elsírta magát, amikor meglátta. Aztán még végignézhette, ahogy nyomorultul és tehetetlenül öklendezik az anyja. Nem volt rajta paróka, s ez a látvány végképp kiborította a gyereket.

Alex másnap csak azért is elment dolgozni, de úgy érezte, sose lesz vége a napnak, s ötkor alig bírt hazaványszorogni. Carmen sírva fogadta a lakás ajtajában, de a derék házvezetőnőből az ékes spanyol nyelven előadott, hisztérikus jajveszékelésen kívül mást nem tudott kiszedni. Ment tehát tovább, befelé a lakásba, és mindent megértett, ahogy megpillantotta Annabellát. A gyerek, hogy, hogy nem, kopaszra nyírta saját magát, a nagy szabóollóval mind lenyisszantotta tündérszép, vörös fürtöcskéit. Hogy jobban hasonlítson a mamára...

– Jaj istenem, kicsi lányom, hát miért csináltad ezt?! – sírta el magát Alex is, és arra gondolt, hogy ezt aztán nagy műsor lesz Samnek megmagyarázni.

– Azért, hogy olyan legyek, mint te! – vágta ki a gyerek, de már el is bőgte magát, mert megsejtette, hogy valami rosszat csinált, s különben is rémülettel töltötte el az anyja betegsége. S most nem volt itt az apja sem, elutazott egy egész hétre, s Annabella idegeit ez is megviselte.

Alex megint megpróbálta elmagyarázni neki a betegsé-

226

ge lényegét, s újra elolvasták a beteg anyuka meggyógyulásáról írott könyvecskét, de ez sem segített. Alex túl fáradt volt ahhoz, hogy nagyobb meggyőződéssel vagy energiával fejtse ki a magyarázatait, Annabella pedig túlságosan föl volt zaklatva ahhoz, hogy ésszerű belátásokra jusson. Később még az óvodából is felhívták Alexet, és tájékoztatták arról, hogy az utóbbi időben nehezen kezelhetővé vált a gyerek, s folyton az anyja betegségéről és gyógykezeléséről beszél. Nem mondja ugyan ki, de az óvónőknek az az érzésük, mintha a gyerek az anyja közelgő halálától rettegne. Ide jutottak tehát. Alexet túlságosan megrémítette ez a váratlan jelenség, és egyébként is túl rosszul volt ahhoz, hogy segíthessen Annabellának kikecmeregni az idegi és érzelmi krízisből. Sam pedig, aki ebben a dologban mindkettőjüknek nagy támasza lehetett volna, egyszerűen nem volt sehol.

A helyzetet tovább súlyosbította, hogy Alex a kemoterápia minden hónapjával egyre rosszabb állapotba került ahelyett, hogy egyre jobban lett volna. S a hét vége felé már az irodájáig sem tudott elvergődni, pedig még rá várt Annabella születésnapi babazsúrjának a. megszervezése is. Tudta, hogy ez borzasztóan fontos esemény a gyerek számára, s ezért nem lehet elbliccelni. Annabellának igenis szüksége volt a megerősítésre, vagyis annak újabb megtapasztalására, hogy normális állapotok veszik őt körül, s hogy a család élete a megszokott mederben folyik tovább. És már nagyon régóta és nagyon várta ezt a születésnapot.

Megint Liz volt az, aki összevásárolta Alex számára az ajándékokat és a terítéshez és a dekorációhoz szükséges papírkellékeket. De amikor eljött a nagy nap, a pék tévedésből nem az Annabellának készített tortát küldte el, Alex pedig elfelejtett idejében telefonálni a bohócnak. Annabella legjobb barátnője, három másik meghívott gyerekkel együtt influenzás lett, nem jött el, s így a nagy születésnapi buli szép lassan teljes érdektelenségbe fulladt. Az egész nap egy katasztrófasorozat volt, hiába igyekezett minden tőle telhetőt megtenni Carmen is, és Alex elsírta magát, amikor fölfedezte a gyerek szemében a keserű kiábrándultságot.

227

Sam már előző este hazaérkezett. Álmos és földúlt volt a kontinensek közötti időeltolódástól, lerítt róla, hogy utált hazajönni, már az ajtón is feszült, kötözködő hangulatban lépett be, s amikor meglátta Annabella lenyirbált fejét, hát akkor aztán végképp elöntötte az agyát a vér.

– Hogyan engedhetted ezt meg neki?! – üvöltötte. – Hogyan? Egyáltalán miért hagytad, hogy megláthasson téged paróka nélkül?!

– Hánynom kellett, az isten szerelmére, Sam, akkor esett le a paróka a fejemről. Nem ellenőrizhetem minden percben, hogy vajon most éppen hogy nézek ki. Beteg vagyok! Érted? Beteg! – Alex nem vette észre, hogy Annabella rémülettől tágra nyílt szemmel figyeli a veszekedésüket.

– Akkor a gyereknek nem is szabadna itt lennie veled! – ordította Sam. Alex pedig, eliszonyodva ennyi aljasságtól, hirtelen lendületet vett, és úgy vágta szájon a férfit, hogy csak úgy csattant. Annabella erre hangosan felsírt, de a kedves szülők tovább folytatták a veszekedést.

– Ne merészeld ezt még egyszer mondani nekem! A gyerek nem megy innen sehová! Ezt jól jegyezd meg! – sikoltozta Alex, Sam pedig még mindig ordítozva válaszolt:

– Te fizikailag képtelen vagy a gyerek ellátására és gondozására! – bömbölte, miközben Annabella az anyja karjába menekült.

– Igenis képes vagyok! – sziszegte a fogát vicsorgatva Alex. – És ha csak egy ujjal is hozzá mersz nyúlni, te szemétláda, hát olyan válópert és eltiltási keresetet varrok a nyakadba, amilyet még sose láttál! Annabella velem marad, és kész! Világos?! – Alex minden porcikájában reszketve szorította magához a kislányt. Sam villámló szemmel méregette őket.

– De akkor tartsd a fejeden a parókát! – Sam csak egy kicsit hátrált meg Alex fenyegetésétől és gyermeke sírásától. Annabella nem akarta, hogy elszakítsák a mamájától, de azt is utálta, ha a szülei marakodtak. Úgy vélte a maga négyesztendős eszével, hogy biztosan ő az oka ennek a marakodásnak, de hogy valójában miért, arra igazándiból sehogyan sem tudott rájönni.

228

Ronda este volt ez mindannyiuk számára, és Sam rögtön elhagyta a terepet, ahogy Annabella lefeküdt aludni. Másnap ő és Alex leültek, és őszintén megbeszéltek néhány dolgot, de ez sem vezetett semmire. Most már végképp megérett az idő arra, hogy Sam elköltözzön itthonról, s ezt mindketten jól tudták. Mindkettőjüket megrázta a tegnapi este, az, hogy ökölre mentek Annabella szeme láttára. Sam azonban mégis tudott egy elképesztő meglepetéssel szolgálni: közölte, hogy úgy látja, Alex kemoterápiájának befejeződéséig neki nem szabad innen elköltöznie. Számára ebben a kérdésben döntő bizonyítékul szolgál Annabella önkopasztása. És úgy gondolja, neki igenis itt kell maradnia, hogy segítsen vigyázni a gyerekre, s hogy egyáltalán megvédje a gyereket attól, hogy belebolonduljon az anyjának a betegségébe és gyógykezelésébe.

– Semmi szükség nincs arra, Sam, hogy itt eljátszd nekünk a túlkoros szoptatós dajkát! Mehetsz, ha akarsz.

– Majd májusban költözöm el, amikor befejezed a kemoterápiát – közölte Sam határozottan.

– Nem akarom elhinni, hogy ezt te mondod nekem. Csakugyan az én kemoterápiám miatt maradnál itt?!

– Annabella miatt maradok, arra az esetre, ha túl roszszul lennél ahhoz, hogy ellásd a gyereket. S ha a kezelés véget ér, akkor majd elmegyek.

– Meg vagyok hatva. S aztán mi lesz, Sam? – Alex igyekezett sarokba szorítani a férfit. Szerette volna kiszedni belőle, hogy feleségül akarja-e venni a barátnőjét. S hogy egyáltalán ki az a nőszemély. De Sam még nem óhajtotta beavatni őt a titkaiba.

– Azt még nem gondoltam ki – válaszolta. Alex viszont könnyen kitalálhatta. Nem kellett hozzá sok ész. Sam fiatalos külsejű volt, jó alakú és nagyon is jóképű. Csak a vak nem látta, hogy valami új szerelem boldogságában lubickol. Alex nem is értette, hogy miért akar még itt maradni egy ideig, az ő kemoterápiájának befejeződéséig. Addig még négy hónap volt hátra, és a kezelés végét senki sem várta annyira, mint éppen Alex.

– Gondolod, hogy ki fogod bírni a végéig? – folytatta Alex az offenzívát.

– Vagy kibírom, vagy nem. Nem fogok állandóan itt lógni, de túl messzire sem megyek, hogy elérhető legyek, ha Annabellának szüksége lenne rám.

– Ó, ezt igazán nagyra értékelem! – mondta Alex kelletlenül. Azt is kívánta, hogy Sam minél előbb tűnjön el, s azt is, hogy inkább maradjon még. Önmagán sem tudott kiigazodni. Nem tudta, melyik a rosszabb megoldás. Ha Sam marad, az legföljebb késlelteti az elkerülhetetlen végkifejletet, és Alex már nem ringatta magát illúziókba, hogy az talán mégiscsak elkerülhető. Tudta, hogy Sam vagy most rögtön, vagy legkésőbb négy hónap múlva így is, úgy is itt hagyja őt. Mint ahogy sok vonatkozásban már így el is hagyta.

S amikor másnap elmesélte a történteket Brocknak, az nem akarta elhinni, hogy ilyen egyezségre jutottak. Sam maradásának Annabella szempontjából tényleg volt némi értelme, ugyanakkor viszont tehertételt jelentett mindenki számára, s azzal a veszéllyel fenyegetett, hogy a végtelenségig húzza-nyújtja a dolgok megoldását. És pontosan ugyanígy értékelte a helyzetet Daphne is. A nő olyan képet vágott, mint egy becsapott kisgyerek, amikor Sam közölte vele, hogy miben maradt a feleségével. Abban, hogy májusig nem költözik el otthonról.

– Annyira reménykedtem abban, hogy már most hozzám költözöl – nyafogott Daphne. Hiszen olyan csodálatos hetük volt Európában. Éjjel-nappal szeretkeztek, remekül érezték magukat a svájci Gstaadban, aztán Sam elvitte Daphne-t Párizsba, és megvett neki mindent, amit csak el tudtak vinni a két kezükben. Végigjárták a világhírű cégek, a Cartier és a Van Cleef, a Hermes és a Dior, a Chanel és a Givenchy exkluzív üzleteit, és bekukkantottak minden olyan kis butikba, amely iránt Daphne ott a helyszínen szerelemre lobbant. De a nő mindezeken túl leginkább és legfőképpen Samre tartott volna igényt, bár kénytelen volt megérteni azt is, hogy Sam miért nem költözik át most azonnal a lakásába.

– Nincs már olyan messze a május – vigasztalta Daphne-t Sam. És különben sem kell neki minden éjjel otthon aludnia. Azt fogja csinálni, amit eddig is, vagyis az éjszakák többségét Daphne-nél tölti. És szeretné őt bemutatni Annabellának is, bár még fél, hogy ez nagyon megzavarhatja és felkavarhatja a gyereket, aki képes lesz elárulni a dolgot az anyjának. Daphne azonban nem is erőltette a gyerekkel való találkozást. Hiszen már a legelején közölte Sammel, hogy ő nem igazán bolondul a gyerekekért és még egy sor egyéb dologért sem. Bolondult viszont a szexért, mindig, mindenütt és minden lehetséges alkalommal. Úgy is mondhatnánk, hogy végigszeretkezték egész Európát, rögtön nekiláttak, ha kettesben maradtak valahol, például a Dior, aztán meg a Givenchy próbafülkéjében is... Daphne vadul és szenvedélyesen csinálta, szinte megfiatalította Samet, és totálisan megszabadította gyötrelmes gondjaitól.

Februárban egy szombat délután Alex ismét „elkapta" őket. Épp a Christie's ékszerszalonjából jöttek ki, ahol megtekintették a kollekciót, majd Sam rendelt egy smaragdgyűrűt Daphne-nek. Rengeteg holmit vásárolt neki, és boldog volt, hogy agyonkényeztetheti a nőt. Alex hoszszasan nézett utánuk, ahogy ballagtak fölfelé a Park Avenue-n, szemmel láthatóan teljesen egymásba feledkezve. Alexet elszomorította ez az újabb találkozás. Ezekben a napokban egy csomó más dolog is rontotta a hangulatát. Ahogy például Annabella nézett eltávozó apja után, vagy ahogy érdeklődött felőle. A végén még Alexnek kellett kitalálnia különféle mentségeket a papa számára, miért nem alszik itt állandóan... Aztán még mindig elszomorította a teste látványa, s az is, hogy a haja nem kezdett nőni. Nem vidította fel különösebben Webber doktornő sem, amikor újra fölvetette a plasztikai műtét kérdését. Mivel épp elég idő telt már el az amputáció óta, kezdhetne gondolkodni a plasztikai lehetőségeken. Csakhogy Alexet ezek a lehetőségek nem érdekelték. Természetesen nem kedvelte meg azt, amit a tükörben látott, de már kezdett hozzászokni, hogy ő ilyen, és kész. S bármilyen furcsa is, Brock volt az, akivel megbeszélte a témát, s eléggé meglepődött, amikor Brock úgy nyilatkozott, hogy meg kell csináltatni a plasztikai műtétet. Egyébként már nem is maradt bizalmas téma, amelyet Brockkal ne tudott volna megbeszélni.

Nem voltak tabuk. Brock ideális „nagy testvérré" nőtte ki magát...

– Nem mindegy, hogy egy mellem van vagy kettő? Ugyan kit érdekel még ez? – kérdezte Alex harciasan Brcoktól a Le Relais étteremben, ebéd közben. Most éppen jó hete volt Alexnek, szünetelt a kemoterápia, s ebéd szünetben elmentek egy gyorsétterembe.

– Magát érdekli vagy legalábbis kellene, hogy érdekelje. Nem élheti le apácaként a hátralévő életét.

– Ugyan miért nem? Nagyon is jól áll nekem a fekete ruha, és a hajamat sem kell már levágnom vagy leborotválnom. – Alex a leghosszabb és legdúsabb paróka fürtjeivel játszadozott e fejtegetés közben, Brock pedig mindenféle bosszús és értetlenkedő pofát vágott.

– Maga tényleg nem valami vonzó jelenség ebben az állapotában. Komolyan mondom. És eljön még a nap, amikor magának sem lesz mindegy.

– Ugyan már! Nem jön az el soha. Szeretem ezt a korcs fazonomat. És akkor most mi van? Ha valaki szeret engem, akkor úgysem érdekli, hogy végigcsinálom-e ezt az egész procedúrát. És persze nem Samről beszélek most, ott egye őt a fene. Két teljesen új cicit kéne beszereznem ahhoz, hogy Samnél akár csak potenciális vetélytársa is lehessek ennek az angol pipinek.

– Ne törődjön vele. – Brock elgondolkodva nézett rá. – Én mégis úgy vélem, hogy meg kell csináltatnia a műtétet. Jobb lesz a közérzete. Nem fogja mindannyiszor kiborítani a látvány, ahányszor csak belenéz a tükörbe.

– Miért, magát ez érdekelné? – szegezte neki Alex a kérdést. – Már úgy értem, ha találkozna egy félmellű nővel.

– Nagy időmegtakarítás az ilyesmi – nevetett most Brock Alexen. – Nem kell rágódni ezeken a nehéz döntéseken. De engem nem érdekelne – mondta őszintén. – Csakhogy én kissé különc vagyok és fiatalabb. A maga korabeli férfiaknak fontosabb a külső, a megjelenés, és jobban szeretik azt, ami tökéletes.

– Hát igen, akárcsak Sam. Ismerjük jól a fajtáját, köszönjük szépen! – Most megint felvillant emlékezetében

232

Sam döbbent arca, ahogy a hegre bámult. – Rendben van. Maga tehát azt mondja, hogy vagy csináltassam meg a mellemet, vagy keressek magamnak egy fiatalabb hapsit. Hogy ez a két választásom van.

– Alapjában véve igen – mondta Brock, félig komolyan, félig megint a játék kedvéért. Alex most kitűnő hangulatban volt. És Brock már régóta szeretett volna egy csomó dolgot elmondani neki, de ehhez sohasem alakultak megfelelően a körülmények. Az alkalmas pillanat egyre csak váratott magára.

– Én viszont úgy látom, hogy a plasztikázás túl sok kellemetlenséggel jár. Még az orvos is megmondta, hogy pokoli fájdalmakra lehet számítani. Maga a procedúra pedig elég visszataszító. Bőrdarabokat szednek le innen is, onnan is, aztán csatornákat és lebenyeket, kanyarokat és dudorokat alakítanak ki, bevarrják az implantátumot, majd rátetoválják a mellbimbót. Miért nem jó, édes istenem, ha egyszerűen festek magamnak egyet? Olyan formájút, méretűt és színűt, amilyen nekem tetszik. Néhány dologra én igazán kapható vagyok ebben a kérdésben – tette még hozzá, de Brock csak nevetett rajta, és hozzávágta a szalvétáját, hogy hagyja már abba.

– Magának már rögeszméi vannak?

– Csodálkozik rajta? A mellemmel együtt elveszítettem a férjemet is, a fickó valósággal elmenekült otthonról, aztán fölszedett egy csinos kis *kétmellű* babát. Ez nem mond magának semmit? A férjecském, ha más nem, hát mohó természetű. Fél adagokkal nem éri be.

– Csináltassa meg a mellét.

– Szerintem meg inkább az arcomat kéne fölvarratni. Vagy megigazíttatni az orromat.

– Menjünk vissza dolgozni, mielőtt még kitalálja, hogy a fülét is át kell szabatnia más fazonúra.

Brock szeretett Alexszel együtt lenni és együtt dolgozni, és szerette Annabellát is. Már többször találkozott a gyerekkel, amikor az irodából különféle iratokat vitt haza Alexnek. Annabella vidám bácsinak tartotta, s ő tényleg szívesen játszott vele. Egyszer még korcsolyázni is elvitte, amikor Alex nagyon rosszul érezte magát, Carmen influenzát szedett össze, Sam pedig ki tudja, hol lófrált Daphne-vel.

Az irodába visszafelé menet a legutóbbi ügyükről beszélgettek. Alex már négy hónapja nem járt a bíróságon, de most egy olyan ügy következett, mellyel kapcsolatban Alex csak nehezen tudta eldönteni, hogy képes lesz-e végigcsinálni Brock segítségével. Sokat törte ezen a fejét a kemoterápia kellős közepén, végül úgy határozott, hogy átadja az ügyet Matthew Billingsnek.

Márciusban Brock újra meghívta őt Vermontba egy olyan hétvégén, amikor Sam elvitte Annabellát. Ismét remekül érezték magukat. Alex most is megpróbálkozott a síeléssel. A szokásosnál valamivel jobban volt, erősödött is egy kicsit, és a kemoterápiából már csak nyolc hét volt hátra. Rettenetesen várta e szörnyűséges tortúra végét, de tudta, hogy akkor más is történni fog. Méghozzá az, hogy Sam végleg elköltözik otthonról. És bár Alex csak nőcskének meg csajnak titulálta Sam barátnőjét, azt is sejtette, hogy valószínűleg össze fognak házasodni. Sam nyilvánvalóan fülig szerelmes volt a nőbe, és még Alex legóvatosabb puhatolózásainál is rögtön elzárkózott a téma elől. Sohasem vallotta be, hogy van valakije, ugyanakkor nyilvánvaló volt, hogy Alex tud a harmadikról. Sam azonban gentleman volt most is, és nem tárgyalta ki a barátnőjét a feleségével.

A kemoterápia vége ilyenképpen azt is jelenti, hogy Alexnek szintén új és önálló életet kell kezdenie. Tudomásul kell vennie, hogy számára többé Sam nem létezik, még akkor sem, ha egyelőre egy lakásban lakik vele. S a kemoterápia után Alex újra szerepelhet a bírósági tárgyalásokon. De azt még nem tudta, hogy mihez is fog kezdeni ezzel az új, önálló életével. Néha rátört a félelem, hogy megint magányos lesz, bár Brock egyre csak azt ismételgette, hogy ne izguljon, mert a nehezén már túljutott.

A sílifttől ballagtak hazafelé Sugarbushban, amikor Brock megint épp ezt fejtegette. Alex eltűnődve nézett rá, és belátta, hogy a fiatalembernek igaza van. Férj nélkül végigszenvedni a kemoterápiát bizony nem leányálom, de hát a Gondviselés szerencsére elküldte neki Brockot, aki mindig kéznél volt, amikor ő kiszolgáltatott helyzetbe került.

Brock egyszer még az orvoshoz is elkísérte, hogy személyesen tájékozódjon a helyzet és a kilátások felől, és fogta Alex kezét az egész procedúra alatt. Az elmúlt hat hónapban szinte mindent megtett Alexért. Alex már rég a testvérének, gondoskodó bátyjának tekintette, és bátran elmondott vagy megmutatott neki bármit.

Este megint a plasztikai műtétről kezdtek beszélgetni. Ezúttal Alex főzte meg a vacsorát, és Brock megdicsérte, hogy nagyszerű szakács, már majdnem olyan jól főz, mint ő maga.

– Mi az, hogy majdnem?! De nagy a szája! Tud maga például egy rendes pudingot főzni? – vágott vissza Alex. Mindig ugratták egymást, mint két kölyök, soha nem hagytak ki a másik rovására elsüthető egyetlen poént sem, kicsúfolták és megtréfálták egymást, ha csak tehették, és jó nagyokat nevettek. Ha éppen nem kellett nyomasztó problémákon tépelődniük.

– Pudingot? Már hogyne tudnék! – füllentett Brock komoly képpel, de Alex elnevette magát.

– Na jól van, *én sem* tudok, megnyugodhat, barátocskám!

Aztán újból elővették a Webber doktornő által javasolt plasztikai műtét témáját. Nehéz, lehangoló téma volt, de ők néha épp azért kezdtek hülyéskedni, hogy oldják az ilyen komor témák keltette szomorúságot és feszültséget. Alex végül és most először komolyan kijelentette, hogy hajlandó alávetni magát a plasztikai műtétnek. Most nem is akart erről beszélni, de hát Brock megint előhozakodott vele.

– *Muszáj* megcsinálnia – hangzott el sokadszor a jól ismert érvelés. Alex hirtelen megfordult, és egyenesen a fiatalember szemébe nézett. Brockkal szemben semmi szégyen- vagy szeméremérzete nem volt. Mitől is lett volna, ha egyszer hónapokon át ott hányt a szeme láttára. És a kopasz fejét is látta már nemegyszer. Alex tehát semmi kivetnivalót nem talált abban, ha megmutatja Brocknak *azt* a testrészét, amelyről lassan egy fél éve már folyton beszélgetnek. Jól belenézett hát most Brock képébe, és igyekezett kitalálni, hogy vajon hogyan reagál majd a kérdésre az ő bizalmas „kisbarátja", akinek véleményében és jó szívében maradéktalanul megbízhatott.

– Akarja látni? – vetette föl lazán, valahogy úgy, ahogy az ovisok kérdezik egymástól a bokor mögött, hogy mcgmutassam-e nektek a micsodámat. Alex furcsán is érezte magát egy pillanatra, és idegesen nevetett, de Brock komoly képpel nézett rá, és bólintott.

– Igen, szeretném látni. Mindig is foglalkoztatott, vajon milyen lehet – mondta őszintén. – Sehogy sem tudom elképzelni, hogy olyan borzasztó volna, amilyennek maga állítja.

– Pedig igenis borzasztó! – figyelmeztette Alex. – Nem felemelő látvány, és ott van még az a sebhely is. – Igaz, tette hozzá magában Alex, most már valamivel jobban néz ki, mint októberben. Aztán minden teketória nélkül lehúzta a pulóverét, és szép lassan kigombolta a blúzát. Levetette ezt is, aztán egy pillanatnyi tétovázás után lehúzta magáról a meleg téli trikót is. Melltartót nem viselt. Olyan volt az egész, mint valami lassú és nagyon ízléses sztriptíz. Alex ott állt tehát félmeztelenül, egy csupasz és egy hiányzó mellel a fiatalember előtt.

Brock mielőtt bárhová is nézett volna, először Alex tekintetét kereste, s ebből a tekintetből az sugárzott, hogy igen, tessék, szabad. Brock pillantása ekkor lejjebb rebbent, a szíve pedig rögtön megesett a nőn, aki gyönyörű volt és fiatalos és borzasztóan elesett. Egyik melle még mindig formás volt, de a másikat mintha csak karddal nyisszantották volna le. Brock gondolkodás nélkül Alex felé nyúlt, és lassan magához húzta. Most már nem volt képes mást mutatni vagy másként cselekedni, mint ahogy érzett. Túl hosszú ideje szerette már ezt a nőt ahhoz, hogy most, ez után a bátor jelenet után is képes legyen titkolni az érzéseit.

– Maga olyan gyönyörű! – suttogta Alex nyakába. – Olyan tökéletes és olyan bátor… és olyan kedves, Alex! – Kicsit eltolta magától, hogy jobban szemügyre vehesse. – Maga igazán fantasztikus!

236

– Egy mellel is vagy csak kettővel? – kérdezte halvány, szégyenlős mosollyal Alex, s közben eszébe jutott, hogy eredetileg mi is volt az az ok, ami miatt megmutatta magát Brocknak, akitől ezt a reakciót egyáltalán nem várta. Igazából persze azt sem tudta, hogy milyen reakciót várt, de ez a hirtelen gyöngédség igencsak meglepte és lelke mélyéig megindította.

– Én így szeretlek téged, pontosan ilyennek, amilyen vagy – mondta halkan Brock. Szorosan magához ölelte a nőt, hogy érezze testének melegét. – Pontosan ilyennek szeretlek – ismételte, kissé zavarodottan a számára is váratlan helyzettől.

– Nem ezt akartad mondani – suttogta most Alex. – Arról volt szó, hogy objektív véleményt mondasz a külsőmről. – Alex hirtelen maga is roppant vonzónak találta a férfit, s e nem várt érzéstől meglepődött. Kettejük viszonya olyan baráti volt és olyan szűzies, hogy el sem tudta volna képzelni a vágyak, az érzékiség és az érzelmek ilyen hirtelen és ekkora hőfokú fellobbanását.

– Mondok én rólad objektív véleményt is – suttogta Brock, ajkával cirógatva Alex arcát. – Nagyon-nagyon-nagyon szép vagy, és én képtelen vagyok megfékezni most a kezemet. – És lassan, nagyon lassan, Alex által még sohasem tapasztalt gyöngédséggel szájon csókolta. Közben egyik kezével Alex mellét simogatta, a másikkal pedig félénken megérintette a heget. Aztán Brock olyan szorosan ölelte magához, hogy szinte levegőt sem kapott, és egyre vadabbul csókolta.

– Brock... mit csinálunk?! – lihegte Alex egy pillanatnyi szünetben. Képtelen volt összeszedni a gondolatait, és a következő pillanatban már azt is tudta, hogy nem is akarja összeszedni őket. – Mit... jaj... mit csinálunk...? – nyögte még elhaló hangon, és pár perc múlva ott álltak anyaszült meztelenül. Brock aztán felnyalábolta, lefektette a lobogó kandalló előtti, széles heverőre, és ajkával bebarangolta testének minden négyzetcentiméterét, végül nagy erővel szorította őt magához...

– Ó, Brock...! Ó, Brock...! – Alex számára hihetetlennek tűnt ez az egész. Nem értette, mi történik. Hogyan képesek ilyesmit művelni? Hiszen ők barátok. Voltak... Mert Brock most egy csapásra sokkal-sokkal több lett. Részévé vált az életének, a világának és... a testének is, ahogy egyetlen lendülettel beléhatolt. Felnyögtek mind a ketten, egyszerre, halkan és elnyújtott hangon, mint azok a szerelmesek, akik már időtlen idők óta várták a beteljesedés nagy pillanatát. Aztán sokáig ringatták és gyötörték egymást, a tűz meg csak lobogott, s néha fényesen pattogtak szerteszét a szikrák. S egyszer csak artikulálatlan kiáltások hagyták el Brock ajkát, Alex testét pedig görcsös borzongáshullámok remegtették meg, ahogy hirtelen egyszerre a csúcsra jutottak. Utána sokáig feküdtek némán, aléltan egymás karjában. Brock már nagyon régóta várt erre a pillanatra, Alex viszont sohasem vette észre, milyen érzelmeket is táplál iránta a kedves kollégája. Lassan fonódtak és nőttek egymásba, mint két, szorosan egymás mellé ültetett fa, lombkoronájuk egybeolvadt, gyökereik eggyé váltak, hogy soha többé ne lehessen szétválasztani őket.

– Jaj, istenem, mi történt velünk? – mosolygott Alex kéjesen nyújtózkodva, Brock pedig megcsókolta és magához szorította.

– Akarod, hogy megmagyarázzam? – kérdezte Brock. – Nem tudod, hogy milyen rettenetesen vágytam én erre. El sem tudod képzelni, mennyire szerettelek, s mennyit imádkoztam e pillanat eljöveteléért. – Brock csak úgy ragyogott a nagy-nagy boldogságtól.

– De hát hol voltam én, míg mindez bekövetkezett? – hebegte Alex, és az ő arca is sugárzott az örömtől. Ez volt élete legboldogabb pillanata. Brock érzékeny volt és kedves és ellenállhatatlanul érzéki. S mivel már oly régóta voltak igen közeli barátok, most nem volt nehéz megszeretni őt erről az oldaláról is. Ez az átmenet egyszerre volt gyengéd és erőteljes, és Alex úgy érezte, örökre ehhez a férfihoz van láncolva az élete. – És hogy lehettem olyan vak, hogy nem vettem észre, mit érzel irántam? – tette még hozzá, de maga is érezte, hogy ez kicsit hülye kérdés volt.

– Nagyon lekötötte a figyelmedet az örökös hányás – válaszolta Brock, hogy ő se maradjon le egy hülyeséggel.

238

– Csak így történhetett. Tényleg – vigyorgott megint Alex. – És örülök, hogy én mindössze azzal az apró kis ravaszsággal járultam hozzá a végkifejlethez, hogy levettem a ruhámat. – Aztán hirtelen elnevette magát, muszáj volt már-már röhögnie a saját naivitásán. Soha, egyetlen pillanatra sem fordult volna meg a fejében, hogy ilyesmi történhet köztük, de most kimondhatatlanul örült neki. El sem akarta hinni, hogy szeretkezett (de mekkorát!) Brockkal, a csonkolt és sebhelyes testével, méghozzá úgy, hogy eszébe sem jutott szégyellni vagy eltakarni magát. S miközben ezek a gondolatok kavarogtak a fejében, egy laza mozdulattal levette és félrehajította a parókáját. Nem volt szükségük semmi pótlékra. – Szóval, úgy látom, akkor nekem már nem is kell visszaplasztikáztatnom a mellemet – vetette föl jókedvűen Alex. – Hiszen, íme, fogtam magamnak egy fiatalabb hapsit. Nem te mondtad, hogy ez a két választásom van? – Rámosolygott Brockra, aztán elfogta valami nyugtalanság. – Rájöttél már, ifjú őrült, hogy milyen öreg vagyok én? Tíz évvel vagyok idősebb nálad. Nem sok hiányzik, és az anyád lehetnék.

– Marhaság! Úgy viselkedsz, mint egy tizenkét esztendős csitri. És megnézhetnéd magad nélkülem – tette még hozzá a férfi kíméletlen őszinteséggel, de minden arrogancia vagy nagyképűség nélkül.

– Ez történetesen igaz. De ettől én még nem leszek olyan fiatal, mint te!

– Mert aztán ez engem érdekel is...

– Pedig érdekelhetne. Kilencvenéves korodban én már a századikat fogom taposni!

– Akkor majd becsukom a szemem dugás közben, nyugodj meg!

– Én meg neked adom a parókáimat!

– Rendben. Megegyeztünk.

Brock lenyúlt a földre a parókáért, a fejére húzta, és Alexnek csak addig volt alkalma mulatni a jeleneten, míg Brock ajka el nem érte a száját. Csókolózás közben aztán megérezte, hogy Brockban megint kezd feltámadni a férfiasság. Az ismét rájuk tört, elemi erejű vágynak egyikük sem tudott ellenállni. Vadul szeretkeztek a kandalló lassan kihúnyó parazsainak fényében, aztán Brock, félve, hogy túlságosan kimeríti Alexet, befejezte a dolgot, és elment egy takaróért. Jó melegen bebugyolálta Alexet, és átölelve tartotta, míg el nem aludt. Brock végtelenül boldognak és szerencsésnek érezte magát, és tudta, hogy többé nem hagyja el ezt a nőt. Túl sokáig kellett várnia rá, míg végre megkapta. Mindent meg fog tenni, hogy megtarthassa. Hiszen Alex most már tényleg az övé, és nem Samé. És Brockból nem hiányzott az elszánás, hogy ezt a nagyszerű nőt soha, de soha többé ne engedje ki a kezéből.

17. fejezet

Vermont után egy héttel Brock megint elkísérte Alexet a kemoterápiára, és csendben végigülte a vizsgálatot is meg az azt követő intravénás procedúrát is. Alexnél az összes röntgen és egyéb vizsgálat kedvező eredményeket mutatott, a terápiából már csak hat hét volt hátra. Webber doktornő nagyon elégedett volt, és Brockot is bevonta a kezeléssel kapcsolatos ügyek megtárgyalásába. Úgy beszélt velük, mintha házastársak volnának.

– Ez kissé bizarr, nem? – mosolygott Alex szégyenlősen, miközben fogtak egy taxit, hogy visszamenjenek az irodába. Nekidőlt Brocknak, és érezte, hogy megindulnak a hányinger első hullámai, de Brock társaságában végtelenül nyugodtnak érezte magát.

– Mármint kicsoda a bizarr? – kérdezte Brock, és azt figyelte, hogy a körülményekhez képest jól van-e Alex.

– Nem kicsoda, hanem micsoda – mosolygott Alex, megigazítva félrecsúszott parókáját. – Az a bizarr, hogy az emberek házastársként kezelnek bennünket. Nem is vetted még észre? A múltkor Sugarbushban a bolti eladó azt hitte, hogy a férjem vagy. És Webber doktornő is úgy beszél előtted, mintha te mindenbe be volnál avatva. Hát senki sem veszi észre, hogy én majdnem az anyád lehetnék?

– Azt hiszem, nem veszik észre – mondta Brock, megcsókolva Alex orrát.

– Neked tizennégy éves kamaszokkal kellene még játszanod. Úgy értem, *egészséges* tizennégy évesekkel.

– Törődjön a maga dolgával, ügyvédnő, kérem!

Abban viszont mindketten tökéletesen egyetértettek, hogy a munkahelyükön titokban kell tartani a dolgot. Az üzlettársak és kollégák közötti „fraternizálás", házasságkötés vagy élettársi kapcsolat ugyanis szigorúan tilos, és ha ilyen kapcsolat mégis kialakul, akkor legalább az egyik félnek el kell hagynia a céget. Más ügyvédi irodáknál is ez az íratlan szabály, s ebben a konkrét esetben, ha kitudódna a kapcsolatuk, Brock mint alacsonyabb beosztású kolléga azonnal elveszítené az állását.

Az irodától alig háromsaroknyira dugóba kerültek, és Alex már nem tudott ellenállni a kemoterápia kiváltotta rohamnak. Az út szélére kellett húzódniuk, és Brock gyöngéden tartotta Alexet, aki a járdaszélen álló tucatnyi ember szeme láttára félönkívületben, görcsösen hányt a kanálisba. Rettenetes öklendezés kínozta, majd' belehalt, de nem tudta visszafojtani az ingert. Még a taxis is sajnálkozva nézte, hiszen nyilvánvaló volt, hogy nagyon beteg, nem pedig részeg. Brock megkérte a sofőrt, hogy várjon, a taxióra közben hadd menjen. Félórát szenvedtek így, míg végre el tudtak indulni. Brock inkább haza akarta vinni Alexet, de ő ragaszkodott ahhoz, hogy menjenek vissza az irodába és dolgozzanak.

– Ne őrülj már meg teljesen, az isten szerelmére! Neked most haza kell menned és le kell pihenned.

– Nekem most dolgoznom kell! – vágott vissza Alex, aztán szomorúan elmosolyodott. – Ne hidd, hogy dirigálhatsz nekem, mert szerelmes vagyok beléd.

– Mert neked aztán olyan könnyű is dirigálni...

Brock kifizette a taxit, aztán elindultak fölfelé. Alexet járás közben is támogatni kellett, de látva őket senki sem gondolt másra, mint, hogy Brock segít a nőnek... Az üzlettársak mindegyike tudta, hogy Brock Alex beosztottja, s hogy Alex hónapok óta súlyos beteg. Mindenki mély együttérzéssel tekintett rá.

Liz elment egy csésze teáért, Alex pedig újabb órácskát töltött a fürdőszoba padlóján. Amikor jobban lett, nekiláttak az egyik per anyagát előkészíteni.

– Ez tényleg nem normális állapot – tette le végül Alex a ceruzát.– Több időt töltünk a fürdőszobában, mint az íróasztalnál.

– De már nem sokáig – emlékeztette Brock. És nem volt fölösleges az a „fürdőszobai idő" sem. Webber doktornő szerint a rák elmúlt, megszűnt, remélhetőleg mindörökre.

Brock ötkor hazavitte Alexet, aztán visszament az irodába, és este kilencig dolgozott. Távozás előtt fölhívta az asszonyt, és megkérdezte, fölugorhatna-e egypár percre, mert szeretné látni. Sam persze megint nem tartózkodott otthon.

– Hajlandó vagy beengedni? – kérdezte szelíden.

– Hát persze. Örülök, ha látlak.

Alex még mindig az elmúlt csodálatos hétvége hatása alatt állt, de a kemoterápia brutális mellékhatásai lehetetlenné tették számukra a folytatást. Alex persze így sem felejtette el a Vermontban együtt eltöltött, álomba illő, meseszép órákat. Félórával a telefonhívás után betoppant Brock, virágcsokorral a kezében. Már az ajtóban szájoncsókolta Alexet, aki hálóingben és köntösben fogadta. A hosszúra nyúlt csók közben aztán a köntös a padlón kötött ki, ahogy Brock keze mindenfelé elkalandozott. Alex parókát viselt, és Brock félig komolyan, félig viccesen emlékeztette, hogy az ő kedvéért igazán nem kell föltennie ezt a vendéghajat.

– Sokkal szexisebb vagy nélküle. Nekem jobban tetszel, ha nincs a fejeden.

– Mindig mondtam, hogy bolond vagy!

– Tőled bolondultam meg – suttogta Brock, ahogy visszavitte Alexet az ágyba, és elkezdte csókolni megint, ahol csak érte. Aztán kiment a konyhába, és keresett egy vázát a virágnak. Alex most sokkal jobban nézett ki, mint délután. Brock odaült az ágya szélére és sokáig beszélgetett vele, miközben ujjaival Alex testén barangolt, nem hagyva ki egyetlen, számára különösen izgalmas környéket sem.

– Boldog és szerencsés embernek mondhatom magam – mondta, Alexet nézegetve. Oly sokáig várt erre a nőre... És szerette volna megmenteni. Megmenteni a halálos betegségtől és megmenteni attól a félállat férjétől. S íme, most övé lett, magától omlott a karjába. A sors útjai kifürkészhetetlenek...

– Bolond kisfiú vagy te, Brock – mosolygott rá Alex, de azért tisztában volt azzal is, hogy Brock nem kisfiú, hanem igenis férfi. Mindig emlékeztetnie kellett magát, hogy Brock sokkal fiatalabb nála, s mégis védi őt, biztonságérzetet nyújt neki, ápolgatja, dédelgeti...

– Sam hol van ilyenkor? – kérdezte Brock közbevetőleg.

– Megint Londonban. Itthon alig látjuk. Azt mondja, egyébként is csak addig marad, míg bc nem fejeződik a kemoterápiám. Szerintem most lakást keres. A múlt héten is kereste egy ingatlanügynök valami lakás ügyében. Azt hiszem, össze akar költözni a barátnőjével. – Alex igyekezett mindezt olyan hangon előadni, mintha nem is bántaná a dolog, de ez nem egészen sikerült. Még mindig fájt neki, ha eszébe jutott, hogy Sam ocsmány módon cserbenhagyta és elárulta.

– Pert fogsz indítani ellene?

– Egyelőre nem. Ráérünk még. Mindegy, hogy most vagy később. Most csak elkezdi ki-ki a saját életét.

Brockot viszont izgatta az ügy. Ám azt is tudta, hogy korai még sürgetni Alexet. Ugyanakkor szeretett volna minél előbb abban a tudatban élni, hogy a nő csak az övé. Az a nő, akivel az egész életét kívánta leélni. Szerette volna hát Samet minél előbb kiradírozni a képből.

Tizenegyig maradt. Akkor szépen ágyba dugta Alexet, eloltotta a lámpákat, és távozott.

Másnap ő főzött vacsorát Alexnek és Annabellának. Azután Alexszel még dolgoztak egy kicsit, s amikor ágyba dugta a nőt, nagy erőfeszítésébe került, hogy megfékezze magát. Alex olyan gyönyörű és olyan kívánatos volt, hogy Brocknak már-már fájdalmat okozott, hogy nem szeretkezhet vele. Azt sem merték megkockáztatni, hogy fölébresztik a gyereket. Annabella egyébként megint jót játszott Brockkal, és Alex már nem is értette, hogy mi történik itt. A gyerek barátjául fogadta Brockot, méghozzá a legkisebb húzódozás vagy ellenkezés nélkül.

Hétvégén Alex ismét jobban érezte magát. Carmen már szombat délelőtt megérkezett, így Alex Brocknál tölthette a napot. Szinte ki sem jöttek az ágyból, és Alexnek még sosem voltak ilyen csodálatos szeretkezésélményei.

Vasárnap pedig Brock ment át, hogy Alexszel és Annabellával töltse a napot. Alex előre közölte vele, hogy dolgozniuk kell, de hozzá sem nyúltak az iratokhoz. Inkább elmentek az állatkertbe, aztán megebédeltek valahol, majd levitték Annabellát a játszótérre, és nézték, hogyan játszik a többi aprósággal. Ők pedig pontosan úgy festettek, mint a többi vasárnapi szülő.

– Neked egy korban jobban hozzád illő valakivel kéne most lenned – szedte elő megint a témát Alex, amikor eszébe jutott a tegnapi nap. Ezúttal azonban kevesebb meggyőződés csengett ki a szavaiból. Nehéz lett volna ugyanis elszakadnia Brocktól. Valóságos rabja lett a gyöngédségének, észjárásának, beszédének és testének. – Hogyan lesznek így gyerekeid?

– Neked még lehetnek? – kérdezett vissza Brock. Ez a gyerekdolog nem nagyon izgatta. Szerette Annabellát, és semmi kifogása nem lett volna az örökbefogadás ellen.

– Nem hiszem. Annabella megszületése után állandóan azon dolgoztunk, hogy ismét teherbe essek, de nem sikerült, és senki sem tudta kideríteni, miért nem. Webber doktornő pedig azt mondja, hogy az én koromban a kemoterápia meddővé teszi a nők ötven százalékát. Nem tudom, én melyik kategóriában kötök majd ki, de a betegség kiújulásának veszélye miatt öt évig most egyébként sem szabad teherbe esnem. Öt év múlva pedig már túl öreg leszek. Mást érdemelnél te, Brock. Jobb nőt.

– Én is mindig ezt mondom magamnak – bolondozott Brock.

– De én komolyan gondolom.

– Ez engem nem zavar. Nem hiszem, hogy feldúlná a lelki nyugalmamat, ha sohasem lehetne saját gyerekem. Szerintem az örökbefogadás is klassz dolog. Vagy van valami kifogásod ellene? – kérdezte kíváncsian. Tényleg voltak dolgok, melyekben még nem ismerte Alex véleményét.

– Még sohasem gondolkodtam rajta. Lehet, hogy tényleg klassz. De hát nem gondolod, hogy egy szép napon majd mégiscsak elkezd bántani, hogy nincs saját gyereked? Mert hát az is klassz dolog ám – nézett most Alex eltűnődve Annabella felé, majd Brockra. – Ezt én sem éreztem, míg meg nem született Annabella. Csak akkor jöttem

245

rá, hogy addig mit hagytam ki. Most már bánom, hogy nem kezdtem korábban.

– Nyilván nem volt időd, olyan karrierrel, mint a tiéd. Én még most sem értem, hogyan tudod összeegyeztetni ezt a két dolgot.

– Állandó zsonglőrködéssel. Minden lépésnél föl kell állítani a fontossági sorrendet, ami persze időnként tökéletesen felborul. De többnyire beválik. Annabella már nagy gyerek, és én igyekszem annyit vele lenni, amennyit csak tudok. És Sam is nagyon jól kijön vele, már persze ha otthon tartózkodik. – Ez volt az első alkalom, hogy Brock valami jót is hallott Samről.

Este elmentek egy különleges étterembe vacsorázni. Brock vidám történetekkel szórakoztatta Annabellát és bohóckodott is neki egy kicsit. A nap végére már igazán jó barátok lettek. Másnap pedig Brock visszavitte Alexet Webber doktornőhöz. S aztán minden kezdődött elölről megint, a hányás, a kimerültség s végül a két vagy három jó hét. De most szinte repült az idő.

Loptak maguknak időt, amikor csak tudtak. Brock késő éjszakáig Alexnél maradt, ha Sam nem volt otthon, ami nagyon gyakran előfordult, vagy Brock lakásában találkoztak, miközben Carmen vigyázott a gyerekre. És minden találkozó után csak még jobban kívánták egymást. Sőt, egyszer még Alex irodai fürdőszobájában is megfeledkeztek magukról. Aztán Brock rosszul visszagombolt ingben és félrecsúszott nyakkendővel lépett viszsza a szobába, Alex pedig majd megszakadt a nevetéstől, ahogy ránézett. Úgy viselkedtek, mint két kölyök, de vidámak voltak, jól érezték magukat egymással, és ezt meg is érdemelték mindketten. Alex nagyon nagy árat fizetett mindezért már jó előre, Brock pedig rengeteg volt kénytelen várni. Sosem voltak még ilyen boldogok. Brockot Carmen is megszerette. A bejárónő gyűlölte Samet mindazért, amit Alexszel az utóbbi hat hónapban művelt, most pedig tiszta szívből örült annak, hogy Alexet újra boldognak láthatja. A kapcsolatot Liz is „kiszúrta", örült neki ő is, de persze fapofával játszotta el, hogy nem vett észre semmit.

Állandóan együtt dolgoztak, többet is, mint azelőtt, és mindenben kikérték egymás véleményét. Alex minden ügyének előkészítésébe bevonta Brockot, ezen senki sem csodálkozott, hisz mindenki tudta, hogy Alex nagyon beteg, és rá van szorulva Brock segítségére. Mindenki csodálattal tekintett a munkamódszerükre és az eredményeikre. Tökéletes emberi és munkakapcsolat volt köztük. Alig akadt olyan órája a napnak, amikor ne lettek volna együtt, és egyiküket sem zavarta a másik állandó jelenléte. Sőt, kifejezetten élvezték.

Még Sam is felfigyelt arra, hogy Alex megváltozott. Vidámabbnak és derűsebbnek látszott, s ha nagy ritkán együtt reggeliztek, még tréfálkozott is vele, és a férfi nem vette észre, hogy haragudna rá.

Alex egy áprilisi délelőtt kérdezett rá végül is, hogy mikor óhajt elköltözni a lakásból. Carmen elment az óvodába a gyerekkel, ők pedig éppen az újságokat olvasták reggeli után a konyhában.

– Sürgős neked ez a dolog? – nézett Sam kissé meglepődve.

– Nem – mosolygott szomorúan Alex –, de állandóan telefonálnak ide az ingatlanügynökök, hogy megint találtak egy neked való lakást. És úgy gondoltam, hogy választottál már. – Az ügynökök most már valóban éjjel-nappal telefonáltak, és Daphne is folyton nyaggatta Samet, hogy intézze már el ezt a dolgot. Ő már nagyon régóta vár türelmesen, és most már szeretné, ha Sam teljesen az övé lenne. Samnek pedig mindig volt valami rossz érzése, ha egy-egy este hazament. Nem szívesen ment haza, az igaz, de Annabellával szemben mégiscsak volt egy kis lelkifurdalása, amiért nem marad ott vele másnap is...

– Még nem tudtam választani. De ha választottam, majd szólok – mondta Sam hűvösen. – Még különben sem fejezted be a kemoterápiát – figyelmeztetett. Alexnek pedig egy pillanatra az volt az érzése, hogy Sam csak halogatja az elköltözést. Jól tudta, hogy a férfi ragaszkodik Annabellához is.

– Még négy hét, és vége – mondta Alex megkönnyebbült sóhajtással. Öt hónap, élete leghosszabb öt hónapja már mögötte volt, és már nagyon-nagyon közel volt a vég. Brockkal már másról sem tudtak beszélni, és mindenfélébe belevágtak, amikor Alex végre jobban érezte magát. Moziba jártak, és elmentek egy színházi bemutatóra is. Alex már egy szép operai estet is eltervezett maguknak, de ahhoz még tényleg nem volt elég cncrgiája. Azt viszont fontolgatták, hogy a következő évadra operabérletet váltanak.

– És te... szóval mit csinálsz a nyáron? – kérdezte Alex, s nagyon igyekezett, hogy csak amolyan mellékes kérdésnek tűnjön ez az érdeklődés. – Vagy még ebben sem döntöttél?

– Én... izé... jaj. Még nem tudom. Talán elmegyek Európába egy vagy két hónapra. – Igyekezett minél homályosabb válaszokat adni, pedig jól tudta, hogy Daphne Dél-Franciaországban szeretne nyaralni, és Simon már beszélt is neki egy csodálatos jachtról, melyet ki lehetne bérelni. Ez persze sokkal fényűzőbb és drágább szórakozás, mint a szokásos Long Island-i nyaralásuk vagy maine-völgyi üdülésük volt azelőtt, de Sam megengedhette magának, és óriási bulinak ígérkezett. Arról nem is beszélve, hogy úgy érezte, tartozik valami nagy dobással Daphne-nek, ha már olyan türelmesen várakozott rá a nő egész télen.

– Európába egy vagy *két* hónapra? – bámult rá meglepetten Alex. – Akkor az üzletnek most nagyon jól kell mennie.

– Megy is. Hála Simonnak.

– És mi lesz Annabellával? Elviszed magaddal?

– Egy kis időre. Azt hiszem, élvezni fogja. – És Daphne is elhozza egy pár hétre a fiát, bár ezért nem nagyon lelkesedett. Alexnek közben az jutott az eszébe, hogy vajon kiféle-miféle ember az az angol nő, s hogy miként fogja gondját viselni az ő kislányának. Ez is olyan kérdés volt, melyben még a nyár előtt döntésre kellett jutni.

– Ne felejtsd el, Annabella még nem tudja, hogy te elköltözöl – emlékeztette Alex Samet. Ezzel is számolniuk kellett, de még túl korai volt lépni, és Sam sem talált még új helyet magának. – Nem lesz könnyű neki... – Nem lesz könnyű egyiküknek sem, és ezt jól tudták. Tizenhét évi há-

248

zasságot nem könnyű csak úgy fölszámolni, bármilyen jól készítik is elő a szakítást.

– Annabella nagyon fog haragudni rám – sóhajtotta szomorúan Sam, és arra gondolt, hogy neki is mennyivel könynyebben menne az elválás, ha olyan kőszíve volna, mint Daphne-nek. De hát Daphne olyan fiatal, olyan életvidám és olyan gyönyörű teremtés, az ő helyében nyilván más is így fogná föl a dolgokat, próbálta megint bedumálni magának Sam.

– Majd csak túlteszi magát rajta valahogy. – Elég rázós dolgokon mentek keresztül mindannyian ebben az évben. De Annabella már nem idegeskedett annyira az anyja miatt, mint korábban.

– Úgy tűnik, most egész jól vagy – nézett Alexre Sam, megérezve, hogy az asszony mintha megváltozott volna. S mintha most nőiesebb is lenne... Az első hónapokban élőhalottként vonszolta magát, most meg mintha kezdene visszatérni belé az élet. Ez meg is könnyítette és meg is nehezítette Sam számára az elválást. S amin még maga is alaposan meglepődött, az utóbbi időben elkezdett neki hiányozni Alex...

– Jól vagyok – erősítette meg Alex. A Sammel való társalgás még mindig lehangolta, sőt néha fel is bosszantotta. Ezt nem tudta kivédeni. És még nehezebb volt nem gondolnia arra a nőre, aki miatt Sam most elhagyja őt. S amilyen a véletlen, megint meglátta őket, ezúttal egy étteremben, de Sam erről sem tudott. Alexet mindenesetre lesújtotta az újabb „találkozás".

Sam még akkor is Alexre gondolt, amikor elindult a munkahelyére. Felidézte emlékezetében a régi szép időket, hogy milyen boldogok is voltak, s hogy milyen csuda dolgokat is csináltak ők együtt még nem is olyan régen. Milyen szertelen és bohókás is volt ez a lány, amikor először találkozott vele. Elegáns volt és gyönyörű. És menynyire szerette az egyenességét, a becsületességét, a megvesztegethetetlenségét és a méltóságérzetét. Most pedig eltűnt belőle az a kirobbanó vidámság, és egyébként is teljesen megváltozott. És bár a régi életük minden kerete és minden emléke még mindig létezett, Alex mégis úgy viselkedett vele, mint valami idegennel. Sam önkéntelenül is azon kezdett tűnődni, hogy ez mennyiben az ő hibája.

– Hú, de komoly képet vág itt valaki máma! – lépett be az irodába Daphne. – Mi ez a nagy búvalbéleltség?

– Á, semmi, csak előjöttek az otthoni dolgok. Tényleg kell már találnunk egy lakást. – Sam nagyon vágyott már új életre, hogy minél előbb elfelejthesse a régit. Annabella kivételével, természetesen. Úgy vélte, épp itt az ideje, hogy bemutassa egymásnak Annabellát és Daphne-t. Alex nem sokat csinálhat, még akkor sem, ha a gyerek beszámol neki a dologról, és különben is régóta sejti, Alex tud arról, hogy neki van valakije, bár ő ezt sohasem kötötte az orrára. Arról meg fogalma sem volt, hogy a felesége már látta is őket. – Találtál valamit a héten, ami tetszik neked is? – kérdezte reménykedve Daphne-t, de már kezdett boszszantó lenni ez az egész ügy. Végignéztek már New Yorkban számtalan lakást, de mindegyiknél akadt valami, ami nem stimmelt. A legtöbbet például teljesen át kellett volna festeni vagy fel kellett volna újítani.

– Hülye helyzet, tényleg – sopánkodott Daphne. – Vagy túl sok a hálószoba, vagy nincs semmi kilátás, vagy túl lent van az egész, és túl nagy a zaj. – Kandallót is szerettek volna, meg lehetőleg parkra vagy folyóra néző ablakokat. Jó lett volna a Central Park, végig is járták a Fifth Avenue-t, és Sam hajlandó lett volna fizetni egymillió dollárt vagy még többet is. Felvehetne rá jelzálogkölcsönt, és a legutóbbi üzletek profitjából minden jel szerint játszva tudna törleszteni.

Alex már közölte vele, hogy nem tart igényt semmire, Annabella támogatását leszámítva. Pénzt nem kért Samtől, ott volt neki az ügyvédi gyakorlata. Alex tisztességesen akarta lezárni az ügyet, s amit akart Samtől, azt Sam úgysem volt köteles megadni neki.

– Na ne legyél már ilyen búskomor! – dörgölőzött hozzá hízelkedve Daphne, miután kulcsra zárta az ajtót. Aztán Sam ölébe ült, és lassan-lassan egyre beljebb fészkelődött. Sam zavartan vigyorgott, s közben bevillant neki, hogy hülyeség a múlton búslakodni. Elmúlt, és kész! Szép volt, jó volt, de ami most van, az még szebb és még jobb.

S ahogy becsúsztatta tenyerét a szoknya alá, most sem talált semmi akadályt kutakodó ujjai előtt. Daphne nem viselt semmi alsóneműt, harisnyanadrágot sem, és Samnek ez nagyon tetszett. Egyszer-egyszer fölvett ugyan rafinált harisnyatartóval egy elegáns harisnyát, és egész kollekciója volt szexis melltartókból, de a bugyi már nagyon régóta nem tartozott hozzá Daphne mindennapi „menetfelszereléséhez".

– Van valami fontos elintéznivaló előjegyzésbe véve ma délelőttre a naptáramban, Miss Belrose? – kérdezte Sam két csók között, míg Daphne lehúzta a cipzárját, és beleügyeskedte a kezét a nadrágjába.

– Azt hiszem nincsen, Mr. Parker – gügyögte Daphne tökéletes brit akcentussal –, vagyis... jaj... tényleg... várj csak egy kicsit! – Olyan képet vágott, mintha valóban eszébe jutott volna valami. – Megvan! Ez az! – Fölpattant, hanyatt döntötte a székében Samet, lehúzta róla a nadrágot, majd támadásba lendült a szájával. Sam kéjesen felnyögött. „Fontos elintéznivalójuk" nem tartott sokáig, viszont rendkívül kellemes volt, s amikor Daphne egy kis idő múlva kilépett a folyosóra, arcán az édes titkokat tudó nők mosolya derengett. A fenekén pedig ferdén állt a szoknya varrása.

18. fejezet

A tűt utoljára döfték be Alex vénájába egy szép máju-
si délutánon. Brock ott ült mellette, Alex pedig el-
sírta magát, hogy ezt is megérte, ezen is túl van.
Még be kellett ugyan szednie hat Cytoxan tablettát, de az-
tán már lezárul a rémálom. Megcsinálta az utolsó mellka-
si és mellröntgent és a vérvizsgálatot is. Minden negatív
volt. Túlélte a kemoterápia hat szörnyűséges hónapját, és
ebben sokat segített neki Brock.

Elbúcsúzott Webber doktornőtől, miután megbeszélték
a hat hónap múlva esedékes kontrollvizsgálat időpontját
is. S bár elég rosszul érezte magát, mégis felszabadultan
és óriási megkönnyebbüléssel lépett ki a rendelő ajtaján.

– Nem kéne ezt méltóképpen megünnepelni? – kérdez-
te Brock, ahogy ott álldogáltak az Ötvenhetedik utca sar-
kán, és hitetlenkedve és boldogan néztek egymásra.

– Nekem volna egy ötletem! – mondta Alex huncut mo-
sollyal, de mindketten tudták, hogy Alex egy órán belül is-
mét hányni fog. Igaz, ez lesz az utolsó sorozat, aztán ilyes-
mi soha többé nem fogja gyötörni. Ebben biztos volt.
Nem fogja hagyni, hogy ez megismétlődjék.

Visszamentek hát az irodába, s volt egy csendes délután-
juk. Alex persze hányt és kiborult megint, de most mintha
még ez sem lett volna olyan borzasztó, mint korábban.
Mintha már a teste is fölfogta volna, hogy ez az utolsó,
több ilyen brutális merényletre már nem kell számítania.

Este pedig egymás karjában feküdtek az ágyon. Az aj-
tót bezárták, ha Annabella netán felébredne... Már nem te-
kintették az önmegtartóztatás terepének Alex lakását. S
tudták, hogy ha Sam kilencig-tízig nem jelenik meg, ak-
kor aznap már nem is megy haza.

– Most mit fogunk csinálni? – kérdezte Brock. Megint
Long Islandről beszélgettek. Alex a nyáron szeretett vol-
na kibérelni valami jó kis kéglit, az egyik üzlettársa föl is

252

ajánlotta neki East Hampton-i házát, s ez nagyon csábítónak tűnt. Csak éppen fönnállt a veszélye, hogy kitudódik a Brockkal való viszonyuk, bár az is igaz, hogy nekik tökéletes alibijük volt. Munkájukból és Alex betegségéből fakadóan ugyanis annyit voltak együtt, hogy ehhez a „párkapcsolathoz" a cégnél mindenki rég hozzászokott már, és senkiben nem merült föl semmiféle gyanú, ha kettesben látták őket. – Szeretnék elutazni veled valahová – folytatta Brock.

– Hová? – Alex imádott együtt álmodozni vele. Egész eddigi közös életük is álom volt, benne a szép jövő ígéretével.

– Nem tudom. Velencébe... Rómába... vagy San Franciscóba – tette hozzá kissé realistábban a végén.

– Hát akkor menjünk – mondta Alex váratlanul. Már tavaly sem vette ki a szabadságát, s bár elég hosszú szabadság járt neki, úgy vélte, az idén már annyit hiányzott, hogy nem mehet el huzamosabb időre. – A következő hónapban semmiféle bíróságon nem kell megjelennünk, ha jól tudom. Menjünk hát el valahová csak úgy, néhány napra! Az is nagyszerű volna.

– Megegyeztünk! – mosolygott boldogan Brock. – Ki fogod bérelni azt az East Hampton-i házat?

– Azt hiszem, igen – döntött Alex. S most ébredt rá, hogy most már tervezgethetnek, elkezdhetnek élni. Elmehetnek akárhová. S hogy ő most már igazi ember, akinek reményei és álmai vannak, s akire jövő és boldogság vár.

Az elkövetkező pár hét tiszta őrültekháza volt Alex számára. Még utol kellett érnie magát a munkával, fölgyorsulni a régi tempóra, s ezért sok feladatot vállalt el a majdani tárgyalásokkal kapcsolatban. Most már nem csökkentett terheléssel dolgozott, s az utolsó Cytoxan tabletta napja is szinte észrevétlenül múlt el. Június elsején Alex már erősebbnek érezte magát, s kezdett régi önmagára hasonlítani. A hónap végén San Franciscóba készültek, de előbb neki és Samnek le kell ülniük Annabellával beszélgetni, elmondani neki, hogy az apja elköltözik.

Sam végre talált egy neki is tetsző lakást. Nem esett messzire mostani lakásuktól, s volt benne egy káprázatos panorámájú nappali, egy ízléses ebédlő, három hálószoba, személyzeti traktus, és egy lakberendezési magazinba illő konyha. Pofátlanul magas árat kértek érte, de Daphne oda volt a boldogságtól, amikor meglátta.

– Megvesszük, ugye? – kérdezte olyan hangon, ahogy a kislányok nyafognak a játékboltban egy csodálatos babáért, és Samnek nem volt szíve nemet mondani. S ha az árát elfelejtjük, akkor a lakásnak tényleg lehetett örülni. Gyönyörű volt a bútorzata, volt benne egy szoba Annabella számára is, a vendégszoba pedig jó lesz Daphne kisfiának, ha majd eljön ide látogatóba, bár Daphne azt mondta, hogy majd inkább ő látogatja meg Londonban a gyereket. New York túl messze van ahhoz, hogy egy ötéves gyerek egyedül utazzon ide, a nevelőnői pedig olyan kibírhatatlan nőszemélyek, hogy ő hallani sem akar arról, hogy gyerekkísérés ürügyén berakják ide azt a nagy valagukat, még csak az hiányzik. Daphne mindig talált valami ürügyet, hogy ne hozza magával a fiát, úgyhogy Sam néha már azon tűnődött, vajon az a gyerek ilyen szégyellnivalóan vásott kölyök, vagy csak Daphne nem jó anya. Talán ez is, az is igaz, de Sam aztán nem sokat foglalkozott a kérdéssel. Most inkább Annabella érdekelte, s közvetlenül a Memorial Day, az elesett hősök emléknapja előtt Alex és ő le is ültek a gyerekkel, és megmondták neki...

– A papa *itt hagy* minket?! – hitetlenkedett a gyerek rémülten, sírásra görbült szájjal.

– Csak három utcasarokkal költözöm arrébb – nyugtatgatta Sam, és megpróbálta átölelni, de Annabella dühödten, kézzel-lábbal hadakozott ellene.

– Miért?! Hát miért mész te el?! – kiabálta. Képtelen volt megérteni, hogy vajon mi rosszat csinált ő, és miért teszik ezt vele. S míg vigasztalni próbálták, a szülei is a könnyeikkel küszködtek.

– Mert a mamával úgy gondoljuk, kicsikém, hogy így jobb lesz – igyekezett egyszerű magyarázattal szolgálni Sam. – Én már egyébként is csak ritkán vagyok itt. Sokat kell utaznom. És a mama és én úgy gondoljuk... – De hát hogy lehet ezt megértetni egy négyéves kisgyerekkel? Hiszen még ők sem fogták föl egészen a történteket. – A

254

mama és én úgy gondoljuk, hogy mindenki boldogabb lesz, ha a mamának is lesz egy saját lakása, meg nekem is. Te aztán eljöhetsz hozzám látogatóba, amikor csak akarsz. Majd kitalálunk mindenféle csuda jó programot. Még Disneylandbe is elmehetünk még egyszer, ha akarod. – Ám Annabella értelmesebb volt annál, hogy ilyen dumákkal meg lehessen vesztegetni. S különben is anyja lánya volt...

– De én nem akarok elmenni Disneylandbe! Nem akarok elmenni sohová! – bömbölte. És aztán kivágta a gyilkos kérdést: – Már nem szeretsz minket, papa?

Samnek torkán akadt a szó.

– Dehogynem szeretlek benneteket – nyögte ki végül.

– Nem szereted már a mamát? Haragszol rá, amiért megbetegedett?

A tisztességes válasz itt csak az „igen" lehetett volna, de Sam nem tudott ennyire őszinte lenni.

– Nem. Egyáltalán nem haragszom rá. És igenis szeretem a mamát. De mi... – itt majdnem elsírta magát megint, akárcsak Alex – ...de mi nem akarunk házasságban élni. Úgy nem, ahogy eddig. Szeretnénk különköltözni.

– El akartok válni? – kérdezte rémülten Annabella. A válásról az óvodában beszélt neki Libby Weinstein. Az ő szülei ugyanis elváltak, a mamája új papát választott, és lettek neki ikrei, de Libby nem szerette őket.

– Nem, nem válunk el – szögezte le határozottan Sam, bár Alex ebben nem volt ennyire biztos. Mert miért kellene így gyötrődni a végtelenségig? Igaz, egyikük sem készült föl lelkileg a végső lépés megtételére, és nem is kellett elkapkodniuk a dolgot. Ez talán tényleg megnyugtatja Annabellát. – Nem, nem válunk el. Csak szétköltözünk.

– De én ezt nem akarom! – nézett a gyerek haragosan az apjára, majd hirtelen szembefordult az anyjával, és egyenesen az arcába kiabálta: – Ez a te hibád, mert beteg lettél! Miattad haragszik ránk a papa, és miattad költözik el! Te akartad, hogy így legyen! Miattad utál minket! – S mindezt olyan vehemenciával adta elő, amilyenre egyik szülője sem számított. Aztán kitépte magát az anyja öleléséből, elrohant a szobájába, jól bevágta az ajtót, és az ágyára borulva zokogott, vigasztalhatatlanul. Mind a ketten megpróbáltak vele beszélni, de hiába. Alex végül úgy döntött, jobb lesz talán egy kicsit magára hagyni, hadd sírja ki magát. Kiment tehát a konyhába. Sam már ott álldogált, s csak meredt rá, némán, bánatosan és bűntudattal a szemében. Soha életében nem érezte magát még olyan roszszul, mint most, amikor ránézett Alexre.

– S mint mindig, most is én vagyok a hibás – mondta Alex szomorúan, de Sam csak a fejét rázta.

– Ne izgulj, el fog még jutni odáig, hogy engem utáljon meg. Nem hibás itt egyikünk sem, egyszerűen így alakult. Így hozta a sors.

– Majd túlteszi magát rajta – mondta Alex nem nagy meggyőződéssel. Más választása úgysem lesz, akárcsak nekik. – Majd rájön, hogy nem is vagy te olyan messze tőle, s ha eleget találkozhat veled, akkor nem lesz semmi baja. De ezért majd neked kell megtenni mindent.

– Magától értetődő – morogta Sam, kissé bosszúsan a kioktatástól. – Én olyan gyakran szeretnék vele lenni, amilyen gyakran csak elengeded hozzám.

– Tiéd a gyerek bármikor, amikor csak kívánod – jelentette ki Alex nagylelkűen, de volt valami rossz érzése, hogy úgy osztozkodnak a gyereken, mint valami családi étkészleten. Aztán eszébe jutott, hogy mit is terveztek: – És ezen a hétvégén hogy lesz? – Mert úgy volt, hogy a Memorial Day víkendjére Sam viszi magával a gyereket. Ki is bérelt négy napra egy házat, s úgy vélte, Annabella jól fogja érezni magát, s Alex is egyetértett a tervvel.

– Én még mindig szeretném elvinni a gyereket, ha hajlandó velem jönni – mondta Sam.

– Ne felejtsd el, hogy most nem rád, hanem rám mérges. – Alex és Brock a hosszú víkenden Fire Islandre készült. – A gyerekkel nem lesz gond – nyugtatta meg Samet, aztán elment megnézni, mi a helyzet a gyerekszobában. Annabella már abbahagyta a bőgést, s csak ült magába roskadva az ágyán.

– Ne szomorkodj, kicsikém! – simogatta meg a fejecskéjét Alex. – Tudom, hogy fáj a szíved. De a papa szeret téged, és nagyon sokszor fog veled találkozni.

– És te elviszel még engem a balettra? – kérdezte a gyerek, mert már kezdett belezavarodni, hogy ki mikor hová megy. Négyéves fejjel nem is könnyű az ilyen bonyodalmakat átlátni. Sőt, negyvenhárom éves fejjel sem, ahogy Alex is megerősíthetné. Sam pedig már az ötvenet is elhagyta, és mégis...

– Hát persze hogy elviszlek! Minden pénteken. Többé nem leszek már beteg. Nem kell már szednem azt a rossz orvosságot.

– Mind elfogyott? – kérdezte gyanakvással a gyerek.

– Mind, mind – nyugtatta meg Alex.

– És most visszanő a hajad is?

– Azt hiszem.

– Mikor?

– Nemsokára. És akkor megint ikrek leszünk.

– És most már nem fogsz meghalni? – Ez volt a legnehezebb kérdés. És egyáltalán mit lehet erre mondani vagy ígérni?

– Nem. – A teljes igazság ennél persze bonyolultabb volt, de most mindenekelőtt meg kellett nyugtatni a gyereket. – Eszem ágában sincs meghalni. Most már egészséges vagyok.

– Akkor jó – mosolyodott el végre Annabella, és már majdnem elfelejtette, hogy az apja elmegy. Majdnem... – De a papának miért kell elköltöznie? – kérdezte nyafogva. És ezt tényleg nem lehetett könnyen megmagyarázni neki.

– Mert neki úgy jobb. Úgy lesz boldogabb. És ez fontos neki.

– Velünk nem boldog?

– Most éppen nem nagyon. De veled boldog. Velem viszont nem.

– Látod, én megmondtam neked, hogy mérges rád – mondta a gyerek szemrehányóan. – De te nem hitted el.

Alexnek ezen már muszáj volt elnevetnie magát. Kezdtek lassanként magukhoz térni. Kezdtek beletörődni. Sok baj és kellemetlenség érte őket, de sikerült átvészelniük.

Alex visszament Samhez, hogy még beszéljen vele, mielőtt távozik. Sam éppen egy bőröndbe csomagolt a vendégszobában. Holmijának nagy része még a lakásban volt, de azt mondta, hogy két héten belül elköltözik. Egy hónapig, míg az új lakást ki nem tatarozzák, a Carlyle szállóban fog lakni. Nem akart beköltözni Daphne lakásába, és a Carlyle jó átmeneti megoldásnak tűnt, s oda Annabella is ellátogathatott.

– A gyerek jól van. Kicsit fejbe verte a dolog, de majd hozzászokik – mondta Alex szomorúan.

– Pénteken elmegyek érte az oviba, és magammal viszem Southamptonba. Hétfő este hoznám vissza.

– Nagyszerű – bólintott Alex, és csak most jutott el a tudatáig, hogy kapcsolatuknak egy egészen új fázisába léptek át. Sam az utóbbi hat hónapban hol otthon tartózkodott, hol nem, és most elköltözik. Ezentúl külön fognak élni, ha egyelőre nem válnak is el. Közölték a dolgot Annabellával is. Mostantól új történet kezdődik.

– Szegény kicsi gyermek! – sóhajtott együttérzően Brock, amikor Alex elmesélte neki az előző este történteket. – Biztosan nehéz volt megértenie. Hisz nem könnyű még egy felnőttnek sem...

– És engem hibáztat érte. Azt mondja, ha nem lettem volna beteg, akkor Sam nem haragudott volna meg ránk. Ebben persze van valami igazság, de szerintem a felszín alatt már rég érlelődött ez a fordulat. Mégsem lehetett olyan tökéletes a házasságom, amilyennek korábban hittem, ha így egykettőre szét tudott esni.

– Azt hiszem, hogy amin keresztülmentél, az feszültséget okoz egy csomó kapcsolatban – mondta errre Brock tárgyilagosan.

Alex bólogatott, aztán eszébe jutott valami.

– A napokban szeretnék találkozni a nővéreddel.

Brock rábólintott, de nem mondott semmit. S aztán Alex el is feledkezett a dologról, ahogy Fire Island-i terveikről kezdtek beszélgetni. Remek hétvégének ígérkezett. Egy ütött-kopott, vén kis fogadóban szállnak majd meg The Pinesban, s Alex már tapasztalatból tudta, hogy az ember egy szempillantás alatt elfelejti minden búját-baját, amint a komphajón az arcába csap a sós tengeri szél. S neki most épp erre volt szüksége.

Sam is a maga érdekében használta ki ezt a hétvégét. A gyerekért már a becsomagolt gyerekholmival ment az óvodába. Aztán gyorsan megebédeltek, mert Sam négyszemközt akarta fölkészíteni Annabellát a Daphne-vel való találkozásra. A gyerek azonban minden korábbinál jobban meg volt zavarodva. Meghaladta a képzelőerejét, hogy az apja életében az anyján kívül még egy másik nő is fölbukkanhat.

– És ő is eljön velünk víkendezni? – kérdezte megütközve. – De minek?!

– Hát... – keresgélte a szavakat Sam, és hirtelen nagyon ostobának érezte magát. – Hogy segítsen nekem meg neked, hogy még jobban érezzük magunkat. – Ez igen hülye egy válasz volt, és ezt Sam is tudta.

– Hogy úgy segítsen, ahogy Carmen szokott? – nézett még mindig értetlenül a gyerek, és Sam felnevetett idegességében.

– Dehogyis, butaságot beszélsz. Inkább úgy, mint egy jóbarát.

– Úgy érted, mint Brock? – Ez volt Annabella számára az egyetlen biztos viszonyítási alap, és Sam kapott is az alkalmon.

– Pontosan. Daphne ugyanúgy együtt dolgozik velem az irodában, ahogy Brock együtt dolgozik a mamával az ő irodájukban. – Volt itt egyéb hasonlóság is, persze, ám arról Samnek még csak halvány sejtelme sem volt. – És ez a néni az én barátom, és most eljön velünk víkendezni.

– És ti is dolgozni fogtok most, ahogy a mama szokott dolgozni Brockkal?

– Lehet... talán... de inkább... Nem! Éppen arra gondoltunk, hogy inkább csak játszunk és jól érezzük magunkat veled egész hétvégén.

– Oké. – Annabella elég hülye ötletnek tartotta ezt az egészet, de legalább hajlandó volt találkozni az „új nénivel".

Hamarosan kiderült azonban, hogy Daphne-nek egészen más elképzelései voltak ezzel a hétvégével kapcsolatban, mint Samnek.

– Mi a francért nem hoztál mindjárt egy nevelőnőt is

magaddal?! – meredt rá hitetlenkedve Daphne, amikor elmentek érte, hogy fölszedjék. Annabella lent várt a kocsiban. Sam csörgette a kulcsokat, s az ablakon keresztül fél szemmel a gyereket figyelte. –Vagy legalább egy bébiszittert. Most aztán hová a büdös francba fogunk tudni elmenni egy ekkora kölyökkel?! – patáliázott tovább Daphne. – Hát mondhatom, jól elszartad az egész hétvégénket!

Daphne erről az oldaláról még nem mutatkozott be Samnek. Dúlva-fúlva követte a férfit, ahogy az fölkapta a bőröndjét és elindult kifelé.

– Sajnálom, drágám – szabadkozott Sam. – Nem is gondoltam volna...

Alexszel mindig magukkal vitték a gyereket mindenhová, és ez sohasem okozott semmiféle problémát. Igaz, Annabella az ő *közös* gyerekük volt, ők pedig férj-feleség voltak. – Legközelebb elhozom Carment is. Ígérem. – Megcsókolta Daphne-t, aki egy kicsit megengesztelődött. A nő világoskék pamut strandruhát viselt, melle egész jól átlátszott az anyagon, és Sam tudta, hogy e ruha alatt egyéb textilnemű nem nagyon van. – Meg fogod szeretni Annabellát, majd meglátod! – biztatta a nőt lefelé menet Sam. – Egyszerűen imádnivaló! – Odalent aztán kiderült, hogy Annabella sem talált semmi imádnivalót az új néniben, akit gyanakodva méregetett.

Long Islandig az út a félhülyén megválaszolt kellemetlen kérdések és apróbb hazugságok jegyében telt el, s mire megérkeztek, Sam már rendesen megizzadt, és remegett az idegességtől. Daphne holmiját aztán egy külön szobába pakolta be a saját szobája mellett, Annabelláét pedig egy távolabbi szobába, a hall túlsó felén. Daphne azonban hangosan felröhögött, amikor meglátta ezt az elrendezést.

– Hát ezt nem gondolhatod komolyan, Sam! A kölyök még csak négyesztendős, aligha lehet tisztában azzal, hogy mi itt a helyzet! – Daphne-nek ugyanis tökmindegy volt, hogy mit mesél majd odahaza a „kölyök" az anyjának. Samnek azonban nem volt mindegy...

– Úgy gondolom, a cuccod maradhat abban a szobában. Fölösleges megtudnia, hogy mi hol alszunk.

– És ha rosszat álmodik és felriad?

Ez Samnek eddig eszébe sem jutott.

– Hát akkor majd átmegyünk hozzá – próbált megoldást keresni Sam, de Daphne megint csak kiröhögte.

– Na persze! Majd te. S aztán majd közlöd vele, drágám, hogy halálbüntetés terhe mellett ki ne merészelje dugni az ágyból a lábát?

– Jól van, jól van. – Sam hülyén és kellemetlenül érezte magát. De el kellett ismernie, hogy Annabella egész délután nagyon strammul viselkedett. Aztán túl sok édességet evett, s előzőleg túl sokat tartózkodott fedetlen fővel a napon, így aztán a vacsoránál szépen összehányta Daphne-t.

– Hát ez igazán elbűvölő! – mondta mélységes undorral a nő, miközben Sam megpróbálta letörölgetni a ruháját. – Az én kisfiacskám is állandóan ilyeneket művel. Már belefáradtam magyarázgatni neki, hogy ez milyen undorító.

– Az én anyukám is állandóan hány! – mondta védekezésképpen Annabella, és mérgesen nézett Daphne-re. Tudta, hogy ez a néni neki nem barátja, és nem is lesz az soha, a papa hiába mond bármit. Ez a néni egyáltalán nem olyan, mint Brock, hanem undok és csúnya. És állandóan fogdossa és puszilgatja az ő papáját. Ő ezt mind látta. – Az én anyukám nagyon ügyes és okos! – folytatta Annabella. Sam közben leráncigálta róla és a mosdóba hajította a ruháját. Aztán megfogta a gyerek homlokát, de nem érzett lázat. – Az én anyukám nagyon beteg lett, és a papa megharagudott rá, és most elköltözik tőlünk egy másik lakásba.

– Tudom, drágám, én is költözöm – jelentette be Daphne, mielőtt Sam közbeléphetett volna. – Mindent tudok. Én fogok odaköltözni az apukáddal.

– Te?! – nézett rá Annabella elszörnyedve, majd elrohant a neki kijelölt szobába. S amint eltűnt, Daphne kioldotta ruhájának vállpántját, majd kilépett az aláhulló textilhalomból, és ott állt Sam előtt anyaszült meztelenül.

– Lehányta a ruhámat – magyarázta, de hát ezt Sam is tudta.

– Nagyon sajnálom. A gyerek nem tudja ezt mind egyszerre megemészteni – dadogott Sam, észre sem véve a szójátékot, Daphne meg csak mosolygott.

– Hát persze. Ne zavartasd magad. – Megcsókolta Samet, aki képtelen volt távol tartani a kezét tőle, bár tudta, hogy ennek nem épp most van itt az ideje...

– Vegyél föl valamit. Megnézem Annabellát.

– Én bizony hagynám, hadd duzzogjon! Mert így csak elkapatod. Micsoda marhaság elkényeztetni a kölyköket!

Daphne tényleg így gondolkodna ezekről a dolgokról? Elkényeztetés? Hát ezért hagyta ott Angliában a volt férjénél a saját fiát is?

– Rögtön jövök – szólt Sam, és a gyerek után ment, azon töprengve, vajon meddig tart még ez a háború. De Annabella csak zokogott az ágyán, és zokogott mindaddig, míg álomba nem merült apja karjában. Samet rettenetesen bántották a történtek. Azt szerette volna, ha Daphne és Annabella megszeretik egymást. Mindketten fontosak voltak számára. Mindketten az élete egy-egy fontos kapcsolatát jelentették. Szüksége volt rájuk, jó lett volna tehát, ha megkedvelik egymást.

Amikor Annabella másnap reggel hatkor felébredt, ők még aludtak. Meztelenül, egymás karjában. Samnek előző este eszébe sem jutott, mi történhet reggel, s elfelejtette figyelmeztetni Daphne-t is, hogy hálóinget kéne venni... Annabella a lakásban bóklászva betévedt a szobájukba, és csak állt az ajtóban, dermedten az eléje táruló látványtól. Aztán Sam valahogy felriadt és kiküldte a gyereket, hogy odakint várjon, de Daphne nem volt oda az örömtől, hogy miért kellett őt hajnalban fölverni, s ettől az ébresztéstől egész nap nyomott volt a hangulata.

A két „nő" folyton marta egymást, míg Sam meg nem unta és el nem vitte Annabellát a tengerpartra, de amikor visszajöttek, hogy Daphne-t is magukkal vigyék ebédelni, a nő dühöngött, hogy miért jön a gyerek is, és kezdődött a cirkusz megint.

– De hát az istenért, mit csináljak vele? Hová rakjam, nem mondanád meg? Vagy zárjam be egyedül a lakásba?!

– Igazán nem halna bele – sziszegte Daphne. – Nem csecsemő már. Meg kell mondanom, hogy ti itt Amerikában nagyon furcsán bántok a kölykeitekkel. Agyonkényeztetitek őket, körülöttük forog a világ. Én mondom neked, nem így kéne fogni ezt a gyereket, Sam. Sokkal boldogabb lenne most is például, ha otthon hagytad volna az anyjával vagy egy nevelőnővel, s nem hurcolásznád magaddal mindenhová. Ha az anyja akarja hurcolászni, mert ő olyan érzelgős típus, hát csinálja. De én kereken megmondom neked, hogy nekem ez nem tetszik. Én egy évben maximum öt napra fogom a nyakadra hozni a fiamat, és ne is várd el tőlem, hogy majd játszom a pesztrát a te kölyködnek. Eszem ágában sincs! – Daphne jól fel volt paprikázva, s hat hónapja most először Sam megsértődött, és óriási csalódottságot érzett. Azon tűnődött, hogy valószínűleg történhetett valami Daphne-vel még fiatalkorában, ami miatt ennyire nem bírja a gyerekeket. Számára eddig elképzelhetetlen volt, hogy valaki így utálja a kicsiket. Ám közben az is eszébe jutott, hogy Daphne már a legelején figyelmeztette erre. Sam viszont titokban abban reménykedett, hogy Annabellától majd megváltozik.

Végül mégis hármasban, de feszült hangulatban mentek ebédelni. Annabella mindvégig a tányérjába bámult, de nem nyúlt az ételhez. Daphne kirohanását volt szerencséje végighallgatni, s most már szívből utálta ezt a nőt, és haza akart menni az anyjához, s ebéd után ezt közölte is az apjával, aki szomorúan magyarázta neki, hogy a mama nincs otthon, ő is elment valahová a hétvégén.

Estére a szomszédoknál érdeklődve sikerült kerítenie egy tizenhat éves bébiszittert. Így elmehetett Daphne-vel vacsorázni és táncolni a helyi klubba, és végül egész jó hangulatban tértek haza. Sam most megkérte Daphne-t, hogy majd ne felejtsen el hálóinget húzni, de a nő csak kinevette. Nem hozott magával semmiféle hálóruhát.

Másnap újra kezdődött a „műsor”, és mindannyiuknak valóságos megkönnyebbülést hozott, amikor végre visszaindultak a városba.

Alex már várta őket. Daphne lent maradt a kocsiban, míg Sam fölvitte a gyereket.

– Jól éreztétek magatokat? – kérdezte Alex széles mosollyal. Kék farmer, vakítóan fehér blúz és piros vászoncipő volt rajta, és Sam meglepetéssel konstatálta, hogy a gyötrelmek hónapjai után milyen csinos is most az ő felesége. Különösen hogy még a nap is megfogta egy kicsit.

De Annabella arca mindent elárult. Fölnézett az anyjára, és a szeme megtelt könnyel.

– Volt egy kis alkalmazkodási problémánk – érintette meg a gyerek vállát Sam. – Magammal vittem a barátnőmet is, és Annabella ezt nehezen viselte el. – Daphne is, tette hozzá magában. – Nagyon sajnálom – sóhajtotta, Alex pedig rémülten nézett hol az egyikre, hol a másikra, igyekezve kitalálni, hogy mi történhetett. Annabella pedig előbb Samre, majd az anyjára nézett, és tömören csak ennyit szólt:

– Utálom azt a nénit.

– Jaj, nem utálsz te senkit – sietett helyretenni a dolgot Alex, és Samre pillantott. Óriási bulinak ígérkezett ez a víkend. Mit csinálhatott hát Annabellával az angol nő, hogy a gyerek így beszél? Lehet, hogy semmit, és elég volt a puszta ottléte is? – Legyél kedves a papa barátnőjéhez, Annabella. Az a papának is fáj, ha nem viselkednek szépen a barátaival – mondta szelíden, de Annabella nem hagyta ennyiben a dolgot.

– Az a néni állandóan meztelenül járkált! Fuj, de ronda volt! És ott aludt a papával! – Mérges pillantást vetett a szüleire, aztán elrohant a szobájába, anélkül, hogy elbúcsúzott volna az apjától. Alex értetlenül bámult Samre, hogy mi volt ott ez az indiszkrét viselkedés...

– Nem kéne beszélned a barátnőddel? Muszáj a gyereket ilyesmivel megbotránkoztatni? – Alex azon is csodálkozott, hogy Sam ezt egyáltalán hagyta.

– Nem muszáj, én is tudom – dadogta gyámoltalanul Sam. – Nagyon sajnálom. Egy rémálom volt az egész. Minden rosszul sült el. – Aztán bánatosan nézett Alexre. – És az az igazság, hogy kibírhatatlan volt mind a kettő.

De Alexet ez egyáltalán nem hatotta meg. Miért volna a gyerek „kibírhatatlan", ha az az idegen nő meztelenül parádézik előtte?

– Szerintem valamit ki kell találnod arra az esetre, ha

Annabella veled van, és te azzal a nővel élsz. Ilyesmi többé nem fordulhat elő.

– Tudom – dünnyögte Sam. – Majd megoldjuk. De azért a gyerek semmi mást nem látott... – tette még hozzá zavartan. – Ja, és Annabella pénteken hányt egy nagyot.

– Na, akkor volt valami megszokott dolog is számodra – nevetett Alex. Sam kénytelen volt belátni, hogy ebben tényleg van valami nevetnivaló. Aztán bement, hogy elbúcsúzzék a gyerektől, de az még mindig mérges volt rá, és nem szólt hozzá egy szót sem. Sam aztán csókot intett a feleségének, és rohant vissza Daphne-hez.

– Na, most már boldog vagy ismét, szerelmem? – kérdezte a nő, közelebb húzódva hozzá. Sam azonban szabályosan ki volt készülve. Mert nemcsak a víkendjét tették tönkre, hanem a lánya és a felesége ellenállhatatlan erővel idézte föl emlékezetében a régi életét, melyet nagyon szeretett volna már elfelejteni.

– Sajnálom, hogy nem alakultak simábban a dolgok – mondta csöndesen, beismerve a kudarcot.

– Nem lesz a gyereknek semmi baja – mondta magabiztosan Daphne, majd témát váltott, és a lakásról kezdett beszélni.

De azzal, hogy Sam júniusban beköltözött a Carlyle Hotelba, a dolgok csak tovább bonyolódtak. Daphne állandóan ott volt vele, és Annabella egyszer csak ráébredt, hogy ez a nő egy állandó betolakodó.

– *Utálom* azt a nénit! – jelentette be Annabella következetesen minden hazaérkezésekor.

– Nem, nem utálod – mondta erre mindig Alex.

Az apja elvitte az új lakásba is, de azt is utálta. A Carlyle-ban is egyedül a limonádé és a csokis sütemény tetszett neki. Sam közben elkezdte szervezni a nyaralást, kibérelte a jachtot és az Antibes-foki házat, és Alex beleegyezett, hogy Annabellát is magával vigye.

Ám Daphne hevesen tiltakozott ellene. Még nevelőnői kísérettel sem óhajtja Annabellát Európában látni, szögezte le.

– De hát az isten áldjon meg, Annabella a lányom! –

sértődött meg és szörnyedt el ettől a hozzáállástól Sam. Egyáltalán nem erre számított egy olyan nő részéről, akivel együtt akar élni. És most hat hétre készültek elmenni, s ez túl nagy idő ahhoz, hogy ő ne lássa a kislányát.

– Nagyszerű! Hát majd akkor hozd el magaddal, ha tizennyolc éves lesz. Nem való közénk sem a jachton, sem egy dél-franciaországi házban. Mi van, ha leesik a fedélzetről? Én nem óhajtok állandóan miatta idegeskedni. Én sem viszem magammal a fiamat. – Valóban, csak egy hétig volt együtt a gyerekével Londonban. Ezt is úgy adta elő, mintha valami óriási áldozatot hozott volna, de Sam már kezdett ebben az ügyben tisztábban látni.

Állandóan ezen veszekedtek, és Sam nem akart meghátrálni, de aztán végül Annabella volt az, aki döntött. Bejelentette, hogy nem akar velük menni, nem szeretne Európába sem menni, és nem szeretné itthagyni a mamát. A tervek szerint egy hét London után két hét Antibes-fok következne, majd három hét kalandozás a jachttal Franciaország, Olaszország és Görögország partjai mentén. Alex számára ez valóságos álomnak tűnt, de Annabellának más volt a véleménye.

– Nem túl kicsi még ez a gyerek ilyesmihez? – kérdezte Alex Samet. – Talán inkább jövőre... – Alex úgy vélte, Sam akkorra már feleségül veszi azt a nőt, Annabella pedig itt marad ővele. Csak az volt furcsa a dologban, hogy Sam még nem említette, hogy el kéne válniuk, de Alex tudta, hogy erre is előbb-utóbb sor kerül, talán már a nyár végén. Lehet, hogy Sam nem akarja azt a látszatot kelteni, mintha sürgetné... De Alex már úgyis belenyugodott mindenbe. Az ő házasságuk már a múlté, és egyébként sem volt olyan káprázatos, mint Sam és Daphne közös élete. Őt annak idején nem vitte Sam Dél-Franciaországba, és jachtot sem bérelt a kedvéért.

– Mit fogsz csinálni a gyerekkel? – kérdezte Sam boldogtalanul, mert ő ugyebár nem viheti magával a nyáron.

– Kibéreltem egy házat East Hamptonban. Szeretném magammal vinni. Majd megkérem Carment, hogy hét közben legyen ott ő is, én meg jó hosszú hétvégéket szervezek magamnak, így sokat lehetünk majd együtt. – Ez tetszett Samnek is, Annabella pedig majd kibújt a bőréből az örömtől, amikor meghallotta.

– Akkor nem kell a papával és Daphne-vel mennem? – kérdezte hitetlenkedve. – Hurrá! – Samnek viszont fájt a dolog, és mérges volt Daphne-re aznap este, amikor viszszatért a Carlyle-ba.

– Jaj, az istenért, ne duzzogj már! – próbált tréfálkozni a nő, és kitöltött egy italt Samnek. – Annabella még kicsi, úgysem érezte volna jól magát. És mi is meg lettünk volna áldva vele, örökösen vigyázni rá meg idegeskedni miatta. Tönkretette volna a nyaralásunkat. – Rámosolygott Samre, óriási megkönnyebbüléssel, hogy sikerült lerázni a gyereket. – Mit akarsz csinálni ma este? Elmenni valahová vagy itthon maradni? – Daphne számára az élet egyetlen nagy, folytatásos partiból állt. Meg orgiából.

– A változatosság kedvéért most már dolgoznom is kéne egy kicsit – válaszolta Sam mogorván. Már szinte mindent az üzlettársai csináltak helyette. Egyébként ő és Simon hozták az új ügyeket, az irtózatos mennyiségű részletkérdéssel Simon foglalkozott. Sam mostanában sokat utazgatott, nagyot változott az élete, úgyhogy már volt egy kis lelkifurdalása, hogy elhanyagolja a munkát.

– Jaj, ne dolgozz most! – nyafogott Daphne. – Csináljunk valami szórakoztatóbbat! – S mielőtt még Sam bármit is szólhatott volna, lovaglóülésben belehelyezkedett az ölébe, fölhúzta a szoknyáját, s ettől kezdve a férfit már csak egy dolog érdekelte. Sam ledöntötte Daphne-t a szállodai ágyra, és szokatlan hevességgel tette a magáévá. Félig a harag, félig a szerelmi láz hajtotta, a sértettség és a csalódottság, no meg a mindent elárasztó, fékezhetetlen szexuális vágy, amelytől Sam néha bizony elvesztette a józan eszét.

19. fejezet

Alex és Brock június végén kiköltöztek a nyári házba, amely mindkettőjüknek nagyon tetszett. Egyszerű volt és kényelmes, kék-fehér kockás függönyök lógtak az ablakon, a padlót szizálszőnyegek borították. Tágas és barátságos konyhája volt, és egy kis kert is tartozott hozzá, ahol Annabella játszhatott. Annabella is megörült a házikónak, amikor először vitték ki a július negyedikei hétvégén.

Nem látszott rajta meglepődés, amikor Brockot is ott találta, és Alex sokkal óvatosabb és elővigyázatosabb volt, mint Sam annak idején Daphne-vel. Brock „hivatalosan" lent aludt a vendégszobában, ahová minden reggel, még Annabella ébredése előtt szépen visszaosont. Egyik reggel elfeledkeztek erről, és majdnem le is buktak, de Brock gyorsan fölrántott egy farmert, és úgy tett, mintha javában szerelne valamit Alex fürdőszobájában.

Annabella tökéletesen boldog volt, és teljesen fesztelenül viselkedett velük. Mindenhová hármasban mentek. Alex gyorsan visszanyerte régi erejét és energiáját, és kitűnő volt a kedélyállapota is. Július közepén pedig tátva maradt a meglepetéstől a másik kettő szája, amikor egyszer csak paróka nélkül ballagott le a lépcsőn. Haja rövid volt, selymes és göndörkés.

– Nagyon szép vagy, mama! – rikkantotta Annabella. – Pont olyan, mint én! – A gyerek kacarászva futott ki a kertbe játszani. Brock mosolyogva nézett utána, aztán Alex felé fordult, aki ültében is majdnem hanyatt vágódott a következő kérdéstől:

– Nos, akkor mikor házasodunk össze, Mrs. Parker?

Alex megzavarodva mosolygott rá. Nagyon szerelmes volt ebbe a kedves fiatalemberbe, de különféle okokból eddig mindig elhessegette magától a jövőjével kapcsolatos gondolatokat.

– Sam még föl sem vetette nekem a válás kérdését.
– De hát miért kell arra várni, hogy ő vesse föl? Miért nem te kérdezed meg tőle, ha visszajött Európából? – Brock nagyon reménykedett... Alex arca azonban elkomolyodott. Brock szemébe nézett, és habozva, óvatosan fogalmazva mondta:
– Nem volna tisztességes veled szemben, Brock. Én most egészséges vagyok, de mi lesz, ha később megint történik valami velem? – Egyszer már bebizonyította, hogy képes harcolni az életéért, de az már más helyzet volna. – Nem akarom ezt tenni veled. Neked jogod van a biztonságos jövőre.
– Ez marhaság – nézett bosszúsan Brock. – Az ember nem ülhet csak úgy itt még öt évig, várva, hogy mi történik. Élni kell normálisan az életet, aztán megtenni a megfelelő lépéseket, ha valami közbejön. Szeretnék házasságban élni veletek – és átnyúlt az asztalon, kezébe vette Alex kezét, majd fölállt, és az asztal fölött megcsókolta a nőt. – Nem akarok várni. Most kérem az életedet. Együtt szeretnék élni veletek, és gondoskodni szeretnék rólad. Nemcsak a nyár végéig terveztem ezt a kapcsolatot.
– Én sem – mondta őszintén Alex. – De én tíz évvel idősebb vagyok nálad, és rákom volt. Mit szólna mindehhez a nővéred? – Még sohasem beszélt vagy találkozott a nővérrel, de tudta, hogy milyen sokat jelentett és jelent Brock számára. Még akkor is, ha Brock csak nagyon keveset beszélt róla. – Nem szomorítaná-e el túlságosan, ha összeházasodnánk? Neked egy szép fiatal leányzót kellene feleségül venned, aki szül neked egy rakás gyönyörű gyereket, s akinek nincs semmi baja.
– A nővérem azt mondaná, hogy tegyem azt, amit jónak látok. Én meg téged látlak nagyon jónak, Alex... Komolyan mondom. Szeretném, ha megkérnéd Samet, hogy váljatok el, amikor hazajön Európából. S ha a válópernek vége lesz, akkor mi szépen összeházasodunk.
– Szeretlek – mosolygott rá szelíden az asztal túloldaláról Alex. Aztán a panorámaablakon át Annabellát figyelték egy darabig. Alexet mélységesen meghatotta, hogy Brock minden körülmények között elfogadja a gyereket.

269

– Feleségül akarlak venni. És addig fogom ez ügyben a füledet rágni, amíg igent nem mondasz – jelentette ki csökönyösen Brock, s Alex jót nevetett rajta.

– Nem mintha nem volna kedvemre a dolog. De mi lesz a munkáddal? – kérdezte aztán komolyan. Cégen belül házasodni és az állást is mcgtartani, ez nem ment.

– Két nagyon jó ajánlatot is kaptam már az idén. Valószínűleg az lesz a legjobb, ha elmegyek más céghez. De mielőtt bárhová mennék, szeretnék beszélni a főnökséggel. Arra gondoltam, hogy a te betegségedre való tekintettel igazán kivételt tehetnének velünk, és megengedhetnék, hogy továbbra is együtt dolgozzunk.

– Ezt tényleg megtehetnék. Mi ketten igen jó team vagyunk – mosolygott hálásan Alex. – S jövőre már te is előlépsz üzlettárssá.

– Majd beszélünk velük – mondta Brock nyugodtan. – De először Sammel.

– Ezzel még nem értek egyet – ellenkezett szigorú képet vágva, de szeretettel Alex.

– Majd egyet fogsz érteni – mondta bizakodva Brock, és neki volt igaza. Alex a hét végére már el is jutott arra a belátásra, hogy igent kell mondania. Megkéri hát Samet, hogy váljanak el, s a válóper után rögtön feleségül megy Brockhoz.

– Én biztos megőrültem – mondogatta egészen megzavarodva. – Kétszer olyan idős vagyok, mint te!

– Csak tíz évvel vagy idősebb, és az nem is számít, ráadásul fiatalabbnak látszol nálam. – Ebben volt is valami igazság. Alex szinte éveket fiatalodott, mióta Long Islandre költöztek. A kemoterápia mellékhatásai elmúltak, fölszedett kilóit leadta, a haja pedig dúsabb volt, mint azelőtt bármikor. Ugyanúgy vagy talán még jobban is nézett ki, mint a betegség előtt. A hétvégeken pedig úgy játszottak a tengerparton, mint két gyerek. Alex nagyon kipihent volt, amikor hétfő reggelenként munkába indultak Brockkal. Carmen vasárnaponként késő este utazott ki hozzájuk, hogy ők hétfőn idejében el tudjanak indulni. Csütörtökönként pedig amilyen korán csak tudták, abbahagyták a munkát, és döngettek kifelé Long Islandbe.

270

Nyáron az ügyvédek többsége pénteken már nem dolgozott, és az iroda, sok más New York-i céghez hasonlóan, már délben bezárt.

Amikor visszamentek a tengerparti házikóba, Annabella mindig türelmetlenül várta már őket, és boldogan futott eléjük. Hét közben pedig Alex és Brock hol az egyikük, hol a másikuk lakásában lakott, ahogy éppen kijött a lépés. Tökéletesre sikerült ez a nyár.

Annabella időnként hírt kapott az apjáról is, aki ekkor már az Antibes-foki házban tanyázott. Többször is felhívta a kislányát, s küldött egy tucat válogatottan gyönyörű képeslapot. De akkor sosem telefonált, amikor Alex is ott volt. Alex viszont a válást úgysem telefonon óhajtotta megtárgyalni vele. Kétség vagy ingadozás már nem volt benne, Brock tökéletesen meggyőzte. Ez az ember nagyobb tettet hajtott végre és többet tett őérte, mint az általa ismert összes férfi együttvéve. S minthogy Brock tudta, mit csinál és mit akar, Alexnek semmi oka nem volt arra, hogy további kérdéseket tegyen föl neki. Tudta, hogy szereti őt. Nagyon boldog volt, ha vele lehetett.

Egyszer ott heverésztek a tengerparton valamikor július közepén, és Alex észrevette, hogy Brock az ő fürdőruháját nézegeti. Aztán odahajolt hozzá és megcsókolta.

– Gyönyörű vagy! – suttogta gyöngéden, és rámosolygott. Annabella a közelben játszott, de egy kis délutáni „szundikálás" most igazán jólesett volna.

– Te pedig vak vagy! – válaszolta Alex, hunyorogva a szemébe tűző naptól. Brock egyik kezével elkezdte gyöngéden cirógatni a mellét, s ebbe a cirógatásba Alex egész teste beleborzongott.

– Azt hiszem, ideje volna már fölkeresnünk egy plasztikai sebészt.

– Miért? – igyekezett érdektelen hangon megszólalni Alex, mert igazából nagyon nem szeretett erről a témáról beszélgetni. És hiába volt roppant kedves hozzá Brock, Alex ettől még egyáltalán nem felejtette el, hogy az ő teste hogyan is néz ki.

– Csak. Egyszerűen azért, mert én így gondolom – mondta Brock kedvesen.

– Új orrot akarsz szabatni nekem, vagy varrassam föl a ráncaimat?

– Ne ökörködj már! Túl fiatal vagy még ahhoz, hogy a hátralévő életedet rejtőzködéssel és takargatással töltsd. Neked még folyton pucéran kéne parádéznod! – Brock megfontolt ember volt, hülyeségeket nem fecsegett, de Alex tudta, a fiatalember minden erejével azon igyekszik, hogy elfeledtesse vele, hogy az egyik melle hiányzik.

– Úgy érted, nekem is állandóan pucéran kellene lófrálnom, mint Sam kis angol barátnőjének? Mert én ezt nem így látom. – Alexet még mindig bosszantotta, ha eszébe jutott Daphne.

– Ne törődj vele. Nagyon jól tudod, mire gondolok. És legalább annyit tegyél meg, hogy beszélj egy orvossal, és tisztázd, mivel jár egy ilyen plasztikázás. Még ezen a nyáron el kéne intézni ezt az egészet és túlesni rajta. És akkor megint két szép cicid lehetne.

– A mellplasztika igenis borzasztó dolog, és szörnyűségesen fáj.

– Hát ezt meg honnan tudod?

– Beszéltem egy nővel az önkéntes segítőcsoportban, de Webber doktornő is megmondta. És ráadásul elég visszataszító is a procedúra.

– Ne legyél már ilyen gyáva nyúl! – fakadt ki Brock, bár mindketten jól tudták, hogy Alexre aztán végképp nem lehet ráfogni, hogy gyáva. De Brock szerette volna, ha viszszanyeri önbizalmát és testi értelemben is vett teljességét, ezért állandóan nyúzta ezzel a témával, sőt meg is adta neki egy jó hírű plasztikai sebész nevét, akit egy orvos barátja ajánlott neki. Brock mindig nagyon találékony volt.

– Már meg is beszéltem vele egy találkozót a nevedben – jelentette ki egy délután odabent az irodában. Alex meglepődve nézett rá.

– Nem vagy te egy kicsit erőszakos? – Nem akart ő elmenni sehová. Félórát vitatkoztak, de még akkor sem. – Nem megyek, és kész!

– De elmész. Elviszlek. Nem kell semmit csinálnod, csak beszélj a fickóval. Attól még semmi bajod nem lesz.

Alex még akkor is csak bosszankodni tudott a dolgon,

amikor elérkezett az orvos meglátogatásának napja. De azért elment, és kellemes csalódásban volt része, ugyanis ez a doki egészen másként állt hozzá a kérdéshez, mint Alex korábbi sebésze, Peter Herman. Az hűvös volt és tárgyszerű, csak a tények, a módszerek és a letagadhatatlan veszélyek érdekelték, erről viszont már az első pillanatban érezni lehetett, hogy csupa jó dolgot csinál, és munkájának eredményeképpen a páciensek a korábbinál sokkal jobban érzik magukat a bőrükben. Alacsony, pocakos, jámbor doki volt, kitűnő humorérzékkel megáldva. Alex a bemutatkozás után pár perccel már remekül szórakozott és nagyokat nevetett, a doki pedig tapintatosan adagolta a szóban forgó procedúrával kapcsolatos kellemes és kellemetlen információkat. Meg is vizsgálta Alexet, a sebhelyet és az ép mellét is, és azt mondta, hogy nem nehéz az eset, s hogy nagyon szép munkát tudna ő itt végezni. Vagy a protézisbeültetés jöhet szóba, vagy pedig a szövetkitágítás, ami azt jelenti, hogy a kívánt forma elérése érdekében két hónapon át hetenként sós oldatot fecskendeznek be. Alex a gyorsabb megoldást, a beültetést találta szimpatikusabbnak. De még mindig nem győzték meg teljesen. A doki elmagyarázta még, hogy ez a műtét természetesen nem olcsó mulatság, és elég fájdalmas is, de a fájdalmak nagy részét ma már csillapítani tudják, s hogy Alex korában nagyon is érdemes egy ilyen műtétre vállalkozni.

– És akkor nem úgy fog kinézni élete végéig, mint most, Mrs. Parker. Gyönyörű mellet tudunk csinálni önnek. – Szó volt még a mellbimbó megosztásáról és az esztétikai teljességet szolgáló bimbóudvar-tetoválásról. S bár minden nagyon csábítóan hangzott, amiről az orvos beszélt, Alex még mindig elég félelmetesnek érezte az eljárást. Mindazt, ami reá vár, ha mégis úgy dönt, hogy befekszik a kés alá.

Az aznap esti nagy szeretkezés után meg is kérdezte Brockot, hogy sajnálná-e, ha mégsem csináltatná meg a mellét.

– Engem személy szerint nem zavarna – válaszolta Brock őszintén. – Mégis úgy gondolom, hogy meg kell csináltatnod. Nem az én kedvemért, hanem önmagadért. De hát ez a te dolgod. Én akkor is szeretni foglak, ha, ne adj' isten, egy melled sem lesz.

Alex nem beszélt róla, nem hozta szóba, de két hétig keményen törte a fejét, hogy mitévő legyen. És július végén sikerült meglepetést szereznie Brocknak East Hamptonban.

– Megcsinálom. – Épp befejezték a reggelit, Brock beletemetkezett a vasárnapi újságba.

– Mármint micsodát? – nézett rá kicsit értetlenül, az újságot leeresztve Brock. Nem tudta, miről lehet szó, de kíváncsi volt rá. – Van valami elintéznivalónk mára?

– Mára nincs. Hétfőn fogok odatelefonálni neki.

– Oda kicsodának? – Brock olyan képet vágott, mint aki lemaradt egy beszélgetés néhány fontos mondatáról.

– Greenspannek.

– Hát az meg ki az ördög? – Brock hiába kutatott az emlékezetében. És különben is, még nem ébredt föl egészen.

– Valami új kliens?

– Az a doki, akihez elcipeltél! A plasztikai sebész! – Alex nagyon elszántnak és egy kicsit idegesnek látszott.

– Hát mégiscsak?! – ragyogott föl az örömtől Brock arca. – Meglátod, milyen jó lesz azután! Hát ez nagyszerű! – Körbecsókolta Alexet.

Alex pedig, ígéretéhez híven, hétfőn délelőtt fölhívta a dokit, és bejelentette, hogy mégiscsak befekszik a kés alá, és rászánta magát egy beültetéses plasztikai műtétre. Szörnyen félt ugyan az operációtól és az újabb fájdalmaktól, de hát *döntött,* és most már végig fogja csinálni ezt is. Az orvos azt mondta, hogy négy nap kórházi tartózkodásra számíthat, azután újra mehet dolgozni. Eleinte komoly fájdalmai lesznek, komolyabbak, mint az előző műtétnél, s ezt kár is lenne eltitkolni, de ezzel a műtéttel nem jár együtt semmiféle olyan borzalom, mint a kemoterápiával.

Csütörtökön szabadnapot vett ki, Carmen pedig elvállalta, hogy a hétvégét kint tölti East Hamptonban Annabellával. A gyereknek Alex csak annyit mondott, hogy hivatalos ügyben el kell utaznia, mert nem akarta szegényt halálra rémíteni egy újabb kórházüggyel. Megmondta viszont az igazat Carmennek, aki először szintén megrémült a kórház szó hallatán, de aztán megnyugodott, amikor Alex azt is elmondta neki, hogy ezúttal miért megy oda. Carmen csak helyeselni tudta az elhatározást, és így volt vele Liz is. Mindenki nagyon lelkesen tekintett a dolog elébe, kivéve Alexet, aki egyre jobban rettegett tőle, s az utolsó pillanatban majdnem meggondolta magát.

Csütörtök éjjel már el sem tudott aludni, ébren forgolódott Brock mellett az ágyban, és azon tépelődött, hogy miért is egyezett ő ebbe bele...

Másnap reggel hétkor Brock elvitte Lenox Hillbe a kórházba, ahol egy nővér és egy aneszteziológus elmagyarázta nekik az egész procedúrát. Aztán Alex kapott egy kórházi köntöst, majd egy nővér kezdte rákötni az infúziót – s ettől Alexre nyomban és ellenállhatatlanul rátört a sírás. Eszébe jutott ugyanis az amputáció meg a kemoterápia, nem is tudott már másra gondolni, és kibírhatatlan hülyének érezte magát.

Aztán befutott Greenspan doktor, és rendelt neki egy Valium injekciót.

– Itt nagyon vigyázunk ám mindenkinek a jó hangulatára! – mosolygott. – Kér maga is egyet a hátsó felébe? – riasztotta föl hirtelen a búslakodásból Brockot.

– Kettőt, ha lehet – vette a lapot Brock.

Alex már félig aludt, amikor a műtő felé tolták. Brock idegesen várakozott a szobában, majd a hallban járkált föl-alá, míg öt teljes óra elteltével Greenspan doktor ismét elő nem került, hogy megnyugtató híreket hozzon. Alex jól viselte az operációt, orvosi szempontból minden simán, komplikáció nélkül zajlott le.

– Azt hiszem, a kedves beteg is nagyon meg lesz elégedve az eredménnyel – mondta az orvos. Szilikonpárnát ültetett be, s minthogy Alexnek egyébként sem volt nagy melle, nem volt szükség nagymértékű szövettágításra, csak éppen annyira, amennyi a kívánatos formák kialakításához nélkülözhetetlennek mutatkozott.

Más megoldások is szóba jöhettek volna, de Alex minél gyorsabban túl akart lenni a dolgon, ezért választotta a szilikonpárna-beültetést. Igaz, ez azt is jelenti, hogy állandóan ellenőrizni kell majd az implantátumot, hogy nem szivárog-e, s hogy Alex automatikusan tagjává válik egy kontrollcsoportnak, mely adatokat szolgáltat a szilikonpárnabeültetés eredményeiről és esetleges mellékhatásairól.

– A végső és apróbb kiigazítások miatt egy-két hónap múlva még vissza kell jönni – mondta az orvos, és elmagyarázta azt is, hogy a mellbimbó rekonstrukcióját és a tetoválást már nem altatással, hanem helyi érzéstelenítéssel végzik. – Én azt hiszem, minden a legnagyobb rendben lesz! – biztatta az orvos búcsúzóul Brockot.

Újabb két órát kellett várni, míg Alexet lehozták az intenzív szobából. Amikor végre megérkezett, még mindig nagyon kábult volt.

– Helló! – suttogta Brocknak. – Hogy sikerült?

– Nagyszerűen! – vágta rá Brock, aki természetesen nem láthatott még semmit.

Az elkövetkező négy nap alatt Alex a vártnál rosszabbul érezte magát a kórházban, és még akkor is erős fájdalmai voltak, amikor hétfőn visszament az irodába. De most semmi olyan mellékhatással és semmi olyan veszéllyel nem kellett szembenéznie, mint az első műtétnél.

A kötés igen kényelmetlen viselet volt, de Alex így is elég sok munkát el tudott végezni, s mivel a kollégák nagy része a nyári szabadságot élvezte, a szinte kihalt ügyvédi irodában senki sem figyelt föl a történtekre. Alex a saját szobájában dolgozgatott. A kötésre Brock egyik ingét vette föl. Ebédet is Brock hozott neki, majd a munkanap végén a fiatalember lakására mentek. Egy héttel a műtét után, csütörtök délben következett az alsó kötés eltávolítása és a varratok kiszedése. Délután már mehettek is East Hamptonba. Annabella üdvrivalgással fogadta őket, Alex pedig kicsit óvatosan mozgott, amikor az ölébe kapta a gyereket.

– Megsebesültél, mama? – kérdezte hirtelen megriadva. Annabellának ugyanis rossz emlékei voltak az ilyen óvatoskodással kapcsolatban, de Alex nem akarta megijeszteni.

– A, dehogy. Semmi bajom – nyugtatgatta a kicsit. Annabella azonban nem nyugodott meg.

– Beteg vagy megint? – bámult tágra nyílt szemmel az

276

anyjára, s ahogy Alex magához szorította, megérezte, hogy a kislány egész testében remeg.

– Nem vagyok beteg – válaszolta nyugodt hangon, s míg átölelve tartották egymást, rájött, hogy valamit azért mégiscsak meg kell magyaráznia a gyereknek. Nagyon leegyszerűsítve a helyzetet azt mondta tehát, hogy amikor régen, tíz hónappal ezelőtt megsérült, akkor a mellének egy részét el kellett az orvosoknak távolítaniuk, s amit akkor leszedtek, azt most visszarakták. Ez látszott a legkönnyebben érthető magyarázatnak, de amikor este Sam hazatelefonált, a gyerek már úgy adta elő neki a történteket, hogy a mama végre megtalálta és visszarakta magának a mellét, és hogy ez milyen csuda jó. Sam azonban megdöbbent, mert azt hitte, hogy Annabella meglátta az anyja protézisét. Föl sem merült benne, hogy Alex újabb műtéten eshetett át, s minthogy telefonálás közben Daphne is ott állt mellette, nem szólt a gyereknek, hogy adja át a kagylót az anyjának.

Ekkor már a jachton voltak, s Daphne elhozta néhány vidám angol barátját-barátnőjét is. Nagyvilági társaság jött össze, kifinomult szórakozásfajtákat űztek, és sok időt töltöttek azzal, hogy különféle egyéb társaságokat látogattak meg más jachtokon és a Riviéra menti villákban. Pár napra átugrottak Szardínia szigetére is.

Brock mindennap emlékeztette Alexet, hogy beszélnie kell Sammel, amint hazajön Európából. Már nagyon szerette volna feleségül venni az asszonyt.

– Tudom, tudom – mosolygott Alex, és megnyugtatásul megcsókolta. – Nyugi. Amint hazaér, máris fölhívom. – Ha ősszel beadják a válókeresetet, akkor tavasszal megköthetik az új házasságot. Brocknak ez volt az egyetlen kívánsága. Fiatalos lendületét látva Alex néha nagyon öregnek érezte magát, bár tetszett is neki ez az ifjonti hév. Általában nem érzékelte a kettejük közti korkülönbséget, bár tagadhatatlanul adódtak olyan helyzetek és pillanatok, amikor Brockból idegesítően hiányzott a nagyobb élettapasztalat és a bölcs megfontoltság. Alex ilyenkor igyekezett nem tulajdonítani túl nagy jelentőséget a dolognak, de felfogásukban és szemléletükben néha kiütköztek a különbségek.

A nyár gyorsan elszállt. Daphne-nek nem nagyon akarózott otthagyni Európát, s kizárólag a Sam iránti szenvedélyes szerelem hozta vissza New Yorkba. Elpanaszolta a férfinak, hogy már komoly honvágya van, nagyon hiányzik neki London. Az Egyesült Államokban más volt az élet, de abban reménykedett, hogy az új lakás örömei majd feledtetik vele a kellemetlenségeket. Sam pedig megígérte neki, hogy ezentúl többet utazgatnak, és több időt töltenek külföldön. Ezt az ígéretet nem volt könnyű betartani, minthogy Samet a munkája igencsak New Yorkhoz kötötte, bár volt egy csomó ügyfele külföldön is. De hát a legfontosabb az volt, hogy Daphne boldog legyen, s ezért Sam bármilyen áldozatot hajlandó volt meghozni. Oly sok időt töltött a lánnyal, hogy hónapok óta komolyan elhanyagolta a munkáját. Daphne-ről kiderült, hogy bizony elég nagy igényű nő, aki szemmel láthatóan ahhoz volt szokva, hogy mindig megkapja, amit akar.

Amikor Sam hazaérkezett, Alex és Brock már a nyár elmúlásán szomorkodott. Az East Hampton-i házat a Labor Dayig, vagyis szeptember első hétfőjéig bérelték, Sam pedig az első otthoni víkendjére magával vitte Bridgehamptonba Annabellát. Baráti társasággal ment oda, s hat és fél heti távollét után Alex beleegyezett, hogy a gyerek elmehessen az apjával.

– Mit gondolsz, most jobban kijönnek egymással? – kérdezte Alex komolyan Brockot. Annabellát legutóbb is teljesen kiborította a Daphne-vel való találkozás... És amikor Sam vasárnap kora délután visszavitte East Hamptonba, érezni lehetett, hogy valami történt. Sam alig szólalt meg, amikor átadta a gyereket az anyjának. Alex tudta jól, Brock türelmetlenül várja, hogy megbeszélje végre a férjével a válás ügyét, ám most erre nem volt lehetőség. Sam csak jött és ment, ahogy Annabella átlépte a küszöböt, már ült is vissza a kocsiba, és nagy sebességgel elhajtott. Még elköszönni is elfelejtett.

Alex értetlenül bámult a gyerekre, ahogy kettesben maradtak.

– Mi történt? – próbált érdeklődni.

– Nem tudom – vonta meg a vállát a gyerek. – A papa

278

állandóan telefonált. Állandóan csörgött a telefon, és a papa kiabált azokkal, akik fölhívták. Ma pedig azt mondta, hogy el kell mennie. Becsomagolt a bőröndömbe mindent, beültetett a kocsiba, és hazahozott. Daphne is folyton ordítozott. Azt mondta, hogy ha a papa nem viselkedik vele rendesen, akkor ő visszamegy Angliába. Hát az nagyon jó is volna! Mert Daphne tényleg nagyon utálatos és hülye!

Valami nyilvánvalóan történt tehát. Valami rossz, de hogy pontosan mi, azt Annabella beszámolójából nem lehetett kihámozni.

Alexnek csak másnap reggel állt égnek a haja a döbbenettől, amikor a város felé robogó vonaton Brockkal meglátták a lapok címoldalát Sam, Larry és Tom fényképével, s a fényképek alatt a szöveggel, hogy a nagy esküdtszék tisztességtelen haszonszerzés, csalás, sikkasztás, magánokirat-hamisítás és más súlyos pénzügyi visszaélések miatt vádat emelt ellenük.

– Szentséges isten! – Alex csak ennyit tudott kinyögni, és átnyújtotta az újságot Brocknak. Hihetetlennek tűnt fel az egész. Hiszen Sam mindig kényesen ügyelt arra, hogy a tisztességtelen üzletelésnek még az árnyéka se vetődhessen rá...

– Ez igen! – füttyentett Brock a címlap láttán. A vádak igen súlyosak voltak, és Simont is érintették, bár ő még nem szerepelt a vádlottak között. Egyelőre csak a cég három eredeti tulajdonosát vádolták valami tíz-tizenöt rendbeli csalással és sikkasztással. – Hát, nem csodálom, hogy tegnap kicsit ideges volt – bólogatott Brock. – Most aztán nyakig van a szarban. – Alexet megbénította és megnémította a döbbenet. Mit csinált az életével vagy az életéből ez a Sam az utóbbi hónapokban? Milyen hülyeségekbe hagyta magát belerángatni? Hiszen e vádak alapján simán a nyakába sózhatnak húsz-harminc év börtönt. Ez őrület. Ez nem lehet igaz...

– Azonnal fölhívom, ha beérünk az irodába – motyogta Alex maga elé, s még mindig nem akarta elhinni, amit olvasott.

De mire beértek, Sam már kétszer is kereste. Alex magá-

279

ra zárta az irodáját, és tárcsázott. Sam azonnal a telefonnál termett.

– Köszönöm, hogy visszahívtál. – A hangja idegesen vibrált.

– Mi történt? – kérdezte Alex, aki még mindig nem tért magához egészen a döbbenettől. Eddig abban a hiszemben élt, hogy ő jól ismeri Samet...

– Még magam sem tudom. Csak egyes részleteket ismerek, az egészet nem. Abban sem vagyok biztos, hogy valaha is tisztán fogok látni ebben az ügyben. De amit most tudok, már az is elég. Nagyon nagy szarban vagyok, Alex. Segítségre van szükségem. És egy jó ügyvédre. – Volt neki egy nagyon jó ügyvéd ismerőse, de az nem foglalkozott bűnügyekkel.

– Én sem foglalkozom bűnügyekkel, Sam – mondta Alex csöndesen. Sajnálta ezt az embert, sajnálta, hogy így eltolta az életét, vagy annyira nem figyelt oda, hogy mások ezt megcsinálhatták vele. Azon tűnődött, hogy az angol nőnek mekkora szerepe lehetett a fejlemények ilyetén alakulásában, mert hogy Simon keze benne volt a dologban, azt biztosra vette. Még akkor is, ha Simont egyelőre nem sorolták a vádlottak közé.

– De hát te mégiscsak peres ügyekkel foglalkozol. Legalább tanácsot adj, hogy most mi a fenét csináljak. Nem beszélhetnénk? Beugorhatnék most hozzád, Alex? Nagyon kérlek... – Sam már-már könyörgött, s Alex a tizenhét évi házasságra való tekintettel is úgy érezte, hogy legalább meg kell hallgatnia. Arról nem is beszélve, hogy a köztük történtek ellenére is bizonyos módon még mindig szerette ezt az embert, aki – papíron legalábbis – a férje volt.

– Majd meglátom, mit tehetek. De a végén úgyis átadlak egy bűnügyi kollégának, Sam. Annyira ostoba ugyanis nem vagyok, hogy magam próbáljak meg segíteni rajtad, aztán a hozzá nem értésemmel esetleg még több kárt okozzak. De minden tőlem telhetőt megteszek, ha pontosan elmondod, mi történt. Mikor tudsz átjönni?

– Akár most is! – Sam nehezen viselte a bizonytalanságot.

Tíz óra volt. Alexnek fél kettőkor találkoznia kellett egy

ügyfelével, de addig ráért. A papírmunkát később is el tudja végezni, úgyhogy Sam jöhet.

– Hát akkor siess – mondta neki, aztán letette a telefont, és átment Brockhoz, hogy elmesélje, mit végzett.

– Nyilván rögtön elirányítottad egy büntetőügyeshez. Nem?

– Nem. Előbb még beszélni akarok vele. Nem akarod te is meghallgatni? – Furcsa kérdés volt ez, de hát bizonyos értelemben szakmai jellegű lesz a beszélgetés, és Alex mindig is sokat adott Brock véleményére.

– Hát, ha akarod, meghallgathatom. De aztán, ha befejeztétek, belevághatok a pofájába? – vigyorgott Brock. Méltóbb sorsot nem is tudott volna elképzelni egy ilyen mocskos gazember számára, mint hogy húsz évig rohadjon a börtönben. A megbeszélésen csak Alex kedvéért volt hajlandó részt venni, egyébként esze ágában sem volt segíteni Sam Parkernek.

– Addig ne vágd pofán, míg ki nem fizeti a honoráriumot – mosolygott szomorúan Alex. Ő már Brockhoz tartozónak érezte magát, bármennyire sajnálta is a bajba jutott Samet.

– Te meg ne felejtsd el föltenni neki az egymillió dolláros kérdést – emlékeztette Brock Alexet ismét a válás szóbahozatalára. De hát erre most megint nem volt alkalmas az időpont.

– Nyugi. Ez most szakmai ügy.

Sam húsz perc múlva már ott is volt, és lebarnult arcbőre alatt is észre lehetett venni a halálos sápadtságot. Szeme körül fekete karikák látszottak, s ahogy leült Alexszel szemben az asztal másik oldalán, jól láthatóan remegett a keze. A férfi idegileg és érzelmileg sokkos állapotban volt. Szakmai hírneve füstté vált, és egész élete tönkrement, méghozzá az alatt a másfél hónap alatt, míg ő itthon sem volt, hanem Európában múlatta az időt Daphne-vel.

Alex megkérdezte tőle, nem zavarja-e, ha Brock is részt vesz ezen a megbeszélésen. Sam nem túlságosan lelkesedett az ötletért, de azt mondta, hogy ha Alex szakmai szempontból hasznosnak tartja Brock jelenlétét, akkor neki mindegy. Minden lehetséges segítséget szeretett volna megkapni, és máris nagyon hálás volt Alexnek. Azt mondta neki, hogy nála jobb ügyvédet még nem ismert, s hogy roppant sokra tartja a véleményét. Ilyesmit később nem mondott, de ahogy egymásra néztek, abban volt valami régi és megszokott. Régóta ismerték és hosszú ideig szerették egymást, ezt nehéz lett volna elfelejteni.

Az általa előadott történet nem volt igazán kerek, de mint mondta, még ő maga sem lát tisztán egy csomó kérdésben. Annyit tudott eddig kideríteni, hogy Simon lassan és titokban gyanús, tisztességtelen figurákat vont be az üzletbe, majd szépen kikozmetikázta az európai bankoknak e figurák eddigi üzleti tevékenységére vonatkozó jelentéseit. Aztán, egyelőre Sam előtt sem teljesen világos módszerekkel, elkezdett bűvészkedni a pénzzel. Sikkasztott ezektől, lopott a törvényes ügyfelektől, majd hozzálátott piszkos pénzeket óriási tételekben tisztára mosni Európában. A machinációk nyilvánvalóan hosszú hónapok óta folytak, és Sam elismerte, minden szemrehányó célzatosság nélkül, hogy Alex betegsége és a kettejük közti viszony megromlása idején a szükségesnél jóval kevesebb figyelmet fordított cége üzleti ügyeinek ellenőrzésére. De amíg nem volt muszáj, addig nem akarta elárulni Alexnek, hogy bizony Daphne is jócskán eltérítette őt, mintegy „kivonta a forgalomból" saját cégénél, nem hagyva neki sem időt, sem energiát a normális munkavégzésre.

Annyit viszont elmondott, hogy egyelőre nem merné biztosan állítani, Simon dobta-e be a buliba Daphne-t saját ügynökeként, egyszerű csalimadárként. Bár több mint gyanús a nő felbukkanásának időpontja és az a figyelemelterelő lendület, amivel Daphne „működött".

Sam ezenkívül még azt is bevallotta Alexnek, hogy tavasszal már kezdett neki gyanús lenni Simon tevékenysége az egyik ügyfelükkel kapcsolatban, és az is feltűnt, hogy bizonyos pénzek elég furcsán mozognak. De amikor fölvetette ezt a kérdést az üzlettársai előtt, azok megnyugtatták, hogy a látszat csal, minden a lehető legnagyobb rendben zajlik, ezután ő úgy látta, hogy nincs oka aggodalomra. De most már belátja, hogy könnyű volt átverni, mert lelke mélyén maga is szerette volna elhinni e csirkefogók „igaz" történeteit. Sam igen szégyenkezve még azt is bevallotta Alexnek, hogy ezek az események paradox módon éppen akkor játszódtak le, amikor Alex figyelmeztette őt, hogy neki valami megint bűzlik az agyondicsért Simon körül, de ő akkor kézzel-lábbal tiltakozott mindenféle gyanúsítgatás ellen, és megvédte az ő kiváló befektetési szakember „barátját".

– Egész végig egy nagy ökör voltam – ismerte be. – Simon pedig a kezdettől fogva egy szemét patkány. Neked volt igazad. S most még azt is meg kellett tudnom, amit sohasem hittem volna, hogy Larry és Tom is átpártolt ehhez a patkányhoz. Kezdetben még nem, de valamikor februárban rájöttek Simon disznóságaira, csakhogy Simon ekkor lefizette őket. Megvásárolta a hallgatásukat, azzal nyugtatgatva őket, hogy úgysem derül ki soha semmi. Fejenként egymillió dollárral tömte be a szájukat, s a pénzt titkos svájci bankszámlákon helyezte el. Larry és Tom ettől kezdve, vagyis az elmúlt hat hónapban Simonnak dolgozott, és nagy tételekben csaltak, sikkasztottak és mosták a pénzt. Ma már magam sem akarom elhinni, milyen hülye és vak voltam, mennyire nem akartam észrevenni, hogy mi folyik körülöttem, s hogy ezek a csirkefogók mit meg nem mernek csinálni. Simon még azt is kiügyeskedte, hogy az utóbbi két hónapban, amikor a legnagyobb húzásait csinálta, én még a környéken se legyek. „Elküldött" jó messzire, Európába. Ő talált nekem még a jachtot is, én pedig balga ökörként, tökéletes idiótaként simán belesétáltam a csapdába. – ...Daphne nehezen túlbecsülhető, aktív segítségével, tette még hozzá magában. – És amíg én távol voltam, valaki a banknál gyanút fogott, és föl jelentett minket a SEC-nél, a részvényügyeket ellenőrző kongresszusi bizottságnál, és még az FBI-nál is. Aztán belépett a képbe az igazságügyi minisztérium, és az egész elátkozott kártyavár öszszeomlott körülöttünk. S amilyen idióta voltam, hagytam, hogy engem is maga alá temessen. Amikor Londonban jártam és beszéltem Simon egyik régebbi ügyfelével, akkor is gyanús dolgokkal találkoztam. A pasas valószínűleg azt hitte, hogy én tájékoztatva vagyok bizonyos dolgokról, én pedig azt sem tudtam, hogy miről kellene tudnom. De amikor fölhívtam Larryt és Tomot, hogy mi ez az egész, akkor ők rögtön fedezték a pasast, és kimagyarázták a helyzetet. Akkor már nagyon be voltak szarva ahhoz, hogy ne ezt tegyék. S míg én a világ másik végén voltam, húszmillió dollár értékű piszkos üzletet kötöttek a nevemben. S most velük együtt én is nyakig ülök a szarban. – Sam leverten és a félelemtől reszketve ült ott. Amit egész életében fölépített és megszerzett, az most mind elpusztult, semmivé lett. Az ő szakmai hírnevével és tekintélyével együtt. És talán vége az életének is.

– De hát te nem is voltál itt, amikor ők ezeket a disznóságokat csinálták! – jegyezte meg tényszerűen Alex. – Ez a körülmény nem segíthet rajtad valamit?

– Ezek a disznóságok sajnos csak a jéghegy csúcsát jelentik – legyintett szomorúan Sam. – A helyzet ennél sokkal rosszabb. Engem majdnem mindennap előrángattak valamiért, és én aláírtam nekik az üzleti jegyzőkönyveket és egyéb iratokat. Sikerült elérniük, hogy látszatra minden a legnagyobb rendben van, minden törvényes és előírásszerű. Ezért most engem ugyanolyan felelősség terhel, mint őket. Jaj, istenem… De hát én azt szerettem volna, ha rendben folynak az ügyek. Azt szerettem volna, hogy ne igazolódjanak be a balsejtelmeim. Én magam altattam el a gyanakvásomat. Nem akartam szembenézni a tényekkel, nem akartam észrevenni, hogy mit művelnek. De a múlt héten, amikor hazajöttem és elkezdtem kérdezősködni, nagyon megrémültem, és nekiláttam egy kicsit megkapargatni a felszínt. Azt el nem tudod képzelni, mi minden történt itt az elmúlt egy esztendő alatt. Egyszerűen hihetetlen, hogy mennyire hülye voltam, s hogy mennyire tönkretették nemcsak a hírnevemet, hanem az egész vállalkozásomat is. Mindennek vége, Alex! – Ahogy felnézett a feleségére, könnyek csillogtak a szemében. Annak idején bezzeg egyetlen könnycseppet sem hullatott Alexért, most meg elbőgte itt magát a nagy önsajnálattól. – Amit húsz év alatt kiépítgettem, az most mind romokban hever. Az a két idióta eladott és elárult engem fejenként egymillió dollárért, s most Simonnak köszönhetően mindannyian mehetünk a börtönbe.

Sam behunyta a szemét, és igyekezett erőt venni magán. Alex sajnálta a nyomorultat, de talán nem olyan nagyon, amennyire „illett" volna egy feleségnek sajnálnia a férjét. Sam ugyanis bizonyos értelemben megérdemelte a sorsát. Megbízott Simonban, amikor nem lett volna szabad bíznia. Bízott még akkor is, amikor már nemcsak az ösztönei figyelmeztették a veszélyre, hanem Alex is nagyobb óvatosságra intette. Gyanakvását az első perctől fogva szinte kikapcsolta, és még akkor is csukva tartotta a szemét, amikor Simon már nemcsak a vállalkozását vitte jégre, hanem az egész életét és a jövőjét is. Most viszont ismét tágra nyílt szemmel és halálra váltan meredt Alexre, és nem is igyekezett palástolni már-már állati félelmét.

– Nagyon rosszul áll az ügyem? – nézett egyenesen Alex szemébe. Alex egy pillanatra zavarba jött, de aztán visszanyerte higgadtságát.

– Bizony elég rosszul, Sam. Följegyeztem néhány dolgot, s szeretném bevonni az ügybe az egyik cégtársamat. De nem hiszem, hogy képes leszel tisztára mosni vagy kimagyarázni magad. Túl nagy itt a te közvetett felelősséged. Túl nehéz lesz meggyőzni a vádemelő esküdtszéket, de egyáltalán bárkit is, hogy te egyszerűen nem tudtál semmiről, és minden a hátad mögött zajlott. Akár igaz, akár nem.

– És te hiszel nekem? – kérdezte gyámoltalanul Sam.

– Bizonyos mértékig – válaszolta kertelés nélkül Alex. – Azt hiszem, hogy becsaptad saját magadat is, nem akartál tudomást venni a tényekről, és hagytad, hogy a dolgok nélküled történjenek. Bűnös vagy végtelenül ostoba – és ez már mindegy is – nemtörődömséggel egyszerűen elhanyagoltál mindent. – Alex kíméletlenül őszinte volt, Brock pedig hallgatólagosan és tökéletesen egyetértett vele.

– Most akkor mit kell tennem? – nézett Sam rémülten, amire igazán megvolt minden oka.

– Elmondani szépítgetés nélkül a teljes igazságot. Elsősorban persze az ügyvédeidnek. Ne takargass előttük semmit, Sam, mert az csúnyán visszaüthet. Ez a teljes őszinteség lehet talán az egyetlen reményed. Az utolsó szalmaszál. De mi van Simonnal?

– Ma délután áll a vádemelő esküdtszék elé.

– És a nő? Simon unokahúga? Vele mi van? És milyen szerepet játszott ebben a mocskos ügyben? – A házasságom tönkretételén kívül, tette még hozzá gondolatban Alex. Samet tényleg nem volt nehéz elcsábítani, belevetette magát a gyönyörökbe, és beképzeltté tették a „sikerei", szóval tökhülye volt, egy könnyen beugratható pojáca, és ezt most már ő is világosan látta.

– Nem tudok még róla semmit – válaszolta Sam, és elfordította a tekintetét. – Azt mondja, ő nem felelős semmiért, ő nem tudott semmiről. Én mégis azt gondolom, hogy tudott a dologról, amikor belépett hozzánk, de aztán úgy döntött, hogy kivárja a végét. De lehet, hogy tényleg nem tudott semmiről. Viszont az sem kizárt, hogy mindenről tudott – hadarta Sam, s közben a haját turkálta az ujjaival. Alex csak nézte kedvetlenül. Ez a szerencsétlen nagy árat fizetett ezért a szerelmi kalandért. Ráment a vállalkozása, a hírneve, a pénze, s rámegy talán még az élete is, ha most bevágják a rács mögé. De Alex még mindig szeretett volna valahogy segíteni rajta. Mert hát a férje volt ez az ember, még ha csak papíron is.

Alex aztán odament a telefonhoz, és fölhívta egyik tulajdonostársát és kollégáját, Phillip Smihtht, az adócsalások, befektetési szédelgések és egyéb pénzügyi visszaélések specialistáját. Minthogy Sam esetében éppilyen vádak merültek fel, ez az ügy nagyon is belevágott Smith szakterületébe. Smith azt mondta, öt perc múlva ott lesz náluk az irodában.

– És te? Ugye te is segítesz neki megvédeni? – kérdezte Alexre szegezve könyörgő tekintetét Sam. Brocknak tényleg kedve lett volna jól pofán vágni most ezt az alakot. Alex már nem az övé. Amit férjként művelt vele, az pont elég volt egy életre, ám minden gyalázatossága ellenére Alex még mindig szóba állt vele, még mindig segíteni akart rajta. Ha másért nem, hát a kislányukra való tekintettel.

– Az én segítségemmel nem mennél semmire – válaszolta Alex őszintén. – Ez nem az én szakterületem, egyszerűen nem értek hozzá. – És egyáltalán, sajnálat és együttérzés ide vagy oda, Alex nem kívánt túl közvetlen kapcsolatba kerülni ismét a férjével, túlságosan közvetlen részt vállalni sorsa alakításában.

– De azért ugye konzultálsz vele? Vagy nem lennél inkább társügyvéd mellette? Alex... kérlek! – Brock undorodva elfordult. Ezt már nem bírta nézni. Sam gyalázatosan viselkedett Alexszel, cserbenhagyta, elárulta és elment más nővel, s most Alex mégis kötelességének érzi, hogy segítsen rajta.

– Majd meglátom, mit tehetek. De neked nincs rám szükséged, Sam. Még arra vagyok kíváncsi, hogy mit mond minderről Phillip Smith, miután beszélt veled. – Alex nagyon nyugodt hangon tárgyalt Sammel. Brockot már bosszantotta is a dolog. Az, hogy Alex minden mostani visszafogottsága és Sam minden múltbéli aljassága ellenére még mindig erős kötelékek léteztek közöttük.

– De igenis szükségem van rád – vetette még oda suttogva Sam, ahogy az idősebb kolléga belépett, és Brock eltávozott.

Alex röviden elmondta Phillip Smithnek a lényeget, majd megmutatta neki, amit Sam beszámolójából följegyzett. Smith sűrűn bólogatott, összeráncolta a szemöldökét, aztán hümmögve helyet foglalt Alex mellett, Sammel szemben.

– Azt hiszem, most jobb lesz, ha magukra hagyom önöket – mondta Alex, és fölállt. Sam ott maradt ülve, magába roskadva és összetörve.

– Ne menj el – nézett föl a feleségére, mint egy riadt kisgyermek. Alexnek hirtelen eszébe jutott, ő mit érzett akkor, amikor közölték vele, hogy rákja van, milyen szörnyen magányosnak érezte magát, mennyire félt, milyen kilátástalannak tűnt számára minden, s hogy akkor, épp akkor milyen ocsmány módon hagyta őt el ez az ember. Otthagyta őt a bajban, a teljes kiszolgáltatottságban, Daphne után futkosott, és hagyta, hogy közönséges bűnözők kiforgassák a vagyonából, miközben ő görcsökben fetrengett odahaza, és iszonyú kínok közt majd a belét is kihányta....

– Majd visszajövök – mondta csendesen. Nem akarta Samet abba az illúzióba ringatni, hogy tőle függ sorsának alakulása. Hogy rá van utalva a felesége segítségére. Az ügy nagyon bonyolultnak ígérkezett már így első ránézésre is. Alex biztosra vette, hogy a vádemelést, a tárgyalást és a bírósági ítéletet itt elkerülni nem lehet. A procedúra hónapokig, ha ugyan nem évekig fog elhúzódni, és Alex igyekezett óvatosan távol maradni tőle s nem vállalni benne túl sok elkötelezettséget. Egyelőre otthagyta hát a két férfit.

Amikor benyitott a saját irodájába, Brockot találta ott, aki dühödt tekintettel járkált föl-alá.

– Ó, ez a nyüszítő, beszart csirkefogó! – mondta, és úgy bámult Alexre, mintha ő volna a hibás mindenért. – Egy teljes éven át le se szart téged! Lehet persze, hogy korábban nem ilyen volt, de én már azt is erősen kétlem. Most meg nem rühelli idetolni a pofáját és itt siránkozni, mert már tömik neki a szalmazsákot a börtönben! Hát tudod, hagyd csak, hadd menjen. Pont oda való. Ne foglalkozz vele! Jót fog tenni neki. Ez így tökéletes. A csábos seggű cicababája meg annak az unokatestvére belekeverték őt a szarba, csalásba és sikkasztásba, és most idejön sírni, hogy mentsd meg. Pont te! – Brock dühöngött, s úgy rohangált faltól falig, mint valami ketrecbe zárt vadállat. Mintha annak idején őt árulták volna el és hagyták volna cserben, nem pedig Alexet.

– Higgadj le, Brock – próbálta megnyugtatni Alex. – Ez az ember mégiscsak a férjem.

– Nahát remélem, hogy már nem sokáig. Micsoda genynyes alak. Itt ül a méregdrága öltönyében, tízezer dolláros órával a karján, frissen érkezve a dél-franciaországi jachtjáról, és még adja is az ártatlant és a meglepődöttet, hogy az üzlettársai szélhámosok, és miért bántja őt a vádesküdtszék! Én viszont egyáltalán nem vagyok meglepődve itt semmin. Sőt, azt hiszem, hogy az elejétől fogva az ő keze is benne volt mindenben.

– Én ezt nem hiszem – mondta Alex hűvösen, az íróasztala mögött ülve, míg Brock a férjét csepülve még mindig ide-oda rohangált. – Nagyon valószínű, hogy majdnem minden úgy történt, ahogy ő előadta. Belefeledkezett az élet örömeibe, nem figyelt oda, azok meg jól átvágták. Ez

288

persze nem menti föl a felelősség alól, és igenis szembe kell néznie a következményekkel. Kötelessége lett volna ellenőrizni az ügyeket, de ő inkább elment szórakozni. Azok a csirkefogók meg kirámolták a házat, míg ő szundikált.

– Én akkor is úgy gondolom, hogy megérdemelte.

– Lehet. – Alex még maga sem tudta, mit gondoljon. Amikor a fél kettőre kitűzött megbeszélése nagyed háromkor befejeződött, Sam még mindig Phillip Smithszel tárgyalt, s nem sokkal később megkérték őt, hogy ismét csatlakozzon hozzájuk. Alex ezúttal Brock nélkül ment be, ez látszott egyszerűbb megoldásnak. Rájött, hogy Brockot már az első beszélgetésre sem volt túl szerencsés magával vinnie. Nem volt ugyanis korrekt dolog Brocktól azt várni, hogy objektív és elfogulatlan legyen.

– Nos? – nézett a két férfira, ahogy beült közéjük. Sam önkéntelenül is észrevette, hogy Alex alakja most ismét egészen természetesnek, épnek látszik, de aztán kényszerítette magát, hogy a saját bajára koncentráljon. – Hol tartunk? – kérdezte, és ő is igyekezett a problémára koncentrálni. Olyan volt, mint egy vizsgáló orvos, szenvtelen és szakszerű.

– Nyakig abban a bizonyosban, attól tartok – válaszolt Phillip Smith. Nem szépített, nem kertelt, nem keresett enyhébb kifejezéseket. Úgy látta, Sam a maga részéről elég rendesen feltárta a dolgokat, s hogy a vádesküdtszék valószínűleg fenntartja majd a vádindítványt. És fennáll a további vádak felmerülésének veszélye is. Smith is biztosra vette, hogy az ügyet bírósági tárgyalás fogja rendezni, de hogy végül az esküdtszék milyen döntést hoz, azt nehéz megjósolni. Samnek minden esélye megvan arra, hogy bűnösnek találják. Különösen akkor, ha az esküdtek nem hisznek neki. A legerősebb szalmaszál, amibe még talán érdemes belekapaszkodni, az annak bizonyítása, hogy Sam az utolsó pillanatig nem tudta, mi folyik a háta mögött. Smith feltételezése szerint Sam cégtársait Simonnal együtt el fogják ítélni. Sam megmentésére pedig csak akkor kínálkozik némi, nagyon halvány remény, ha ügyét aprólékos munkával sikerül különválasztani a többiek ügyétől, s ha sikerül megnyerni az esküdtek szimpátiáját és együttérzését. Hogy a vádlottnak a felesége rákos lett, hogy majdnem elvette szegénynek az eszét a felesége életéért való szüntelen reszketés, hogy állandóan ápolnia kellett azt a szegény asszonyt, s ezért nem maradt ideje és energiája saját cégének üzleti ügyeit ellenőrizni. Hogy ez a szegény, becsületes ember megbízott az üzlettársaiban, akik aztán rútul becsapták, s ami a legfontosabb, hogy ő szándékosan vagy tudatosan nem követett el semmiféle bűncselekményt, ő csupán eszköze és játékszere volt az elvetemült bűnözőknek és így tovább...

Alex jogászi füllel hallgatva mindezt nagyon ügyesnek és korrektnek találta, ám a saját fülével hallgatva már semmi korrekt vagy erkölcsös mozzanatot nem talált benne. Sőt egyenesen tisztességtelennek érezte, hogy őt akarják felhasználni annak az embernek a megmentésére, aki az ő megmentése érdekében, finoman szólva, semmit, de semmit meg nem tett. Sőt... Szóval megértette ő, hogyne értette volna, hogy ötletes ügyvédi húzás „szegény Samre" venni a figurát, de őt személy szerint ettől még nagyon irritálta a dolog.

– Maga szerint működni fog így a dolog? – szögezte Alexnek a kérdést Smith. Tudta, hogy ő és Sam külön élnek, s most kíváncsi volt a véleményére.

– Talán – kezdte Alex óvatosan. – Ha senkinek sem jut eszébe alaposabban utánanézni. Mert szerintem a legtöbb ember tudja, hogy a mi házasságunk tönkrement, s hogy Sam, enyhén szólva, nem állt mellém a bajban. – Samnek a lélegzete is elakadt ettől a nyers szókimondástól, de hát nem tagadhatta a tényt. Nem is szólt semmit.

– Valóban tudják az emberek, hogy Sam nem állt maga mellé a bajban?

– Vannak ilyenek. Én nem vertem nagydobra. És úgy tudom, annak idején Sam élete igencsak bővelkedett „regényes" mozzanatokban. – Itt Alex egyenesen a férje szemébe nézett, aki nem számított arra, ami ezután következett. – Samnek tavaly ősszel, vagy legalábbis jóval karácsony előtt igen feltűnő szerelmi viszonya alakult ki valaki mással. – Sam döbbenten meredt maga elé e szavak hallatán,

290

de nyugalmát sikerült megőriznie. Soha nem gondolta volna, hogy Alex már ilyen régóta tudott Daphne-ről.

Phillip Smith elég jeges tekintetet vetett a szeme sarkából Samre.

– Igaz ez?

Sam kínosnak találta, hogy ilyesmit be kell vallania ennek az idegen férfinak, és valósággal fejbe verte az a felismerés, hogy Alex mennyi mindent tudott róla. De tisztában volt azzal, hogy itt most nem sumákolhat, itt őszintének kell lennie, bármilyen kínos is Alex jelenlétében „gyónnia".

– Igen. Igaz. Ez az a nő, akiről már beszéltem az előbb. Simon unokahúga, Daphne Belrose.

– Ő is benne van a balhéban?

– Egyelőre nincs, őt még nem vették elő, de attól tart, hogy ez bekövetkezhet. Azt mondta, abban a pillanatban lelép Angliába, amint megpróbálnak hozzányúlni.

– Nagyon ostoba húzás volna a részéről – mondta Smith kissé megvető hangsúllyal. – Azonnal gyanúba keverné magát, hogy nem véletlenül próbál megpucolni, és az esküdtszék nagyon egyszerűen el tudná intézni a kiadatását. Maga most milyen viszonyban van vele?

– Együtt élünk – mondta Sam, és óriási nagy marhának érezte magát. – Legalábbis ma reggelig még együtt éltünk – tette hozzá.

– Értem – bólintott Smith, és kezdett egyre tisztábban látni. – Nos, Mr. Parker, kell nekem egy kis idő, hogy mindezt megemésszem, és különben is várjuk meg, mit mond a vádesküdtszék. Mikor kell megjelennie vallomástételre?

– Két napon belül.

– Akkor marad egy kis időnk a taktikai kérdések megbeszélésére. – Smith igazán nem úgy nézett ki, mint aki örül, hogy ezzel az üggyel foglalkozhat, sőt az sem sugárzott róla, hogy szimpatikusnak találta volna Samet, de Alex kedvéért hajlandó volt elvállalni a védelmet. Az ügy egyébként érdekesnek és nagy jelentőségűnek ígérkezett. Smith aztán otthagyta őket a tanácsteremben, búcsúzóul még annyit mondva Samnek, hogy másnap délelőtt majd fölhívja mindkettőjüket. Alex és Sam kettesben maradt, szemtől szemben egymással. Nyár óta most voltak először így együtt.

– Nagyon sajnálom – dadogta Sam. – Nem is tudtam, hogy te ilyen sok mindent tudsz rólam – ismerte be tétován, és úgy látszott, hogy most tényleg bántja a dolog. Szokatlanul alázatos hangot ütött meg.

– Tudtam, amit tudtam – mondta Alex szomorúan, és nem kívánt erről a témáról többet beszélni. Semmi értelme nem lett volna már. A még megmaradt kötődések és a közös gyermek ellenére ez a házasság már a múlté. – Azt hiszem, nagyon benne vagy a slamasztikában, Sam. Nyakig. Szomorú vagyok, hogy így történt. És remélem, hogy Phillip tud segíteni.

– Én is remélem – mondta Sam, aztán kétségbeesett képpel nézett Alexre az asztal túlsó feléről. – Nagyon sajnálom, hogy ilyen ügyekbe rángatlak bele, hogy ilyen ocsmányságokkal zaklatlak. Nem ezt érdemelnéd.

– Te sem – mosolygott szomorúan Alex. – Te egy jó nagy seggberúgást érdemelnél, Sam. De nem ezt a letaglózást.

– Hát, pedig lehet, hogy mégis ezt érdemlem – mondta Sam nyomorultul, s most gyötrő lelkifurdalást érzett mindazért, amit Alexszel művelt, de élt benne a kíváncsiság is. – Mikor jöttél rá, hogy Daphne létezik?

– Láttalak benneteket karácsony előtt a Ralph Lauren üzletéből kijönni. Csak rátok kellett nézni, és minden egyértelmű volt. A többit aztán nem volt nehéz kitalálni. És nem volt kellemes látvány, azt elárulhatom, ugyanúgy zavart és bántott engem, mint amikor ezzel a Simonnal kellett téged együtt látnom. És úgyis volt nekem akkoriban épp elég más bajom is. – Tulajdonképpen megsemmisítő élmény volt, de ezt már nem árulta el. Sam ezt magától is kitalálta, ahogy most nézte és hallgatta Alexet. Szerette volna visszaforgatni az időt, mindent újra kezdeni és másként alakítani a dolgokat. De hát késő bánat…

– Azt hiszem, egy időre elvesztettem a józan eszemet – mondta rekedtes hangon. – Állandóan azoknak az éveknek az emlékei gyötörtek, amikor az anyám meghalt, és a csalá-

292

dunk tönkrement. Valahogy öntudatlanul is azonosítottalak az anyámmal, és nem tudtam szabadulni a gondolattól, hogy akkor most te is meg fogsz halni, és ugyanúgy magaddal rántasz majd a pusztulásba, ahogy annak idején az anyám is a mélybe rántotta az apámat. Pánikba estem. Valami őrült déja' vu élmény kerített hatalmába. Megszűntem világosan gondolkodni, és mindaz a féktelen harag, amit gyerekkoromban az anyám iránt éreztem, most újra felszakadt bennem, és ellened fordult. Ez tényleg téboly volt. S azt hiszem, téboly volt a Daphne-vel való kapcsolat is. Talán így akartam elmenekülni a fájdalmas valóság elől. Csakhogy ezenközben mindenkinek fájdalmat okoztam. Most nem is tudom, hogyan vélekedjem erről az egészről. Azt sem tudom, hogy Daphne becsapott-e, vagy komoly volt részéről a dolog. Rettenetes érzés. Nem lehetek biztos abban sem, hogy egyáltalán ismerem ezt a nőt. – Alexet viszont volt szerencséje ismerni, és tudta, hogy milyen csúnyán bánt vele, mennyi fájdalmat és keserűséget okozott neki. Most már gyűlölte magát érte. Azt is tudta, hogy ennek az aljasságnak az árát most már élete végéig fizetni fogja.

– A dolgok néha saját törvényeik szerint alakulnak, Sam – mondta filozofikus tűnődéssel Alex. Filozofálgatni persze már késő volt, de Sam legalább észhez tért végre, és azt is fölfogta, hogy miért s mivel okozott fájdalmat a feleségének. S hogy mindennek az a szörnyű félelem volt az alapja, hogy ugyanúgy elveszíti a feleségét, ahogy annak idején az anyját is elveszítette.

– Ha nem tévedek, akkor most válni akarsz – olvasott remekül Alex gondolataiban Sam. De amilyen nyomorultnak, szánalmasnak és elesettnek látszott, és amilyen kilátástalan jövő várt rá, Alex képtelen volt most még ezt a válásügyet is a nyakába akasztani. Nem lett volna sportszerű a padlóra került embert még ezzel is gyötörni. Brock türelmetlenkedése ellenére is igazán ráért a dolog, nem volt sürgős. Két-három hónap ide vagy oda már nem számít semmit.

– Igen, de erről majd azután beszéljünk, ha már valahogy rendeződtek a saját problémáid.

– Nagyon jó ember vagy te, Alex, sokkal jobb embert érdemeltél volna énnálam – nyögdécselte szánalmasan a férfi. Egy pillanatra még egyéb vallomást is akart tenni, de aztán inkább hallgatott, és szerencsére maradt még benne elég bölcsesség ahhoz is, hogy ne lépjen Alex felé, ne közelítsen hozzá, ne érintse meg. Meghatódott Alex nagylelkűségétől, de nem szeretett volna visszaélni vele.

Alex pedig csak egyetérteni tudott mindazzal, amit nagy önvallomásában Sam előadott neki. De ő ma már világosabban látta az egészet, és nagy szerencséjére ott volt neki Brock, aki átsegítette a legnehezebb időkön.

– Talán nem is volt más választásod – mondta megértően. –Talán nem is tehetsz róla.

– Jól fejbe kellett volna engem vágni. Amekkora barom voltam...

– Majd kimászol ebből is, Sam – nézett rá szelíden Alex. – Alapjában véve egy jó ember vagy, Phillip pedig nagyon jó ügyvéd.

– Te is, és még jó barát is vagy. – Sam a könnyeivel küszködött, ahogy ott álltak a tárgyalószobában az asztal két oldalán.

– Köszönöm, Sam – mosolygott Alex. – Majd figyelemmel kísérem a dolgok alakulását. Hívj föl, ha szükséged van rám!

– Puszilom Annabellát. Igyekszem majd találkozni vele a hétvégén, ha még nem leszek rács mögött – búcsúzott szomorúan. Alex az ajtóból mosolygott vissza rá.

– Nem leszel. Szia!

Alex aztán visszasietett a saját irodájába. Brock most is ott várta, most is föl-alá rohangált, és most is nagyon ideges volt. Tudta, hogy Alex megint „tárgyalt" Sammel. Liz súgta meg neki. S különben is, saját szemével látta Phillipet távozni.

– Mondtad neki?

– Említettem. Ő maga hozta szóba. Hogy nem csodálkozna, ha el akarnék válni. De azt mondtam neki, erről majd akkor beszéljünk, ha elrendeződött ez a zavaros ügye.

– Micsoda?! Hát nem azt modtad neki, hogy te *most,*

azonnal akarsz válni? – Brockot majd szétvetette a méreg, Alex pedig ingerülten és fáradtan nézett rá. Kimerítette ez az egész mai nap, a tárgyalószobában lezajlott beszélgetések, annak boncolgatása, hogy miért s hogyan ment tönkre a házasságuk, aztán a Sam nyakába szakadt szörnyűségek elemezgetése, szembenézés azzal, ami arra a szerencsétlenre vár, szóval ... És még annak a traumának az előérzete, amely Annabellát éri majd, ha az apját börtönbe zárják.

– Nem mondtam neki – emelte meg a hangját Alex –, hogy most rögtön nyélbe akarom ütni a dolgot, és nem vagyok hajlandó várni egy percet sem. Mert a jóisten áldjon meg téged is, semmit sem számít, hogy ebben a hónapban vagy csak a következőben adjuk be a válókeresetet. Senki nem megy el innen sehová, mindenki megtalálható lesz itt később is. És legyünk már némi tekintettel arra a szerencsétlenre is, egy kis szánalom a mostani helyzetében neki is kijár. A vádesküdtszék nem kisebb dolgokkal, mint csalással és sikkasztással vádolja. Most jött haza Európából, és tessék, mit zúdítanak a nyakába. Arról nem is beszélve, hogy tizenhét évi házasság és egy közös gyermek után én is megengedhetem magamnak azt a nagylelkűséget, hogy adok még néhány hét haladékot neki a saját problémái rendezésére.

– Mert ő aztán szintén roppant nagylelkűen bánt veled az elmúlt évben, mi? És mi az, hogy „szánalom"?! Neked már kihagy az emlékezeted? Elfelejtesz neki mindent? – Brock már-már vicsorogva, rá igazán nem jellemző stílusban adta elő mindezt. Gyerekesnek tűnt ez a viselkedés is, de Alex ráhagyta, nem tette szóvá.

– A memóriám kitűnő, és nem felejtettem el semmit. Csak éppen úgy gondolom, hogy teljesen fölösleges a régi ügyeket felhánytorgatni neki s épp most vágni a fejéhez, hogy milyen disznó módon viselkedett annak idején. Mindez már a múlté, kedves Brock. Tökmindegy, hogy mikor kapjuk kézhez a halotti bizonyítványt, hiszen a házasságunk már így is, úgy is rég halott. Kifújt. Nincs. Nem létezik. És ezt mindenki nagyon jól tudja, egyebek közt én is és Sam is. Nyugodt lehetsz.

– Egy ilyen címeres gazemberrel az ember sohasem lehet nyugodt. Te se vegyél biztosra semmit. Mert most, hogy belepottyant a szarba, lefogadom, hogy a kurvája szélsebesen ott fogja őt hagyni a büdös francba, mint a döglött rókát a bolhák. És akkor ez a gazember napokon belül visszasomfordál, és ott fog nyüszíteni az ajtód előtt, és ott kaparja majd a küszöböt, hogy ereszd be, fogadd viszsza! Láttam ma a pofáját, láttam, hogyan csüngött a tekintetével rajtad egész idő alatt!

– Ó, az isten szerelmére, Brock, hagyd már abba! Ez már tényleg nevetséges! – Alex nem is volt hajlandó tovább folytatni ezt a társalgást. Brock dühöngve távozott az irodájába. Alex csak este hétkor találkozott vele ismét, amikor együtt indultak haza. Brock még akkor is elég mogorva hangulatban volt, és egész vacsora alatt a sértődöttet játszotta. Azelőtt sohasem viselkedett így, és Alexnek roppant türelmesnek és nagyon kedvesnek kellett lennie hozzá, míg végre úgy-ahogy megenyhült.

Ugyanebben az időben a Fifth Avenue-i luxuskégliben Daphne is elég komiszul viselkedett Sammel. Csapkodta az ajtókat, poharakat vágott földhöz, hajigálta, ami a keze ügyébe akadt. Sam igazán nem találta mulatságosnak a dolgot.

– Hogy merészelsz engem ilyesmivel vádolni, te szarházi?! – üvöltötte a nő. – Hogyan merészelsz azzal vádolni, hogy „bepaliztalak", ahogy te fogalmaztál?! Én sohasem alacsonyodnék le idáig! Milyen olcsó trükk, rám kenni a dolgokat, az én nyakamba akasztani az általad elkövetett bűncselekményeket! Hogy én vigyem el a te balhédat is, mi?! Hát ne hidd, hogy ez sikerülni fog! Simon már közölte, hogy ha kell, szerez nekem is egy ügyvédet. De én ezt nem fogom itt ölbe tett kézzel kivárni. Ha ezek a nevetséges vádak felmerülnek, én abban a pillanatban lelépek, megyek vissza Londonba. Nem fogom itt végignézni, ahogy téged bedugnak a rács mögé. És nem fogom hagyni, hogy megpróbálj engem is odajuttatni!

– Drágám, nem gondolod, hogy nem vagy most valami felvidító jelenség? Ha csak körülnézünk itt... – És Sam tényleg körbenézett a földhöz vagdalt, törött és szanaszét hajigált holmikon, ezen az egész felforduláson, és elment a kedve attól is, hogy veszekedjen vagy verekedjen a felbőszült nővel. – De azért mégis… Te mire gondolnál az én helyemben? Itt kényeztettél az ágyikódban, tegyük hozzá, nagyon kellemes és profi módon, az utóbbi egy évben, miközben az unokabátyád azon szorgoskodott, hogy kifosszon engem és tönkretegye a cégemet. Nehéz elhinni, hogy te semmit se tudtál arról, mi folyik itt, bár én szeretném azt hinni, hogy tényleg nem tudtál. Egyébként az is kiderült, hogy a feleségem már régóta tudott rólunk mindent. Azt kell mondanom, minden elismerés megilleti azt a szegény nőt. Én úgy bántam vele, mint a kutyával. S míg ő a poklok minden kínját élte át, és a kemoterápia miatt félholtan fetrengett és a belét is kihányta, meg tudott őrizni magában annyi eleganciát, hogy nem vágta a pofámba a veled való kapcsolatomat. Le a kalappal előtte. Ő igazi úrinő. – Nem úgy, mint Daphne Belrose, tette még hozzá magában.

– Hát akkor miért nem kotródsz vissza hozzá? – kérdezte Daphne egy fekete bőrfotelben ülve s úgy lóbálva a lábát, hogy Sam jól beláthasson közé. De Sam már éppen eleget gyönyörködhetett ebben a panorámában, és most egyáltalán nem volt elbűvölve tőle. A csali már nem működött, a varázslat megtört.

– Alex túl okos ahhoz, hogy engem valaha is visszafogadjon – válaszolta csöndesen Daphne „kedves" fölvetésére. – És nem is hibáztatom érte. Sőt, azt hiszem, minimum annyival tartozom neki, hogy nem nagyon megyek a közelébe sem!

– Meg az is lehet, hogy ti pont megérdemeltétek egymást. Mr. és Mrs. Tökély. Tökély úr és Tökélyné! Mr. Böcsület! Mr. Tiszta Kéz! Akinek gőze sem volt arról, hogy Simon hogyan növelte milliókkal az üzletét! Mégis, mennyire naiv marha vagy te, Sam? Vagy hogy ne szépítsük a dolgot: mennyire vagy hülye? Ennyire? Teljesen? Nekem ne akard bedumálni, hogy te nem tudtál semmiről. Én nem segítettem neki ezt véghezvinni, de az ég szerelmére, Sam, még én is ki tudtam találni, hogy mi folyik! Hát ne mondd, hogy te nem tudtad!

– Az én hihetetlen naivitásom vagy hülyeségem mindösz-sze annyiból állt, hogy nem figyeltem oda. Teljesen lefoglalt, hogy a szoknyád alatt kutakodjak, így nem vettem észre, mi történik körülöttem. Te tettél engem vakká, drágám! Tökhülye voltam, tényleg, és azt hiszem, meg is érdemlem, ami most jön.

– Nem jön semmi, Sam. Mindennek vége. És neked is véged van. – Daphne gúnyolódva sorolta mindezt, mintha élvezné a dolgot.

– Tudom, hogy végem. Köszönet érte Simonnak.

– Te még utolsó rangú banktisztviselőként sem fogsz munkát kapni ez után a botrány után.

– És te, Daphne? Te hogyan gondolod a továbbiakat? Itt leszel még, hogy vacsorával várj, ha esténként hazatérek majd valami nyomorult kis melóból, mondjuk rajzszöggel való házalásból? – Sam mélységes megvetéssel nézett Daphne-re, hangjából maró gúny csendült ki. Végre felnyílt a szeme, és tisztán látta, hogy ki is ez a nő valójában.

– Nem hiszem – kuncogott Daphne, és egészen szétrakta a lábát, kitárva mindazt, amiért a férfi mindig úgy bolondult. Sam az életét adta azért, amit Daphne a lába között rejtegetett, és igazán nem mondhatni, hogy jó vásárt csinált volna. – Vége a komédiának, Sam. Elérkezett számomra az idő, hogy lelépjek. De azért jó mulatság volt, nem?

– De, nagyon is – bólogatott elmélázva Sam, miközben Daphne lassan odaballagott hozzá, és becsúsztatta egyik kezét a férfi inge alá. Végigsimogatta a széles vállat, az izmos férfimellet, a sportos, kifogástalan hasat... de Sam nem reagált semmire, meg sem mozdult. Daphne aztán megindult lefelé, és megpróbált bejutni a nadrágba is, ám ekkor Sam megmarkolta és félretolta a kezét. Hát, igen... Tényleg ez volt az egyetlen, ami eddig összekötötte őket, a nyers szexualitás, a tömény szex, a puszta „nemi élet", méghozzá igen nagy mennyiségben. Ám a gyönyörökért ezúttal szörnyű nagy árat kellett fizetni.

– Fogok neked hiányozni? – kérdezte Daphne, és ahelyett, hogy eltávolodott volna Samtől, még jobban igyekezett hozzádörgölőzni. Mintha valamit be akart volna bizonyítani azzal, hogy még egyszer elbűvöli és elcsábítja a férfit, ám az most nem hagyta magát.

– Igen, fogsz nekem hiányozni – mondta szomorúan. –

298

Hiányozni fog az illúzió. – Amelyért elkótyavetyélte az igazi életét, s ezt most már késő volt belátni. És nagyon keserű belátások egész sorozatára kellett jutnia. Arra például, hogy nemcsak az igazi életét veszítette el, hanem igazi társát, a feleségét, Alexet is.

Daphne ekkor szenvedélyesen szájon csókolta a férfit, és szorosan ölelte, egyre szorosabban, míg a szívverését is meg nem érezte. És Sam visszacsókolta a maradék szenvedélyével, aztán eltolta a nőt magától, és boldogtalanul nézett rá. Belátta, sohasem fogja megtudni, hogy ez a bestia bűnsegédje volt-e Simonnak és mindvégig főszerepet játszott-e az ő kifosztásában és tönkretételében, avagy tényleg csak Simon műve volt-e ez a gaztett.

– Még egyszer! Na! Utoljára! – hörögte a nő, s húzta volna Samet az ágy felé. Jobban megkedvelte a férfit, mint ahogy eredetileg eltervezte. Daphne ugyanis nem volt az a belebolondulós típus, és ha néha mégis belebolondult egy-egy pasasba, akkor sem tartott nála sokáig ez az állapot. Sammel kicsit másként alakult a dolog, mélyebbre sikeredett a belehabarodás. De hát már ez sem számított semmit, Daphne is jól tudta, hogy mindennek vége.

Sam csak a fejét rázta a felkínálkozásra. Aztán felállt, kiment a lakásból, és hosszú, lassú sétára indult. Volt min gondolkodnia. Két és fél órával később ért haza. Az ajtón belépve síri csend fogadta. Körülnézett, és Daphne nem volt sehol. A gyönyörű, nagy lakás éppolyan üres volt, mint a szíve. A nő elvitt magával mindent, amit ő vett neki, s nem hagyott maga után semmit, csak emlékeket és nagy kérdéseket. Este a tizenegy órás hírekben bemondták, hogy a vádesküdtszék tizenhat rendbeli csalás és sikkasztás vádjával átadta a bíróságnak Simon Barrymore ügyét. Nem tettek viszont még csak említést sem a vádlott unokahúgáról és lehetséges cinkosáról, Daphne Belroseról, aki épp ebben a pillanatban szállt fel a London felé tartó repülőgépre.

20. fejezet

Nagy és félelmetes esemény volt Sam megjelenése a vádemelő esküdtszék előtt. A meghallgatás egész nap tartott, s a nap végén a vádesküdtszék eredeti formájában minden vádat fenntartott. Samuel Livingston Parkernek kilenc rendbeli csalás, sikkasztás és egyéb pénzügyi visszaélés vádjával kell bíróság elé állnia. Cégtársai számláját fejenként tizenhárom, Simon Barrymore számláját pedig tizenhat vádpont terhelte.

Alex nem ment el erre a meghallgatásra, viszont nyomban fölhívta Samet, amikor meglátta, hogy Phillip Smith visszaérkezett az irodába.

– Hát, sajnálattal kellett hallanom a szomorú hírt, Sam – mondta csöndesen. Számított rá ő is, hogy fenntartják majd a vádakat. És most Sam kénytelen lesz harcba szállni ellenük, vagy valami kibúvót, mentséget keresni, hogy enyhítse a kiszabható büntetést. A bírósági tárgyalást november 19-ére tűzték ki. Volt tehát három hónapjuk, hogy felkészüljenek a védekezésre.

Phillip Smith már hadrendbe is állította a cég három legjobb ügyvédjét, hogy Sam ügyében segítsenek neki, dolgozzanak a keze alá. Sam két cégtulajdonostársát, Larryt és Tomot egy másik iroda fogja képviselni, Simont pedig egy olyan ügyvéd, akinek Alex még a nevét sem hallotta soha.

– Na és mi van a nővel? – kérdezett rá Alex tárgyszerűen. – Őt teljesen kihagyták a buliból. Hogy sikerült neki megúsznia?

– Azt hiszem, egyszerűen mázlija volt.

– Hát, most nagyon örülhet – mondta Alex hűvösen.

– Nem tudom, mit csinál. Lelépett. Elrepült Londonba. Belátta, hogy vége a szép időknek.

És Daphne nem is tévedett. Samnek nem voltak illúziói azzal kapcsolatban, hogy mi vár rá. A pénz világában a si-

300

ker nagyon kényes és ingatag valami. Ha csak egyszer is megbukik valaki, és elúszik a pénze, akkor búcsút mondhat a további megbízatásoknak és zsíros üzleteknek. Lebukás és ilyen botrány után pedig oda a becsület és a szakmai hírnév is. Samnek esze ágában sem volt kipróbálni, de jól tudta: ha például most, amikor még el sem ítélte őt a bíróság, asztalfoglalás ügyében felhívná a menő éttermeket, régi törzshelyeit, például a La Grenouille-t, a Le Cirque-et vagy a Four Seasonst, melyek mindegyikében törzsvendégnek számított, és hasra estek előtte a főpincérek, nos, ha most kérne asztalfoglalást, akkor legföljebb az ebéd és a vacsora közti holtidőben, egy órácskára *bírnának* neki egy kis asztalkát találni, és az az asztal is a konyhában volna... A pezsgő csak addig gyöngyözik, amíg van rá pénz is...

Hiába tündökölt fényesen két évtizeden át a Sam Parker név – ettől a pillanattól kezdve senki sem fog emlékezni rá. Örökre feledésbe merül...

És hiába mondogatta magának, hogy neki aztán mindegy, őt ez nem érdekli, rá kellett döbbennie, hogy nagyon is érdekli. Már önmagában az a tudat, hogy bemocskolódott a neve, hogy az egész vállalkozását mintha egyszerűen lehúzták volna a vécén, s hogy a szakmai hírneve is semmivé lett, és ezentúl egyszerűen levegőnek fogják nézni, szóval ennek tudata pont elég volt ahhoz, hogy semminek, nullának, hullának érezze magát. És hirtelen rádöbbent arra is, hogy mit érezhetett Alex, amikor elveszítette a mellét s vele együtt a nőiességét és szexepiljét is, valamint azt a lehetőséget, hogy gyereket szüljön. Nyilván csökkent értékű nőnek érezte magát. S erre ő még rá is tett egy lapáttal, amikor fogta magát, és elköltözött egy másik nőhöz. Jó fej az ilyen, jó ember, jutott eszébe. És bármi jutott eszébe a közelmúltból, az mind csak szomorúságot vagy bűntudatot ébresztett benne. S minthogy elvesztette kitüntetett társadalmi pozícióját s azon alapuló tekintélyét, jogosan érezhette azt, hogy a legkülönfélébb vonatkozásokban mint *férfi* is elveszítette minden vonzerejét.

– Phillip válogatott ügyvédcsapatot állított össze számodra – újságolta Alex, hogy mondjon valami biztatót is.

Sam pedig azt viselte el a legnehezebben ebben az újra intenzívebbé vált kapcsolatban, hogy Alex még csak sértettséget vagy neheztelést sem mutatott vele szemben, hogy nem éreztette vele, mekkora fájdalmat okozott neki nem is olyan régen. Sam néha úgy gondolta, hogy könnyebb volna elviselni Alex részéről a haragot, a gyűlöletet és a megvetést, mint ezt az érthetetlen jóindulatot és segítőkészséget. De úgy tűnt, Alex már el is felejtette, hogy ő mit művelt vele az elmúlt évben. Valahogy megbékélt mindazzal, ami történt. Lezárta magában. Sam képtelen volt fölfogni, hogyan csinálta. A Brockkal való kapcsolatáról nyilvánvalóan sejtelme sem volt. Alex nem árult el erről egyelőre semmit; amit pedig Annabella kikotyogott, Sam abból sem következtethetett egyébre, mint kollegiális és baráti kapcsolatra.

– Te benne vagy abban az ügyvédválogatottban? – kérdezte Sam, eléggé zavarba jőve már a saját kérdésétől is. De annyira rettegett és úgy be volt gyulladva, mint egy gyerek. Azt sem tudta, mihez kezdjen magával a bírósági tárgyalás előtt. Nekiláttak, hogy felszámolják az irodájukat, kifizessék az ügyfeleiket és likvidálják a céget. A cég összes bankszámláját befagyasztották a hatóságok. Sam igyekezett a saját pénzéből minél nagyobb mértékben minél több ügyfelét kárpótolni, de közülük sokan iszonyatos összegeket veszítettek. E veszteségek legnagyobb részéért Simon volt a felelős, de Tom és Larry is megtette a magáét, Sam pedig akaratlanul is a kezükre játszott azzal, hogy aláírásával hitelesítette egy csomó ügyletüket. Oda se nézve, hogy mit ír alá... Szörnyű bűntudatot érzett, de most már nem lehetett visszacsinálni semmit. Itt már csak bűnhődni lehetett, bár ennek a módja egyelőre homályban maradt. Néha maga is azt gondolta, hogy már a hihetetlen ostobaságáért is megérdemli a börtönt, s ezt most meg is mondta Alexnek, pedig az még az előbb feltett kérdésére sem válaszolt.

– Amennyire én tudom, az ostobaság egyelőre nem minősül bűncselekménynek – mondta Alex. – Egyébként pedig nem leszek benne a csapatban, de figyelemmel kísérem majd az eseményeket.

– Nagyon köszönöm. – Sam tudta, hogy már ez is sokkal, de sokkal több, mint amennyit megérdemel, így nem állt le alkudozni. – Mi pedig az elkövetkező egy-két héten bezárjuk az irodát. Már majdnem mindenki elment. – Pontosan három napot vett igénybe az összes iroda kiürítése, és a munkatársak közül senki nem óhajtott egyetlen perccel sem tovább maradni a feltétlenül szükségesnél. Menekült a közelükből mindenki, mintha leprások volnának. – Azt hiszem, ezután már csak a bírósági tárgyalásra való felkészülés marad hátra. – Azután pedig a nagy semmi, tette még hozzá gondolatban. – Meg még eladom a kéglit. Nincs már szükségem rá – Most, hogy Daphne is eltűnt, mondta ismét magában; hiszen valójában a nő kedvéért vette azt a lakást. – És különben is, az az igazság, hogy pénzre van szükségem. Arról nem is beszélve, hogy ne neked kelljen vesződni vele, ha engem bevágnak a rács mögé. Addig pedig elleszek a Carlyle Hotelban.

– Ez Annabellának is tetszeni fog – mondta Alex, és ezzel is meg egyébként is igyekezett biztatni, bátorítani a férfit, akinek a kilátásai ugyanolyan sötétek voltak, mint egy évvel korábban, betegségének fölfedezésekor az ő kilátásai. Samre nem akármilyen megpróbáltatások vártak. Most pellengérre állítják, s mindenétől megfosztva közszemlére teszik, hogy ország-világ bámulhassa a bűneit, az ostobaságait és a pofára eséseit, hogy ujjal mutogassanak rá és kiröhöghessék a hülyék is. Sorsa azután tizenkét ember könyörületességére lesz bízva. Egész jövője, ha ugyan maradt még neki jövője, a szakmabeliekből összeálló tizenkét tagú esküdtszék döntésétől függ. Félelmetes helyzet volt ez, még belegondolni is félelmetes...

Alexnek ekkor eszébe jutott, hogy mindjárt itt van a Labour Day víkend.

– Elviszed még Annabellát? – kérdezte Samet.

– Szeretném elvinni. – Kettesben akart maradni a gyerekkel, s ez most valóságos felüdülés lesz, hogy nem kell hadakozniuk Daphne-vel. Nem tervezett semmiféle „házon kívüli" programot. Épp csak együtt akart lenni a gyerekkel és élvezni ezt az együttlétet.

Annabellát Carmen vitte be a városba, s amikor Sam át-

vette a gyereket, Alex már eltávozott az irodából. Oda-
bent a héten már nem is találkoztak, bár Sam tudta, Alex
benézett, hogy találkozzon Phillippel. Alex hivatalosan
nem kapcsolódott be az ügy intézésébe, de figyelemmel
kísérte a fejleményeket, igaz, némi távolságtartással. Meg-
ígérte Samnek, hogy végig fogja ülni a tárgyalásokat, és
előtte annyiszor találkozik vele is és Phillippel is, ahány-
szor csak tud. De nagyon nem szeretné, ha Phillip azt érez-
né, hogy nyomást gyakorol rá vagy bele akar avatkozni
bármibe is.

Alex és Brock péntek délután hagyta el a várost, hogy
East Hamptonban töltsék a hétvégét. Mindketten nagyon
kimerültek voltak. Brockot még mindig bosszantotta,
hogy Alex nem vitte dűlőre a válás dolgát Sammel, és
nem kényszeríti azonnali válásra a férjét. Alex viszont
egyre nehezebben viselte Brock szerinte oktalan és gyere-
kes viselkedését. Péntek este csúnyán összevesztek emi-
att, és öt hónapja tartó bizalmas kapcsolatuk történetében
először haraggal bújtak be az ágyba, és egymásnak hátat
fordítva aludtak el.

De reggel, ébredéskor, Brock átnyúlt Alexért, magához
ölelte, és bocsánatot kért.

– Ne haragudj. Tudom, hogy hülyén viselkedtem, de na-
gyon bánt engem ez a válásdolog. Nem hagy nyugtot ne-
kem az a hapsi.

– Sam? – nézett csodálkozva Alex. – Hát mi bajod le-
het még vele, az isten áldjon meg? A nyomorult fél láb-
bal már a börtönben van. Nyakig ül a pácban, ezer problé-
mája van a válóper nélkül is. Hát mi az, ami még bánthat
téged? Mi zavar? Mi idegesít? Mi tesz ilyen türelmetlen-
né?

– A dolgok előtörténete. Az idő. Annabella. Hogy an-
nak ellenére, milyen gyalázatosan viselkedett veled ez a
csirkefogó az elmúlt évben, még mindig a férjed! És tizen-
hét évig együtt élt veled. Ez nagy teher, nagy holtsúly,
nagy kolonc. Nehéz lesz megszabadulni tőle. – Brock ko-
moly képpel sorolta mindezt, és Alex nem is tagadhatta
volna, hogy tökéletesen igaza van. De valahogy meg kel-
lett nyugtatnia a fiatalembert afelől is, hogy majd elrende-

ződik a dolog, s afelől is, hogy ő, Alex, nem Samet szereti már, hanem valóban és maradéktalanul őt, Brockot.

– Nem kell idegeskedned, Brock – szorította magához a férfit, és megsimogatta a fejét, ahogy a gyerekét szokás. Néha tényleg afféle öregszülének érezte magát Brock mellett, de most kissé meg is hatotta őt Brock aggódása, ráadásul igaza volt a maga szempontjából. Az általa említett dolgok tényleg Samhez kötötték őt majdnem két évtizeden keresztül. De a Brockkal való kapcsolatának is immár történelme volt, benne a hihetetlen kedvesség, gyöngédség és törődés külön történetével, s Alex erről sem feledkezhetett meg. Ráadásul még szerette is Brockot. – Ne izgulj. Mindent azonnal el fogok intézni, amint véget ér a bírósági tárgyalás. De most semmi értelmét nem látom, hogy ezzel foglalkozzunk. Annak idején ő sem költözött el tőlem, míg be nem fejeződött a kemoterápiám. Tudom, hogy szeretett volna már elköltözni, és disznó módon viselkedett mindvégig, de azt azért kivárta, míg én a végére jutok a magam szenvedéseinek. Néha egyszerűen a tisztesség és a jó modor kívánja meg, hogy így viselkedjünk. – Rámosolygott Brockra, s az visszamosolygott rá. A férfiból végre elszállt a napok óta tartó feszültség, és jókedvűen ropogtatta meg ölelő, erős karjával Alex csontjait.

– Csak vigyázz, nehogy ez a fene nagy jó modor időtlen időkig halogassa a válópert, mert akkor az én igen finom jó modorom egyszer csak csúnya dolgokba fog átcsapni! – nevetett. – A végén például még agyon találom csapni azt a disznót! – Alex tudta, hogy ez csak vicc, ettől nem kell tartani, mert Brock még egy legyet sem ütött volna agyon, nála jóval jámborabb embert igazán nehéz lett volna találni. Csak éppen nagyon szerette volna már kívül tudni Alexet a házasságán, s Alex ezért nem is tehetett szemrehányást neki. Hiszen ő is szeretett volna már elválni. A megfelelő módon, a megfelelő időben és persze anélkül, hogy még több bajt zúdítanánk a maguk vagy mások nyakába.

Derűs, jó hangulatú hétvégét töltöttek a tengerparton, s hétfőn szomorúan pakolták össze a holmijukat. Béreltek egy furgont, hogy mindent egyszerre haza tudjanak vinni, és éppen kifelé rámoltak a kocsiból Alexék lakása előtt, amikor befutott Sam is Annabellával. Annabella sokkal vidámabb volt, mint a Daphne-vel közös hétvégék után, és most Sam képére ült ki valami zavart meglepődés vagy tán megvilágosodás. A feleségének pakolászni segítő Brockot látva hirtelen ráébredt, hogy itt az egyszerű kollégai kapcsolatnál azért mégiscsak valami többnek kell lennie.

– Segíthetek? – kérdezte udvariasan („Hiába, no, a jó modor" – villant át Brock agyán...), és becipelt egy nagy dobozt az előcsarnokba. Hirtelen idegennek kezdte érezni magát a saját házában, a saját lakásában. Rájött, hogy ő már nem tartozik ide, neki itt már semmi keresnivalója nincsen. Brock kínosan udvarias volt vele, és Alex is csuda kedves volt hozzá, de ahogy elnézte köztük és velük Annabellát, be kellett látnia, hogy ebből a társaságból ő már kilóg, ehhez a kis közösséghez neki már semmi köze nincsen. Soha többé semmi...

Nemsokára el is távozott, igen levert hangulatban, Brock pedig határozottan jókedvre derült. Kérdés nem volt. Az üzenetet nem lehetett félreérteni: „Ez a nő most már az enyém." És Sam nem is értette félre az üzenetet.

21. fejezet

A Labour Day ünnepi hétfőjével megtoldott víkend után Annabella újból oviba kezdett járni, és a felnőttek is visszazökkentek a szokásos hétköznapi életritmusba. Alex ismét teljes gőzzel és teljes terheléssel „működött", és szinte naponta szerepelt a különféle ügyek bírósági tárgyalásain is. Brock egy kicsit még besegített neki, de ő is vitte a maga ügyeit, s már nem dolgoztak annyit együtt, mint Alex kemoterápiája idején. S bizony hiányzott mindkettőjüknek az együttes munka, olyan jól öszszeszoktak az elmúlt egy esztendő alatt.

Több kolléga is nagy-nagy elismeréssel szólt arról, hogy Alex mekkora kitartással és lelkierővel végezte a munkáját még abban az időszakban is, amikor nagyon beteg volt, és már-már valamiféle legendává nőtte ki magát az ügyvédi munkaközösségnél. S annak ellenére, hogy tényleg szinte reggeltől estig együtt voltak, senki sem fogott gyanút, hogy a munkatársinál jóval szorosabb viszonyban vannak. Ezt a titkot mind ez idáig sikerült megőrizniük.

Brock munka után minden estét Alexnél töltött, de a saját lakását nem adta föl, és aludni azért még hazajárt. Úgy gondolták, fölösleges Annabellát most azzal fölzaklatni, hogy most meg az anyja alszik valaki mással, vagy hogy alig költözött el az apja, máris beköltözött a helyére egy másik férfi. Így aztán az éjszaka kellős közepén Brock erőt vett magán, és hazament. Brock csak hétvégeken aludt ott, akkor is a vendégszobában. Mindketten nagyon szerették volna már mihamarabb tisztázni Sammel ezt a válásügyet és normális pályára állítani közös életüket – „...ha másért nem, hát legalább azért, hogy végre hétköznap is rendesen kialhassam itt magam!", mondta mindig Brock. Annabella nagyon megkedvelte őt, így valószínűleg nem is bánná, ha Brock végül „egészen" odaköltözne hozzájuk.

Szeptemberben még több mint két hónap volt a bírósági tárgyalásig. Októberben pedig Sam már rendszeresen találkozott az ügyvédi irodában Phillip Smithszel és a védelmére Smith által összehozott csapattal. A tárgyalás kemény csatának ígérkezett, a győzelemre nem túl sok esély volt, és ezt mindenki jól tudta. Samnek sem maradtak illúziói. Saját irodáját addigra már bezárta, és az összes alkalmazottját elbocsátotta. A végső elszámolásnál az derült ki, hogy körülbelül huszonkilencmillió dollárral rövidítették meg ügyfeleiket. Az elsikkasztott összeg nagyobb is lehetett volna, de Sam az utolsó pillanatokat kihasználva ahol tudta, még csökkentette ügyfelei veszteségét, és mozgósította az összes lehetséges biztosítási és viszontbiztosítási konstrukciót, hogy legalább részben megtérüljön az ügyfelek óriási vesztesége. Az ő védelmi esélyeit azonban nem növelték ezek a mégoly tisztességes erőfeszítések sem, és Sam hozzáállásától és jóvátételi igyekezetétől teljesen függetlenül a bűncselekmény-sorozat mit sem veszített súlyosságából és botrányos jellegéből. Sam viszont ismét régi önmagának érezhette magát, annak a végtelenül korrekt pénzügyi szakembernek, akinek minden egyes dollár fontos, ha a más pénzéről van szó. Ettől némi nyugalom költözött a lelkébe, sőt örülni is tudott már, ha valakit úgy-ahogy sikerült kárpótolnia, bár Alex elég feszültnek, sőt néha kiborultnak látta a Phillippel való megbeszéléseken. Elborzadt arra a gondolatra, hogy esetleg börtönbe fogják csukni, de fölfogta azt is, hogy erre bizony minden esélye megvan. Phillip is többször megmondta neki, hogy jobb, ha lélekben felkészül rá, mert ahhoz csodának kell történnie, hogy őt ne dugják rács mögé.

Október végére elkészültek a periratok, s az ügyészek megpróbálták beismerő vallomások tételére rávenni a vádlottakat, de egyelőre egyikük sem volt hajlandó elismerni a bűnösségét. Hiába ajánlották ezért cserébe az enyhébb büntetést, az érintettek ezt sem találták elég vonzó lehetőségnek. Sam meg aztán végképp nem „bukott" erre az ajánlatra, hiszen az ő egész védelmét éppen arra a koncepcióra építették föl, hogy semmiféle szándékos bűncselekményt soha el nem követett, csupán gondatlan volt, végtelenül naiv, figyelmetlen és ostoba.

– Jó lesz ez így? Be fogják ezt venni? – kérdezte Brock tárgyszerűen Alextől az egyik hétvégén a játszótéren, miközben Annabellát nézték a homokozóban. Alex tűnődött egy darabig, s csak azután felelt.

– Nem vagyok biztos benne – válaszolta őszintén. – De azért nagyon reménykedem, mert egyébként nem tudom, mi lesz vele... Viszont, ha én volnék a bíró, és valaki azt akarná beadni nekem, hogy ő nagyon naiv és ostoba volt, és egyszerűen nem figyelt oda, és csak ezért művelhették a cégtársai azt, amit műveltek, és őt is csak becsapták, nos, akkor én valószínűleg halálra röhögném magam, és úgy sittre vágnám az illetőt, hogy belegebedne.

– Bizony, bizony, én is így látom – mondta Brock. Csak éppen ő egyáltalán nem érzett sajnálatot Sam iránt, sőt úgy gondolta, hogy a fickó nagyon is megérdemli a sorsát. Alex nem győzött ellentmondani neki.

– Tán csak nem azt akarod mondani, Brock, hogy egy embert börtönbe lehet csukni azért, mert hernyó módon viselkedett a felesége kemoterápiája idején? Ez marhaság. Ettől ő még nem lesz bűnöző, legföljebb szar alak. Itt a vád nem velem van kapcsolatban, hanem azzal, hogy tudatosan elsikkasztotta-e ez az ember mások pénzét. – Alex igyekezett elvonatkoztatni önmagától, és szakmai önfegyelemmel kizárólag a jogilag, törvényileg megragadható mozzanatokra koncentrálni. Beszélgetéseik máskor is gyakran terelődtek néhány mondat után szakmai mederbe, de most...

– Tudatosan... Szerintem tudta, ne mondd nekem, hogy nem tudta. Legföljebb nem akarta tudomásul venni. De nagyon is jól tudta, hogy Simon egy sötét figura. Még te is említetted, hogy eleinte nagyon nem tetszett neki.

– Szerintem Simon közönséges szélhámos, és mindig is az volt, de Sam folyton a védelmére kelt – mondta Alex elgondolkodva. – Nem volt nehéz bedőlni neki, hiszen Simon ügyködése nyomán mindenfelől csak úgy dőlt a pénz, és úgy látszott, hogy a pasas profi. Sam végtelenül naiv birka volt, az igaz, csakhogy ez még mindig nem büntetőtörvényi kategória.

– Viszont kutya kötelessége lett volna mindent alaposan ellenőrizni.

– Ez is igaz. És itt lép be a képbe szerintem a szerelem, a nő, a nagy kaland.

– Hát, szaftos bírósági ügy lesz, az biztos – jósolta Brock, és igaza is lett. Az újságok a tárgyalás megnyitásától kezdve tele voltak vele, szalagcímekben emelték ki a fontosabb fejleményeket, és beszámoltak a legapróbb részletekről is. November tizenötödike táján pedig pénzügyes berkekben már fogadásokat kötöttek az emberek, hogy ki kap börtönt és ki nem, s hogy aki kap, az hány évet vagy évtizedet kap. Meglepő módon szinte mindenki úgy vélekedett, hogy Simon valahogy megússza a dolgot, kiravaszkodja magát az igazságszolgáltatás markából, mert túl dörzsöltnek mutatkozott ahhoz, hogy meg lehessen csípni. Az esküdtszéki tárgyalás előtt, de még alatt is vidáman tovább folytatta az üzletelést Európában, mert ott is volt még vagy fél tucat homályos ügye, és úgy látszott, hogy őt aztán senki és semmi nem állíthatja meg és nem állíthatja félre. Larryről és Tomról a legtöbben úgy vélekedtek, hogy nem ússzák meg börtön nélkül, és Sam volt az a sötét ló, akiről senki nem mert semmi biztosat mondani. Igaz, a többség róla is úgy nyilatkozott, hogy biztos a börtön, és kevesebben merték azt tippelni, hogy a felmentés a valószínűbb. Samnek hosszú idő óta nagyon jó szakmai hírneve volt, s a régi kollégák egyike-másika el is hitte a védekezésül előadott történetét, de a Wall Street fiatalabb nagymenői csak mosolyogva rázták a fejüket. Ezek körülbelül úgy vélekedtek, ahogy Brock is: Samnek kötelessége lett volna ellenőrizni az ügyeket, ezért tehát nem mentség számára az, hogy nem tudott a disznóságokról; ha pedig többé-kevésbé öntudatlanul nem akart szembenézni a tényekkel, akkor szintén nem bújhat ki a felelősség alól, és igenis el kell vinnie a balhét.

Alex már a tárgyalás megnyitásakor ott ült a teremben. Megfigyelte a bíróság összetételét, és igyekezett minél többet konzultálni Sammel, ha másért nem, hát azért,

310

hogy távol tartsa őt a tárgyalás idegölő huzavonáitól, míg odabent a többieket nyaggatták. Samnek négy ügyvédje volt, a másik háromra pedig összesen öt jutott. A tárgyalás szenzációs látványosságnak számított, s a terem tele volt riporterekkel és fotósokkal. Alex hívta Brockot is, de ő azt mondta, köszöni szépen, ebből aztán végképp nem kér. Mindketten jól tudták, hogy ami Sam védekezését illeti, az még a többiekénél is nagyobb cirkusz lesz.

Brockot még mindig egészen másvalami izgatta Sammel kapcsolatban. A válás. Kijelentette Alexnek, hogy addig nem hisz ebben az egészben, amíg be nem adják a válókeresetet. Alex pedig sokadszor ígérte meg, hogy a bírósági tárgyalás után azonnal beadja, és ezt komolyan is gondolta. Szerette Brockot, akivel nyolc hónapja gyakorlatilag házastársi viszonyban élt, s aki már sokkal régebben nagyon jó barátja is volt. Igaz viszont, hogy Sammel tizennyolc éve ismerték egymást, és tizenhét évig éltek házasságban és szerelemben. Alex így végtelenül sokat köszönhetett Samnek, és ezt Brocknak is el kellett ismernie, bármennyire utálta is egyébként a férfit. Csakhogy Brock, saját alaptermészete és minden racionális belátása ellenére is szörnyen féltékeny kezdett lenni. Alex riadtan konstatálta ezt a furcsa fejleményt, ugyanakkor kicsit meg is hatódott tőle, mert ez kivételesen olyan féltékenységnek látszott, amely mögött igazi szerelem van.

A tulajdonképpeni tárgyalás, a bírósági „dráma" a harmadik nap délutánján kezdődött, és a tárgyalóteremben határozottan érezni lehetett a feszültséget. Az esküdteket nagyon gondosan válogatták össze, és jó előre tájékoztatták őket, hogy szövevényes pénzügyi bűncselekmény-sorozattal lesz dolguk. Négy vádlott van, akiket különböző súlyú bűncselekményekkel vádolnak, és mindegyikük ügyét szinte áttekinthetetlen aprólékossággal részletezi a vádirat és a csatolt dokumentáció. Sam ügyét a többieké után tárgyalták, és Alex megítélése szerint a bíró nagyon világosan fejtette ki a tényállást. Alex ismerte ezt az embert, jó bírónak tartotta, kedvező tapasztalatai voltak vele kapcsolatban, de ez most mit sem számított. A tények még akkor is Sam ellen szóltak, ha a bíró egyébként, kvázi magánemberként, elhiszi a védekezésül előadott történetet. Lehet, hogy Sam mindig becsületes ember volt, de a tények ettől még tények maradnak, félresöpörni nem lehet őket, és azt senki sem tagadhatja, hogy ehhez az elképesztő végösszegű csalássorozathoz mindenképpen szükség volt Sam Parker akár aktív, akár passzív részvételére.

Három héten át folyt a tanúk meghallgatása, és a Hálaadás Napja szinte észrevétlenül jött és múlt el. Alex és Brock a férfi lakásán sütötték meg és költötték el az ünnepi pulykát, Annabella pedig Samnél vendégeskedett a Carlyle Hotelban, bár Sam nem volt éppen valami ünnepi hangulatban. Alexnek pedig erőnek erejével kellett elhessegetnie az elmúlt esztendei Hálaadás alkalmából kirobbant nagy veszekedésük fel-feltoluló, kínos emlékeit. Amikor Sam szabályosan megvadult attól, hogy Alex roszszul volt, „rosszul merészelt lenni!", és képtelen volt rendesen végigülni az ünnepi vacsorát. Ez a veszekedés volt az utolsó csepp a pohárban, s ettől számítható a házasságuk végérvényes tönkremenetele. Sam pedig arra emlékezett vissza, hogy annak a szomorú napnak a megrázkódtatásai űzték őt véglegesen Daphne karjaiba és ágyába, és most már a falba is verheti a fejét, sírhat és átkozódhat, az azután történteket már nem tudja visszacsinálni.

Sam a maga szálfatermetével és jól szabott, sötét öltönyében nagyon elegáns volt, ahogy ott állt a bíróság előtt a Hálaadás utáni napon. Alex megpróbált vele erről-arról beszélgetni a tárgyalás szünetében, de hát a szokásos „hogy vagy?"-okon kívül nem sok megbeszélnivalójuk maradt. Alex pontosan tudta, milyen lelkiállapotban lehet most a férfi, milyen feszült most minden idegszála, s mi forog itt kockán, mi a tét. Sam egész jövője. De legalább egy vagy két évtized belőle. Ha ez csak eszébe jutott, Samet rögtön elfogta a remegés, annyira, hogy Alex még messziről is könnyen észrevehette.

– Kösz, hogy eljöttél – suttogta Sam, és Alex csak biccentett. Látta a rémületet a férfi szemében, pedig Sam már elszánta magát, hogy belenyugvással fogadja, ami jön, bármilyen szörnyűség legyen is. Már azt is tudta, hogy ha veszít, akkor még harminc napot kap a kinti életből, hogy a börtönbe vonulás előtt, vagyis a karácsonyt követő napokig elrendezhesse különféle ügyeit. És ez is mindannyiszor eszébe jutott, görcsbe is rándult tőle a gyomra, ahányszor csak megütögette kalapácsával a bíró az asztalt, hogy csöndet kérjen a tárgyalóteremben.

A tárgyalás befejező szakasza december második hetére esett. Sam tartotta magát a megbeszélt „szövegkönyvhöz", és érzelmektől fűtött, igen megható vallomást adott elő. A felindultságtól többször is félbe kellett szakítania a beszédét, az újságírók szorgalmasan körmöltek, Alex pedig egész hihetőnek találta az előadott sztorit. Ő csak tudta, micsoda lidércnyomásos idők voltak azok, amelyekről Sam itt beszélt; tudta, hogy annak idején ő is és Sam is, ki-ki a maga sajátos módján, elvesztette a józan eszét; és tudta azt is, hogy a Daphne-kaland aztán végképp betett Sam ítélőképességének. Alex ugyanakkor meglepődött most saját magán: azon, hogy mennyire szenvtelenül, pozitív vagy negatív érzelmek nélkül tudja végighallgatni Sam megindító és nem minden tét nélküli beszédét. De hát nem tudott, nem akart arra gondolni, hogy Samet börtönbe csukhatják, hogy *bebörtönözhetik,* hogy egy börtönlakó áll itt most előtte, egyelőre polgári ruhában... És arra sem akart gondolni, hogy ezt az embert ő mennyire szerette még nem is olyan régen. Fájt volna ilyesmire gondolni.

Sam beszéde után a négy védőügyvéd szólt a bírósághoz, néha szintén igen meghatóan. Alex megítélése szerint Phillip nagyon világosan és szándéka szerint csak egyféleképpen értelmezhetően tárta fel a tényeket. Azt hangsúlyozta, amit Sam is előadott a vallomásában; hogy a felesége majdnem halállal végződő, súlyos betegsége és a maga ostoba hiszékenysége miatt nem figyelt oda, hogy mi folyik a háta mögött. Hagyta, hogy elterelj ék a figyelmét, és meg volt győződve róla, hogy minden törvényesen és a legnagyobb rendben zajlik, pedig... S ami a legfontosabb: szegény Samnek fogalma sem volt arról, hogy mit művelnek a többiek. Sam Parker *tudatosan* soha senkit nem csapott be, *tudatosan* nem működött közre a bűncselekmények végrehajtásában. Tudatosan nem volt cinkostársa a tulajdonképpeni bűnelkövetőknek.

A bíróság öt napot szánt a döntéshozatalra, és bekérette az összes bizonyítékot és tanúvallomást. A vádlottak mindent letagadtak, amit csak tudtak, s végül összeállt a kép. Sam és három társa holtsápadtan ült ítélethirdetéskor a vádlottak padján. Aztán felszólították őket, hogy álljanak föl, és a terembe ünnepélyesen bevonult a bíróság. Alex észrevette, hogy Sam megpróbált végtelenül közömbös képet vágni, ám túl sápadt volt ahhoz, hogy bárki is elhiggye neki, hogy a lelkében is ilyen teljes közöny lakozik. A többiekhez hasonlóan őt is görcsös testtartásba merevítette a félelem, s a négy nyomorult között egyedül ő volt az, aki iránt Alex némi szánalmat érzett. Nála jobban már csak Annabellát sajnálta. Mert hogyan mondják majd meg a gyereknek, ha úgy fordul, hogy az apját börtönbe zárták? Valaki az óvodában már így is pedzegette neki a témát, és Sam és Alex megpróbált számára valami nagyon egyszerű magyarázatot összetákolni, de hát maga a helyzet túl bonyolult volt ahhoz, hogy bárkinek is egyszerűen elmagyarázzák a lényegét. Ráadásul előre még semmi biztosat nem tudtak ők sem, és csak reménykedhettek abban, hogy talán mégsem következik be a katasztrófa.

Az esküdtek által meghozott ítéletet egy nő olvasta föl, jó hangosan, szépen tagolva a szöveget. Tommal kezdték. Tételesen felsorolták mind a tizenhárom, ellene felhozott vádpontot, s a nő mindegyik után egyetlen szót ismételgetett: *bűnös*. Bűnös. Bűnös... Örökkévalóságnak tűnt, mire a végére ért. Aztán ugyanez következett Larry, majd Simon ítéletének felolvasásakor. A tárgyalóterem közönsége felbolydult, a riporterek és a fotósok egymást tiporták, és a bíró majd szétverte kalapácsával az asztalát, de alig sikerült némi csendet és rendet parancsolni a publikumra.

Aztán Sam következett. *Nem bűnös,* hangzott el a sikkasztási vádpontok után. De a csalás és a csalásban való közreműködés összes vádpontja után már megint a *bűnös* szót ismételgette a nő. Alexet, ahogy ott ült, valósággal letaglózták ezek a szavak. Dermedten, csak a szemét mozdítva nézett Samre. Az „elítélt" most már egészen nyugodtan álldogált ott, és szinte érdeklődéssel hallgatta a bíró tájékoztatását, hogy a mai naptól számítva most kapnak még harminc napot, aztán meg kell kezdeniük az akkor kiszabott szabadságvesztés-büntetés letöltését, de közben a bíróság még elküldi szakértői véleményeztetésre az ügyeiket és a próbaidőre való felfüggesztés iránti kérelmeiket. Most fejenkét ötszázezer dolláros óvadék ellenében szabadon bocsáttatnak, de sem az országot, sem az államot nem hagyhatják el. A bíró ezután még hármat koppintott a kalapácsával, és a tárgyalást befejezettnek nyilvánította. A teremben abban a pillanatban eluralkodott a káosz. Az emberek egymást taposták, bele lehetett vakulni a fotósok vakuinak villogásába, és Alex szinte csak közelharc árán tudott Sam és Phillip közelébe férkőzni.

Amikor odaért, Sam még mindig sokkos állapotban volt, szemét elborították a könnyek. Larry és Tom felesége hangosan zokogott, de Alex nem szólt hozzájuk egy szót sem. Simon pedig az ítélethirdetés után szinte azonnal elhagyta ügyvédjével együtt a tárgyalótermet.

– Jaj, Sam, úgy sajnálom! – mondta Alex elég hangosan, hogy Sam is hallja, miközben róluk is készített valaki egy közös fényképet.

– Menjünk innen – nyögte Sam. Alex még odahajolt Philliphez, és megkérdezte, kíván-e a védencével beszélni, de az ügyvéd csak a fejét rázta. Phillip Smitht nagyon kiábrándította az ítélet, mert bár valami ilyesmire számított, attól már elszokott, hogy elveszítsen pereket. Minden eddigi erőfeszítése meg a három másik kollégáé is gyakorlatilag hiábavalónak bizonyult, s most kezdhetnek elölről mindent, hogy legalább enyhítsék a később kiszabandó büntetést. Erre alig volt esély, és Samnek így is, úgy is be kell vonulnia a börtönbe.

Alex Sam mellett haladt, ahogy átverekedték magukat a tévékamerák, fényképezőgépek és a képükbe tolt mikrofonok sűrűjén, majd egy utolsó nekirugaszkodással beugrottak a rájuk várakozó taxiba, még mielőtt a csődület útjukat állhatta volna.

– Jól vagy? – kérdezte Alex. Sam rettenetesen nézett ki, és Alex már-már attól tartott, hogy ott helyben agyvérzést vagy szívinfarktust kap. Nem sok valószínűsége volt egy ilyen, tragikus fejleménynek, de ötvenéves férfiaknál teljességgel kizárni sem lehetett.

– Nem tudom, hogy vagyok – dadogta Sam. – El vagyok zsibbadva. Hiába mondogatom magamban, hogy úgyis erre számítottam, most kiderült, hogy mégsem erre... Hogy mégiscsak reménykedtem valami csodában... Nem tudom ... Menjünk a Carlyle Szállóba!

De a szálloda főbejárata előtt újabb riportercsapat várakozott rájuk. Továbbhajtottak hát a Madison Avenue-n lévő oldalbejárathoz, s ott futólépésben bemenekültek az idegenek elől már lezárt hallba. Sam megkérdezte Alexet, hogy nem akar-e pár percre felmenni vele a szobájába. Alexnek semmi kifogása nem volt ellene, így elindultak. Fönt aztán Sam a szobapincértől italt rendelt. Skót whiskyt magának, Alexnek pedig egy kávét.

– Nem is tudom, mit mondjak – sóhajtott Alex, és tényleg nem tudott mit mondani, mert a letaglózó élmény hatása alatt még mindig nem találta a megfelelő szavakat és kifejezéseket. Csak az érzelmek „működtek" benne zavarmentesen: a tehetetlenség dühe és a mély fájdalom. „Gyászolta" Samet és Annabellát is, aki most el fogja veszíteni az apját. Húsz évre, de lehet, hogy még többre. Szörnyű volt ebbe még belegondolni is...

A jogerős ítélet meghozataláig nehéz napok vártak mindannyiukra, de más választásuk úgysem volt, mint az, hogy valahogy kibírják.

– Mit tudok még tenni érted? – kérdezte Alex bátortalanul. Majdnem olyan kiszolgáltatottnak és tehetetlennek érezte magát, mint annak idején, amikor közölték vele, hogy rákja van. Akkor sem, most sem tudott csinálni semmit a dolgok megváltoztatása érdekében.

– Viseld gondját Annabellának, legyél az apja is, ha már én nem lehetek – mondta Sam, és kitört belőle a zokogás. Két tenyerébe temette az arcát, így ült sokáig, és csak sírt, egyre sírt. Alex nem szólt semmit, csak odament mögé, és átölelte gyöngéden a vállát. Amikor befutott a szobapincér, a számlát is ő írta alá, és a tálcát is ő vitte be, majd saját kezűleg nyújtotta át Samnek a whiskyspoharat. Sam hálás tekintettel és reszkető kézzel nyúlt érte, és egyre csak azért szabadkozott, hogy nem tud uralkodni magán.

– Ne beszélj butaságokat, Sam. Minden rendben van – mondta Alex csöndesen, és megérintette a férfi vállát. De hát nem tehettek semmit. Az esküdtszék bűnösnek nyilvánította Samet, s ez azt jelenti, hogy börtönlakó lesz. Nem két napig. Lehet, hogy élve ki sem kerül onnét.

Sam ivott egy kortyot a whiskyből, majd Alexre emelte a tekintetét.

– Pont olyan kutyául érzem magam, mint te, amikor közölték veled, hogy rákod van.

– Hát azt elhiszem – hagyta rá Alex, aztán szomorúan elmosolyodott. – De ha választani lehetne, akkor én inkább a kemoterápiára szavaznék, nem a börtönre.

Sam fölnevetett kínjában, aztán megint ivott egy kicsit.

– Kösz. De nem hiszem, hogy fölkínálják a választási lehetőséget.

– Hidd el, a kemoterápia sem sokkal jobb.

– Még emlékszem rá – nézett bánatosan Sam, és megint elszorult a szíve, ahogy az is eszébe jutott, milyen rútul cserbenhagyta annak idején a feleségét. – Jaj, istenem... Beteg voltál, én meg... én meg hátat fordítottam az egésznek, mert ki nem állhattam, mert nem tudtam elviselni. És hagytam, hogy még Daphne is segítségemre legyen ebben a totális tagadásban és elutasításban. Daphne az *önsajnálat* érzését erősítette bennem. Jaj, nagyon szomorú voltam ám a *magam* sorsa miatt, ahelyett hogy irántad lettem volna részvéttel. Daphne *engem* sajnált, és én nagyon egyetértettem vele. Jó fejek voltunk, mondhatom. Kurvajófej úr és alkalmi kedves neje, Kurvajófejné őnagysága... – Fáradt tekintetével Alex szemét kereste, s magában megint hálát adott az égnek, hogy Alex túlélte a borzalmakat, hogy életben maradt, hogy itt van, hogy *van*...

– Mit tudsz most róla? – kérdezte Alex merő kíváncsiságból, és a nevet sem kellett kiejtenie, így is nyilvánvaló volt, kire gondol. Sam csak a fejét ingatta.

– Az égvilágon semmit. De abban biztos vagyok, hogy megtalálta megint az élet napos oldalát. Őt igazán nem kell félteni, ő mindig talpra esik, bárhonnan pottyan is ki.

Daphne nagyon okos nő, ha róla, az ő sorsáról van szó...
Sam elgondolkodva bámult maga elé egy darabig, aztán
végtelen szomorúsággal nézett föl Alexre. – Miért vagy
itt? Neked most már igazán nem kéne mellettem lenned. –
Ez kétségtelenül igaz volt, csakhogy Alex afféle hűséges
típus volt, és ezt mindketten tudták. Ráadásul Brocknak is
volt némi igaza a helyzet értékelésében: tizennyolc év az
bizony tizennyolc év, és ilyen nagy idő nagyon szorosan
tud egymáshoz láncolni két embert.

– Azért vagyok még most is itt, mert nagyon sokáig sze-
rettelek. És azt nehéz elfelejteni – mondta Alex őszintén,
mert már nem kellett attól tartania, hogy Sam újabb fájdal-
mat okoz neki. Ha akarna, ma már akkor sem tudna. Ah-
hoz már túlságosan eltávolodtak egymástól.

– Felejtsd el minél gyorsabban az egészet – mondta
Sam. – Harminc nap. Egyébként még ennek lejárta előtt
beadom a válókeresetet. Biztosra veszem, hogy ifjú jo-
gász barátodnak nagy kő esik majd le a szívéről, ha meg-
tudja. Szegény fickó olyan vasvillaszemeket mereszt rám
mindig. Mondd meg neki, hogy ne görcsöljön tovább, én
lelépek, eltűnök, megszűntem létezni.

Alex mosolygott ezen az ironikus hangvételen. Jól is-
merték egymást. Ezek szerint Sam végre rájött, hogy ki-
csoda is Brock tulajdonképpen. Bár, ha összehasonlítjuk,
akkor jóval lassabban kapcsolt, mint Alex, aki elég gyor-
san fölfedezte az akkor még titkos harmadikat, Daphne-t.
Most már semmi titkuk nem volt egymás előtt.

– Nem túl fiatal ez a kölyök hozzád? – kérdezte Sam,
és Alex mintha egy kis féltékenységet hallott volna kicsen-
dülni a hangjából. Ezen muszáj volt mosolyognia, hiszen
Brock kérdéseiben is ott bujkált ez a felhang, amely elég
kellemes tud lenni egy nő fülének. Két bolond, féltékeny
mamlasz...

– Én is folyton ezt kérdezem tőle, de nagyon megma-
kacsolta magát – vigyorgott Alex, ahogy eszébe jutott
Brock kisfiúsan sértődött képe. – És hihetetlen, bámula-
tos emberi teljesítményt produkált a betegségem alatt. Ő
húzott ki a bajból, gyakorlatilag ő mentett meg. Az első
öt hónapot ott töltötte velem az irodai fürdőszobám pad-

lóján a vécécsésze mellett, míg én a belemet okádtam ki. Szóval, öt hónapig csak ápolt, mielőtt bárhová is elhívott volna.

– Tényleg jó ember – ismerte el Sam. – Kár, hogy én nem tudtam ilyen lenni. – Aztán ismét eszébe jutott az esküdtszék ítélete, és megborzongott. – De így legalább nem lógok koloncként a nyakadon. Legalább nem rántalak most magammal. Neked szabadságra van szükséged.

– Neked is – mondta Alex szelíden.

– Na, ezt mondd meg a bíróságnak – nevetett keserűen Sam, és fölállt. Úgy érezte, nincs joga tovább föltartani Alexet, és benne is csak a rossz érzéseket fokozta a nő közelsége. Mert nyilvánvalóan nyomasztó Alex számára ez az egész és az ő puszta jelenléte is. – Mondd meg Annabellának, hogy holnap elmegyek érte. Sokat szeretnék még együtt lenni vele ebben az egy hónapban. – A szabadságból már csak egy hónap maradt Sam számára, és ezt az időt a kislányával akarta tölteni. És persze Alexszel *is*, de erre a dologra még csak rákérdezni sem merészelt. Úgyis tudta, milyen választ kapna...

Alex szomorúan ment haza aznap este Annabellához. Brock telefonált és elújságolta, hogy látta a híradóban az ítélethirdetést, s hogy nagyon sajnálja... Brock késő estig dolgozott, s amikor végre megérkezett, Alexet percek alatt fölbosszantotta az az attitűd, amivel a fiatalember Sam iránt viseltetett. Brock fölényeskedő hangot ütött meg, és nem is leplezte elégedettségét, hogy Samet elítélte a bíróság. Kijelentette, hogy Sam maga tette tönkre a saját életét, s hogy igenis rászolgált arra, ami történt vele.

– Na, álljunk csak meg egy kicsit! – szólt közbe Alex. – Nem gondolod, hogy húsz év börtön egy kicsit mégiscsak sok azért, mert valaki tönkreteszi az életét? Hogy ez azért mégiscsak túl nagy ár az elkövetett hibákért? Hát ki a jóisten nem követ el hibákat az életében?! Sam tökhülye volt és önző, és naivan bízott a cégtársaiban, de ezzel talán mégsem szolgált rá arra, hogy mindenét elveszítse, hogy mindenétől megfosszák! S hogy Annabellát megfosszák az apjától....

– Korábban kellett volna gondolkodnia. Még mielőtt leállt üzletelni Simonnal. A fenébe is, Alex, a fickóból bűzlött, hogy nem frankó! Te magad is mondtad. – Ez sajnos igaz volt, de Sam mégis megbízott Simonban. – És különben is – folytatta Brock –, miért véded te ennyire Samet?! Tán még mindig szerelmes vagy belé?!

Egész este veszekedtek, s másnap reggel, miután Sam elvitte Annabellát, újra előkerült a téma. Brockot nem hagyta nyugodni, hogy Alex vajon mit érezhet Sam iránt.

– Nem, nem vagyok szerelmes belé – mondta Alex őszintén. – De nagyon sajnálom azért, ami vele történt.

– Szóval még mindig azt állítod, hogy nem érdemelte meg?! – makacskodott Brock.

– Azt. Mert ha csődbe megy vagy szakemberként megbukik, hát rendben van. Hülye volt, és sok kárt okozott másoknak, de ezért még nem érdemelne börtönt! És azért sem, mert engem cserbenhagyott.

– Neked túl jó szíved van – mondta Brock, aztán odament hozzá, és átölelte. – De lehet, hogy pont ezért szeretlek. Nagyon szeretlek, és nem akarlak elveszíteni. De folyton azt érzem, hogy te még mindig őt szereted... – Most olyan szorosan ölelte Alexet, hogy alig kapott levegőt. – Lehet, hogy ezen nem is kéne csodálkoznom tizennyolc év és egy közös gyerek után. De én akkor sem akarlak elveszíteni, értsd már meg!!!

– Nem is fogsz! – cirógatta meg ujjaival Alex Brock ajkát. – Én már rég csak téged szeretlek! A közös múltat, a sok szép dolgot, a gyereket nem lehet letagadni, de én már nem vagyok az ő felesége. És ezt értsd már meg végre! – Azt nem tette hozzá, hogy az őszinte szerelem ellenére nem érezte magát Brock „feleségének" sem. Nem volt ő most senkié, hanem végre, hosszú-hosszú évek után csak saját magáé. És meg kell mondani, nagyon élvezte ezt az állapotot.

– Megpróbálom megérteni – morogta beletörődően Brock. Csak lassan oldódott a féltékenysége, csak lassan tért vissza a bizakodás. – Csak ne sajnáld őt túlságosan! – „utasította" még Alexet, hogy e témában övé legyen az utolsó szó. Aztán megbékülve egymás nyakába borultak, és felszabadultan nagyot szeretkeztek azon az ágyon, ame-

320

lyet Alex azelőtt Sammel osztott meg, de amelybe *az* a férfi már soha többé nem fekhet bele.

Sam elég borzasztó állapotban volt, amikor késő délután Alex bekopogott hozzá a szállodában a gyerekért. Annabella jelenléte megviselte a férfit, mert állandóan arra emlékeztette, hogy mi mindent fog elveszíteni. Eluralkodott rajta a pánik. A börtönről, arról, hogy „most hoszszú időre elutazik a papa", még nem mert beszélni a gyereknek, úgy gondolta, van erre még huszonkilenc napja...

Egyébként egész éjjel alig aludt, folyton Alex járt az eszében, a régi szép idők s az, hogy a végén milyen csúnyán bánt vele. És rá kellett döbbennie, hogy bármi történt is, ő még mindig halálosan szerelmes a feleségébe. S amikor a gyerek átment a másik szobába a babájáért, ezt oda is súgta Alexnek. De Alex egyáltalán nem volt elragadtatva ettől a vallomástól.

– Ne csináld ezt, Sam – mondta nehéz sóhajtással. – Ne nehezítsd meg még jobban mindannyiunk helyzetét. Ne tépjük fel a sebeket.

– Nem akartam fájdalmat okozni – mondta végtelen szomorúsággal Sam. – Csak azt akartam, hogy tudd. És később már nem biztos, hogy lesz megfelelő alkalom ezt közölni. Hiszen tudod, mi vár rám...

– Tudom. És nagyon sajnálom. – Alex maga is kezdett megzavarodni. Hiszen ő is szerette Samet, de már másba volt szerelmes... – De az órát nem lehet visszatekerni. Nem változhatunk vissza. Sem én, sem Annabella, sem Brock...

– Hm. Brock. Mit fogsz csinálni vele? – jutott eszébe megkérdezni Samnek, mert ez is komolyan foglalkoztatta. – Hisz ez még kölyök! Rendes srác, jóképű is, de hát mégiscsak tíz évvel fiatalabb nálad! Mi lesz veled például tíz év múlva? És ő meg tudja-e adni neked mindazt, amire szükséged van?

– Jó kérdés, Sam – mondta Alex elgondolkodva. – De most nem ő következik. Én már annyi mindent kaptam tőle, most rajtam a sor, hogy boldoggá tegyem.

– De ne mondd azt, hogy engem már nem szeretsz! – kerítette hatalmába megint a pánik Samet. Most, hogy mindent elveszített, nem akarta Alexet is teljesen elveszíteni. Alexet viszont már kezdte bosszantani ez a viselkedés.

– Mit akarsz még tőlem, Sam? Azt, hogy valljak szerelmet? Nem azzal kellene elválnunk, hogy mindketten szabadok vagyunk, ahogy tegnap este is mondtad? Most valami újra fellángolt szerelemmel akarsz a börtönbe vonulni? Most kezdjünk megint ezen kínlódni?! Túl késő már, Sam. Késő bánat. De ha ezt akarod hallani, hát tessék: szeretlek. De hozzáteszem rögtön, hogy nem vagyok a tiéd. Ne kergess újabb illúziókat!

– Nem akartalak megbántani, Alex – mondta Sam a sírással küszködve, miközben Annabella már kirohant a liftet hívni. – Találkozhatnánk azért néha?

– Nem! – szögezte le határozottan Alex, és kisietett a gyerek után. Már megbánta azt is, hogy idejött, s hogy belement ebbe a szerencsétlen beszélgetésbe. Még jó, hogy Brock nem hallotta...

Brock isteni illatokkal, spagettivel, fokhagymás pirítóssal, pudinggal és egyéb finomságokkal várta őket. Megvacsoráztak, aztán bebújtak az ágyba. Odakint a hideg éjszakában elkezdett szállingózni a hó, és Alex egyre forróbban ölelte Brockot. De bármilyen szenvedéllyel ölelte is, most egyre csak Sam járt a fejében. A börtönbe készülő férfi szerencsétlen tekintete és kétségbeesett szavai...

22. fejezet

Annabella karácsonytól egy hetet töltött az apjával, és Alex úgy intézte, hogy ne is találkozzék Sammel, amikor odavitte hozzá a szállodába a gyereket. Annabella így már a liftben is egyedül utazott. A karácsonyestét Brockkal és Annabellával hármasban töltötték. Csodálatosan szép volt. A karácsony és szilveszter közötti hétre ismét kibérelték a vermonti házat. Nagyszerűen érezték magukat, és ezúttal már Alex is síelt. A haját szépen kontyba fogta, mert Brocknak így tetszett, azt mondta rá, így szexi. Brock pár nap után már megenyhült Sam iránt. Tudta, hogy Alex mennyire szereti őt, és rádöbbent, hogy gyerekes módon viselkedett, amikor elkezdett féltékenykedni.

Vermontban tudták meg azt is, hogy Sam karácsony után beadta a válókeresetet. Alex nagyon megkönnyebbült a hír hallatán. Sam tehát megint képes normálisan gondolkodni. Egyikük számára sem volt könnyű a múlttal való teljes szakítás, de Alex már teljesen világosan látta, hogy ezt meg kell tenniük.

Brockkal pedig arról beszélgettek, hogy júniusban csöndesen összeházasodnak. Addig persze még tisztázni kell, hogy házastársként is megmaradhatnak-e a cégnél, vagy egyiküknek ki kell lépnie. Már a mézesheteket tervezgették, s ahogy szilveszter estéjén egy nagy szeretkezés után a kandalló mellett heverésztek, Alex álmodozva azt mondta, hogy ő Európába szeretne menni...

Január elsején mentek vissza New Yorkba. Hosszú autóút volt, s előbb hazavitték a csomagokat, Alex csak azután sétált el, még mindig síruhában Annabelláért a szállodába. Nem akart fölmenni a szobába, ezért a hallból telefonon fölszólt Samnek, aki viszont arra kérte, hogy mégiscsak ugorjon föl egy pillanatra. Alex habozott egy kicsit, aztán legyintett, és elindult fölfelé. Végül is Sam beadta a válókeresetet... Nincs hát mitől tartania.

De amikor a férfi ajtót nyitott, Alex hátrahőkölt a látványtól. Sam iszonyúan nézett ki. Mint valami élőhalott. S ahogy egymást megpillantották, mindkettőjükben feltolultak a fájdalmas gondolatok és gyötrő érzések.

Annabella viszont remekül volt. Mit sem tudott az apjára váró szörnyűségről és a szülei közötti feszültségről. Azt mondta, nagyon jó hetet töltöttek együtt a papával.

– Hiányoztál – mondta Sam halkan, míg Annabella a másik szobában pakolászott.

– Hagyd ezt – válaszolta Alex is csöndesen, aztán megköszönte Samnek, hogy beadta a válópert.

– Ezzel még tartoztam neked – motyogta Sam bánatosan. – És más „adósságom" is van bőven, de úgysem fogom tudni törleszteni.

– Megkaptam már tőled úgyis mindent. Nem tartozol semmivel – igyekezett Alex lezárni a témát, de Sam megint arról a szörnyűségről kezdett beszélni, hogy ő milyen gyalázatos módon hagyta cserben a halálos bajba jutott feleségét...

– Hagyd már ezt abba, Sam. Ne őrülj meg teljesen. Ez elmúlt. Ennek vége. Tovább kell lépnünk.

– Hová? – kérdezte Sam, és lassan közelebb lépett Alexhez. Annabella még mindig a lakosztály hálószobájában rámolt, s Alex azt kívánta, hogy jöjjön már elő. Ő maga nem szívesen ment volna be Sam hálószobájába. S ahogy föltekintett, Sam ott állt, lélegzetét visszafojtva, közvetlenül mellette. És a szeméből Alex mindent kiolvashatott. A régi szép idők emlékét is és az újra feltámadt vágyakat is. – Alex... – szólalt meg rekedtes hangon Sam, aztán átölelte az asszony derekát, és gyöngéden, nagyon gyöngéden szájon csókolta, mielőtt egyáltalán felocsúdhatott vagy ellenkezhetett volna. Erőtlenül próbálta eltolni magától a férfit, de csak azt vette észre, hogy egyre szorosabban ölelik egymást. Mint régen... Végül aztán eszébe jutott Brock, és kibontakozott az ölelésből.

– Ne! Ne csináld! Sam, én nem... – Alex szeme megtelt könnyel, Sam pedig megint hitvány alaknak érezte magát. Feljön ide ez a szegény nő, ő meg visszaél a helyzettel, és letámadja. Mintha joga volna még ilyesmihez... Pont neki, aki alig pár napig lesz még szabadlábon... Dadogva próbált bocsánatot kérni.

– Hát tényleg viselkedhetnél rendesebben is – igyekezett Alex szigorú hangot megütni, bár kicsendült ebből a figyelmeztetésből, akaratlanul is, valami nőies kétértelműség. Mert mérges akart lenni, de nem sikerült neki.

Annabella végre előbukkant a szobából, hozta a bőröndjét meg az apjától kapott karácsonyi ajándékokat. Sam lekísérte őket, s a szálloda bejáratánál sokáig integetett utánuk. Annabella nagyon sokszor hátrafordult visszaintegetni. Alex egyszer sem. Rádöbbent ugyanis, hogy van félnivalója. Mert eddig azt hitte, Samnek már nincs helye a szívében, s most be kellett vallania magának, hogy mégiscsak van...

De hát ő nem szerethet egyszerre két férfit! És különben is, Sam a múlté, a jövőt pedig Brock jelenti.

Otthon Brockkal együtt készítették a vacsorát, majd lefektették a gyereket. Jó késő volt már, Brock a zuhany alatt állt éppen, amikor megszólalt a telefon. Alex a dolgozószobában ült, s magában Sammel vitatkozott. Amikor meghallotta a férfi hangját, a meglepetéstől majdnem leesett a székről. Mintha Sam gondolatolvasó lett volna...

– Csak annyit szeretnék közölni, nem bántam meg, hogy megcsókoltalak – mondta lazán, és Alex majdnem lecsapta a kagylót. Azt sem tudta, sírjon-e vagy nevessen. De hát... ő is szerette Samet. A férjét, aki lám, most afféle titkos szeretővé kezd előlépni... – És még valami: ha tényleg nem szeretsz már, akkor én elengedlek, elhagylak, függetlenül attól, hogy én mit érzek irántad.

– Nem szeretlek! – vágta rá Alex gyorsan, de nem valami meggyőzően.

– Füllenteni nem szép dolog! – mondta Sam, és szinte látni lehetett, ahogy vigyorog a vonal túlsó végén. – Ugyanis visszacsókoltál. Ha szabad emlékeztetnem rá.

– Hagyjál békén, Sam! – Alexet most már az is idegesítette, hogy Brock bármikor előjöhet a fürdőszobából.

– Békén leszel hagyva úgyis, ha már rács mögött leszek. De addig még szeretnék veled találkozni.

– Én meg nem szeretnék.

– Menjünk el vacsorázni.

– Szó sem lehet róla!

– Alex, kérlek...

Egyre élesebb hangon folytatódott ez a huzavona, míg Alex le nem vágta a kagylót. Aztán beballagott a szobába Brock, és fogalma sem volt az iménti, „forró drótos" társalgásról.

Másnap Sam az irodában hívta föl Alexet, aki hosszú fárasztás után („csak még egyszer..." „utoljára..." „úgyis beszélnünk kell a gyerekről"... stb.) beadta a derekát. Kiválasztott egy olyan napot, amikor Brock, akinek nem árult el semmit, késő estig dolgozott, és elment Sammel vacsorázni. Egy barátságos kisvendéglőbe tértek be, s pár perc múlva már a régi szép idők hangulatát érezték. Akár afféle „nagy újrakezdés" színezete is lehetett volna a dolognak, ha lelki szemeik előtt időről időre fel nem derengett volna a börtön....

Aztán elmentek sétálni az éjszakában, s mivel hideg szél fújdogált, muszáj volt összebújniuk. Sam végül behúzta Alexet egy szélvédett kapualjba, és gyöngéden megcsókolta. Alex hagyta, sőt egészen beleolvadt a férfi ölelő karjába.

– Hát tudod, nem bántam volna, ha egy évvel ezelőtt csinálod ezt – mondta aztán mélyet sóhajtva.

– Hülye voltam, mit lehet már tenni – dörmögte Sam, és ismét belefeledkeztek a csókolózás örömeibe. Mint két kamasz...

Alex a harmadik kapualj után bevallotta, hogy neki is hiányozni fog Sam.

– Na, ezt felejtsd el! – mondta most már felszabadultan a férfi. – Ott van neked Annabella, vele foglalkozz. Meg azzal a szépfiúval. Jut eszembe: Hogy jön ki a gyerekkel?

– Nagyszerűen. Imádják egymást.

– És veled?

– Velem? – Alexet kissé meghökkentette a kérdés. – Velem... Mi is nagyon jól kijövünk egymással.

– Akkor jó! És jó mostohaapja is lesz a gyereknek... – mosolygott Sam. – Így mégiscsak nyugodtabb szívvel tudok majd ott rohadni a sitten. – Hát, vigyázzatok egymásra...

Hazafelé ballagva elmentek a Carlyle előtt. Sam megpróbálta még „fölcsalni" Alexet, aki azonban jól tudta, hogy most biztosan az ágyban kötnének ki, és erre lelkileg most még nem volt felkészülve. Sőt. Már a puszta gondolattól is iszonyú lelkifurdalást érzett Brock iránt. Így aztán továbbmentek, hazafelé. Nem volt messze, alig egy sarok. A ház előtt Sam ismét megcsókolta, megköszönte a csodálatos estét, majd eltűnt a hideg éjszakában. Alex pedig elalvás előtt sokáig merengett. Egyedül, azon a nagy franciaágyon....

Brock másnap egész délelőtt nem kérdezett semmit, de érezni lehetett, hogy valami lóg a levegőben. Ebédnél aztán a fiatalember már nem bírta tovább.

– Vele voltál az este?

– Vele? Kivel? – zavarodott meg Alex, és a szíve elkezdett hevesen dobogni. Idegességében még egyet harapott a hamburgerbe, pedig már úgyis tele volt a szája.

– A férjecskéddel – lökte oda Brock szárazon. Az ösztönei kitűnően működtek.

– Sammel? – rágott egyre gyorsabban Alex. Már majdnem rászánta magát a pofátlan mindent letagadásra, de még idejében észbe kapott. – Ja! Csak Annabella dolgait kellett megbeszélnünk. Ezért hívott el vacsorázni... Nem is gondoltam volna, hogy ez téged érdekel – tette még hozzá, de mindketten érezték, hogy ez már hazugság. Brockban éjjelnappal tombolt a féltékenység, és Sam az ilyen kettesben vacsorázások nélkül is vörös posztó volt a szemében.

– Miért hallgattad el?

– Mert féltem, hogy dühöngeni fogsz – vallotta be őszintén Alex. – És mindenképpen találkoznunk kellett. Elbúcsúzni, ilyesmi. Végül is a férjem volt, elég sokáig...

– Megcsókolt?! – Brock a féltékenységtől kezdte elveszíteni az önuralmát.

– Na most már állítsd le magad! – csattant föl Alex, bár a harag mellett a lelkifurdalás is föltámadt benne.

327

– Nem válaszolsz? – nyomult tovább Brock.

– Nem mindegy?! – Alex kezdett félni, hogy Brock talán megleste őket.

– Nekem nem.

– Hát jó. Megcsókoltam. Most boldog vagy? De semmi más nem történt.

– Micsoda egy gazember! – rohangált föl-alá az irodában Brock. – Be kell vonulnia a sittre, de utoljára még potyázik egy kicsit. Vagy magához akar láncolni ismét. Talán azért, hogy hűségesen várj rá idekint húsz évig?!

– Térj észhez, Brock! – próbálta lehiggasztani Alex. – Sam egyrészt beadta a válókeresetet, másrészt most tényleg eltűnik hosszú időre.

– És ha mégsem?! – Brock már ordított, s Alex elképedve nézte.

– Mi az hogy mégsem? Tudod jól, hogy...

– De ha mégsem?! – Brock az asztalt verte. – Akkor a felesége maradsz?! Mi?! Visszarongyol hozzád, és te viszsza is fogadod?

– Nézd, Brock – próbálta öszeszedni a gondolatait Alex, mert nem voltak ezek könnyű kérdések, tegnap óta már ő is tudhatta. – Nézd. Ha én őbelé volnék szerelmes, akkor kitartanék mellette a börtön ellenére is. De neked nem tűnik föl, hogy én veled vagyok? ! Ez neked semmi?!

– Nem semmi, de valld be, hogy egy kicsit még mindig szerelmes vagy belé. Vagy belé *is*. Nem igaz?

Mit lehetett erre mondani...

– Brock, ha több eszed volna, beláthatnád, hogy a régi sebek lassan gyógyulnak, a szoros kötelékek pedig nem egyszerre szakadnak el. De miért nem vagy képes ezt belátni és felnőtt módon viselkedni?! Miért gyötörsz folyton?!

– Mert nagyon szeretlek, és nem akarlak elveszíteni – sírta el magát hirtelen a férfi. Alex odament hozzá, egymás nyakába borultak, és mindkettőjüket rázta a zokogás. Amikor úgy-ahogy magukhoz tértek, Alex elhatározta, hogy témát vált.

– Beszéljünk inkább a nővéredről. Miért nem mutatsz már be neki? Miért nem hívod meg látogatóba? Miért... –

ahogy fölnézett, azt látta, hogy Brock kővé dermedten áll. Hirtelen libabőrös lett az ő karja is.

– A nővérem meghalt, Alex – nyögte ki hosszú hallgatás után Brock. – Tíz éve halott. Ugyanazon ment keresztül, mint te. Levágták a mellét, aztán kemoterápiára ítélték. De nem volt ereje végigcsinálni. Három hónap után abbahagyta. És aztán ellentámadásba lendült a rák... – Brock ismét zokogásban tört ki, és Alex is csak ült, néma döbbenettel.

– Miért nem mondtad ezt el eddig nekem? – kérdezte végül.

– Féltem, hogy elveszted a reményt, és te is abbahagyod. Én huszonegy éves voltam akkor. Egy évig ápoltam. És az ő férje ugyanolyan mocskos gazember volt, mint a tied. Hát ezért sem vagyok hajlandó eltűrni, hogy Sam egyáltalán a közeledben legyen. Ha rajta múlott volna, már te is halott volnál. Vagy legföljebb néhány hónapod volna hátra...

Másnap Annabella születésnapját ünnepelték. Sam is „hivatalos” volt, természetesen, Brock pedig az utolsó pillanatban belátta, hogy jobb, ha nem megy el erre a családi ünnepre. Annabella egy kicsit ugyan hiányolta, de aztán jó hangulat kerekedett. Sam még tréfálkozott is.

– Azt számolgatom, hány éves is leszek, mire kijövök. Nyolcvan? Kilencven?

– Száz! – idétlenkedett Alex is. Ha már akasztófahumor, hát hadd szóljon! – Száz. És remélem, addigra teljesen elfelejtesz engem, és kigyógyulsz belőlem!

– No, arra ne is számíts! – nevetett Sam. – Arra viszont igen, hogy az ítélethirdetés előtt még egyszer elmegyünk vacsorázni. Tényleg meg kell beszélnünk Annabella dolgait meg a pénzügyeket.

– És megbízhatok benned? – kérdezte Alex sejtelmesen mosolyogva. Pedig vághatott volna komolyabb képet, mert igazság szerint már önmagában sem nagyon bízott.

– Meg hát! – nevetett Sam. – De ha mégsem, akkor hozzál testőrt. Csak ne azt a szépfiút!

– Leszel szíves nem gúnyolódni! Brock a tisztességes

neve. – Alex úgy érezte, ennyivel még tartozik Brocknak, mielőtt ismét a másik férfival menne el. – Nos? Hol és mikor?

– Hétfőn este a szállodában. Megfelel?

– Meg.

Ebben maradtak. Sam előrc is köszöntc. Brock viszont megint nagy patáliát csapott, amikor másnap este Alex közölte vele. Sokáig veszekedtek, majd Alex „Na, nekem elegem van ebből az óvodás viselkedésből!" felkiáltással elvonult a fürdőszobába. Jól bevágta maga mögött az ajtót. S amikor kijött, Brock már nem volt sehol. Alex nem is bánta. Nagyon elege volt már ebből a cirkuszból.

Hétfő este pontosan érkezett Sam szállodai lakosztályába. Sam ünnepi öltözetben, jó hangulatban várta, de az elmúlt napok alatt mintha éveket öregedett volna.

– Beszéltem Phillip Smithszel – kezdte Sam, miután leültek. – Felmentésre vagy próbaidőre nem számíthatok. De hát ezért vagyunk itt – húzott elő két csekket. – Eladtam a kéglit, egymillió nyolcszázezret kaptam érte. Az ügynöki jutalékok és a Daphne által kedvesen hátrahagyott adósságok kiegyenlítése után maradt másfél millió dollárom. Félmilliót hagyok Annabella iskoláztatására, félmilliót adok neked, félmilliót pedig megtartok magamnak arra az esetre, ha egyszer netán mégis kikerülök a sittről.

– Jaj, istenem, nem kell nekem pénz! – mondta Alex, s ezen elvitatkozgattak egy kicsit.

Sam aztán vacsorát rendelt, magának bélszínt, Alexnek halat. És persze pezsgőt. Kellemesen beszélgettek mindenféle dologról, csak a börtön témáját kerülték gondosan. Alex nagyon örült, hogy eljött. Sam egy csöppet sem volt tolakodó, s amikor egyszer csak odalépett hozzá és megcsókolta, az a világ legtermészetesebb dolgának tetszett.

– Sam, abba kéne ezt hagynunk – suttogta, de az akaratereje már nem volt sehol. Fölállt ő is, átkarolta a férfi nyakát, és csak csókolta és csókolta...

– Abbahagyni?! Pont most?! – nevetett föl Sam, aztán megint egymásnak estek. Sam most már nem gyöngéden csókolt, hanem vad szenvedéllyel. Két nap múlva talán évtizedekre becsapódik mögötte az a nehéz vasajtó... – Szeretlek! Nagyon szeretlek! – suttogta Alex fülébe, aki szintén rácsokra és vasajtókra gondolt.

Sam keze aztán elindult Alex blúza alatt. Először Alex jobb mellét simogatta meg, talán önkéntelenül is kerülve *azt* a másikat, de egy idő után valahogy rátévedt arra is. És abban a pillanatban leesett az álla a meglepetéstől.

– Kinőtt újra – kuncogott Alex, míg Sam még mindig tökéletesen meg volt zavarodva.

– Miért nem mondtad? – csodálkozott Sam.

– Hát kérdezted? – nevetett még mindig Alex, és roppant elégedett volt, hogy ilyen tökéletes illúziót tud kelteni *azzal* a mellével is.

A többit aztán nem is csinálták, csak megtörtént velük. A ruhadarabok egymás után hullottak a földre, ők belehullottak az ágyba, és a bőrük alatt is lobogó szenvedélyességgel, sokáig szeretkeztek.

– Nagyon szeretlek, Sam – mondta aztán az ágyon kuporogva Alex.

– Én is nagyon szeretlek – mondta Sam mosolyogva, de könnyek peregtek végig az arcán. – Csak majd vigyázz, hogy te el ne baszd az életedet, mint én.

Volt most valami elementárisan ironikus töltete az egyébként ordináré kifejezésnek, muszáj volt hát nagyot nevetni rajta. Két nap múlva úgysem lesz már kedve senkinek sem ironizálni.

Alex szerette volna Sammel tölteni az egész éjszakát, de nem merte. Mert mi van, ha Annabella fölriad, vagy Brock, a kiváló megérzéseivel, odatelefonál...

Sam hazakísérte, és két kapualj között bevallotta, hogy sohasem bocsátja meg magának azt a disznó viselkedést a kemoterápia alatt. De hát lesz alkalma vezekelni és bűnhődni.

Még megbeszélték, hogy Sam másnap eljön, és a börtönbe vonulás előtt még elbúcsúzik a kislányától is. A dolog elég hátborzongatónak ígérkezett. Sírva búcsúztak el egymástól. Alex megint nem nézett hátra, ahogy beszaladt a kapun. Táskájában az Annabellának nyújtott csekkel. A másikat, a neki szántat, otthagyta a szállodában...

23. fejezet

Amikor Sam elbúcsúzott Annabellától, abba mindany-
nyian majdnem belepusztultak. Bőgött a gyerek,
hangosan zokogott Carmen, sírt Alex, s félrefor-
dulva nyelte a könnyeit Sam.

Megmondta a kislánynak az igazat. Mégsem talált ki os-
toba mesét a „hosszú utazásról" – hiszen úgyis csak idő
kérdése lett volna, hogy a gyereket *már az óvodában* felvi-
lágosítsák. Elmondta, hogy akikkel együtt dolgozott, azok
rossz emberek voltak, ellopták mások pénzét, ő ezt nem
vette észre, ezért most őt is börtönbe csukják azokkal a
rossz emberekkel együtt. Kész.

A gyerek eleinte néma döbbenettel hallgatta. Nyilván
nem fogott föl semmit. Négyéves ésszel... Sam aztán hoz-
zátette, hogy a börtön bizony ronda hely, de ha Annabella
nagyobb lesz, akkor majd eljöhet oda a mamával, megláto-
gatni a papát. Addig is legyen jó kislány, fogadjon szót a
mamának meg Carmennek. És tíz-húsz-harminc év múlva
a papa megint szabad lesz, és akkor megint találkozhat-
nak idekint is.

Ezt a tíz-húsz-harminc évet nemcsak a gyerek nem fog-
ta fel, a felnőtteknek is sok volt. Képtelenek voltak gondo-
latilag elválasztani az „örökké"-től.

Aztán Alex kikísérte Samet a liftig. Sírva ölelték-csó-
kolták egymást. A szállodai egymásra találás után most
még gyötrelmesebb volt a búcsúzás. Megegyeztek, hogy
másnap a bíróságon találkoznak. Az ítélethirdetésen. Ami-
kor pontosan megmondják, ki hány évet vagy évtizedet
kap...

Amikor Brock estefelé befutott, még mindenki föl volt
zaklatva. Carmen vörösre dagadt szemmel nyitott ajtót, An-
nabella csak nehezen sírta álomba magát, Alex pedig képte-
len volt egy falatot is enni, viszont keze-lába remegett.

– Na, hát nagyon fogok örülni, ha ennek a tébolydának

holnap végre már vége lesz! – mondta Brock a bunkóság határát súroló érzéketlenséggel. Alex beleborzongott. Mintha ez az ember a másik kivégzésére várna...

– Én is nagyon fogok örülni. Sőt, akár hiszed, akár nem, az a szerencsétlen Sam is! – vetette oda Alex.

– Szerencsétlen?! Jaj, ne csináld már, Alex! – kiabált megint Brock. – Talán azt akartad mondani, hogy csirkefogó. Neki köszönhető itt ez az egész tébolyda, ő tett tönkre mindenkit. És holnap azt fogja kapni, amit megérdemel.

Alexnek az volt az érzése, hogy Brock a legszívesebben siettetné a bebörtönzést.

– Majd meglátjuk, mit kap. Holnap én is ott leszek.

– Mert sajnálod, mi?! Mert még most is szereted! Nem igaz?! – Brocknak már szabályosan habzott a szája. – De akkor mi lesz, azt mondd meg nekem, akkor mi lesz, ha nem sittelik le? Akkor visszajön? Akkor visszafogadod? A te drágalátos férjecskédet?!

– Miért gyötörsz állandóan ezzel, Brock? Józanodj már ki! Ez nálad már kész rögeszme. És mit tudom én, hogy mi lesz...

– Tehát mégiscsak szereted! Mi?! Ne tagadd le! Ne merd letagadni!

– Most aztán már elég! – üvöltötte Alex, és nem érdekelte, hogy fölébreszti Carment vagy Annabellát. – Ha nem vagy képes fölfogni, hogy téged szeretlek, hogy neked köszönhetem az életemet, s hogy itt vagyok veled, neked, én is meg a gyerek is, akkor... Akkor legalább ne kínozz! Kérlek! Ne tegyél tönkre minket! Ne kergess az őrületbe ezzel az elmebajos féltékenykedéssel, ezzel az eszelős bosszúvággyal! Kérlek! Kérlek!!! Könyörgök...

– Ha nem csukják le, én hazaköltözöm Illinoisba – mondta valami különös géphangon, Alex szavaira nem is reagálva Brock. Alex viszont rádöbbent, hogy ezt az embert már abba is belehajszolta a kényszeres féltékenység, hogy terveket készítsen egy esetleges szakítás utáni időkre...

– De hát miért, Brock? Miért?

– Mert nekem itt semmi keresnivalóm nincsen – recsegett a géphang. – Te pedig őhozzá tartozol. Tudom. Érzem a zsigereimben is. És bármilyen tetű, patkány volt is

333

hozzád, te még mindig szerelmes vagy belé! Kár tagadni! – És itt már Brock is elsírta magát. Alex pedig a lelke mélyén érezte, hogy mindebben vagy egy jó adag igazság.

– Nincs igazad, Brock – próbálkozott mégis. – Te énhozzám, mihozzánk tartozol. Itt a helyed. Ne beszélj úgy, mintha nem is Samnek, hanem neked kellene csaknem örökre eltávoznod.

– Ha nem csukják le, én lelépek Illinoisba – ismételte egy tapló érzéketlenségével Brock. S amikor becsukta maga után a lakás ajtaját, Alexnek valami azt súgta, hogy soha többé nem fogja látni ezt az embert... S hogy akkor egyszerre mindkettőjüket elveszíti...

Másnap reggel csak Carmen tudta, hová készül, Annabella nem. Már hatkor fölkelt, hogy véletlenül se késsen el, hogy akár gyalog is odaérjen, ha bedugul a közlekedés. De a bírósági tárgyalóterem már így is tele volt, mire odaért. Sötét kiskosztümben... Csak később jött rá, hogy ez inkább temetésre illik... A teremben óriási volt a felbolydulás, mert most közölték a szenzációs hírt, hogy Simon Barrymore külföldre szökött. De ez még semmi: az igazi szenzáció az, hogy megpattanása előtt rejtélyes módon még az óvadékát is sikerült visszaszereznie.

A főkolompos nélkül kezdték hát az ítélethirdetést. Most is Larryt és Tomot vették előre. Fejenként tíz év börtönt és egymillió dolláros pénzbüntetést mértek ki nekik. A terem elnémult a döbbenettől, s ha a fotósok tucatjai nem kattogtatták volna a masináikat, még a légy zümmögését is meg lehetett volna hallani.

A bíró, méltóságteljes megjelenésű, idős ember aztán nagyot vágott kalapácsával az asztalra, és megkérte Samet, hogy álljon föl. A terem felmorajlott. Ez nem csinált semmit... A felesége rákos volt... Ezt csak bepalizták... Ilyeneket suttogtak a tömegben, sőt voltak, akik még mindig fogadásokat kötöttek. Hogy tíz évet kap-e vagy húszat. Mert bár a sikkasztás vádja alól felmentették, de a csalás és hűtlen kezelés vádja áll.

A bíró rákönyökölt a pulpitusra, farkasszemet nézett a vádlottal, majd idegtépő szünet és egy torokköszörülés után kimért hangon elkezdte mondani:

– Samuel Livingston Parker! Elítélem önt. Büntetése egyrészt ötszázezer dollár pénzbírság, melyet magánvagyonából tartozik megfizetni, másrészt tíz év börtön. – A tömeg felhördült, és a fotósok már megint rohantak volna oda, de a bíró nagyokat koppantott, csendre intett mindenkit, és így folytatta (míg Sam lehunyta a szemét, Alex pedig a kemoterápiás időkre emlékeztető hányingerrel küszködött): – Tíz év börtön – ismételte az öregúr, és kivárta, újabb kopácsolás nélkül, míg mindenki befogja a száját a teremben. – Végrehajtásában a mai naptól számított tíz év próbaidőre felfüggesztve. – S a terem néma döbbenetét kihasználva még gyorsan hozzátette: – A bíróság pedig azt javasolja önnek, Mr. Parker, hogy keressen valami más munkát magának, ha jobbat nem talál, hát legyen például sintér, de pénzhez ebben az életben soha többé ne nyúljon, és a Wall Streetnek még a környékét is messzire kerülje el!

A terem itt robbant föl. Az emberek egymást taposták. Egy részük tódult volna kifelé, hogy leadja az immár duplán szenzációs hírt még a déli lapzárta előtt; mások lefelé igyekeztek, hogy gratuláljanak az ügyvédeknek vagy meginterjúvolják Parkert, hogy milyen érzés ez a tíz év szabadláb tíz év börtön helyett; a többiek pedig az eldőlt fogadási ügyeket rendezték, meg mutogattak, hogy melyik vádlottnak hol bőg és melyik a felesége...

Alexnek húsz percig kellett birkóznia és tülekednie, mire Sam közelébe ért. S amikor végre ott állt előtte, egyikük sem tudott szólni egy szót sem. Sam még kába volt az ítélettől, Alexnek pedig egyre csak az járt a fejében, hogy Phillip Smith, ez a vén róka, mégiscsak meggyőzte erről-arról az esküdtszéket is meg az ítéletet kimérő bírói testületet is. Főként arról, hogy Sam egy barom, egy tökfilkó, meg különben is naiv idióta – de nem bűnöző. Semmi értelme tehát, hogy sittre vágják.

– Hát ezt nem hittem volna – dadogta Sam kiszáradt torokkal.

– Én majd hanyatt estem – tette hozzá Alex. – Én *odabentre* tippeltem ezt a tíz évet – nevetett, de még folyt a könnye.

– Szegény Annabella! – jutott hirtelen eszébe Samnek.

– Hogy ezt hogy fogja megemészteni?! Menjünk együtt érte az oviba! De most tűnjünk el innét!

– A szállodád jó lesz? – vetette föl Alex.

– Jó! Félóra múlva ott találkozunk! – kiáltotta Sam, aztán hagyta, hogy a többiek elsodorják. Még beszélnie kellett az ügyvédekkel.

Alex magányosan ballagott lefelé a márványlépcsőkön. Zúgott a feje, nem tudott még világosan gondolkodni. Tán igazán föl sem fogta, mi történt. Csak azt tudta, hogy Brockot föl kéne hívni... Meg hogy Sam *marad,* itt marad neki, *idekint.* Örökre. Vagy ha úgy tetszik, visszarobbant az életébe.

Brockot akkor nem hívta föl, mert nem tudott volna mit mondani neki. Később el is feledkezett róla. Még később pedig már azt várta, hogy Brock telefonáljon...

Soha többé nem látták egymást.

A szálloda felé robogó taxiban Alex már csak Samre és Annabellára tudott gondolni. Meg arra, hogy kaptak még egy esélyt az élettől vagy az Istentől, hogy újrakezdjenek mindent. A kételkedést egyelőre kiverte a fejéből, mert most nem volt képes azon gondolkodni, hogy megbízhat-e *ezek után* Samben, és mi lesz velük, ha ne adj' isten kiújul a rákja...

Amikor megérkezett, Sam már föl-alá járkált a bejárat előtt. Nem volt türelme odafönt várakozni. S ahogy egymás karjába futottak, Alexnek az jutott eszébe, hogy szegény Brocknak mégiscsak igaza volt. Ő szerelmes a férjébe, és megint csakis őhozzá tartozónak érzi magát. Örökre. Örökre...

A liftben még arra gondolt, hogy ha ezt a fordulatot nem tudják *odahaza* értelmesen elmagyarázni, akkor sem Carmen, sem Annabella nem fogja épelméjűnek tartani őket, s egy szavukat sem hiszik el soha többé. Így értek el Sam lakosztályának ajtajáig.

Ott a férfi lehajolt érte, fölnyalábolta, s úgy vitte át, két karjában a küszöb fölött...